EMELIE SCHEPP

Nebelkind

Buch

Jana Berzelius wacht in einem Krankenhaus auf. Sie ist neun Jahre alt, doch weder weiß sie, warum sie hier ist noch wer sie ist … 21 Jahre später wird die Staatsanwältin Jana bei einem spektakulären Fall hinzugezogen: Ein Mann wurde erschossen – die Hinweise verdichten sich, dass die Tat von einem Kind begangen wurde. Dann taucht die Leiche eines Jungen an der schwedischen Küste auf. Seine Fingerabdrücke passen zu jenen des Tatorts, doch warum sollte ein Kind einen Mord begehen? Während die Ermittler im Dunkeln tappen, ermittelt Jana auf eigene Faust. Denn der Junge, der das Wort »Thanatos« als Narbe im Genick trägt, hat ein Geheimnis, das nur Jana kennt: Auch ihr Genick ziert der Name einer Todesgottheit, und nun setzt sie alles daran, herauszufinden, warum.

Autor

Emelie Schepp, geboren 1979, wuchs im schwedischen Motala auf. Sie arbeitete als Projektleiterin in der Werbung, bevor sie sich dem Schreiben widmete. Nach einem preisgekrönten Theaterstück und zwei Drehbüchern verfasste sie ihren ersten Roman: Der zuerst nur im Selbstverlag erschienene Thriller »Nebelkind« wurde in Schweden ein Bestsellerphänomen und als Übersetzung in zahlreiche Länder verkauft.

Emelie Schepp

Nebelkind

Thriller

Aus dem Schwedischen
von Annika Krummacher

blanvalet

Die schwedische Originalausgabe erschien 2014
unter dem Titel »Märkta för livet«
bei Wahlström & Widstrand, Stockholm.

Verlagsgruppe Random House FSC® N001967
Das FSC®-zertifizierte Papier *Holmen Book Cream*
für dieses Buch liefert Holmen Paper, Hallstavik, Schweden.

1. Auflage
Deutsche Erstveröffentlichung September 2015
bei Blanvalet, einem Unternehmen der
Verlagsgruppe Random House GmbH, München

Umschlaggestaltung: © www.buerosued.de, München
Redaktion: Friederike Arnold
Herstellung: sam
Satz: DTP Service Apel, Hannover
Druck und Einband: GGP Media GmbH, Pößneck
Printed in Germany
ISBN: 978-3-7341-0069-7

www.blanvalet.de

Für H.

Sonntag, den 15. April

Notrufzentrale 112. Wie kann ich Ihnen helfen?«

»Mein Mann ist tot ...«

Anna Bergström von der Rettungsleitstelle hörte eine zitternde weibliche Stimme am anderen Ende der Leitung und warf einen raschen Blick auf die Bildschirmanzeige vor ihr. Es war 19.42 Uhr.

»Nennen Sie mir bitte Ihren Namen.«

»Kerstin Juhlén. Mein Mann heißt Hans. Hans Juhlén.«

»Sind Sie ganz sicher, dass er tot ist?«

»Er atmet nicht. Liegt einfach nur da. Er lag schon so, als ich nach Hause kam. Und auf dem Teppich ist Blut«, antwortete die Frau schluchzend.

»Sind Sie selbst verletzt?«

»Nein.«

»Ist jemand anders verletzt?«

»Nein, mein Mann ist tot!«

»Ich verstehe. Wo befinden Sie sich jetzt?«

»Zu Hause.« Die Frau am anderen Ende holte tief Luft.

»Geben Sie mir bitte Ihre Adresse.«

»Östanvägen 204 in Lindö. Das Haus ist gelb, und es stehen große Blumenkübel davor.«

Anna Bergströms Hände fuhren rasch über die Tastatur, während sie auf der digitalen Karte den Östanvägen suchte.

»Ich werde Ihnen die nötige Hilfe schicken«, sagte sie

mit ruhiger Stimme. »Und ich bitte Sie, am Telefon zu bleiben, bis die Kollegen eingetroffen sind.«

Anna Bergström bekam keine Antwort. Sie drückte das Headset an ihr Ohr.

»Hallo? Sind Sie noch dran?«

»Er ist wirklich tot.«

Die Schluchzer der Frau gingen in hysterisches Weinen über, und dann war im Telefon der Rettungsleitstelle nur ein langer, angstvoller Schrei zu hören.

Kriminalkommissar Henrik Levin und Kriminalobermeisterin Maria Bolander stiegen in Lindö aus dem Volvo. Die kühle Meeresluft von der Ostsee fuhr in Henriks dünne Frühlingsjacke. Er zog den Reißverschluss bis zum Hals und steckte die Hände in die Taschen.

Auf der gepflasterten Auffahrt stand ein schwarzer Mercedes, umgeben von zwei Polizeiautos und einem Krankenwagen. Ein Stück von der Absperrung entfernt parkten zwei weitere Fahrzeuge, die nach den Schriftzügen zu urteilen den beiden konkurrierenden Tageszeitungen der Stadt gehörten.

Zwei Reporter standen so dicht am Absperrband, dass es an ihren Daunenjacken bis zum Bersten gespannt war.

»Manche brauchen es so richtig piekfein, was?« Maria Bolander – oder Mia, wie sie von allen genannt wurde – schüttelte irritiert den Kopf. »Und Statuen haben sie auch noch.«

Wütend starrte sie die Löwen aus Granit an. Dann blieb ihr Blick an den meterhohen Blumenkübeln hängen, die neben den Tierfiguren standen.

Henrik Levin schwieg und ging die erleuchtete Auffahrt des Hauses im Östanvägen 204 entlang. Die kleinen

Schneehaufen am grauen Bordstein zeugten davon, dass der Winter sich noch immer nicht geschlagen gegeben hatte. Henrik nickte dem Polizeiassistenten Gabriel Mellqvist zu, der vor der Eingangstür stand.

Er stampfte sich den Schnee von den Schuhen, hielt Mia die schwere Haustür auf, und die beiden traten ein. In der gigantischen Villa herrschte hektische Betriebsamkeit. Die Kriminaltechniker sicherten systematisch Fingerabdrücke und andere Spuren. Sie hatten schon die Türblätter und Klinken mit Puder und Pinsel bearbeitet und einige Spuren durch Lichteinstrahlung sichtbar gemacht. Momentan konzentrierten sie sich auf einige interessante Flächen an den Wänden, gegen die sich offenbar jemand gelehnt hatte. Ab und an wurde der sparsam möblierte Raum von Kamerablitzen erhellt. Die Leiche lag auf dem gestreiften Teppich im Wohnzimmer.

»Total widerlich, oder?«, sagte Mia.

»Ich weiß«, sagte Henrik.

»Wer hat ihn gefunden?«

»Seine Frau, Kerstin Juhlén. Als sie nach Hause kam, hat sie ihn so aufgefunden«, sagte Henrik.

»Und wo ist sie jetzt?«

»In der oberen Etage. Hanna Hultman ist bei ihr.«

Henrik Levin betrachtete den Toten, der vor ihm lag: Hans Juhlén, der eine leitende Stellung im Amt für Migration innegehabt hatte und für Asylfragen zuständig gewesen war.

Henrik umrundete die Leiche und beugte sich über das Gesicht. Er studierte den kräftigen Kieferbereich, das wettergegerbte Gesicht, die grauen Bartstoppeln und Schläfen. Hans Juhlén war immer wieder in den Medien in Erscheinung getreten, doch die dort verwendeten Archivbilder stimmten überhaupt nicht mit dem gealterten Mann überein, der jetzt vor Henrik auf dem Boden lag. Juhlén trug eine sorgfältig gebügelte Hose und ein hellblau gestreiftes Hemd. Auf dem Baumwollstoff breiteten sich in Brusthöhe rote Blutflecken aus.

»Nur ansehen, nichts anfassen.«

Von der großen Fensterpartie aus warf die Kriminaltechnikerin Anneli Lindgren ihrem Kollegen einen vielsagenden Blick zu.

»Erschossen?«

»Sieht ganz danach aus. Zwei Einschusslöcher.«

Henrik erhob sich und sah sich im Wohnzimmer um, das von einem Sofa und zwei Ledersesseln dominiert wurde. In der Mitte des Raums stand ein Glastisch mit Chrombeinen. An den Wänden hingen Gemälde von Ulf Lundell.

Henrik fuhr sich übers Kinn und spürte die rauen Bartstoppeln. Die Einrichtung wirkte unberührt. Keines der Möbelstücke war umgeworfen worden.

»Keine äußeren Anzeichen einer Auseinandersetzung«, sagte er und drehte sich zu Mia um, die hinter ihm stand.

»Stimmt«, sagte sie, ohne den Blick von einem ovalen Beistelltisch zu lösen.

Auf dem Tisch lag eine Geldbörse aus braunem Leder. Drei Fünfhundertkronenscheine schauten heraus, und Mia überkam die Lust, sie zu berühren. Am liebsten hätte sie alle drei herausgezogen. Oder nur einen. Ganz unauffällig. Aber sie beherrschte sich. Jetzt reicht es, dachte sie, ich muss mich wirklich zusammenreißen.

Henriks Blick wanderte zum großen Erker, der zum Garten hinausging, und blieb an Anneli Lindgren hängen, die gerade mit dem Pinsel ein paar Fingerabdrücke sichtbar machte.

»Findest du was?«

Sie blickte ihn durch ihre Brillengläser an.

»Bisher noch nicht, aber laut Frau Juhlén stand dieses Fenster offen, als sie nach Hause kam, und ich hoffe darauf, nicht nur ihre Fingerabdrücke zu finden.«

Langsam und systematisch setzte Anneli ihre Arbeit fort.

Henrik fuhr sich durchs Haar und wandte sich an Mia.

»Wollen wir ein paar Worte mit Frau Juhlén wechseln?«

»Geh ruhig schon mal hoch, ich schau mich so lange hier unten um.«

Sie unterstrich ihre Aussage mit einer kreisenden Handbewegung.

Kerstin Juhlén saß auf dem Doppelbett im Schlafzimmer. Sie hatte sich eine Wolldecke um die Schultern gelegt und starrte mit leerem Blick auf den Nachttisch.

Respektvoll trat Polizeiassistentin Hanna Hultman einen Schritt zurück und schloss die Tür hinter Henrik.

Auf dem Weg nach oben hatte er sich eine hübsche kleine Person mit eleganter Kleidung vorgestellt. Vor ihm saß nun eine kräftige Frau mit einem ziemlichen Taillenumfang, die ein verwaschenes T-Shirt und eine dunkle Stretchjeans trug – nicht gerade das, was er erwartet hatte. Ihr Gesicht war geschwollen und die Augen rotgerändert vom Weinen. Sie hatte stark blondiertes Haar und trug einen Pagenkopf. Der dunkle Haaransatz verriet, dass seit ihrem letzten Friseurbesuch einige Zeit ins Land gegangen war.

Neugierig sah Henrik sich im Schlafzimmer um, musterte die Kommode und die Wand mit den Fotos. In der

Mitte hing ein großes Bild, das ein glückliches Hochzeitspaar zeigte. Es war ein wenig ausgeblichen und hing offenbar schon seit vielen Jahren dort.

Plötzlich wurde ihm bewusst, dass sie ihn beobachtete.

»Ich heiße Henrik Levin und bin Kriminalkommissar«, sagte er und ertappte sich dabei, dass er flüsterte. »Mein herzliches Beileid. Bitte entschuldigen Sie, dass ich Ihnen dennoch ein paar Fragen stellen muss.«

Kerstin Juhlén wischte sich mit dem Ärmel ihrer Strickjacke eine Träne von der Wange.

»Das ist mir schon klar.«

»Können Sie mir bitte erzählen, was passiert ist, als Sie heute Abend nach Hause kamen?«

»Ich bin nach Hause gekommen, und … und … er lag einfach so da.«

»Wissen Sie, wie spät es war?«

»Etwa halb acht.«

»Sind Sie sicher?«

»Ja.«

»Als Sie hereinkamen, war da noch jemand anders im Haus?«

»Nein. Nein, nur mein Mann …«

Ihre Unterlippe zitterte, und Kerstin Juhlén schlug die Hände vors Gesicht.

Henrik wusste, dass es nicht der richtige Moment für eine ausführliche Vernehmung war, und beschloss daher, sich kurzzufassen.

»Sie werden gleich Hilfe bekommen, aber Sie müssten mir noch ein paar Fakten bestätigen, bevor ich Sie in Ruhe lassen kann.«

Kerstin Juhlén nahm die Hände vom Gesicht und legte sie in den Schoß.

»Ja?«

»Sie haben erwähnt, dass unten im Wohnzimmer ein Fenster offen stand, als Sie nach Hause kamen. Und dass Sie es geschlossen haben. Stimmt das?«

»Ja.«

»Ihnen ist draußen vor dem Fenster nichts Bemerkenswertes aufgefallen, als Sie es zugemacht haben?«

»Nein … nein.«

Kerstin Juhlén sah aus dem Schlafzimmerfenster. Henrik schob die Hände in die Hosentaschen und dachte eine Weile nach.

»Gut. Eine letzte Frage noch: Wollen Sie, dass ich jemanden anrufe? Eine Freundin? Jemanden aus der Verwandtschaft? Haben Sie Kinder?«

Sie sah auf ihre zitternden Hände. Dann öffnete sie den Mund und flüsterte etwas.

»Verzeihung, könnten Sie das bitte wiederholen, Frau Juhlén?«

Sie schloss einen Moment die Augen. Mit verzweifeltem Gesichtsausdruck wandte sie sich dem Kommissar zu, holte tief Luft und antwortete.

Unten im Wohnzimmer rückte Anneli Lindgren ihre Brille zurecht.

»Ich glaube, ich habe was gefunden«, sagte sie und studierte aufmerksam das Fensterbrett.

Mia ging zu ihr und entdeckte einen gut sichtbaren Handabdruck.

»Hier ist noch einer«, sagte Anneli und deutete mit dem Finger darauf. »Von einem Kind«, sagte sie überzeugt und holte die Kamera, um den Fund zu dokumentieren.

Während Mia sich bemühte, ein Gähnen zu unterdrücken, ging Anneli zum Fenster und stellte den Zoom ihrer Canon EOS-1D ein. Im selben Moment kam Henrik die Treppe herunter. Er hielt seine Hand fünf Zentimeter über dem Geländer und ging vorsichtig die breiten Stufen aus geöltem Eichenholz herab.

Anneli hängte sich die Kamera um den Hals und nickte ihm zu.

»Komm her«, sagte sie. »Wir haben Abdrücke gefunden.«

»Interessant«, meinte er und stellte sich neben Mia.

»Sie sind klein«, sagte Anneli und machte ein weiteres Bild.

»Das heißt, sie stammen von einem Kind«, erklärte Mia und gähnte erneut.

Henrik sah verblüfft aus und zog die Augenbrauen zusammen. Dann beugte er sich über das Fensterbrett, um sich die Abdrücke genauer anzusehen. Eine Weile stand er so da, betrachtete die Linien, die ein geordnetes Muster ergaben. Ein einzigartiges Muster. Von einer kleinen Hand.

»Seltsam«, murmelte er und richtete sich wieder auf.

Er dachte nach, kam aber zum selben Schluss wie eben.

»Das ist wirklich seltsam«, wiederholte er, diesmal lauter.

»Warum ist das seltsam?«, fragte Mia.

Henrik sah sie an, bevor er antwortete: »Sie haben gar keine Kinder.«

Montag, den 16. April

Der Prozess war vorbei, und Staatsanwältin Jana Berzelius war mit dem Ergebnis zufrieden. Schon im Vorfeld war sie fest davon überzeugt gewesen, dass der Angeklagte wegen gefährlicher Körperverletzung würde verurteilt werden. Er hatte seine Schwester getreten, bis sie bewusstlos war, und das vor den Augen ihres vierjährigen Kindes. Anschließend hatte er sie in der Wohnung ihrem Schicksal überlassen. Dass es um kulturell motivierte Gewalt im Namen der Familienehre ging, stand außer Zweifel. Dennoch war Rechtsanwalt Peter Ramstedt unangenehm berührt gewesen, als das Urteil verkündet wurde.

Jana nickte ihm kurz zu, bevor sie den Gerichtssaal verließ. Sie wollte das Urteil mit niemandem diskutieren, insbesondere nicht mit den Reportern, die schon mit ihren Kameras und Mikrofonen vor dem Gebäude des Landgerichts warteten. Stattdessen lenkte sie ihre Schritte in Richtung Notausgang und drückte die weiße Brandschutztür auf. Rasch lief sie die Treppe hinunter und warf einen Blick auf die Uhr, die 11.35 anzeigte.

Die Journalisten zu meiden war für sie inzwischen schon zur Gewohnheit geworden. Vor drei Jahren, als Jana ihren Dienst bei der Staatsanwaltschaft Norrköping angetreten hatte, war es anders gewesen. Da hatte sie die Aufmerksamkeit der Medien genossen. In den *Norrköpings Tidningar* war ein Artikel mit der Überschrift »Topstudentin nimmt ihren Platz am Gericht ein« erschienen. In den Reportagen über sie waren Formulierungen wie »Spitzenkarriere« und »Nächste Station: Reichsstaatsanwältin« gefallen. Doch das beschäftigte Jana Berzelius nicht, als sie sich der Treppe näherte.

Ihr Handy vibrierte in der Tasche ihrer Kostümjacke, und sie blieb vor dem Eingang zur Tiefgarage stehen. Rasch sah sie aufs Display, bevor sie das Gespräch annahm. Sie drückte die Tür auf, die zur beheizten Garage führte.

»Hallo, Vater«, sagte sie.

»Nun, wie ist es gelaufen?«

»Zwei Jahre Gefängnis und neunzigtausend Schadenersatz.«

»Bist du zufrieden?«

Karl Berzelius wäre es niemals eingefallen, seiner Tochter zu einem erfolgreich abgeschlossenen Prozess zu gratulieren, aber Jana war seine Wortkargheit gewohnt. Ihre Mutter Margaretha war zwar liebevoll, hatte allerdings in Janas Kindheit das Saubermachen dem Spielen vorgezogen. Sie hatte Wäsche aufgehängt, anstatt Märchen vorzulesen, und lieber Fenster geputzt, als ihre Tochter ins Bett zu bringen.

Inzwischen war Jana dreißig und behandelte ihre Eltern mit genau dem gefühllosen Respekt, den sie von ihnen gelernt hatte.

»Ich bin zufrieden«, antwortete Jana mit Nachdruck.

»Deine Mutter möchte wissen, ob du am 1. Mai zu uns kommst. Sie plant ein Abendessen im Kreis der Familie.«

»Um wie viel Uhr?«

»Neunzehn Uhr null null.«

»Ich komme.«

Jana beendete das Gespräch, schloss ihren schwarzen

BMW X6 auf und setzte sich ans Steuer. Ihre Aktentasche warf sie auf den lederbezogenen Beifahrersitz, während sie ihr Handy griffbereit in ihren Schoß legte.

Normalerweise rief auch Janas Mutter nach Abschluss eines Gerichtsverfahrens an. Aber nie vor ihrem Mann. So lautete die Regel. Als Jana es erneut klingeln hörte, griff sie sofort nach ihrem Handy und drückte es ans Ohr, während sie routiniert und mit großer Präzision das Auto aus der engen Tiefgarage hinausmanövrierte.

»Hallo, Mutter«, sagte sie.

»Hallo, Jana«, sagte eine männliche Stimme.

Jana drückte auf die Bremse, und das Auto hielt mit einem Ruck. Die Stimme gehörte ihrem Chef, dem leitenden Staatsanwalt Torsten Granath. Er klang aufgeregt.

»Nun?«

Jana wunderte sich über seine offensichtliche Neugierde und wiederholte kurz, wie der Prozess ausgegangen war.

»Sehr gut, danke, aber ich rufe eigentlich aus einem anderen Grund an. Ich möchte, dass du eine Ermittlung übernimmst. Es geht um eine Frau, die vorläufig festgenommen wurde, nachdem sie die Polizei gerufen hatte. Sie behauptet, ihren Mann tot aufgefunden zu haben. Laut Angaben der Polizei wurde er erschossen. Ermordet. Er war in leitender Position im Amt für Migration tätig. Du hast in diesem Fall freie Hand.«

Jana schwieg, weshalb Torsten Granath fortfuhr: »Gunnar Öhrn und sein Team warten im Polizeirevier. Was sagst du?«

Jana sah aufs Armaturenbrett. 11.48 Uhr. Sie atmete kurz durch und startete den Wagen.

»Ich fahre sofort hin.«

Eilig betrat Jana Berzelius das Polizeirevier durch den Haupteingang und fuhr mit dem Lift in den dritten Stock. Das Geräusch ihrer Absätze hallte auf dem breiten Gang wider. Sie richtete den Blick geradeaus und nickte nur kurz zwei uniformierten Polizisten zu, denen sie begegnete.

Kriminalhauptkommissar Gunnar Öhrn erwartete sie vor seinem Büro.

»Herzlich willkommen«, sagte er und wies ihr den Weg zum Konferenzraum am Ende des Flurs.

Durch die Fensterfront blickte man auf den Norrtull-Kreisverkehr, wo die Mittagsstoßzeit begonnen hatte. An der gegenüberliegenden Wand hingen ein großes Whiteboard und eine Leinwand. An der Decke war ein Beamer befestigt.

Jana trat an den ovalen Tisch, wo das Team bereits Platz genommen hatte. Sie begrüßte Kriminalkommissar Henrik Levin und nickte Ola Söderström, Anneli Lindgren und Mia Bolander zu, ehe sie sich setzte.

»Jana Berzelius ist auf Anraten des leitenden Staatsanwalts Torsten Granath zur ermittelnden Staatsanwältin im Fall Hans Juhlén bestimmt worden.«

»Aha.« Mia Bolander presste die Kiefer zusammen, verschränkte die Arme vor der Brust und lehnte sich zurück. Misstrauisch betrachtete sie ihr gleichaltriges Hassobjekt und dachte sich im Stillen, dass die Ermittlung mit Jana Berzelius am Ruder mal wieder mühsam werden würde.

Die wenigen Gelegenheiten, bei denen Mia mit Jana Berzelius hatte zusammenarbeiten müssen, hatten nicht gerade zu einer positiven Einstellung gegenüber der Staatsanwältin beigetragen. Mia fand Jana Berzelius unpersönlich und steif. Nie konnte sie fünf gerade sein lassen. Wenn man so eng zusammenarbeitete, sollte man sich doch etwas näher kennenlernen. Man könnte sich nach der Arbeit auf ein Bier oder zwei treffen und ein bisschen reden. Über Gott und die Welt. Aber Mia hatte schon bald die Erfahrung gemacht, dass Jana so etwas nicht schätzte. Man konnte ihr nicht einmal eine einfache Frage über ihr Privatleben stellen, ohne dass sie einem einen arroganten Blick zuwarf. Und das war auch die einzige Antwort, die man von ihr bekam.

Mia hielt Jana Berzelius für eine hochnäsige Diva. Leider gab es niemanden, der ihre Auffassung teilte. Ganz im Gegenteil, eben hatten alle zustimmend genickt, als Gunnar sie ihnen vorgestellt hatte.

Was Mia jedoch am meisten verabscheute, war die soziale Herkunft der Staatsanwältin. Während Jana Berzelius für ererbtes Vermögen stand, fühlte sich Mia, die aus der Arbeiterschicht stammte, am ehesten wie eine Hypothek. Allein das war ein guter Grund, keine nähere Bekanntschaft mit Fräulein Wichtig zu machen.

Aus den Augenwinkeln registrierte Jana die hasserfüllten Blicke der Kriminalobermeisterin, entschied aber, sie zu ignorieren. Sie öffnete ihre Aktentasche und zog einen Schreibblock und einen Kugelschreiber mit eingravierten Initialen heraus.

Gunnar Öhrn trank den letzten Rest aus einer Mineralwasserflasche und verteilte dann Kopien, die alle Unterlagen und bisher vorliegenden Informationen zum Fall enthielten, darunter die Eingangsmeldung, diverse Fotos vom Tatort und der nächsten Umgebung sowie eine Skizze vom Haus des Ehepaars Juhlén, eine kurze Beschreibung von Hans Juhlén und eine Auflistung aller bisherigen Aktivitäten der Polizei, seit das Opfer aufgefunden worden war.

Gunnar zeigte auf einen Zeitstrahl am Whiteboard und berichtete vom Protokoll des Gesprächs mit der Frau des Opfers. Es war von den Streifenpolizisten unterzeichnet, die zuerst am Fundort eingetroffen waren.

»Es war ziemlich schwierig, zu ihr durchzudringen«, sagte Gunnar. »Sie war am Rande der Hysterie und hat geschrien und unzusammenhängendes Zeug von sich gegeben. Einmal hat sie sogar begonnen zu hyperventilieren. Und immer wieder hat sie gesagt, dass sie es nicht gewesen ist. Dass sie ihn nur im Wohnzimmer aufgefunden hat. Tot.«

»Sie steht also unter Verdacht?«, fragte Jana und stellte fest, dass Mia Bolander sie noch immer so wütend anstarrte.

»Na ja, sie ist durchaus von Interesse und hat bis jetzt noch kein Alibi.«

Gunnar blätterte im Papierstapel, der vor ihm lag.

»Zusammenfassend lässt sich sagen: Hans Juhlén wurde irgendwann gestern zwischen fünfzehn und neunzehn Uhr ermordet. Täter unbekannt. Die technische Untersuchung zeigt, dass der Mord im Haus des Opfers stattgefunden hat. Die Leiche ist also nicht von woanders dorthin transportiert worden. Nicht wahr?« Er nickte Anneli Lindgren zu.

»Das stimmt. Er ist in seinem Haus gestorben«, bestätigte sie.

»Die Leiche wurde um 22.21 Uhr in die Rechtsmedizin gebracht, und ihr habt bis frühmorgens das Haus untersucht.«

»Richtig, und dabei habe ich das hier gefunden.«

Anneli legte zehn DIN-A4-Blätter vor sich auf den Tisch.

»Sie lagen gut versteckt im Schlafzimmerschrank. Es sind Drohbriefe.«

»Wissen wir, von wem sie stammen?«, fragte Henrik und streckte sich, um die Papiere in Empfang zu nehmen.

Jana machte sich auf ihrem Schreibblock eine Notiz zu den Briefen.

»Nein, ich habe die Kopien heute früh vom Labor bekommen, aber es wird noch einen Tag oder so dauern, bis uns eine genaue Analyse vorliegt«, sagte Anneli.

»Was steht denn auf den Blättern?«, fragte Mia, versteckte die Hände in ihrem Strickpullover, stützte die Ellbogen auf den Tisch und sah Anneli neugierig an.

»In allen Briefen steht derselbe Satz: ›Zahl jetzt, sonst musst du einen noch höheren Preis zahlen.‹«

»Erpressung«, bemerkte Henrik.

»Sieht so aus. Wir haben schon mit Frau Juhlén gesprochen, doch sie behauptet, von der Existenz dieser Briefe nichts gewusst zu haben. Sie wirkte ehrlich erstaunt.«

»Auch keine Anzeige wegen Erpressung?«, hakte Jana nach und runzelte die Stirn.

»Nein, es liegt keine Anzeige vor – nicht vom Erpressungsopfer selbst, aber auch nicht von Juhléns Frau oder von jemand anders«, erwiderte Gunnar.

»Und was ist mit der Mordwaffe?«, fragte Jana.

»Weder am Fundort noch in der näheren Umgebung ist eine Mordwaffe sichergestellt worden«, sagte Gunnar und sah Anneli an, die den Kopf schüttelte.

»Auch keine DNA-Spuren oder Schuhabdrücke?«

»Nein«, sagte Anneli. »Aber Fingerabdrücke. Als Kerstin Juhlén nach Hause kam, stand ein Fenster im Wohnzimmer offen, und es deutet vieles darauf hin, dass der Täter durch das Fenster entkommen ist. Leider hat Frau

Juhlén das Fenster gleich geschlossen, was uns die Arbeit erschwert hat. Dennoch ist es uns gelungen, zwei interessante Abdrücke zu sichern.«

»Von wem?«, fragte Jana und hielt den Stift bereit, um sich den Namen zu notieren.

»Wir wissen nicht, von wem, aber allem Anschein nach sind es die Handabdrücke eines Kindes. Und das Komische ist, dass das Ehepaar Juhlén gar keine Kinder hat.«

Jana sah von ihrem Block auf.

»Aber muss das irgendetwas heißen? Die kennen doch sicher jemanden mit Kind? Freunde? Verwandte?«, sagte sie.

»Kerstin Juhlén konnte dazu noch nicht befragt werden«, erwiderte Gunnar.

»Dann hat ihre Vernehmung oberste Priorität. Am besten sofort.«

Jana zog ihren in schwarzes Leder gebundenen Kalender aus der Aktentasche und blätterte bis zum aktuellen Datum. Auf den hellgelben Seiten standen in sauberer Schrift Memos, Uhrzeiten und Namen.

»Ich will, dass wir schon heute mit ihr sprechen.«

»Ich werde ihren Rechtsanwalt Peter Ramstedt anrufen«, versprach Gunnar Öhrn.

»Na prima«, bemerkte Jana. Unter diesen Umständen bekam sie bestimmt keinen Eiltermin, den sie sich in ihrem Kalender notieren konnte. Mit einem Knall schlug sie das Büchlein zu. Mia Bolander zuckte zusammen und warf Jana einen bösen Blick zu.

»Geben Sie mir bitte Bescheid, sobald Sie ihn erwischt haben«, sagte Jana und legte den Kalender in das dafür vorgesehene Fach ihrer Aktentasche. »Apropos Vernehmung. Haben Sie schon mit den Anwohnern gesprochen?«

»Ja, mit den unmittelbaren Nachbarn schon«, sagte Gunnar Öhrn.

»Und?«

»Nichts. Keiner hat irgendwas gesehen oder gehört.«

»Dann fragen wir weiter. Sprechen Sie mit den Bewohnern der ganzen Straße, und sehen Sie sich genauer um. In Lindö gibt es viele Häuser, die zum Teil riesige Fenster haben.«

»Na, das müssen *Sie* ja wissen«, bemerkte Mia trocken.

Jana wandte sich an die Kriminalobermeisterin. »Was ich meine, ist, dass irgendjemand etwas gesehen haben muss.«

Mia Bolander starrte sie an, wich ihrem Blick dann jedoch aus.

»Was wissen wir über Hans Juhlén?«, fuhr Jana fort.

»Sieht so aus, als hätte er ein ganz normales Leben geführt«, sagte Gunnar Öhrn und warf einen Blick in seine Unterlagen. »Hans Juhlén wurde 1953 in Kimstad geboren und ist dort aufgewachsen. Er war bei seinem Tod also neunundfünfzig Jahre alt. Die Familie ist 1965 nach Norrköping gezogen, da war er zwölf. Er hat Wirtschaftswissenschaften an der Uni studiert, vier Jahre in einem Buchhaltungsbüro gearbeitet und danach acht Jahre im Finanzamt, bevor er eine Anstellung in der Wirtschaftsabteilung des Amts für Migration bekommen hat. Kerstin Juhlén hat er schon kennengelernt, als er achtzehn war. Im Jahr darauf haben sie standesamtlich geheiratet. Sommerhäuschen am Vänersee. Das war's, glaube ich.«

»Der Bekanntenkreis«, sagte Mia mürrisch. »Haben wir den schon überprüft?«

»Was Freunde und Bekannte betrifft, wissen wir noch gar nichts. Aber wir haben mit den Ermittlungen begonnen«, erklärte Gunnar.

»Ein ausführlicheres Gespräch mit Kerstin Juhlén ist auf jeden Fall unumgänglich«, meinte Henrik.

»Ich weiß«, sagte Gunnar.

»Was ist mit seinem Handy?«, fragte Jana Berzelius.

»Ich habe vom Betreiber schon die Gesprächslisten angefordert. Hoffentlich habe ich sie bis morgen.«

»Und was wissen wir über die Obduktion?«

»Momentan wissen wir, dass Hans Juhlén erschossen wurde und dass er am Fundort gestorben ist. Der Rechtsmediziner wird uns heute einen vorläufigen Bericht zukommen lassen«, antwortete Gunnar.

»Ich will eine Kopie davon.«

»Henrik und Mia gehen nach der Besprechung rüber in die Rechtsmedizin.«

»Gut. Dann komme ich mit«, sagte Jana und musste innerlich lachen, als sie einen tiefen Seufzer aus Mia Bolanders Richtung hörte.

Es herrschte starker Seegang, was dazu führte, dass der Gestank in dem engen Raum noch schlimmer wurde.

Das siebenjährige Mädchen saß in der Ecke, griff nach dem Rock seiner Mutter und vergrub die Nase darin. Sie stellte sich vor, dass sie zu Hause im Bett läge oder in einer Wiege. Denn das Schaukeln des Schiffs erinnerte sie an das Gefühl, gewiegt zu werden.

Das Mädchen atmete mit kurzen Atemzügen ein und aus. Bei jedem Ausatmen hob sich der Stoff ein wenig über seinem Mund. Bei jedem Einatmen sank er zurück und klebte an ihren Lippen. Sie atmete schneller, nahm einen tiefen Atemzug und blies, so fest sie konnte. Der Kleiderstoff bewegte sich und verschwand von ihrem Gesicht.

Sie tastete mit der Hand nach dem Rock. Im trüben Licht sah sie ihren Spiegel auf dem Boden liegen. Er war rosa mit einem Schmetterling darauf, und das Glas hatte einen langen Sprung. Sie hatte den Spiegel zu Hause in einer Mülltüte gefunden, den jemand auf die Straße geworfen hatte. Jetzt hob sie ihn auf und hielt ihn sich vors Gesicht. Sie nahm eine Haarsträhne an der Stirn und inspizierte ihr dunkles zerzaustes Haar, ihre großen Augen und ihre langen Wimpern.

Jemand hustete heftig, und das Mädchen zuckte zusammen. Sie versuchte zu sehen, wer gehustet hatte, aber die Gesichtszüge ließen sich im Dunkeln nur schwer unterscheiden.

Sie fragte sich, wann sie endlich ankämen, traute sich aber nicht zu fragen. Ihr Vater hatte sie zum Schweigen gebracht, als sie zum fünften Mal gefragt hatte, wie lange sie noch in diesem blöden Eisenschrank säßen.

Jetzt hustete auch ihre Mutter. Das Atmen fiel allen schwer, denn in dem kleinen Raum mussten sich viele Menschen den wenigen Sauerstoff teilen.

Das Mädchen ließ seine Hand über die Wand wandern. Sie spürte den weichen Rock ihrer Mutter und vergrub wieder die Nase darin.

Der Boden war hart. Sie streckte sich und änderte ihre Position, bevor sie weiter mit der Hand an der Wand herumspielte. Mit dem Zeige- und dem Mittelfinger galoppierte sie an der Wand und auf dem Boden hin und her. Ihre Mutter lachte immer, wenn sie so spielte, und sagte, sie sei eine richtige Pferdenärrin.

Zu Hause, im Schuppen in La Pintana, hatte das Mädchen sich einen Stall unter dem Küchentisch gebaut. Die Puppe war das Pferd gewesen. Die letzten drei Geburtstage hatte sie sich ein eigenes Pony gewünscht. Sie hatte gewusst, dass sie keines bekommen würde. Sie bekam nur selten Geschenke, und es war gar nicht gesagt, dass sie zu ihrem Geburtstag überhaupt etwas geschenkt bekommen würde. Sie könnten sich kaum etwas zu essen leisten, hatte ihr Vater gesagt.

Trotzdem träumte das Mädchen von einem eigenen Pferd. Sie würde darauf zur Schule reiten. Schnell, genauso schnell wie die Finger, die jetzt an der Wand entlanggaloppierten.

Diesmal lachte ihre Mutter nicht. Bestimmt ist sie müde, dachte das Mädchen und sah ihr ins Gesicht.

Wie lange dauerte es eigentlich noch? Diese blöde Reise! Dabei sollte es doch gar keine lange Reise werden, hatte ihr Vater gesagt, als sie die Plastiktüten mit der Kleidung gepackt hatten. Es sei ein Abenteuer, ein großes Abenteuer, und sie würden nur kurz mit dem Schiff fahren, zu einem neuen Haus. Und sie werde jede Menge neuer Freunde finden. Darauf freute sie sich, denn sie spielte gern mit anderen Kindern, und zu Hause hatte sie viele Freunde. Außerdem waren einige von ihnen mit auf die Reise gekommen. Danilo und Ester.

Danilo mochte sie, der war nett, aber Ester war manchmal ein bisschen blöd und ärgerte sie. Außerdem waren noch ein paar andere Kinder an Bord, aber die kannte sie nicht. Sie hatte sie nie zuvor gesehen. Diese Kinder fuhren nicht gern Schiff. Zumindest nicht das kleinste, das Baby. Es schrie fast die ganze Zeit. In diesem Moment war es immerhin still.

Das Mädchen galoppierte mit den Fingern an der Wand vor und zurück. Sie streckte sich zur Seite, um mit Zeige- und Mittelfinger noch weiter nach oben und nach unten zu gelangen. Als die Finger ganz unten in der Ecke gelandet waren, spürte sie eine Ausbuchtung. Sie wurde neugierig und blinzelte in die Dunkelheit, um herauszufinden, was es war. Ein Schild.

Sie beugte sich vor, studierte die kleine silberne Platte, die an die Wand geschraubt war, und bemühte sich zu lesen, was dort stand. V und P. Dann kam ein Buchstabe, den sie nicht kannte.

»Mama?«, flüsterte sie. »Was ist das für ein Buchstabe?«

»X«, flüsterte ihre Mutter zurück. »Ein X.«

X, dachte das Mädchen. V, P, X, O. Und dann ein paar Ziffern.

Sie zählte bis sechs. Es waren sechs Ziffern.

Der Obduktionssaal war von grellen Neonröhren erleuchtet. Eine Bahre aus glänzendem Stahl stand in der Mitte des Raums, und unter dem weißen Laken waren die Konturen eines Körpers zu erahnen. Auf einem Stahltisch stand eine lange Reihe von Plastikbehältern, die mit Nummern versehen waren. Dort lag auch eine Knochensäge. Ein metallischer Geruch nach Fleisch hatte sich im Saal ausgebreitet.

Jana Berzelius stellte sich neben die Bahre, begrüßte den Rechtsmediziner Björn Ahlmann, der ihr gegenüberstand, und zog ihren Schreibblock heraus.

Henrik Levin postierte sich neben Jana, während Mia Bolander am Ausgang stehen blieb, mit dem Rücken zur Tür. Henrik hätte es ihr am liebsten gleichgetan. Schon immer hatte er Probleme mit Obduktionssälen gehabt und konnte Björn Ahlmanns Faszination für tote Menschen nicht teilen. Er fragte sich, wie der Rechtsmediziner tagtäglich mit Leichen arbeiten und dennoch so unberührt wirken konnte. Auch wenn es zu Henriks Arbeitsalltag gehörte, fiel es ihm schwer, dem Tod in die Augen zu blicken, und selbst nach sieben Jahren im Dienst musste er sich dazu zwingen, nicht angewidert eine Grimasse zu schneiden, wenn er Leichen sah.

Auch Jana wirkte nicht unangenehm berührt. Sie verzog ohnehin nie eine Miene, und Henrik fragte sich im Stillen, ob es überhaupt irgendetwas gab, was sie zu einer Gefühlsregung bewegen konnte. Weder ausgeschlagene Zähne noch ausgestochene Augen oder abgehackte Finger und Hände lösten eine nennenswerte Reaktion bei ihr aus. Dasselbe galt für zerbissene Zungen oder Verbrennungen dritten Grades. Er wusste das, weil er dabei gewesen war, und – im Gegensatz zu ihr – hatte er sich anschließend erbrechen müssen.

Generell war Janas Mienenspiel extrem zurückhaltend. Sie zeigte kaum je irgendwelche Gemütsregungen und wirkte weder erschüttert noch verbissen. Wenn sich wider Erwarten ein Lächeln in ihr Gesicht stahl, ähnelte es am ehesten einem Strich. Einem angestrengten Strich.

Ihr strenges Wesen passte nicht zu ihrem Aussehen. Die langen dunklen Haare, die großen braunen Augen und die helle Haut hätten eine lebhaftere Körpersprache verdient. Vielleicht hat sie einfach eine berufliche Rolle eingenommen, dachte er. Vielleicht wollte sie eine bestimmte Fassade aufrechterhalten, und die starre Körpersprache sollte zu der strengen Kostümjacke, dem wadenlangen Rock und den Absätzen passen, die sie einige Zentimeter größer machten als die eins zweiundsiebzig. Vielleicht agierte sie ihre Gefühle ja außerhalb der Arbeit aus.

Henrik streckte sich unauffällig, um an Janas Körpergröße heranzureichen.

Vorsichtig hob Björn Ahlmann das weiße Laken an und entblößte Hans Juhléns nackten Körper.

»Dann schauen wir mal. Hier haben wir ein Einschussloch und hier noch eines«, sagte er und zeigte auf zwei offene Wunden am Brustkorb. »Beide sehen so aus, als wären sie perfekt platziert, doch nur einer der Schüsse hat ihn getötet.«

Ahlmann zeigte auf das obere der beiden Löcher.

»Zwei Schüsse also«, stellte Henrik fest.

»Genau.«

Björn Ahlmann holte ein CT-Bild und befestigte es am Röntgenschrank.

»Es sieht so aus, als wäre zunächst ein Schuss in den unteren Brustkorb gegangen, woraufhin das Opfer zusammengebrochen ist. Dabei ist der Mann rückwärtsgefallen, was zu einer Subduralblutung am Hinterkopf geführt hat. Sehen Sie mal hier.«

Ahlmann deutete auf eine dunkle Fläche des Röntgenbildes.

»Allerdings er ist weder durch den ersten Schuss noch durch den Sturz gestorben. Meine Vermutung lautet: Nachdem Juhlén zusammengebrochen war, hat der Täter ein zweites Mal auf ihn geschossen. Hier.«

Er zeigte auf das andere Einschussloch.

»Der zweite Schuss ging direkt durch den Rippenknorpel in den Herzbeutel. Der Tod ist sofort eingetreten.«

»Juhlén ist also durch die zweite Kugel gestorben«, fasste Henrik zusammen.

»Richtig.«

»Und die Waffe?«

»Die Patronen, die wir gefunden haben, zeigen, dass er von einer allseits bekannten Waffe erschossen wurde. Einer Glock.«

»Dann wird es schwierig werden, sie aufzutreiben«, bemerkte Henrik.

»Warum?«, fragte Jana, während im selben Augenblick ihr Handy in der Tasche vibrierte. Alle anderen nahmen das brummende Geräusch deutlich wahr, nur Jana tat so, als höre sie es nicht.

»Treffen Sie bei Ihren Gesprächen eine Vorauswahl?«, fragte Mia von der Tür aus. »War der Anruf eben nicht wichtig genug, oder was?«

Jana ignorierte sie und wiederholte stattdessen ihre Frage an Henrik Levin: »Warum?«

»Weil Glock-Pistolen sehr verbreitet sind«, erwiderte er. »Hier in Schweden wurden sie beim Militär verwendet und sind darüber hinaus weltweit bei der Polizei im Einsatz. Die Liste der Lizenzen wird also lang sein.«

»Dann müssen wir jemanden mit viel Geduld dransetzen«, meinte Jana und spürte wieder eine kurze Vibration in der Jackentasche. Jemand hatte eine Nachricht auf der Mailbox hinterlassen.

»Keine Spuren von Notwehr?«, erkundigte sich Mia.

»Nein, es gibt keinerlei Anzeichen von Gewalt. Keine Kratzer, keine blauen Flecken oder Würgemale. Er wurde erschossen, Punkt.«

Björn Ahlmann sah zu Henrik und Jana.

»Die Blutspuren zeigen, dass er vor Ort gestorben ist. Sein Körper ist nicht woandershin verfrachtet worden, aber …«

»Das hat Gunnar bereits gesagt«, unterbrach Mia ihn.

»Ich habe heute früh ja schon kurz mit ihm gesprochen. Aber es gibt …«

»Keine Fingerabdrücke?«, fragte Mia.

»Nein, aber …«

»Und was ist mit Drogen?«

»Nein. Keine Drogen, kein Alkohol. Aber …«

»Knochenbrüche?«

»Nein. Aber dürfte ich bitte mal ausreden?«

Mia verstummte.

»Danke. Bemerkenswert ist die Kombination von Einschussloch und Austrittsloch. Mit dem Einschussloch«, Ahlmann zeigte auf das obere der beiden Einschusslöcher, »hat es nichts Besonderes auf sich. Die Kugel ist glatt durchgegangen. Aber das zweite Geschoss hat den Körper in einem schrägen Winkel durchschlagen. Jemand muss beim Abfeuern des ersten Schusses gekniet, gelegen oder gesessen haben. Anschließend, nachdem der Mann zusammengebrochen war, muss er den zweiten Schuss mitten ins Herz abgegeben haben.«

»Die reinste Hinrichtung also«, sagte Mia.

»Das zu beurteilen ist natürlich Sache der Polizei, aber es sieht ganz danach aus.«

»Er stand also, als ihn die erste Kugel traf«, konstatierte Henrik.

»Ja, und er wurde von vorn getroffen.«

»Aber wie kann jemand auf den Knien oder aus liegender Stellung von vorn auf ihn schießen? Das klingt völlig abwegig«, sagte Mia. »Es ist doch total komisch, dass jemand sich vor ihn auf den Boden setzt und ihn tötet. Dann hätte Juhlén doch rechtzeitig reagieren können.«

»Das hat er vielleicht auch getan. Oder er hat seinen Mörder gekannt«, meinte Henrik.

»Vielleicht war es ja ein Zwerg oder so«, sagte Mia und lachte laut.

Henrik seufzte genervt.

»Das müssen Sie miteinander ausdiskutieren«, sagte Ahlmann. »So sieht jedenfalls meine Einschätzung zum Tod von Hans Juhlén aus. Sie finden das Ganze hier zusammengefasst.«

Er hielt zwei Kopien seines Obduktionsberichts hoch.

Henrik Levin und Jana Berzelius nahmen sich jeweils ein Exemplar.

»Der Tod ist am Sonntag zwischen achtzehn und neunzehn Uhr eingetreten. Das steht auch in den Unterlagen.«

Jana blätterte den Bericht durch, der auf den ersten Blick wie üblich umfangreich und detailliert wirkte.

»Danke für die Informationen«, sagte sie zu Ahlmann, bevor sie das Handy aus ihrer Tasche fischte, um die entgangene Mailboxnachricht abzuhören.

Sie stammte von Gunnar Öhrn, der mit entschlossener und klarer Stimme einen einzigen kurzen Satz hinterlassen hatte: »Vernehmung von Kerstin Juhlén um 15.30 Uhr.« Nichts weiter. Nicht einmal seinen Namen.

Jana legte das Telefon wieder zurück in die Tasche.

»Vernehmung um halb vier«, sagte sie leise zu Henrik.

»Was?«, fragte Mia.

»Vernehmung um halb vier«, wiederholte Henrik laut zu Mia, die gerade etwas erwidern wollte, als Jana ihr zuvorkam.

»Sehr gut«, sagte sie.

Der Rechtsmediziner schob die Brille auf der Nase hoch.

»Sind Sie zufrieden?«

»Ja.«

Langsam breitete er den Stoff über den nackten Körper.

Mia öffnete die Tür und machte einen Schritt rückwärts, um einen versehentlichen Körperkontakt mit Jana zu vermeiden.

»Wir melden uns, falls noch Fragen auftreten sollten«, sagte Henrik, als sie den Obduktionssaal verließen.

Rasch ging er zum Fahrstuhl, die anderen folgten ihm.

»Tun Sie das«, sagte Ahlmann hinter ihnen. »Sie wissen ja, wo Sie mich finden«, fügte er hinzu, doch seine Stimme ging im hämmernden Geräusch des Lüftungssystems unter.

Die Staatsanwaltschaft in Norrköping beschäftigte neben mehreren Sachbearbeitern zwölf Staatsanwälte in Vollzeit, die unter der Leitung von Torsten Granath standen.

Vor fünfzehn Jahren, als Granath den Posten als leitender Staatsanwalt übernommen hatte, war das Durchschnittsalter der Angestellten hoch gewesen. Unter seiner Führung hatte das Haus eine große Veränderung durchlaufen. Granath hatte sich bewusst für eine Verjüngungspolitik entschieden und das alternde Personal ausgetauscht. Er hatte mehrere treue Mitarbeiter dankend entlassen, hatte müde Verwaltungsangestellte verabschiedet und frustrierten Fachleuten geholfen, sich auf dem Arbeitsmarkt neuen Herausforderungen zu stellen.

Als Jana Berzelius in der Staatsanwaltschaft anfing, hatte Torsten Granath die Organisation stark reduziert und die Zahl der Staatsanwälte auf nur vier gekürzt. Im selben Jahr wurde der Behörde jedoch ein größerer Zuständigkeitsbereich zugeordnet. Nun waren nicht nur Verbrechen in Norrköping zu bearbeiten, sondern auch in Finspång, Söderköping und Valdemarsvik. Außerdem machte der steigende Drogenhandel zusätzliche Mitarbeiter erforderlich. Daher hatte Torsten Granath weitere Staatsanwälte eingestellt, deren Gesamtzahl sich nun auf zwölf belief.

Ein Ergebnis von Torsten Granaths Politik war, dass sich die Behörde jetzt mit jungen Talenten schmücken konnte. Das Durchschnittsalter war auf vierzig gesunken, und nur Granath selbst war ein wenig in die Jahre gekommen. Mit seinen zweiundsechzig Jahren hatte er sein Tempo heruntergefahren und träumte gern von den gepflegten Greens der Golfplätze. Aber sein Herz gehörte noch immer der Staatsanwaltschaft. Die Leitung der Behörde war sein Lebensauftrag, den er bis zum Tag seiner Pensionierung erfüllen würde.

Granaths Büro war gemütlich. Vor den Fenstern hingen Gardinen, auf dem Schreibtisch standen in vergoldeten Bilderrahmen Fotos der Enkelkinder, und auf dem Fußboden lag ein grüner Wollteppich, auf dem er auf und ab zu gehen pflegte, während er telefonierte.

Das tat er auch an diesem Tag, als Jana Berzelius die Abteilung betrat. Sie begrüßte kurz die Sekretärin Yvonne Jansson, die schon seit zwanzig Jahren bei der Staatsanwaltschaft arbeitete.

»Hallo, hier ist was für Sie!« Yvonne Jansson hielt Jana einen gelben Klebezettel hin, auf dem ein wohlbekannter Name notiert war.

»Mats Nylinder von den *Norrköpings Tidningar* will einen Kommentar zum Mord an Hans Juhlén. Man hat offenbar Wind davon bekommen, dass Sie die Ermittlungen leiten. Nylinder hat gemeint, dass Sie ihm noch ein paar Worte schulden, weil Sie sich heute Vormittag nach der Verhandlung so schnell aus dem Staub gemacht haben. Er hätte gern eine Äußerung von Ihnen zum Gerichtsurteil gehabt und hat über eine Stunde auf Sie gewartet.«

Jana schwieg, und Yvonne Jansson fuhr fort: »Leider war er nicht der einzige Anrufer. Dieser Mord hat alle Medien in ganz Schweden auf den Plan gerufen. Alle wollen irgendwas für ihre Titelseite morgen.«

»Und ich habe nicht vor, ihnen eine zu liefern. Verweisen Sie die Journalisten bitte an die Pressesprecherin der

Polizei. Von meiner Seite wird es keine Kommentare geben.«

»Also kein Kommentar.«

»Genau. Und das können Sie auch Mats Nylinder ausrichten«, sagte Jana und ging zu ihrem Büro.

Der dunkle Teppichboden im Flur dämpfte das Geräusch ihrer Absätze. Sobald sie den Parkettboden ihres quadratischen Zimmers betrat, hallten die Schritte laut von den hellen Wänden mit den gestreiften Tapeten wider.

Ihr Büro war spartanisch eingerichtet, doch es hatte einen eleganten Touch. Der Schreibtisch war aus Teakholz, genau wie die praktischen Regale, die reihenweise schwarze Aktenordner enthielten – allesamt in der Schriftart Times New Roman beschriftet. Rechts auf dem Schreibtisch stand ein silberfarbener Ablagekorb mit drei Fächern, links eine Schreibtischlampe, ebenfalls in Silber, und ein Telefon. Mitten auf dem Tisch lag ein Laptop der Marke HP mit einem 17-Zoll-Bildschirm. Das Fensterbrett schmückten zwei weiße Orchideen in hohen Übertöpfen.

Jana schloss die Tür hinter sich und hängte ihre Kostümjacke über den lederbezogenen Schreibtischstuhl. Während der Computer hochfuhr, betrachtete sie die Topfpflanzen. Sie mochte ihr geräumiges und luftiges Büro. Den Schreibtisch hatte sie so platziert, dass sie mit dem Rücken zum Fenster saß. So hatte sie durch die Glaswand den vollen Überblick über den Flur.

Jana legte einen riesigen Stapel Anklageschriften neben den Laptop.

Rasch sah sie auf ihre Armbanduhr. Es waren nur noch anderthalb Stunden bis zur Vernehmung von Kerstin Juhlén.

Auf einmal war ihr langweilig. Sie kratzte sich im Nacken. Sacht strich sie mit den Fingerspitzen über die Haut, die an dieser Stelle uneben war. Dann zupfte sie ihr Haar zurecht und zog es glatt auf den Rücken hinab.

Nachdem sie eine Weile zerstreut in den Unterlagen geblättert hatte, beschloss sie, sich erst einmal eine Tasse Kaffee zu holen. Als sie zurückkam, schenkte sie den restlichen Anklageschriften keine Beachtung.

In dem zwölf Quadratmeter großen unpersönlichen Raum standen ein Tisch und Stühle, das Fenster an der einen Wand war vergittert, das andere verspiegelt. Henrik Levin schaltete das Aufnahmegerät an. Laut und deutlich nannte er Kerstin Juhléns vollständigen Namen und ihre Personenkennziffer, bevor er fortfuhr:

»Es ist 15.30 Uhr am Montag, dem 16. April. Der Leiter dieser Vernehmung ist Kriminalkommissar Henrik Levin, Zeugin der Vernehmung ist Kriminalobermeisterin Mia Bolander. Anwesend sind weiterhin Staatsanwältin Jana Berzelius sowie Rechtsanwalt Peter Ramstedt.«

Kerstin Juhlén saß neben ihrem Anwalt. Sie hatte die Hände gefaltet und vor sich auf den Tisch gelegt. Ihr Gesicht war blass und ungeschminkt, die Haare waren ungekämmt, und sie trug keine Ohrringe.

»Wissen Sie, wer ihn getötet hat?«, fragte Kerstin Juhlén.

»Es ist zu früh, um auf diese Frage antworten zu können«, antwortete Henrik und sah sie mit ernstem Blick an.

»Sie glauben, dass ich es war, oder? Dass ich meinen eigenen Mann getötet habe?«

»Wir glauben gar nichts ...«

»Aber ich habe es nicht getan! Ich war es nicht!«

»Wie gesagt, wir glauben gar nichts, aber wir müssen herausfinden, was genau passiert ist. Deshalb bitten wir Sie, noch einmal von gestern zu erzählen, als Sie nach Hause gekommen sind.«

Kerstin Juhlén atmete zweimal tief durch. Sie legte die Hände in den Schoß und lehnte sich zurück.

»Ich bin … von einem Spaziergang zurückgekommen.«

»Sind Sie allein spazieren gegangen, oder waren Sie in Begleitung?«

»Ich bin allein unterwegs gewesen, zum Badeplatz und wieder zurück.«

»Erzählen Sie weiter, bitte.«

»Als ich nach Hause kam, habe ich meinen Mantel ausgezogen. Ich habe Hans gerufen, weil ich wusste, dass er um die Zeit zu Hause sein würde.«

»Wie viel Uhr war es da?«

»Ungefähr halb acht.«

»Fahren Sie bitte fort.«

»Niemand hat geantwortet, deshalb habe ich angenommen, dass er länger in der Arbeit geblieben ist. Er hat nämlich auch sonntags gearbeitet. Dann bin ich in die Küche gegangen und habe ein Glas Wasser getrunken. Als ich die Pizzakartons auf der Arbeitsfläche sah, war mir klar, dass er doch schon da war. Wir essen nämlich sonntags immer Pizza. Und dann … Ich habe ihn noch mal gerufen, und dann wollte ich irgendwas holen, ich weiß nicht mehr, was es war, das schöne Besteck vielleicht, ja, genau. Ich bin ins Wohnzimmer gegangen und … da lag er. Ich habe gleich die Polizei gerufen.«

»Wann haben Sie angerufen?«

»Direkt nachdem … ich ihn gefunden hatte.«

»Was haben Sie nach dem Gespräch mit der Polizei getan?«

»Ich bin ins obere Stockwerk gegangen. Die Frau am Telefon hat gesagt, dass ich das tun sollte. Dass ich ihn nicht anfassen dürfte. Deshalb bin ich hochgegangen.«

Henrik betrachtete Kerstin Juhlén, die elend aussah und nervös wirkte. Sie zupfte am Stoff ihrer hellgrauen Hose herum, und ihr Blick flackerte.

»Ich habe Sie das schon einmal gefragt, aber ich muss meine Frage wiederholen: Haben Sie im Haus jemanden gesehen?«

»Nein.«

»Und draußen auch nicht?«

»Nein, habe ich doch gesagt.«

»Kein Auto auf der Straße?«

»Nein«, antwortete Kerstin Juhlén mit erhobener Stimme. Sie beugte sich vor und strich mit ihren Fingern über die Achillessehne, als wolle sie sich kratzen.

»Erzählen Sie bitte von Ihrem Mann«, sagte Henrik.

»Was soll ich da erzählen?« Ihre Stimme war wieder weich.

»Er war in leitender Position im Amt für Migration tätig?«

»Ja. Er war ein fähiger Mann.«

»Können Sie das ein bisschen ausführen? Worin war er besonders gut?«

»Als Chef hatte er ja mit allem Möglichen zu tun ...«

Kerstin Juhlén verstummte und senkte den Kopf.

Henrik bemerkte, dass sie heftig schluckte. Vermutlich, um die aufsteigenden Tränen zurückzuhalten.

»Wir können eine Weile warten, wenn Sie wollen«, sagte Henrik.

»Nein, es geht schon. Alles in Ordnung.«

Kerstin Juhlén holte tief Luft. Sie warf ihrem Anwalt, der an einem Kugelschreiber herumspielte, einen kurzen Blick zu und begann zu erzählen.

»Mein Mann hatte einen verantwortungsvollen Posten. Seine Arbeit gefiel ihm, und er hat sich hochgearbeitet, hat sein ganzes Leben in diese Behörde investiert. Er ist … war ein Mensch, auf dessen Wohlwollen die Leute großen Wert legten. Er war nett zu allen, egal, wo sie herkamen. Er hatte keine Vorurteile. Er wollte helfen. Deshalb hat er sich dort so wohlgefühlt.«

Sie legte eine kurze Pause ein, ehe sie fortfuhr: »Das Amt für Migration stand ja in der letzten Zeit ziemlich im Kreuzfeuer der Kritik.«

Henrik nickte. Bei einer staatlichen Untersuchung war die Vorgehensweise des Amts für Migration beim Kauf von Wohnungen für Asylsuchende scharf verurteilt worden. Insgesamt hatte die Behörde im vergangenen Jahr Immobilien im Wert von fünfzig Millionen Kronen erworben. Davon waren neun Millionen in unerlaubte freihändige Verkäufe investiert worden, und man war außerdem auf illegale Mietverträge gestoßen. In vielen Fällen gab es überhaupt gar keine Verträge. Die Tageszeitungen hatten jede Menge Reportagen dazu publiziert.

»Hans hat sich die Kritik sehr zu Herzen genommen. Es waren mehr Flüchtlinge eingereist als erwartet. Deshalb sah er sich gezwungen, möglichst schnell Unterkünfte zu organisieren. Und dabei sind eben Fehler passiert.«

Kerstin Juhlén schwieg. Ihre Unterlippe zitterte.

»Er hat mir leidgetan.«

»Es klingt so, als hätten Sie sich gut in seinem Tätigkeitsbereich ausgekannt«, meinte Henrik.

Sie antwortete nicht, sondern wischte sich eine Träne aus dem Augenwinkel und nickte gedankenverloren.

»Außerdem gab es Disziplinprobleme im Asylbewerberheim.«

In einem Atemzug erzählte sie, dass es dort Fälle von Körperverletzung und Diebstahl gegeben habe. Aufgrund der besorgniserregenden Situation sei es unter den neu Eingereisten mehrmals zu gewalttätigen Auseinandersetzungen gekommen. Und die vom Amt für Migration angemieteten Sicherheitskräfte hätten Schwierigkeiten gehabt, die Ordnung aufrechtzuerhalten.

»Das wissen wir«, sagte Henrik.

»Richtig, das müssen Sie ja wissen«, entgegnete Kerstin Juhlén und streckte sich. »Viele Flüchtlinge waren traumatisiert, und Hans hat alles versucht, um ihnen den Aufenthalt so angenehm wie möglich zu machen. Aber es war schwierig. Mehrere Nächte nacheinander hat irgendjemand den Feueralarm ausgelöst. Die Leute haben Angst bekommen, und Hans hat keinen anderen Ausweg gesehen, als noch mehr Sicherheitsleute für das Asylbewerberheim anzustellen. Wissen Sie, mein Mann war persönlich stark engagiert und hat sein ganzes Herzblut in seine Tätigkeit gelegt.«

Henrik lehnte sich nach hinten und musterte Kerstin Juhlén. Sie sah nicht mehr so mitgenommen aus wie zu Beginn des Gesprächs. Irgendetwas hatte sich verändert, vielleicht war sie auf gewisse Weise erleichtert.

»Hans hat sehr viel Zeit an seinem Arbeitsplatz verbracht. Abends wurde es oft spät, und er ist jeden Sonntag ins Büro gefahren. Ich wusste nie genau, wann er nach Hause kommen würde und wann ich das Essen fertig haben sollte. Deshalb haben wir eingeführt, dass er Pizza mitbringt. Wir hätten gestern Abend Pizza gegessen. Wie immer.«

Kerstin Juhlén barg ihr Gesicht in den Händen und schüttelte den Kopf. Sofort waren die Angst und die Verzweiflung wieder da.

»Sie haben das Recht, die Vernehmung abzubrechen«, sagte Peter Ramstedt und legte ihr vorsichtig die Hand auf die Schulter.

Jana beobachtete ihn. Der Anwalt hatte sich schon immer stark zu Frauen hingezogen gefühlt und ließ selten eine Gelegenheit aus, seine Klientinnen zu trösten. Wenn es sich anbot, gab er ihnen auch mehr als nur verbalen Trost.

Kerstin Juhlén hob ihre Schulter ein wenig, womit sie ihm offenbar signalisieren wollte, dass er seine Hand wegnehmen sollte. Ramstedt zog ein Taschentuch hervor, das sie dankbar entgegennahm und in das sie sich laut schnäuzte.

»Verzeihung«, sagte sie.

»Kein Problem«, meinte Henrik. »Wenn ich Sie richtig verstehe, hatte Ihr Mann eine zeitraubende Arbeit.«

»Nein … also … ich weiß nicht so genau. Ich kann nicht wirklich … Ich glaube … Sie sollten besser mit der Sekretärin meines Mannes über seine Arbeit sprechen.«

Henrik runzelte die Stirn.

»Warum das?«

»Es ist am besten so«, flüsterte sie.

Henrik seufzte und lehnte sich über den Tisch.

»Wie heißt denn seine Sekretärin?«

»Lena Wikström. Sie arbeitet seit fast zwanzig Jahren für ihn.«

»Wir werden selbstverständlich mit ihr sprechen.«

Die Schultern von Kerstin Juhlén sanken herab. Als sie die Hände faltete, hörten sie auf zu zittern.

»Darf ich Sie fragen, ob Sie und Ihr Mann sich nahestanden?«, fragte Henrik.

»Natürlich standen wir uns sehr nahe.«

»Sie waren sich nicht über irgendetwas uneins? Oder haben sich viel gestritten?«

»Worauf wollen Sie mit Ihren Fragen hinaus, Herr Levin?«, fragte Peter Ramstedt und klickte zweimal wütend mit der Mine seines Kugelschreibers.

»Ich will mit den Ermittlungen vorankommen«, sagte Henrik.

»Nein, wir haben uns nur selten gestritten«, antwortete Kerstin Juhlén.

»Wer stand ihm denn noch nahe, mal abgesehen von Ihnen?«

»Seine Eltern sind leider schon lange tot. In beiden Fällen Krebs. Er hatte keine direkten Freunde, man könnte sagen, dass unser Bekanntenkreis relativ begrenzt war. Aber wir haben uns damit wohlgefühlt.«

»Schwester? Bruder?«

»Er hat einen Halbbruder, der in Finspång wohnt. Aber Hans und er hatten nur wenig Kontakt. Sie sind sehr verschieden.«

»Inwiefern?«

»Das ist einfach so.«

»Wie heißt er denn?«

»Lars Johansson. Genannt Lasse.«

Mia Bolander hatte bisher mit verschränkten Armen dagesessen und zugehört. Jetzt legte sie beide Hände auf den Tisch und fragte geradeheraus: »Warum hatten Sie keine Kinder?«

Kerstin Juhlén war von der Frage sichtlich überrumpelt und zog die Beine so abrupt unter den Stuhl, dass sie einen Schuh verlor.

Henrik und Mia wechselten Blicke. Er sah irritiert aus, sie hingegen wirkte zufrieden, die Frage gestellt zu haben. Kerstin Juhlén bückte sich und stöhnte, als sie versuchte, den Schuh zu greifen, der unter dem Tisch lag. Dann richtete sie sich auf und sagte knapp:

»Es hat sich nicht so ergeben.«

»Warum nicht?«, fragte Mia. »Konnten Sie keine Kinder kriegen, oder was?«

»Doch, ich denke schon. Aber es ist eben nicht passiert.«

Henrik räusperte sich und ergriff wieder das Wort, um zu verhindern, dass Mia weitere Fragen stellte.

»Nun gut. Sie hatten keinen großen Bekanntenkreis, haben Sie gesagt.«

»Das stimmt.«

»Wann hatten Sie zuletzt Freunde zu Besuch?«

»Das ist lange her. Er hat ja ständig gearbeitet …«

»Kein anderer Besuch, Handwerker oder so?«

»Um Weihnachten herum hat mal ein Mann angeklopft, der Lose verkaufen wollte, aber sonst …«

»Wie sah er aus?«

Kerstin Juhlén sah Henrik erstaunt an.

»Groß, blond. Er war nett, aber ich habe ihm keine Lose abgekauft.«

»Waren Kinder dabei?«

»Nein. Nein, es waren keine Kinder dabei. Warum fragen Sie danach?«

»Sie kennen niemanden mit Kind?«

»Doch, den Halbruder meines Mannes.«

»Hat er denn Kinder?«

»Ja, einen achtjährigen Sohn.«

»Der auch mal bei Ihnen zu Besuch war?«

Kerstin Juhlén starrte Henrik an.

»Ich verstehe Ihre Fragen nicht so ganz … Aber nein, der Junge ist schon ewig nicht mehr bei uns zu Hause gewesen.«

Jana Berzelius notierte sich die Aussagen und kreiste den Namen des Halbbruders ein. Lars Johansson.

»Haben Sie denn irgendeine Vorstellung, wer Ihrem Mann das angetan haben könnte?«, fragte sie.

Kerstin Juhlén rutschte auf ihrem Stuhl herum.

»Nein.«

»Hatte Ihr Mann Feinde?«, wollte Henrik wissen.

Kerstin Juhlén sah auf den Tisch und atmete tief ein.

»Nein, er hatte keine Feinde.«

»Und es gab niemanden, auf den er wütend gewesen wäre oder mit dem er sich gestritten hätte?«

Sie schien ihn nicht gehört zu haben.

»Frau Juhlén?«

»Wie bitte?«

»Und niemand war wütend auf ihn?«

Sie schüttelte den Kopf so heftig, dass die schlaffe Haut unter dem Kinn zitterte.

»Komisch«, sagte Henrik und legte die Kopien der Drohbriefe vor ihr auf den Tisch. »Die hier haben wir nämlich bei Ihnen zu Hause gefunden.«

»Was ist das?«

»Das wollte ich Sie fragen.«

»Aber ich weiß nicht, was es ist.«

»Es scheint sich um eine Art Erpresserbrief zu handeln. Also muss Ihr Mann einen oder mehrere Feinde gehabt haben.«

»Aber … nein …«

Kerstin Juhlén starrte den Kommissar mit weit aufgerissenen Augen an.

»Uns ist sehr daran gelegen herauszufinden, wer der Absender ist.«

»Ich habe wirklich keine Ahnung«, sagte sie kurz angebunden.

»Nein?«

»Nein, ich habe diese Briefe noch nie gesehen.«

Aus Peter Ramstedts Richtung war das wohlbekannte Klicken des Kugelschreibers zu hören.

»Wie meine Klientin bereits gesagt hat, kennt sie diese Papiere nicht. Könnten Sie sich das bitte freundlicherweise merken? Dann müssen Sie nicht die ganze Zeit dieselbe Frage wiederholen.«

»Sie sind sehr wohl mit Vernehmungstechniken vertraut, Herr Ramstedt. Ohne Fragen bekommen wir keine Antworten«, sagte Henrik.

»Dann stellen Sie bitte relevante Fragen. Frau Juhlén hat diese Blätter noch *nie* gesehen.«

Ramstedt fixierte Henrik, woraufhin dieser seinem Blick auswich. Wieder ertönte das Klicken des Kugelschreibers.

»Sie wissen also nicht, ob Ihr Mann sich irgendwie bedroht gefühlt hat?«

»Nein.«

»Keine merkwürdigen Anrufe?«

»Ich glaube nicht.«

»Sie glauben nicht, oder Sie wissen es nicht?«

»Nein, keine Anrufe.«

»Sie kennen auch niemanden, der ihn warnen oder sich an ihm rächen wollte?«

»Nein, aber durch seine Arbeit befand er sich ja in einer ziemlich exponierten Stellung.«

»Was meinen Sie damit?«

»Na ja … mein Mann hat das Asylverfahren als sehr schwierig empfunden. Er fand es schlimm, die Anträge der Asylbewerber ablehnen zu müssen, auch wenn er selbst nicht derjenige war, der die schlechte Nachricht überbringen musste. Er wusste, dass es viele Asylbewerber in tiefe Verzweiflung stürzte, wenn sie nicht hierbleiben durften. Aber niemand hat ihn bedroht. Oder sich an ihm gerächt, wenn Sie das gemeint haben sollten.«

Henrik fragte sich, ob die Frau vor ihm wirklich die Wahrheit sagte. Hans Juhlén hatte ihr offensichtlich die Drohbriefe vorenthalten, aber Henrik hielt es für unwahrscheinlich, dass er sich in all den Jahren kein einziges Mal bedroht gefühlt haben sollte. Und in dem Fall hätte er sich doch bestimmt seiner Frau anvertraut.

»Hans Juhlén muss für manche ein ziemliches Feindbild gewesen sein«, sagte Henrik Levin nach der Vernehmung zu Jana, als sie den Raum verließen. Er zuerst, sie folgte ihm.

»Ja«, sagte sie knapp.

»Was für einen Eindruck haben Sie von Kerstin Juhlén?«

Jana blieb im Flur stehen und dachte nach. Henrik Levin schloss die Tür hinter ihnen.

»Es gab im Haus der Juhléns keine Anzeichen von Gewalt«, sagte sie.

»Vielleicht weil alles gut geplant war.«

»Also denken Sie, dass sie schuldig ist?«

»Die Frau ist doch immer die Schuldige«, meinte Henrik Levin und lächelte.

»Fast immer. Aber in der jetzigen Lage haben wir keinerlei Beweise, die sie mit dem Mord in Verbindung bringen würden.«

»Sie hat nervös gewirkt, oder?«

»Das reicht aber nicht.«

»Ich weiß. Allerdings habe ich nicht das Gefühl, dass sie die Wahrheit sagt.«

»Das tut sie vermutlich auch nicht, aber um sie verhaften zu lassen, brauche ich mehr. Wenn sie nicht anfängt zu reden und wenn Sie keine technischen Beweise beibringen können, muss ich sie freilassen. Sie haben drei Tage Zeit.«

Henrik fuhr sich durchs Haar.

»Und die Sekretärin?«, fragte er.

»Finden Sie heraus, was sie weiß. Ich will, dass Sie sie gleich morgen aufsuchen. Morgen habe ich vier Gerichtsverhandlungen, die meine komplette Zeit beanspruchen werden. Daher kann ich leider nicht mitkommen. Aber ich verlasse mich auf Sie.«

»Selbstverständlich. Mia Bolander und ich werden morgen mit ihr reden.«

Jana verabschiedete sich von ihm und ging an den fünf übrigen Vernehmungsräumen des Untersuchungsgefängnisses vorbei. Als Staatsanwältin war sie in regelmäßigen Abständen hier. Sie hatte einige Wochenenden und Nächte pro Jahr Bereitschaftsdienst. Die Verteilung der Dienste lief nach einem rotierenden Schichtmodell, und der Sinn des Bereitschaftsdienstes bestand in erster Linie darin, bei akuten Fragen zur Verfügung stehen zu können, zum Beispiel wenn es um die Entscheidung ging, ob eine Person vorläufig festgenommen werden sollte.

Jana war in mehreren Fällen und manchmal auch spätnachts einberufen worden, um in aller Eile über freiheitsbeschränkende Maßnahmen zu entscheiden.

Derzeit war das Untersuchungsgefängnis voll belegt. Jana dankte den höheren Mächten dafür, dass sie am kommenden Wochenende keinen Bereitschaftsdienst hatte. Gleichzeitig erinnerte sie sich daran, dass sie am darauffolgenden Wochenende eingeteilt war. Sie blieb stehen, zog aus ihrer Aktentasche den Kalender hervor und blätterte bis zum Samstag, dem 28. April. Keine Notiz. Sonntag, den 29. April. Doch auch da stand nichts.

Sie runzelte die Stirn. Hatte sie sich geirrt? Sie hatte an dem fraglichen Wochenende doch Dienst? Sie blätterte ein paar Seiten weiter und entdeckte eine Notiz am Dienstag, dem 1. Mai. Bereitschaftsdienst. Ihr fiel das Abendessen bei ihren Eltern ein. Was sollte sie tun? An dem Tag zu arbeiten war undenkbar. Natürlich war es nicht zwingend notwendig, an dem gemeinsamen Essen teilzunehmen, aber sie wollte ihren Vater nicht enttäuschen.

Ich muss den Dienst tauschen, dachte sie und tat den Kalender wieder in ihre Aktentasche. Während sie weiterging, dachte sie darüber nach, mit wem sie tauschen könnte. Ihre Wahl fiel auf Per Åström. Per war eine ungewöhnliche Mischung aus erfolgreichem Staatsanwalt und beliebtem Sozialarbeiter. Als Kollege hatte sie Respekt vor ihm, und in den fünf Jahren, die sie sich kannten, hatte sich zwischen ihnen eine Art Freundschaft entwickelt.

Per war dreiunddreißig und ein durchtrainierter Mann, der dienstags und donnerstags Tennis spielte. Er war blond, hatte ein Grübchen am Kinn und zweifarbige Augen. Ihn umgab ein Duft nach Fahrenheit. Ein bisschen nervig war er manchmal, aber nett. Doch nur das. Nicht mehr.

Jana hoffte fest, dass sie Per dazu überreden konnte, mit

ihr den Dienst zu tauschen. Sonst würde sie ihn bestechen. Mit Wein. Rot oder weiß? Sie wog die Alternativen gegeneinander ab, während ihre Absätze über den Boden klapperten. Rot oder weiß. Rot oder weiß. Rot oder weiß.

Einen Moment fragte sie sich, ob sie die Treppe in die Tiefgarage nehmen sollte, entschied sich aber dann für den Fahrstuhl und bog nach rechts ab.

Als sie sah, dass Rechtsanwalt Peter Ramstedt dieselbe Wahl getroffen hatte, bereute sie ihre Entscheidung. Sie stellte sich in gebührendem Abstand hinter ihn.

»Na, Frau Berzelius«, sagte er, als er ihre Anwesenheit bemerkte, und wippte vor und zurück. »Ich habe gehört, dass Sie sich Hans Juhléns Leiche angesehen haben.«

»Wo haben Sie das gehört?«

»Ach, man hört das eine oder andere.« Ramstedt lächelte schief und entblößte dabei seine gebleichten Zähne. »Sie mögen also Tote?«

»Nein, ich versuche nur, eine Ermittlung zu leiten.«

»Ich bin seit zehn Jahren Rechtsanwalt und habe noch nie von einem Staatsanwalt gehört, der einer Obduktion beigewohnt hat.«

»Das sagt vielleicht mehr über andere Staatsanwälte aus als über mich.«

»Sie mögen Ihre Kollegen nicht?«

»Das habe ich nicht gesagt.«

»Wäre es nicht einfacher, es wie alle anderen zu machen? Das heißt, der Polizei das Grobe zu überlassen und alles andere per Telefon zu regeln?«

»Mich interessiert nicht das, was einfach ist.«

»Wissen Sie, als Staatsanwalt kann man Ermittlungen auch verkomplizieren.«

»Wie das?«

»Indem man besser sein will als die anderen.«

Nach diesen Worten beschloss Jana, zu Fuß in die Tiefgarage zu gehen, wobei sie auf jeder einzelnen Treppenstufe den Rechtsanwalt Peter Ramstedt verfluchte.

Es hatte aufgehört zu schaukeln. Langsam bewegten sie sich vorwärts, eingeschlossen im dunklen Container.

»Sind wir da?«, fragte das Mädchen.

Die Eltern antworteten nicht. Sie wirkten angespannt. Ihre Mutter sagte, sie solle sich hinsetzen. Das Mädchen gehorchte. Die anderen bewegten sich auch. Es entstand ein wenig Unruhe, manche husteten, und das Mädchen spürte, wie die warme, eingeschlossene Luft ihre Lungen reizte. Sogar ihr Vater gab ein röchelndes Geräusch von sich.

»Sind wir jetzt da?«, fragte sie wieder. »Mama? Mama!«

»Still!«, sagte ihr Vater. »Du musst jetzt ganz still sein.«

Das Mädchen war eingeschnappt und zog demonstrativ die Knie zum Kinn.

Plötzlich bebte der Boden unter ihr. Sie fiel zur Seite und streckte den Arm aus, um sich abzufangen. Ihre Mutter packte sie und drückte sie an sich.

Eine ganze Weile war es still. Plötzlich hatte man den Eindruck, als würde der Container in die Luft gehoben. Alle in dem engen Raum klammerten sich fest. Das Mädchen umfasste krampfhaft die Taille seiner Mutter. Dennoch stieß sie sich den Kopf, als der Container hart auf der Erde landete. In ihrem neuen Land. In ihrem neuen Leben.

Ihre Mutter stand auf und zog sie mit sich nach oben. Das Mädchen sah zu Danilo hinüber, der noch immer mit dem Rücken an der Wand dasaß. Seine Augen waren weit aufgerissen, und er lauschte wie die anderen auf Geräusche von draußen. Durch die Wände war kaum etwas zu hören, aber wenn man sich konzentrierte, konnte man schwache Stimmen ausmachen. Oder nicht? Doch, da draußen waren Leute, die sprachen. Das Mädchen sah zu seinem Vater auf. Er lächelte sie an, und sein Lächeln war das Letzte, was sie sah, bevor der Container geöffnet wurde und gleißendes Licht hereinströmte.

Draußen standen drei Männer. Sie hielten etwas in den Händen, etwas Großes, Silbernes. Das Mädchen hatte so etwas schon einmal gesehen, doch da war es aus rotem Plastik gewesen, und es war Wasser herausgespritzt.

Der eine Mann schrie den anderen beiden etwas zu. Er hatte etwas Komisches im Gesicht, eine Verletzung, riesengroß. Das Mädchen konnte nicht umhin, die ganze Zeit darauf zu starren.

Der Mann mit der komischen Wunde ging in den Container und fuchtelte mit dem silbernen Ding herum. Dabei schrie er die ganze Zeit. Das Mädchen verstand ihn nicht. Ihre Eltern auch nicht. Niemand verstand, was er sagte.

Der Mann ging zu Ester und zerrte an ihrem Pullover. Ester sah erschrocken aus. Auch deren Mutter bekam es mit der Angst zu tun, doch erst als es schon zu spät war, verstand sie, was da gerade passierte. Der Mann riss Ester an sich und packte sie fest um den Hals, während er rückwärts aus dem Container ging und die ganze Zeit das silberne Ding auf Esters Eltern gerichtet hielt. Sie trauten sich nicht zu protestieren, sondern standen nur still da.

Das Mädchen spürte, wie jemand es fest am Arm packte. Es war ihr Vater, der sie schnell hinter seinen Beinen versteckte. Ihre Mutter breitete den Rock aus, um sie möglichst gut zu verbergen.

Das Mädchen stand, so still es nur konnte. Hinter dem

Rock sah sie nicht, was passierte. Aber sie hörte es. Sie hörte, wie die Erwachsenen zu schreien begannen. Sie schrien: »Nein, nein, NEIN!« Und dann hörte sie Danilos verzweifelte Stimme.

»Mama!«, rief er. »Mama!«

Das Mädchen hielt sich die Ohren zu, um das Weinen und Schreien der anderen Kinder nicht hören zu müssen. Doch die Stimmen der Erwachsenen waren schlimmer. Auch sie schrien und weinten, nur viel lauter, und das Mädchen presste die Hände immer fester gegen die Ohren. Nach einer Weile wurde es still.

Das Mädchen nahm die Hände von den Ohren und lauschte. Sie versuchte, hinter den Beinen ihres Vaters hervorzulugen, doch sobald sie sich rührte, presste er sie fest gegen die Wand. Es tat weh.

Das Mädchen hörte, wie sich Schritte näherten, und sie spürte, wie ihr Vater sie immer fester gegen die Wand presste. Sie konnte kaum noch atmen. Gerade als sie den Mund öffnen wollte, um »Aua!« zu sagen, hörte sie ein knirschendes Geräusch. Im nächsten Moment fiel ihr Vater vornüber auf den Boden und lag reglos da. Als sie aufsah, stand der Mann mit der Narbe vor ihr. Er lächelte.

Ihre Mutter warf sich über sie und hielt sie fest. Der Mann starrte sie und das Mädchen weiter an. Dann schrie er wieder etwas, und ihre Mutter schrie zurück:

»Du fasst sie nicht an!«

Da schlug er sie. Mit dem Ding, das er in der Hand hielt.

Das Mädchen spürte, wie die Hände ihrer Mutter von ihrem Bauch und ihren Beinen hinabglitten. Die Mutter blieb mit starren Augen auf dem Boden liegen. Sie blinzelte nicht. Starrte nur.

»Mama!«

Dann spürte sie eine Hand, die sie am Oberarm packte. Der Mann riss sie hoch. Er hielt sie fest am Arm, schubste sie aus dem Container.

Und als sie draußen stand, hörte sie das Geräusch, das schreckliche Geräusch, als sie die Dinger abfeuerten. Es war kein Wasser darin. So klang kein Wasser. Sie schossen mit irgendetwas Hartem. Und sie schossen mitten in die Dunkelheit.

Genau auf ihre Mutter und ihren Vater.

Dienstag, den 17. April

Jana Berzelius erwachte bereits um fünf Uhr morgens. Sie hatte schon wieder denselben Traum gehabt, er ließ ihr einfach keine Ruhe. Sie richtete sich auf und wischte sich den Schweiß von der Stirn. Der Mund war trocken, vielleicht hatte sie wieder geschrien.

Sie streckte die verkrampften Finger. Ihre Nägel hatten bogenförmige Spuren auf den Handinnenflächen hinterlassen.

Der Traum verfolgte sie schon, seit sie sich erinnern konnte. Es war immer derselbe Traum, dieselben Bilder. Er irritierte sie, denn sie wusste überhaupt nicht, was er bedeutete. Sie hatte nachgedacht und analysiert und alle denkbaren Deutungen in Betracht gezogen. Aber es half nichts.

Ihr Kissen lag auf dem Boden. Hatte sie es dorthin geworfen? Vermutlich, denn es lag weit vom Bett entfernt.

Sie legte das Kissen ans Kopfende des Bettes und zog die Decke über sich. Nachdem sie sich zwanzig Minuten lang rastlos unter der warmen Daunendecke herumgewälzt hatte, sah sie ein, dass es keinen Sinn hatte, wieder einschlafen zu wollen. Sie stand auf, duschte, zog sich an und aß einen Teller Müsli mit Sauermilch.

Mit der Kaffeetasse in der Hand betrachtete sie das unbeständige Wetter. Obwohl es schon Mitte April war, schien der Winter nicht aufgeben zu wollen. Regenschauer wechselten sich mit Schneeböen ab, und die Temperatur blieb Tag und Nacht unter dem Gefrierpunkt.

Von ihrer Wohnung in Knäppingsborg hatte Jana Aussicht auf den Fluss und die Louis-de-Geer-Halle. Wenn sie im Wohnzimmer saß, konnte sie die Menschen beobachten, die das malerische Einkaufsviertel besuchten. Knäppingsborg war erst kürzlich renoviert worden, und es war der Stadt gelungen, den ursprünglichen Charakter des Viertels zu erhalten.

Jana hatte sich immer eine Wohnung mit ausreichender Deckenhöhe gewünscht, und sobald der erste Grundriss für das neue Stadtviertel genehmigt worden war, hatte ihr Vater sich eingereiht, um in eine Eigentumswohnung für seine frisch examinierte Tochter zu investieren. Glücklicherweise oder dank diverser Telefonate hatte Karl Berzelius die Möglichkeit erhalten, sich als Erster eine Wohnung auszusuchen, und natürlich war seine Wahl auf die Wohnung gefallen, die vierzig Quadratmeter größer war als die übrigen und deren Gesamtfläche einhundertsechsundneunzig Quadratmeter umfasste.

Jana sah in den Himmel. Der Regen fiel aus den grauen Wolken, die keinerlei Willen zeigten, die Sonnenstrahlen durchzulassen.

Sie kratzte sich im Nacken. Das Jucken war in den letzten Tagen wegen des kalten Wetters besonders schlimm gewesen. Sie hatte sich in der Apotheke eine Salbe gekauft, die laut der Apothekenhelferin ganz neu auf dem Markt war, aber sie hatte noch keine Besserung feststellen können.

Jana kämmte sich und zog einen Seitenscheitel, dann zog sie alle Haare über die rechte Schulter nach vorn und entblößte ihren Nacken. Vorsichtig applizierte sie einen

Tropfen Salbe auf die deformierten Buchstaben. Dann strich sie das Haar wieder zurück.

Sie zog einen dunkelblauen Blazer an und darüber einen beigefarbenen Trenchcoat von Armani.

Um halb neun verließ sie die Wohnung, ging zu ihrem Auto und fuhr im prasselnden Regen zum Landgericht. Sie dachte an die erste Verhandlung, bei der es um häusliche Gewalt ging. Die Gerichtsverhandlungen fingen um neun Uhr an. Die vierte und letzte Verhandlung endete vermutlich frühestens um halb sechs.

Es würde ein langer Tag werden.

Es war kurz nach neun, als Henrik Levin und Mia Bolander den Eingangsbereich des Amts für Migration betraten. Sie meldeten sich an der Rezeption und erhielten eine vorübergehende Zugangsberechtigung.

Die Sekretärin Lena Wikström führte gerade ein Telefonat, als sie in ihr Büro im zweiten Stock kamen. Sie signalisierte ihnen, dass es nur noch einen Moment dauern werde.

Von ihrem Büro konnten sie in Hans Juhléns Arbeitszimmer blicken. Das Zimmer war aufgeräumt, der breite Schreibtisch so gut wie leer. Ein Computer nahm die eine Hälfte des Tisches ein, auf der anderen Hälfte lag ein Stapel Hängeordner.

Lena Wikströms Büro war das genaue Gegenteil. Überall lag Papier, auf dem Schreibtisch, auf den Aktenordnern, unter den Aktenordnern, in den Regalfächern, auf dem Fußboden, im Karton mit dem Altpapier und im Abfalleimer. Nichts war sortiert. Dokumentationen, Dienstreisebuchungen und Postsendungen lagen wild durcheinander.

Henrik schauderte und fragte sich, wie sich Lena Wikström in einem solchen Chaos auf ihre Arbeit konzentrieren konnte.

»So, jetzt.« Lena Wikström legte den Hörer auf die Gabel und erhob sich. »Willkommen.«

Sie schüttelte Henrik und Mia die Hand und bat sie, auf den abgenutzten Besucherstühlen neben ihrem Schreibtisch Platz zu nehmen.

»Es ist ja furchtbar, was da passiert ist«, sagte sie. »Ich kann es noch gar nicht begreifen. Es ist einfach schrecklich. Ganz schrecklich. Alle fragen sich, wer das getan haben könnte. Ich verbringe massig Zeit am Telefon, dabei gibt es jede Menge anderes zu tun. Aber es ist ja verständlich, dass die Leute sich Sorgen machen, wenn ihr Chef ermordet wird. Er wurde doch ermordet, oder? Herrje, es ist schrecklich.«

Lena Wikström fingerte an ihren nachlässig lackierten Nägeln herum. Ihr Alter war schwer zu schätzen. Henrik tippte auf Ende fünfzig. Sie hatte eine dunkle Kurzhaarfrisur, trug eine helllila Bluse aus dünnem Stoff und Ohrringe in derselben Farbe. Wäre der Nagellack nicht so abgeblättert gewesen, hätte Lena Wikström einen eleganten, beinahe wohlhabenden Eindruck gemacht.

Mia schlug ihr Notizbuch auf und hielt den Stift bereit.

»Laut unseren Angaben haben Sie viele Jahre für Herrn Juhlén gearbeitet?«, fragte sie.

»Ja, über zwanzig Jahre«, sagte Lena Wikström.

»Kerstin Juhlén meinte, es seien *fast* zwanzig gewesen.«

»Sie hat leider keinen so guten Überblick, was ihren Mann betrifft. Beziehungsweise sie *hatte* keinen Überblick. Nein, es sind genau zweiundzwanzig Jahre. Aber ich war nicht die ganze Zeit seine Assistentin. Vorher hatte ich einen anderen Chef, der aber dann in Ruhestand gegangen ist und Hans Juhlén seinen Posten überlassen hat. Hans hatte vorher die Wirtschaftsabteilung geleitet, und in der Zeit hatten wir immer wieder in Wirtschaftsfragen miteinander zu tun, da ich meinen damaligen Chef relativ oft vertreten habe.«

»Laut seiner Frau hat Herr Juhlén in letzter Zeit ein wenig gestresst gewirkt. Können Sie das bestätigen?«, fragte Henrik.

»Gestresst? Nein, das kann ich nicht behaupten.«

»Sie meinte wegen der Kritik, der die Behörde in letzter Zeit ausgesetzt war.«

»Ach so? Stimmt, ja, die Zeitungen haben geschrieben, dass wir schlecht darin seien, die Flüchtlingsströme zu planen. Aber es ist nun mal schwer zu wissen, wie viele Flüchtlinge einreisen werden. Man kann nur Prognosen stellen. Und eine Prognose ist eben eine Prognose.«

Lena Wikström holte tief Luft und fuhr fort: »Vor drei Wochen kam eine große Gruppe von Asylbewerbern aus Somalia. So etwas erfordert zahlreiche Vorbereitungen und auch viel Nacharbeit. Hans Juhlén wollte keine weiteren Schreibereien in den Medien riskieren. Er hat die Kritik sehr ernst genommen.«

»Hatte er irgendwelche Feinde?«, fragte Henrik, beugte sich vor und stützte die Ellbogen auf die Knie.

»Nein, zumindest weiß ich nichts davon. Aber man ist hier natürlich in einer recht exponierten Position. Es sind beim Thema Asyl so viele Gefühle im Spiel, und viele Menschen drohen uns, wenn sie nicht in Schweden bleiben dürfen. So gesehen haben wir natürlich ziemlich viele Feinde. Deshalb haben wir einen Sicherheitsdienst, der hier ständig Wache schiebt«, sagte Lena Wikström und kratzte sich am Arm.

»Auch abends und nachts?«

»Ja.«

»Sie sind also bedroht worden?«

»Nein, nicht direkt. Aber unsere Behörde ist wie gesagt ein Feindbild für viele. Einmal hat sich ein Mann mit Benzin übergossen und ist unten zum Empfang gelaufen, wo er damit gedroht hat, sich anzuzünden, wenn er keine Aufenthaltsgenehmigung bekäme. Diese Leute drehen manchmal total durch. Es ist nicht zu fassen, was es für Menschen gibt.«

Henrik lehnte sich zurück und spürte durch das dünne Polster die harte Rückenlehne des Stuhls. Er warf seiner Kollegin, die sich gerade Notizen machte, einen kurzen Blick zu und ging zur nächsten Frage über.

»Könnten wir bitte mit dem Wachmann sprechen, der am Sonntag Dienst hatte?«

»Jetzt am Sonntag? Als Hans Juhlén …«

»Ja.«

»Ich werde sehen, was sich machen lässt.«

Lena Wikström hob den Telefonhörer ab und suchte auf einer Liste an der Wand eine Nummer heraus. Dann drückte sie eine Ziffernfolge und wartete.

Wenig später versprach die Wachgesellschaft, umgehend Jens Cavenius herüberzuschicken, der den ganzen Sonntag über Dienst gehabt hatte.

»Sie wissen also nicht, ob sich Herr Juhlén in der letzten Zeit auf besondere Weise bedroht gefühlt hat?«, fuhr Henrik fort.

»Nein«, sagte Lena Wikström.

»Keine auffälligen Briefe oder Gespräche?«

»Nein, ich öffne ja seine gesamte Post, insofern … Nein, ich habe nichts gesehen.«

»Wissen Sie, ob er Kontakt zu irgendwelchen Kindern hatte?«

»Nein, warum fragen Sie?«

Henrik verzichtete auf eine Antwort und streckte sich. Der Stuhl war wirklich unbequem.

»Als er spätabends und am Wochenende hier war – wissen Sie, was er da gemacht hat?«

»Ich weiß es nicht so genau, aber er war mit irgendwelchen Unterlagen und Schriftstücken zugange. Den Computer konnte er gar nicht leiden und hat ihn so wenig wie möglich benutzt. Deshalb musste ich alle Dokumente und Berichte für ihn ausdrucken.«

»Waren Sie auch hier, als er arbeitete?«, fragte Mia und zeigte mit dem Stift auf Lena Wikström.

»Nein, nicht am Sonntag. Er wollte für sich sein, deshalb hat er gern abends und am Wochenende gearbeitet. Da hat ihn keiner gestört.«

Mia nickte und machte sich eine Notiz.

»Sie haben erwähnt, dass manche Personen Ihre Behörde bedrohen. Hätten Sie eine Liste aller Asylbewerber für uns?«, fragte Henrik.

»Na klar. Von diesem Jahr oder noch weiter zurückliegend?«

»Die Liste für dieses Jahr reicht erst mal.«

Lena Wikström betätigte ein paar Tasten und generierte eine Liste aus der Datenbank. Ihr Brother Laserdrucker startete und spuckte mehrere Seiten mit Namen in alphabetischer Reihenfolge aus. Schweigend nahm sie die Blätter in Empfang. Als zwanzig Seiten ausgedruckt waren, begann ein rotes Warnlämpchen zu blinken.

»Dass diese Dinger immer Schwierigkeiten machen müssen«, sagte sie und wurde rot im Gesicht. Sie öffnete die Papierkassette, die zu ihrer Verwunderung nicht leer war.

»Was ist denn nur los?«

Der Drucker startete wieder, aber auch jetzt zeigte das Warnlämpchen an, dass irgendetwas nicht stimmte.

»Am besten, Geräte funktionieren, oder?«, sagte sie mit genervter Stimme und schien eine Antwort zu erwarten, die sie aber nicht bekam.

Henrik und Mia saßen schweigend da.

Lena Wikström öffnete zum zweiten Mal die Kassette, stellte fest, dass sich noch immer genug Papier darin befand, und schloss sie wieder. Diesmal mit einem Knall. Der Drucker schepperte wieder los, ohne dass Blätter ausgespuckt wurden.

»Dass es immer so schwierig sein muss!«

Lena Wikström schlug mit der Faust auf den Startknopf und bekam den Drucker wieder zum Laufen.

Sie fuhr sich durchs Haar und kicherte zufrieden, weil sie jetzt endlich das komplette Dokument ausdrucken konnte. Im selben Moment klingelte das Telefon. Es war die Dame vom Empfang, die die Ankunft von Jens Cavenius meldete.

Jens Cavenius stand unten an der Rezeption und lehnte sich an die Säule. Er war höchstens zwanzig und sah unausgeschlafen aus. Die Augen waren rotgerändert, das Haar war auf der einen Seite plattgedrückt und auf der anderen Seite zerzaust. Er trug eine gefütterte Jeansjacke und weiße Converse-Schuhe. Als er Henrik und Mia entdeckte, kam er auf sie zu und begrüßte sie mit Handschlag.

»Lassen Sie uns Platz nehmen«, schlug Henrik vor.

Er zeigte auf eine helle Sitzgruppe rechts vom Empfang, die von zwei Meter hohen Yuccapalmen aus Plastik umgeben war. Auf dem kniehohen weißen Sofatisch in der Mitte stand ein Prospekthalter mit Informationen in arabischer Sprache.

Jens ließ sich aufs Sofa fallen, lehnte sich nach vorn und sah Mia und Henrik trotz der rotgeränderten Augen erwartungsvoll an.

»Sie haben also am vergangenen Sonntag hier gearbeitet?«, fragte Henrik.

»Aber hallo«, sagte Jens und schlug die Handflächen zusammen.

»War Hans Juhlén da im Haus?«

»Yep. Ich hab ein bisschen Smalltalk mit ihm gemacht. Er war ja einer der Chefs.«

»Um wie viel Uhr war das?«

»Halb sieben vielleicht?«

Henrik warf Mia einen Blick zu und sah, dass sie gern die Befragung übernehmen wollte. Mit einem Nicken überließ er ihr das Wort.

»Worüber haben Sie gesprochen?«

»Ach so, na ja, wir haben uns gegrüßt, könnte man sagen«, antwortete Jens.

»Und?«

»Oder besser gesagt, wir haben uns zugenickt. Ich habe ihm zugenickt, als ich an seinem Büro vorbeigegangen bin.«

»Und da war sonst niemand im Haus?«

»Nee. Sonntags ist hier echt tote Hose.«

»Als Sie an Hans Juhléns Zimmer vorbeigegangen sind, haben Sie da gesehen, was er gerade gemacht hat?«

»Nein. Aber ich hab gehört, dass er am Computer getippt hat. Wissen Sie, man muss als Wachmann ein verdammt gutes Gehör haben, damit man auffällige Geräusche registrieren kann. Und mit dem Sehen im Dunkeln hab ich auch keine Probleme. Beim Auswahlverfahren war ich sogar der Beste von allen!«

Mia war von Jens' Sinnesfähigkeiten wenig beeindruckt. Sie hob ironisch eine Augenbraue und wandte sich an Henrik, der eine der Yuccapalmen betrachtete.

Als ihr klar wurde, dass ihr Kollege sich in seinen Gedanken verloren hatte, versetzte sie ihm einen festen Klaps auf den Oberarm.

»Hallo?«

Henrik zuckte zusammen und kehrte in die Realität zurück.

»Hörst du eigentlich zu?«

»Na klar«, sagte Henrik und versuchte sich zu erinnern.

»Hans Juhléns Computer?«, fuhr Mia mit der Befragung fort.

»Ja?«

»Er scheint ihn recht häufig benutzt zu haben.«

»Stimmt, eigentlich ständig«, sagte Jens.

»Dann beschlagnahmen wir ihn«, sagte Henrik.

»Das finde ich auch«, meinte Mia.

Polizeiassistent Gabriel Mellqvist fröstelte. Es war kalt. Seine Schuhe waren undicht, und der kalte Regen lief von der Kopfbedeckung in den Nacken hinab. Er wusste nicht, wo seine Kollegin Hanna Hultman steckte. Zuletzt hatte sie vor der Hausnummer 36 gestanden und geklingelt.

An diesem Vormittag hatten sie gemeinsam etwa zwanzig Villen in Lindö abgegrast. Keiner der Anwohner hatte etwas beobachtet, das für die Ermittlungen relevant gewesen wäre. Allerdings waren die meisten am Sonntag nicht zu Hause, sondern in ihren Sommerhäusern gewesen oder auf dem Golfplatz, bei Reitturnieren und Gott weiß wo. Eine Mutter hatte ein kleines Mädchen an ihrer Einfahrt vorbeigehen sehen, aber vermutlich war es die Spielkameradin eines Nachbarkindes gewesen, die sich auf dem Nachhauseweg befand, und Gabriel fragte sich, warum sie sich überhaupt die Mühe gemacht hatte, dies ihm gegenüber zu erwähnen.

Er fluchte vor sich hin und sah auf die Uhr. Sein Mund fühlte sich trocken an, und er war müde und durstig. Deutliche Hinweise darauf, dass sein Blutzuckerspiegel zu niedrig war. Dennoch lenkte er seine Schritte zur nächsten Villa, die hinter einer hohen Steinmauer versteckt lag.

Klinken zu putzen war nicht gerade seine Lieblingsbeschäftigung. Insbesondere nicht bei strömendem Regen. Aber die Anordnung war von oberster Stelle innerhalb des Kommissariats gekommen, und da war es am besten, sich nicht zu widersetzen.

Das Gartentor war verschlossen. Gabriel blickte sich um. Von hier konnte er kaum einen Blick auf den Östanvägen 204 erhaschen, wo der Mord begangen worden war. Er drückte auf die Klingel und wartete auf Antwort aus der Gegensprechanlage. Er klingelte noch einmal und fügte diesmal ein »Hallo« hinzu. Das abgeschlossene Tor schepperte, als er daran rüttelte.

Wo steckte Hanna denn bloß, verdammt? Ob sie etwa in eine Parallelstraße gegangen war? Aber doch nicht, ohne vorher Bescheid zu geben. Das würde sie nie tun.

Gabriel seufzte, machte einen Schritt rückwärts und trat

in eine Pfütze. Er spürte, wie das kalte Wasser von der schwarzen Sportsocke im rechten Schuh aufgesogen wurde. Na toll.

Er blickte wieder an der Hausfassade empor. Noch immer kein Anzeichen von Leben. Am liebsten hätte er aufgegeben, um zum nächsten Lokal zu fahren und Mittag zu essen. Auf einmal nahm er etwas in den Augenwinkeln wahr. Etwas, das sich bewegte. Er strengte seine Augen an. Eine Überwachungskamera! Er drückte noch einmal die Klingel, rief mehrmals, und in seinem großen Eifer verdrängte er das Schwindelgefühl, das sich anschlich.

Vierzig Minuten und achtundneunzig Kronen später war Henrik Levin pappsatt. Das thailändische Büfett bot allzu viele leckere Gerichte. Mia Bolander hatte ihm Gesellschaft geleistet, sich aber für eine leichtere Variante in Form eines Salats entschieden.

Schon als er im Auto saß, bereute Henrik die Wahl seines Mittagessens. Er fühlte sich schwer und schläfrig und überließ es daher seiner Kollegein, zum Polizeirevier zurückzufahren.

»Kannst du mich bitte daran erinnern, dass ich nächstes Mal auch Salat esse?«, sagte er.

Mia lachte.

»Bitte.«

»Ich bin doch nicht deine Mama. Aber meinetwegen. Will Emma, dass du abnimmst, oder was?«

»Findest du mich dick?«

»Nicht im Gesicht.«

»Danke.«

»Lässt sie dich nicht ran?«

»Wie bitte?«

»Na ja, du willst dich anscheinend beim Essen zurückhalten, das heißt, du willst abnehmen. Und ich habe in irgendeiner Zeitschrift gelesen, dass Männer vor allem deshalb abnehmen, weil sie mehr Sex wollen.«

»Ich habe von einem Salat gesprochen, okay? Ich will nächstes Mal einfach nur Salat essen. Wo ist das Problem?«

»Es gibt keins.«

»Findest du mich zu dick?«

»Nein. Man ist nicht dick, wenn man achtzig Kilo wiegt, Henrik.«

»Dreiundachtzig.«

»Sorry, dann eben dreiundachtzig verdammte Kilos. Du bist doch ein Sahneschnittchen. Warum solltest du denn abnehmen?«

Henrik verschwieg den eigentlichen Grund für seine Diätpläne. Mia brauchte nicht zu wissen, dass er vor sieben Wochen eine Vereinbarung mit sich selbst getroffen hatte. Er hatte sich für ein Gewichtreduktionsprogramm entschieden, das ausschließlich kohlenhydratarmes Abendessen vorschrieb. Außerdem hatte er sich als Ziel gesetzt, sich an den Wochentagen mehr zu bewegen.

Doch es war schwierig, seine Vorhaben in die Tat umzusetzen. Insbesondere da thailändisches Essen mit Reis so viel leckerer schmeckte. Und nach der Arbeit war nicht viel Zeit für Training. Da hieß es nach Hause fahren, essen, spielen, baden, die Kinder ins Bett bringen, fernsehen, schlafen. Es war so gut wie unmöglich, irgendetwas unterzubringen, was über die Alltagsrituale hinausging, die ein fünfjähriges und ein sechsjähriges Kind nun mal brauchten. Mit Emma hatte er noch gar nicht besprochen, ob er künftig ein oder zwei Abende pro Woche im Fitnessstudio verbringen könnte. Im Grunde hatte es keinen Sinn zu fragen, denn er wusste schon die Antwort. Ein entschiedenes Nein.

Emma fand, dass er ohnehin viel zu wenig Zeit in die Familie investierte. Dass die Überstunden sich anstauten, war das eine. Doch das war Arbeit und ließ sich nicht ändern. Sport hingegen war ein komplizierteres Thema, das bei Emma starke Gefühle auslöste. Henrik verstand eigentlich nicht, warum. Sport machte man doch fürs Wohlbefinden, und wenn er trainierte, würde er festere Muskeln bekommen und attraktiver werden. Henrik fragte sich, ob nicht der letzte Punkt das beste Argument war. Wenn Emma ihn zwei Abende pro Woche trainieren ließ, würde sie einen muskulöseren Mann bekommen. Und er hoffentlich mehr Sex. Das war eine klassische Win-win-Situation.

Doch die wenigen Male, als er Emma um Erlaubnis gefragt hatte, ob er wohl mit seinen Kollegen am Samstagnachmittag Fußball spielen dürfe, hatte sie nicht zugestimmt. Die Wochenenden waren für die Familie vorgesehen. Man verbrachte Zeit im Garten, ging in den Zoo oder ins Kino oder kuschelte einfach. Henrik und Emma sollten Zeit für sich haben. Kuschelzeit.

Dabei hielt er nicht viel von Kuscheln. Er wollte Sex. Punkt. Sex war der größte Beweis, dass man seine Partnerin liebte. Es war egal, wann und wo man es tat. Hauptsache, man hatte Sex. Da war Emma anderer Meinung. Für sie musste Sex etwas Lustvolles und Entspannendes sein, man musste genug Zeit dafür einplanen und so weiter. Für sie spielte die Umgebung eine wichtige Rolle. Also war das Ehebett für Emma und ihn nach wie vor der einzige lusterfüllte Aufenthaltsort des Hauses, und zwar nur, wenn die Kinder schliefen.

Da Felix wegen seiner großen Angst vor Gespenstern jeden Abend darauf bestand, zwischen ihnen im Doppelbett zu liegen, bis er eingeschlummert war, hielt sich die Anzahl sexueller Begegnungen in Grenzen. Weshalb Henrik stets in der Hoffnung darauf einschlief, dass alles besser werden würde. In den letzten Wochen hatte er dank der kohlenhydratarmen Ernährung mehr Lust bekommen. Irgendwie waren die Hormone zu neuem Leben erwacht. Und Emma hatte mitgemacht. Tatsächlich. Wenigstens ein Mal. Vor genau vier Wochen.

Henrik unterdrückte einen Rülpser. Nie wieder Thaibüfett, dachte er. Nächstes Mal würde er nur einen Salat essen. Definitiv.

Als Henrik und Mia den Konferenzraum betraten, erhielten sie die Nachricht, dass Gabriel Mellqvist während der Anwohnerbefragung in Lindö in Ohnmacht gefallen war. Eine ältere Dame hatte ihre Türklingel mehrmals läuten hören. Doch da sie im Rollstuhl saß, hatte sie nicht so schnell zur Tür kommen können. Als sie schließlich öffnete, sah sie den Polizisten vor dem Gartentor liegen.

»Zum Glück ist Hanna Hultman dazugekommen. Sie hat in Gabriels Tasche eine Glukagonspritze gefunden, die sie ihm in den Oberschenkel injiziert hat«, berichtete Gunnar. »Das war die schlechte Nachricht. Die gute Nachricht ist, dass die Dame vor ihrem Haus eine Überwachungskamera hat. Sie ist auf die Straße gerichtet und befindet sich hier.«

Gunnar markierte die Stelle auf der Karte von Lindö, die neben dem Zeitstrahl an der Wand hing.

Alle waren versammelt – alle außer Jana Berzelius, was Mia zufrieden zur Kenntnis nahm.

»Im besten Fall sind die Ereignisse des vergangenen Sonntags auf einem Server gespeichert. Ich möchte, dass du das sofort überprüfst, Ola.«

»Jetzt gleich?«, fragte Ola Söderström.

»Ja, jetzt. Sofort.«

Ola stand auf.

»Warte«, sagte Henrik. »Ich glaube, du hast noch mehr zu tun. Wir haben Hans Juhléns Computer beschlagnahmt und müssen ihn durchsuchen.«

»Hat die Vernehmung von Lena Wikström noch irgendwas gebracht?«

»Ihre Beschreibungen decken sich nicht mit dem Bild, das Kerstin Juhlén von ihrem Mann gezeichnet hat. Laut Frau Juhlén hat er ständig am Computer gearbeitet, laut Lena Wikström nie. Ich weiß, dass Erlebnisse immer subjektiv sind, aber ich finde es trotzdem ein wenig seltsam, dass die Auffassungen so weit auseinandergehen können.«

Ola, Gunnar und Anneli Lindgren stimmten zu.

»Lena Wikström hatte auch nicht den Eindruck, dass Juhlén in der letzten Zeit sonderlich gestresst gewesen wäre. Zumindest nicht so sehr, wie seine Frau behauptet hat«, sagte Henrik.

»Aber das ist ja nur ihre Meinung. Sie hat ihn vielleicht nicht so gut gekannt. Wenn ihr mich fragt, ich glaube, er hat sich ziemliche Sorgen gemacht. Das würde ich zumindest tun, wenn ich einen Haufen Mist in der Zeitung über mich lesen müsste und außerdem Drohbriefe bekommen hätte«, sagte Mia.

»Richtig«, meinte auch Ola.

»Lena Wikström hat gesagt, dass das Amt für Migration ein ziemliches Feindbild für die Asylbewerber darstellt, deren Antrag abgelehnt wurde. Deshalb haben wir uns eine

Liste sämtlicher Asylbewerber ausdrucken lassen«, erklärte Henrik.

»Gut. Sonst noch was?«

»Nein«, sagte Henrik. »Die Anwohnerbefragung scheint ja nicht so viel ergeben zu haben.«

Es wurde still im Zimmer.

»Keine Zeugen?«, fragte Mia.

»Nein. Kein einziger«, entgegnete Gunnar.

»Das kann doch echt nicht sein. Hat niemand irgendwas gesehen?«, brummte Mia. »Verdammt schwache Ausgangslage.«

»Nach dem derzeitigen Stand der Dinge haben wir keine Zeugen. Null. Nada. Deshalb hoffen wir, dass uns die Überwachungskamera irgendwelche Hinweise gibt. Ola, find mal bitte heraus, wie bald wir die Aufzeichnungen bekommen können«, sagte Gunnar. »Dann gehst du Juhléns Computer durch. Ich werde sehen, ob die Gesprächslisten vom Betreiber schon da sind. Wenn nicht, werde ich anrufen und so lange rumnerven, bis ich sie kriege. Anneli, du fährst zum Tatort zurück und siehst zu, ob du irgendwas Neues herausfindest. Im Moment hilft uns alles weiter, egal was.«

Erst hatte das Mädchen hysterisch geweint. Aber jetzt fühlte sie sich ruhig. Sie hatte sich noch nie so gefühlt. Alles passierte wie in Zeitlupe.

Sie saß da, den schweren Kopf auf die Oberschenkel gelegt, und ließ die Arme an den Seiten herabhängen, die sich anfühlten, als wären sie ihr eingeschlafen. Der Motor des Lieferwagens, in dem sie fuhren, brummte schwach. Es brannte an den Beinen. Sie hatte sich in die Hose gemacht, während sie sie festgehalten und ihr die Nadel in den Arm gedrückt hatten.

Langsam hob sie den Kopf und betrachtete die kleine rote Stelle am linken Oberarm. Sie war winzig klein. Das Mädchen kicherte. Miniklein. Miniminiklein. Die Spritze war auch miniklein gewesen.

Das Auto schaukelte, und die Asphaltstraße ging in einen Schotterweg über. Das Mädchen lehnte den Kopf nach hinten und versuchte, ihr Gewicht so zu verlagern, dass sie sich nicht verletzte oder mit jemandem zusammenstieß.

Sie saßen dicht gedrängt, alle sieben. Danilo, der neben ihr saß, hatte auch geweint. Sie hatte ihn noch nie weinen sehen. Sie mochte sein Lächeln und erwiderte es immer. Doch jetzt konnte er nicht lächeln. Ein silberfarbenes Stück Tesafilm klebte auf seinem Mund, und er sog so viel Luft ein, wie es ihm durch seine geweiteten Nasenlöcher möglich war.

Ihnen gegenüber saß eine Frau. Sie sah wütend aus. Superwütend. Supersuperwütend. Grrr. Innerlich lachte das Mädchen. Dann sank ihr Kopf wieder auf die Oberschenkel. Sie war müde und wollte am liebsten schlafen. In ihrem eigenen Bett. Mit der Puppe, die sie einmal an einer Bushaltestelle gefunden hatte. Der Puppe hatten ein Arm und ein Bein gefehlt, aber es war die schönste Puppe, die sie jemals gesehen hatte. Dunkle Locken hatte sie und ein rosa Kleid. Sie vermisste ihre Puppe sehr. Die Puppe war noch da, bei Mama und Papa. Sie würde sie später holen, wenn sie zurück zum Container kam.

Dann wäre alles wieder in Ordnung.

Und sie würden zurückfahren.

Nach Hause.

Die Aufzeichnungen der Überwachungskamera waren soeben per Boten von der Wachgesellschaft eingetroffen. Ola Söderström öffnete das Paket und stöpselte schnell die kleine Festplatte an seinen Computer. Dann begann er die Bilder durchzusehen, die einen guten Überblick über den Östanvägen lieferten. Leider erfasste die rotierende Kameralinse nicht das Haus der Juhléns. Aber vom Winkel her zu urteilen hing die Kamera zwei bis drei Meter hoch und hatte eine recht große Reichweite.

Ola freute sich über die gute Aufnahmequalität und ließ mehrere Stunden am Sonntagmorgen im Zeitraffer durchlaufen. Eine Frau mit Hund kam vorbei, ein weißer Lexus verließ die Straße, und die Frau kehrte mit dem Hund wieder zurück.

Als die Zeitanzeige auf 17.30 Uhr stand, verlangsamte er das Tempo, um ab exakt 18.00 Uhr die Bilder in normaler Geschwindigkeit abzuspielen. Die leere Straße sah kalt und windig aus. Wegen des schlechten Wetters war nur schwer etwas auszumachen.

Ola fragte sich gerade, ob man die Helligkeit nachregulieren konnte, als er plötzlich einen Jungen entdeckte.

Er hielt den Film an und speicherte ein Standbild ab. Die Uhr zeigte 18.14 an.

Dann ließ er die Aufnahmen weiterlaufen. Der Junge ging mit raschen Schritten quer über die Straße und verschwand aus dem Bild.

Ola spielte die Sequenz noch einmal ab. Der Junge trug einen dunklen Kapuzenpulli, der das Gesicht gut versteckte. Sein Blick war auf die Straße gerichtet, und die Hände steckten vorn in der großen Kängurutasche.

Ola seufzte, fuhr sich übers Gesicht und durchs Haar. Nur ein Kind. Auf dem Weg irgendwohin. Er spulte die

Aufzeichnung weiter vor, lehnte sich zurück und verschränkte die Hände hinter dem Kopf.

Als die Zeitangabe auf 22.00 Uhr stand, hatte er noch immer nichts entdeckt. Keine Bewegung. Keinen Menschen. Nicht ein Auto war in der Zeit vorbeigekommen. Nur der Junge.

In diesem Moment begriff Ola, was er da gesehen hatte.

Nur den Jungen.

Er stand so schnell auf, dass der Stuhl mit einem Knall auf den Boden fiel.

»Du siehst ja fröhlich aus.«

Gunnar zuckte zusammen, als er Anneli Lindgrens Stimme hörte. Sie stand in der Türöffnung und hatte die Arme vor der Brust verschränkt. Die Haare hatte sie zu einem strengen Pferdeschwanz gebunden, der ihre leuchtend blauen Augen und die hohen Wangenknochen hervorhob.

»Ich habe eben erfahren, dass die Gesprächslisten gleich kommen«, sagte er. »Per Fax. Es hat geholfen, meine Stimme etwas zu erheben.«

»Und wegen so was kann man sich so freuen«, bemerkte Anneli.

»Ja, stell dir das mal vor. Wolltest du nicht eigentlich los?«

»Doch, aber ich warte auf Verstärkung. Das Haus ist ja groß. Da kann ich nicht alles allein durchschauen.«

»Ich dachte, du arbeitest gern allein.«

»Manchmal schon. Aber nach einer Weile hat man genug. Da ist es schön, jemanden an seiner Seite zu haben.«

Anneli legte den Kopf schief.

»Aber ihr müsst doch nicht alle Sachen noch mal prüfen. Nur das, was interessant ist.«

»Das ist doch klar. Wofür hältst du mich eigentlich?«

Anneli hob ihr Kinn und stemmte ihre Hand in die Hüfte.

»Apropos«, fuhr Gunnar fort. »Ich habe im Abstellraum aufgeräumt und noch ein paar Sachen gefunden, die dir gehören.«

»Du hast im Abstellraum aufgeräumt?«

»Wieso nicht?« Gunnar zuckte mit den Schultern. »Ich musste ein bisschen aufräumen und bin dabei auf einen Umzugskarton mit Dekosachen gestoßen. Du willst die Sachen vielleicht wiederhaben?«

»Ich kann sie im Lauf der Woche abholen.«

»Nein, es ist besser, ich bringe den Karton mit ins Büro. Aber wenn du mich jetzt bitte entschuldigen würdest. Ich werde nachsehen, ob die Listen schon gekommen sind.«

Als Anneli hinausging, wäre sie in der Türöffnung beinahe mit einem gestressten Ola Söderström zusammengestoßen.

»Was ist denn?«, fragte Gunnar.

»Ich glaube, ich habe was gefunden. Komm mit!«

Gunnar erhob sich von seinem Schreibtischstuhl und folgte seinem zwanzig Jahre jüngeren Kollegen, der vor ihm her zum Computerraum stapfte.

Ola war groß und mager und hatte eine spitze Nase. Er trug Jeans, ein rotkariertes Hemd und – wie an jedem Tag des Jahres – eine Mütze. Egal, welche Temperatur das Thermometer anzeigte, ob es unter null oder plus dreißig Grad war – Ola behielt seine Mütze auf. Manchmal war sie rot, manchmal weiß, manchmal geringelt, manchmal kariert. Jetzt war sie schwarz.

Gunnar hatte bei mehreren Anlässen zu Ola gesagt, dass er während der Arbeitszeit bitte keine Kopfbedeckung tragen solle, doch als die Anzahl seiner Ermahnungen die Zahl fünfundachtzig überschritten hatte, hatte Gunnar aufgegeben. Nicht zuletzt, weil die irritierende Kopfbedeckung eine Bagatelle war, verglichen mit Olas Geschick am Computer.

»Schau mal hier.« Ola betätigte die Tastatur, und die Wiedergabe begann. Gunnar sah den kleinen Jungen.

»Exakt um 18.14 Uhr taucht er auf«, sagte Ola. »Er überquert die Straße und scheint den Östanvägen entlangzugehen, auf das Haus der Juhléns zu.«

Gunnar betrachtete die Bewegungen des Jungen. Steif. Beinahe mechanisch.

»Spielst du mir das bitte noch mal vor?«, sagte er, als der Junge aus dem Bild verschwand.

Ola tat wie ihm geheißen.

»Hier! Stopp!«, sagte Gunnar und beugte sich zum Bildschirm. »Kann man das heranzoomen?«

Ola drückte Ctrl und Z, und der Junge wurde ein Stück herangezoomt.

»Er hat zwar die Hände vorn in der Tasche, aber sie beult zu sehr aus. Er muss noch etwas anderes darin haben«, meinte Gunnar.

»Anneli hat ja Fingerabdrücke von einem Kind gefunden«, sagte Ola. »Können die von diesem Jungen stammen?«

»Wie alt ist er?«, fragte Gunnar.

Ola betrachtete die Gestalt des Jungen. Obwohl er einen großen Kapuzenpulli trug, konnte man darunter die Körpergröße erahnen. Und die zählte.

»Ich würde auf acht oder neun tippen«, sagte Ola.

»Weißt du, wer ein Kind in diesem Alter hat?«

»Nein.«

»Hans Juhléns Halbbruder.«

»Shit!«

»Zoomst du bitte weiter?«

Ola vergrößerte das Bild noch einmal.

Gunnar lehnte sich noch weiter vor. Er blinzelte und studierte die ausgebeulte Kängurutasche des Jungen.

»Jetzt weiß ich, was er in seiner Tasche hat.«

»Was denn?«

»Eine Pistole.«

Henrik Levin und Mia Bolander fuhren mit dem Auto nach Finspång. Schweigend und gedankenverloren saßen sie da, als sie an einem Wegweiser vorbeikamen, der anzeigte, dass es noch fünf Kilometer waren.

Einige Zeit später fuhr Henrik rechts ran, um sich die fragliche Adresse im Navigator herauszusuchen. Die digitale Karte zeigte an, dass sie nur noch hundertfünfzig Meter vom Ziel trennten. Die elektronische Stimme ermahnte ihn, im nächsten Kreisverkehr weiter geradeaus zu fahren. Henrik folgte den Anweisungen und näherte sich der aktuellen Adresse, die im Stadtviertel Dunderbacken lag.

Mia zeigte träge auf einen freien Parkplatz neben zwei Wertstoffcontainern für Altpapier und Kartons. Jemand hatte einen alten Fernseher vor die grünen Container gestellt.

»Hier wohnt er also, dieser Halbbruder«, sagte Mia, stieg aus dem Auto, streckte sich und gähnte ausgiebig. »Guck mal, die grauen Panther sind unterwegs zum Bingospielen.« Sie nickte zu drei älteren Damen, die langsam auf dem Bürgersteig entlanggingen.

»Oder sie sind unterwegs zum Zentrum«, meinte Henrik.

»Um zu spielen, klar. Das ist doch das Einzige, was sie machen, die alten Omas. Oder sie holen sich eine heiße Suppe bei der Heilsarmee.«

Henrik betrachtete irritiert seine Kollegin und schlug die Autotür zu. Mia tat es ihm nach, nur mit noch mehr Kraft.

Auf der Grünfläche zwischen den dicht gebauten Häusern waren nur wenige Leute. Zwei Kinder spielten mit Schaufel und Eimer im Sandkasten neben einer Schaukel. Das kühle Aprilwetter hatte ihre Wangen gerötet. Der Vater saß auf einer Bank daneben und war mit seinem Handy beschäftigt. Eine Frau in knöchellangem Wintermantel lief mit zwei Einkaufstüten an ihnen vorbei und begrüßte einen langhaarigen Mann, der gerade ein gelbes Fahrrad der Marke Monark in einem Fahrradständer aufschloss.

Henrik und Mia überquerten den Hof und suchten die richtige Hausnummer. Schließlich betraten sie Haus 34. Ein dünn angezogener Mann ging im Treppenhaus auf und ab, als würde er ungeduldig auf jemanden warten.

Mia warf einen raschen Blick auf die Tafel neben dem Fahrstuhl, auf der die Bewohner aufgeführt waren. Im dritten Stock wohnte Lars Johansson. Sie stiegen die Treppen hoch und klingelten an der Wohnungstür.

Lars Johansson öffnete sofort. Er trug nur einen Slip und ein ausgeblichenes Fußballtrikot mit dem Vereinswappen von IFK Norrköping. Er war unrasiert und hatte dunkle Ringe unter den Augen. Während er sich den Nacken massierte, betrachtete er verwundert die Polizisten, die vor ihm standen.

»Sind Sie Lars Johansson?«, fragte Henrik.

»Ja, worum geht es denn?«

Henrik stellte sich und Mia vor und zeigte Johansson seine Dienstmarke.

»Und ich hab gedacht, Sie kommen von einem dieser Schmierblätter. Die ganze Zeit sind Journalisten hier rumgelaufen. Aber kommen Sie schon rein. Ich hab ohnehin nicht saubergemacht, die Schuhe können Sie ruhig anlassen. Setzen Sie sich ins Wohnzimmer, ich zieh mir nur eine Hose über. Und pissen muss ich auch noch. Warten Sie so lange, ja?«

Lars Johansson ging ins Badezimmer. Henrik sah Mia an, die sich vor Lachen kaum halten konnte. Sie schüttelte den Kopf, während sie über die Schwelle traten.

Durch die offene Badtür konnten sie Lars Johansson sehen, der eine graue Baumwollhose aus dem Wäschekorb nahm. Dann schloss er die Tür und sperrte sie ab.

»Wollen wir?«, sagte Henrik und machte eine einladende Handbewegung. Sie nickte.

In der Küche linker Hand stapelten sich schmutzige Teller und leere Pizzaschachteln auf der Arbeitsfläche. Im Spülbecken lag eine zusammengeknotete Mülltüte. Das Schlafzimmer neben der Küche wirkte eng, das blaue Bett war zerwühlt, die Jalousien waren heruntergezogen, und auf dem Boden lagen Legosteine in verschiedenen Größen. Geradeaus befand sich die Toilette und links das Wohnzimmer.

Henrik zögerte, ob er sich auf dem braunen Ledersofa niederlassen sollte. In der einen Ecke lag eine Decke, und es war offensichtlich, dass das Sofa auch als Schlafgelegenheit diente. Die Luft war muffig. Aus dem Badezimmer war die Spülung zu hören, und dann kam Johansson in einer Hose zurück, die fünf Zentimeter zu kurz war.

»Setzen Sie sich doch. Ich werde nur eben …«

Johansson schob Kissen und Decke auf den apricotfarbenen PVC-Boden.

»So, bitte schön. Kaffee?«

Henrik und Mia lehnten dankend ab und setzten sich auf das Sofa, das ein zischendes Geräusch von sich gab. Schweißgeruch stieg Henrik in die Nase, und ihn überkam Brechreiz. Lars Johansson setzte sich auf einen grünen Plastikhocker und zog die Hose noch ein paar Zentimeter höher.

»Herr Johansson«, setzte Henrik an.

»Ach, nennen Sie mich doch Lasse. Das tun alle.«

»Gut, Lasse. Als Erstes möchten wir Ihnen unser Beileid aussprechen.«

»Wegen meinem Bruder, ja, war eine richtige Scheiße das alles.«

»Hat es Sie schockiert?«

»Nein, eigentlich nicht. Wissen Sie, wir waren nicht so dicke, mein Bruder und ich. Wir waren ja nur Halbbrüder, mütterlicherseits. Aber nur weil man verwandt ist, muss man ja nicht ständig aufeinanderhocken. Und mögen muss man sich auch nicht.«

»Waren Sie denn zerstritten?«

»Ja … oder nein … weiß nicht.«

Lasse dachte eine Weile nach. Er hob das Bein, kratzte sich im Schritt und entblößte ein Loch so groß wie ein Fünfkronenstück. Dann begann er von der Beziehung zu seinem Bruder zu erzählen. Dass sie nicht so gut gewesen sei. Dass sie im vergangenen Jahr ehrlich gesagt gar keinen Kontakt gehabt hätten. Weil er spiele. Dabei habe er inzwischen damit aufgehört. Wegen seines Sohns.

»Mein Bruder hat mir immer Geld geliehen, wenn es

eng wurde. Er wollte ja nicht, dass Simon nichts zu essen hat. So fett ist die Sozialhilfe auch wieder nicht, davon muss man doch auch die Miete zahlen und so.«

Lasse gähnte, rieb sich mit der Handfläche das rechte Auge und fuhr fort.

»Aber dann muss irgendwas passiert sein. Mein Bruder ist geizig geworden und hat behauptet, er hätte kein Geld. Aber das hab ich ihm nicht abgenommen. Wenn man in Lindö wohnt, hat man Geld.«

»Haben Sie herausgefunden, was passiert war?«, fragte Henrik.

»Nein, er hat nur gesagt, dass er mir nichts mehr leihen könne. Dass seine Frau dem Ganzen einen Riegel vorgeschoben hätte. Ich hatte ja versprochen, ihm das Geld zurückzuzahlen, auch wenn es vielleicht ein bisschen dauern würde, aber ich hab es ihm zumindest versprochen. Aber es gab kein Geld mehr. Ein Idiot war das. Ein geiziger Idiot. Ich finde, er hätte einen Abend auf sein Rinderfilet verzichten und mir einen Hunderter geben können. Oder nicht? Also, ich hätte das gemacht, wenn ich er gewesen wäre.« Er schlug sich mit der Hand auf die Brust.

»Haben Sie über Geld gestritten?«

»Nie.«

»Sie haben Ihrem Halbbruder also nie gedroht oder so?«

»Das eine oder andere böse Wort ist vielleicht mal gefallen, aber eine Drohung, nein.«

»Und Sie haben einen Sohn?«, fuhr Mia fort.

»Ja, Simon.«

Lasse hielt ihnen ein eingerahmtes Foto hin, das einen lächelnden Jungen mit Sommersprossen zeigte.

»Da ist er fünf. Jetzt ist er acht.«

»Haben Sie ein aktuelleres Foto von ihm?«, fragte Henrik.

»Ich sehe mal nach.«

Lasse ging zu einem Vitrinenschrank und zog eine Schublade auf, in der vollkommene Unordnung herrschte. Zettel, Batterien und Kabel, ein Rauchmelder, ein Plastikdinosaurier ohne Kopf, Bonbonpapier. Und ein Handschuh.

»Ich weiß nicht, ob ich ein gutes dahabe. Die Fotos, die in der Schule gemacht werden, sind so verdammt teuer. Für zwanzig Fotos kassieren die vierhundert Kröten. Wer kann sich das schon leisten? Die reinste Abzocke.«

Lasse ließ die Zettel auf den Boden segeln, um sich einen besseren Überblick über den Inhalt der Schublade zu verschaffen.

»Nein, ich glaub, ich hab kein gutes da. Oder doch, vielleicht hab ich eins auf dem Handy.«

Lasse verschwand in der Küche und kam mit einem altertümlichen Handy zurück. Er blieb stehen und drückte auf den Tasten herum. Henrik fiel auf, dass die Pfeiltaste fehlte, weshalb Lasse den kleinen Finger benutzen musste, um sich durch die Galerie zu blättern, die mehrere neuere Fotos von Simon enthielt.

»Hier«, sagte Lasse und hielt Henrik das Handy hin.

Der Kommissar nahm das Foto auf dem Display in Augenschein. Ein pixeliges Bild in niedriger Auflösung zeigte einen ziemlich groß gewachsenen und noch immer sommersprossigen Jungen. Rötliches Haar. Freundliche Augen.

Henrik bat Lasse, ihm zwei der Fotos per MMS zuzuschicken, und schon eine Minute später hatte er sie in seiner eigenen Galerie gespeichert.

»Ist Simon in der Schule?«, erkundigte sich Henrik, während er sein Handy in die Hosentasche zurücksteckte.

»Ja.« Lasse setzte sich wieder auf den Hocker.

»Wann kommt er nach Hause?«

»Er ist diese Woche bei seiner Mutter.«

»War er denn am vergangenen Sonntag bei Ihnen?«

»Ja.«

»Wo waren Sie und Simon zwischen fünf und sieben Uhr abends?«

Lasse strich sich über die Schienbeine.

»Äh … beim Pokerabend … Wissen Sie, man kann doch nicht nein sagen, wenn die Kumpel einen fragen. Aber es war das letzte Mal. Das allerletzte. Denn ich spiel ja nicht mehr. Echt nicht.«

Der Mann mit der Narbe ging auf und ab. Er sah sie mit wildem Blick an, wie sie da in einer Reihe standen, barfuß auf dem kalten Steinfußboden. Die Fenster waren zugenagelt, aber hier und da bahnte sich ein Lichtstreifen seinen Weg durch die Holzlatten.

Die Lippen und Wangen schmerzten vom Klebstoff des silberfarbenen Tesafilms. Sie hatte beim Autofahren Schwierigkeiten gehabt, durch die Nase zu atmen. Als sie später in das kleine Boot geschubst wurden, war ihr schlecht geworden, und sie hatte immer wieder das Erbrochene schlucken müssen, das ihr in die Kehle gestiegen war. Die Frau hatte den Tesafilm erst abgerissen, nachdem sie in den großen Raum gekommen waren.

Das Mädchen sah sich um, ohne den Kopf zu bewegen. An der Decke waren große Balken und Spinnweben. Ob es ein Stall war? Nein, der Raum war viel größer. Weder ein Teppich noch eine Matratze zum Schlafen lagen auf dem Boden. Es konnte kein Wohnhaus sein. Zumindest hatte es keine Ähnlichkeit mit einem Wohnhaus, mal abgesehen vom Steinfußboden. So einen hatte sie ja auch zu Hause. Aber da waren die Steine immer warm. Hier waren sie eiskalt.

Das Mädchen schauderte, richtete sich aber gleich wieder auf. Sie versuchte, so gerade zu stehen wie möglich. Danilo tat es ihr gleich, er hatte die Brust vorgeschoben und das Kinn gehoben. Ester hingegen weinte nur. Sie hielt sich die Hände vors Gesicht und weigerte sich aufzuhören.

Der Mann ging zu ihr hin und sagte etwas mit lauter Stimme, was sie nicht verstand. Auch die anderen sieben Kinder verstanden ihn nicht. Ester weinte noch lauter. Da erhob der Mann seine Hand und schlug sie so fest, dass sie in sich zusammensackte. Er winkte die anderen beiden Erwachsenen zu sich, die an der Wand standen. Sie packten Ester an Armen und Beinen und trugen sie hinaus. Es war das letzte Mal, dass sie Ester sah.

Dann kam der Mann zu ihr, blieb stehen und beugte sich herab, bis er nur wenige Zentimeter von ihrem Gesicht entfernt war. Mit eiskalten Augen sagte er etwas auf Schwedisch, was sie nie vergessen würde. »Weine nicht«, sagte er. »Weine nie mehr. Nie mehr in deinem Leben.«

Mia Bolander saß im Konferenzraum und unterdrückte ein Gähnen. Es gab in der Mordsache Hans Juhlén eine Reihe von offenen Fragen, von denen die wichtigste die Identität des Jungen betraf, der auf der Videoaufzeichnung der Überwachungskamera zu sehen gewesen war. Eben hatte der Beamer den entsprechenden Filmausschnitt auf die Leinwand geworfen.

Gunnar Öhrn hatte der Identifizierung des Jungen oberste Priorität eingeräumt. Entweder hatte er mit dem Mord zu tun, oder er war ein wichtiger Zeuge. Egal wie, er musste gefunden werden. Das bedeutete weiteres Klinkenputzen. Diesmal mit der Fragestellung, ob jemand den Jungen kannte.

Mia war froh, dass sie keine Assistentin mehr war. Anwohnerbefragungen stellten keine Herausforderung für sie dar. Es war nur langweilig.

Sie bediente sich als Erste und schnappte sich die größte Zimtschnecke vom Porzellanteller, der auf dem Tisch stand. Sie presste das Gebäck zusammen und biss die Hälfte ab.

Schon immer war sie ein Wettbewerbstyp gewesen, eine Tatsache, die sie auf ihre älteren Brüder schob. In der Welt ihrer Kindheit hatte sich alles darum gedreht, Erster zu sein. Die Brüder, die fünf beziehungsweise sechs Jahre älter waren als sie, kämpften darum, wer die meisten Liegestütze machte, wer zuerst beim Jugendzentrum war und wer am längsten wachbleiben konnte. Vergeblich bemühte sie sich darum, ihren Brüdern zu imponieren. Aber sie ließen sie niemals gewinnen. Nicht einmal bei etwas so Albernem wie dem Memoryspiel.

Für Mia wurde es zum Normalzustand, um so gut wie alles zu konkurrieren, und ihre Lust am Wettbewerb war im Lauf der Jahre nicht versiegt. Da ihr außerdem ein ziemlich heftiges Temperament in die Wiege gelegt worden war, ließen ihr die meisten Mitschüler ihren Willen. Schon in den unteren Klassen war sie mehrfach nach Hause geschickt worden, nachdem sie sich mit älteren Schülern geprügelt hatte.

In der fünften Klasse hatte sie einen Klassenkameraden

so schlimm geschlagen, dass Blut geflossen war. Sie erinnerte sich noch immer an ihn. Es war ein Gleichaltriger mit breiter Nase gewesen, der sie ständig getriezt und sie während der Sportstunde mit Schotter beworfen hatte. Außerdem war er als Einziger beim Hundertmeterlauf schneller gewesen als sie. Das durfte nicht ungestraft bleiben. Mia hatte ihm nach Ende der Stunde einen Tritt vors Schienbein und anschließend eine rechte Gerade verpasst, woraufhin der Junge zur Schulkrankenschwester und ins Krankenhaus gebracht werden musste, wo das angeknackste Schienbein behandelt wurde. Dies wiederum resultierte in einem Vermerk in der Schülerakte, was Mia jedoch nicht weiter kümmerte. Sie war in der nächsten Sportstunde am schnellsten gelaufen. Das war das Einzige, was für sie zählte.

Mia setzte sich im Schneidersitz auf den Stuhl und schob sich den Rest der Zimtschnecke in den Mund. Dabei fiel Hagelzucker auf die Tischplatte, und sie schob die weißen Körnchen zusammen, feuchtete den Zeigefinger an und aß sie.

In den Klassen vier bis sechs war Mias Freundeskreis überschaubar gewesen. Am zweiten Tag in der siebten Klasse, als ihr ältester Bruder bei einer Schlägerei zwischen zwei kriminellen Jugendbanden ums Leben kam, beschloss Mia, ab sofort gegen den Strom zu schwimmen. Als Erstes musste sie das harte Vorortklima von Märsta überleben. Piercing, gefärbte Haare, Stoppelhaare, gar keine Haare, Tätowierungen, Ritzen, offene Wunden – nichts war ihr fremd. Mia hatte sich selbst eine Nadel durch die Augenbraue gestochen, um in die extreme Umgebung zu passen. Vom Äußeren her ähnelte sie deshalb allen anderen. Doch was sie von den Mitschülern unterschied, war ihre innere

Einstellung. Sie wollte mit ihrem Leben etwas anfangen. Dank ihrer vorlauten Art und ihres Wettbewerbsinstinkts schaffte sie die neunte Klasse. Sie hatte entschieden, kein Verlierer zu werden wie ihr ältester Bruder. Sie würde gewinnen.

Mia nahm sich noch eine Zimtschnecke. Dann gab sie den Teller an Henrik weiter, der dankend ablehnte.

Das Team hatte sich zur letzten Besprechung an diesem Tag versammelt. Der Junge war das Hauptgesprächsthema. Eine ganze Stunde diskutierten sie bereits über seine mögliche Rolle in diesem Fall.

Ola zeigte ein Standbild aus dem Film der Überwachungskamera, auf dem der Junge zu sehen war. Er wandte sich von der Kamera ab und überquerte gerade die Straße. Ola klickte weiter. Das Team folgte den Schritten des Jungen. Das Letzte, was man von ihm sah, war die Kapuze.

Henrik griff nach seinem Handy und verglich den unbekannten Jungen mit Lasse Johanssons Sohn. Gegen Simon bestand keinerlei Verdacht.

»Der Neffe von Hans Juhlén ist kleiner. Der fremde Junge ist viel kräftiger und muskulöser.«

»Darf ich mal?« Ola langte nach dem Handy und betrachtete das Foto auf dem Display.

»Außerdem hat dieser Simon rötliches Haar. Ich glaube, unser Junge hier ist dunkelhaarig. Sieht jedenfalls so aus«, meinte Henrik.

»Dann streichen wir Simon von der Verdächtigenliste. Bleibt die Frage: Wer ist der Junge? Wir müssen ihn finden«, sagte Gunnar und berichtete von den Gesprächslisten.

Ola, der sich normalerweise um technische Angelegenheiten kümmerte, war an diesem Tag so mit dem Überwachungsfilm beschäftigt gewesen, dass Gunnar sich entschieden hatte, selbst die Listen zu sichten. Jetzt schob er einen Stapel von Kopien in die Mitte des Tisches und ließ jedem ein Exemplar zukommen.

Henrik trank einen Schluck Kaffee und schlug die erste Seite auf.

»Hans Juhlén hat sein letztes Gespräch um 18.15 Uhr am Sonntag geführt. Es war ein Anruf bei der Pizzeria Miami. Ola?«

Ola stand auf und notierte das Gespräch auf dem Zeitstrahl an der Wand.

»Die Angestellten der Pizzeria haben das Gespräch bestätigt. Sie haben auch erzählt, dass er die Pizzen um 18.40 Uhr abgeholt hat. Die restlichen Gespräche sind auf der nächsten Seite aufgeführt.«

Alle blätterten weiter.

»Das sind ja nicht sonderlich viele«, meinte Henrik.

»Nein, es sind sogar ziemlich wenige. Die meisten Anrufe stammen von seiner Frau, und auch er hat vor allem ihre Nummer gewählt. Es gibt einen Anruf bei einer Autofirma, aber da gibt es nichts Erwähnenswertes«, sagte Gunnar.

»Und die SMS?«, fragte Mia.

»Nichts Auffälliges«, antwortete Gunnar.

Mia schlug die zusammengehefteten Kopien wieder zu, warf sie auf den Tisch und steckte sich den letzten Rest der Zimtschnecke in den Mund.

»Und was machen wir jetzt?«

»Nun gut, die Gesprächslisten haben uns keine neuen Aufschlüsse gegeben, aber wir müssen diesen Jungen finden«, sagte Gunnar.

»Wissen wir noch mehr über den Halbbruder?«, erkundigte sich Anneli.

»Nein. Er ist Single und spielsüchtig.«

»Ist er vorbestraft?«, fragte Mia.

»Nein«, sagte Gunnar.

»Ganz spontan denke ich, dass er mit dem Mord nichts zu tun hat«, sagte Mia und wischte den restlichen Hagelzucker vom Tisch.

»Benutz bitte den Papierkorb wie normale Leute«, sagte Henrik.

Mia warf ihm einen vielsagenden Blick zu und begann, den Zucker vom Boden aufzusammeln.

»Hör auf damit«, sagte Gunnar.

»Wie jetzt?«, fragte Mia unter dem Tisch.

»Lass die Krümel liegen. Setz dich wieder auf den Stuhl.«

»Aber …«

»Setz dich hin.«

Mia nahm wieder Platz und lächelte Henrik herausfordernd an, woraufhin dieser die Arme vor der Brust verschränkte.

»Und was ist mit Frau Juhlén?«, fuhr Gunnar fort.

»Ich glaube, auch sie hat mit dem Mord nichts zu tun«, sagte Mia in versöhnlichem Ton.

»Klingt plausibel. Was für ein Motiv sollte sie auch haben? Wir haben keinerlei Anhaltspunkte, keine Zeugen und keine kriminaltechnischen Beweismittel«, sagte Anneli.

»Lasse Johansson hat etwas Interessantes erzählt. Er hat gesagt, dass Hans Juhlén plötzlich an Geldmangel gelitten habe«, berichtete Henrik. »Da er diese Drohbriefe bekommen hat, können wir annehmen, dass jemand irgendwas gegen ihn in der Hand hatte und dass sein Geld wohl stattdessen dorthin geflossen ist, oder?«

»Könnte es sein, dass auch er Spielschulden hatte?«, hakte Mia nach.

»Möglich. Das würde auch erklären, warum er in der letzten Zeit so gestresst gewirkt hat. Dann hätte das nicht nur an der Kritik in den Medien gelegen, sondern auch an den Drohbriefen.«

»Gut, dann gehen wir von dieser Hypothese aus. Wir müssen seine Konten überprüfen. Ola, das machst du bitte morgen als Erstes«, sagte Gunnar.

»Und was ist mit dem Computer?«

»Erst die Konten, dann der Computer«, antwortete Gunnar. »Dann hätten wir's.«

Henrik sah auf die Uhr und fluchte innerlich, dass es schon halb acht war. Wieder Überstunden. Vermutlich hatte Emma schon zu Abend gegessen. Vermutlich waren die Kinder längst eingeschlafen. Verdammt.

Sein Magen knurrte, und er entschied, sich auf dem Heimweg ein Baguette an der nächsten Tankstelle zu kaufen. Dann eben doch Kohlenhydrate.

Er seufzte und leerte den letzten Kaffeerest, der mittlerweile kalt geworden war.

Henrik schloss die Haustür möglichst leise auf. Eilig trat er in den Flur, hängte die Jacke an die Garderobe und ging ins Bad.

Nachdem er auf der Toilette gewesen war, wusch er sich gründlich die Hände und begutachtete sein Spiegelbild. Die Bartstoppeln waren in den letzten Tagen noch ein paar Millimeter gewachsen, es war wirklich nötig, den Bart zu stutzen. Er fuhr sich mit der rechten Hand über die Wange und übers Kinn, hatte aber keine Lust, sich jetzt zu rasieren. Vielleicht könnte er duschen.

Er inspizierte seinen braunen Schopf und bemerkte ein graues Haar an der Schläfe. Sofort zupfte er es aus und ließ es ins Waschbecken fallen.

»Hallo …«

Emma steckte den Kopf zur Badezimmertür herein. Ihre Haare waren zu einem lockeren Knoten oben auf dem Kopf zusammengesteckt. Ihre Fleecehose und das passende Kuscheloberteil waren rot und die Socken schwarz.

»Hallo«, sagte Henrik.

»Ich habe dich fast nicht gehört, als du reingekommen bist«, sagte Emma.

»Ich wollte die Kinder nicht aufwecken.«

»Wie war dein Tag?«

»Ganz okay. Und deiner?«

»Gut. Ich habe es geschafft, die Kommode im Flur zu streichen.«

»Prima.«

»Ja.«

»Weiß?«

»Weiß.«

»Ich wollte gerade duschen.«

Emma lehnte den Kopf an den Türrahmen. Eine Haarsträhne fiel ihr in die Stirn, und sie schob sie sich hinters Ohr.

»Was ist los?«, fragte Henrik.

»Was?«

»Du siehst so aus, als wäre irgendwas. Als wolltest du was sagen.«

»Nein.«

»Sicher?«

»Ja. Sicher.«

»Okay.«

»Es gibt heute Abend einen guten Film im Fernsehen. Ich lege mich ins Bett und gucke dort.«

»Ich komme nach. Ich will nur kurz duschen.«

»Und dich rasieren.«

»Und mich rasieren.«

Emma lächelte und schloss die Badezimmertür.

Aha, dachte Henrik und suchte den Rasierer in der Schublade. Dann würde er sich wohl doch rasieren.

Fünfzehn Minuten später stand Henrik im Schlafzimmer. Er hatte sich das Handtuch um die Hüften geschlungen. Emma war tief in irgendein großartiges Drama versunken, das ein oder zwei Oscars gewonnen hatte.

Henrik befürchtete, dass er den tränenreichen Film bis zum Ende sehen musste. Erfreulicherweise lag Felix nicht in ihrem Bett.

»Was ist mit Felix?«, fragte er.

»Schläft in seinem Zimmer. Er hat ein Gespensterbild für dich gemalt.«

»Noch eines?«

»Ja«, antwortete Emma, ohne die Augen vom Flachbildfernseher zu nehmen.

Henrik setzte sich auf die Bettkante und warf einen Blick auf das eng umschlungene Paar auf der Mattscheibe. Felix lag in seinem eigenen Bett. Da bestand vielleicht die Möglichkeit …

Er faltete das Handtuch zusammen und krabbelte unter die Daunendecke. Robbte dicht an Emma heran und legte seine Hand auf ihren nackten Bauch. Ihre Augen waren weiterhin auf den Bildschirm geheftet. Er lehnte den Kopf an ihre Schulter und streichelte sie am Bauch und an den

Oberschenkeln. Auf einmal umfasste sie seine Hand, und ihre Finger spielten unter der Decke mit seinen.

»Du«, sagte er.

»Mmmm.«

»Schatz …«

»Ja?«

»Ich würde dich gern was fragen.«

Emma schwieg und studierte das Paar, das sich in einem langen, intensiven Kuss vereinte.

»Ich habe ein bisschen nachgedacht, und du weißt ja, dass ich gern regelmäßig ins Fitnessstudio gehen würde. Da habe ich mir gedacht … ob es vielleicht okay wäre, wenn ich … wenn ich zweimal pro Woche trainieren würde. Abends nach der Arbeit.«

Emma zuckte zusammen, und zum ersten Mal riss sie den Blick vom Fernseher los. Sie sah ihn enttäuscht an.

Er stützte sich auf den Ellbogen auf.

»Bitte, bitte, Liebes?«

Emma hob die Augenbrauen und schob demonstrativ seine Hand von ihrem Bauch.

»Nein«, antwortete sie knapp und wandte sich wieder dem romantischen Film zu, der nun fast zu Ende war.

Henrik rollte sich auf den Rücken und verfluchte sich. Hatte er es wirklich so formulieren müssen? Er wollte doch nicht mehr »Bitte, bitte« sagen. Und »Liebes« erst recht nicht. Das war wirklich nicht sonderlich gelungen gewesen. Total idiotisch. Ziemlich inkompetent, ehrlich gesagt.

Er starrte an die Decke, legte das Kissen zurecht und drehte sich mit dem Rücken zu Emma. Seufzte. Auch heute keinen Sex. Und es war seine eigene verdammte Schuld.

Es hatte angefangen zu schneien, als Jana Berzelius und Per Åström beschlossen, die Eckkneipe Durkslaget zu verlassen. Per hatte ein gemeinsames Abendessen vorgeschlagen, um die juristischen Fortschritte in einem schmutzigen Scheidungsverfahren zu feiern, und Jana hatte schließlich eingewilligt. Für sich allein zu kochen war nicht gerade ihre Lieblingsbeschäftigung, und Per erging es nicht anders.

»Danke für den netten Abend«, sagte Jana und stand vom Tisch auf.

»Können wir gern wiederholen. Wenn du Lust hast«, sagte Per und lächelte.

»Nein, hab ich nicht«, entgegnete Jana und weigerte sich, das Lächeln zu erwidern.

»Das war eine Falschaussage.«

»Keineswegs, lieber Herr Staatsanwalt.«

»Nicht?«

»Nein.«

»Darf ich dich daran erinnern, dass du meine Gesellschaft durchaus schätzt?«

»Kein bisschen.«

»Noch einen Absacker, bevor wir gehen?«

»Kann ich mir nicht vorstellen.«

»Ich hätte Lust auf irgendwas mit Gin. Ich glaube, ich nehme denselben Drink wie sonst. Und du?«

»Nein danke.«

»Dann bestelle ich zwei.«

Jana seufzte, als Per in Richtung Bar verschwand. Widerwillig setzte sie sich hin und beobachtete, wie die Schneeflocken vor dem Fenster langsam zur Erde schwebten. Sie stützte die Ellbogen auf, legte das Kinn auf ihre gefalteten Hände und sah zu Per hinüber, der sich gerade mit dem Barkeeper unterhielt.

Als sie seinem Blick begegnete, winkte er ihr zu, so wie kleine Kinder es taten, indem er die Hand öffnete und schloss. Sie sah ihn kopfschüttelnd an und blickte wieder nach draußen.

Als sie Per zum ersten Mal traf, hatte sie sich gerade in ihrem neuen Büro in der Staatsanwaltschaft eingerichtet. Ihr Chef Torsten Granath hatte sie einander vorgestellt, und Per hatte sie freundlich in die Abläufe der Behörde eingewiesen. Er hatte ihr Restaurants empfohlen und Musiktipps gegeben und ihr alles Mögliche andere ans Herz gelegt, was nichts mit der Arbeit zu tun hatte. Jana hatte kurz angebunden geantwortet. Auf gewisse Fragen reagierte sie überhaupt nicht. Per hatte sich mit ihrem dumpfen Schweigen nicht zufriedengegeben und ihr weitere überflüssige Fragen gestellt. Seine Neugier empfand sie wie eine Art Verhör und sagte ihm das auch. Außerdem hatte sie ihm zu verstehen gegeben, dass sie Smalltalk hasste, worauf er sie nur albern angegrinst hatte. Von diesem Tag an hatte sich so etwas wie Freundschaft zwischen ihnen entwickelt.

Die Eckkneipe war vollbesetzt. Wegen der dicken Winterjacken war es ziemlich eng im Lokal, und der braune Fußboden war nass von dem Schnee, den die Gäste von draußen hereingetragen hatten. Stimmengewirr empfing sie, Gläser klirrten. Es brannten nur wenige Lampen, dafür umso mehr Kerzen.

Janas Augen wanderten wieder zur Bar und Per und zum verspiegelten Regal hinter dem Barkeeper. Sie begutachtete das Angebot und las auf den Etiketten Namen wie Glenmorangie, Laphroaig und Ardbeg. Alles echte Whiskyklassiker, die in Schottland gebrannt wurden. Ihr Vater hatte ein ausgeprägtes Interesse an Whisky und bestand darauf, bei jedem Familienessen an einem Glas von seiner Lieblingssorte mit dem rauchigen Aroma zu nippen. Ihr Interesse hielt sich eher in Grenzen, aber sie war dazu erzogen worden, nicht abzulehnen, wenn ihr ein Glas angeboten wurde. Sie selbst bevorzugte ein kühles Glas Weißwein aus Bordeaux.

Per kam zurück, und Jana betrachtete misstrauisch den reichlich bemessenen Inhalt der Gläser, die er vor ihr auf den Tisch stellte.

»Wie stark?«, fragte sie.

»Es sind vier Zentiliter Gin drin.«

Jana starrte ihren Tischherrn wütend an.

»Okay, okay, es sind sechs Zentiliter. Sorry.«

Jana akzeptierte seine Entschuldigung, nippte an dem Getränk und verzog das Gesicht.

Ein wenig später, nachdem sie den Inhalt der Gläser geleert und Per darauf bestanden hatte, zwei weitere Drinks zu bestellen, verwandelte sich das Gespräch in eine kollegiale Kabbelei über Moral und Ethik in der Welt der Juristerei. Nach einer Diskussion über viel beachtete Fälle und zweifelhafte Rechtsanwälte wandte sich das Gespräch dem Schöffensystem zu.

»Ich habe es schon einmal gesagt und wiederhole es gern: Man sollte das System ändern und als Schöffen Menschen einsetzen, die sich wirklich für Recht und Gesetz interessieren«, sagte Per.

»Da stimme ich dir zu«, meinte Jana.

»Das Durchschnittsalter liegt bei sechzig, der reine Wahnsinn. Man will doch interessierte und aufgeweckte Menschen haben. Schließlich sind ihre Stimmen entscheidend.«

»Ganz genau.«

»In Stockholm haben zwei Jugendliche ein Wiederaufnahmeverfahren beantragt, weil einer der Schöffen im Gericht ein Nickerchen gemacht hat.«

»Ich habe davon gehört, ja.«

»Es kann doch wohl nicht angehen, dass ein Gerichtsverfahren wieder aufgenommen werden muss, nur weil ein Schöffe während der Verhandlung geschlafen hat. Die mussten ihn sogar wecken. Nicht zu fassen«, sagte Per.

Er verstummte und nahm einen Schluck von seinem Getränk. Dann lehnte er sich über den Tisch und sah Jana ernst an.

Sie erwiderte seinen Blick. Genauso ernst.

»Was ist?«, fragte sie.

»Wie läuft der Mordfall Hans Juhlén?«

»Du weißt, dass ich nichts dazu sagen darf.«

»Ich weiß. Aber geht es voran?«

»Es passiert gar nichts.«

»Was ist denn das Problem?«

»Du hast gehört, was ich gesagt habe.«

»Kannst du nicht ein bisschen was erzählen? Off the record sozusagen?«

»Hör schon auf.«

»Eine schmierige Geschichte, oder?«

Per lächelte Jana schief an und wackelte vielsagend mit den Augenbrauen.

»Ein bisschen schmierig ist sie schon, oder?«, fuhr er fort. »Das ist doch meistens so bei Leuten in leitenden Positionen.«

Sie rollte mit den Augen und schüttelte den Kopf.

»Ich interpretiere dein Schweigen als ein Ja«, sagte er.

»Das kannst du doch nicht machen.«

»Na klar kann ich das. Prost übrigens.«

Mittwoch, den 18. April

Es war John Hermansson, der den Jungen fand.

John war achtundsiebzig und seit fünf Jahren Witwer. Er wohnte in Viddviken, einem kleinen Dorf an der Küste, fünf Kilometer von Arkösund entfernt. Das Haus war eigentlich zu groß für den alleinstehenden Mann, und sein Unterhalt nahm zu viel Zeit in Anspruch. Aber er liebte die Natur.

Seit dem Tod seiner Frau hatte er oft Schlafstörungen. Häufig wachte er schon um vier Uhr auf, und statt im Bett zu bleiben, machte er lange Spaziergänge – egal, was für Wetter war. Sogar an einem so kühlen Morgen wie diesem.

Um 4.25 Uhr war er in die Gummistiefel gestiegen, hatte sich den Anorak übergezogen und das Haus verlassen. Die Sonne war gerade erst aufgegangen, und das frostige Gras im Garten glitzerte. Die Luft fühlte sich feucht an.

John trat durch die Gartentür und ging zum Meer hinunter. Es waren nur ein paar hundert Meter bis zum Ufer und den Klippen an der Bucht Bråviken. Er nahm den schmalen Schotterweg. Die Steine knirschten wie gewohnt unter den Füßen.

Er folgte dem Weg, der eine Biegung nach rechts machte. Nachdem er die beiden großen Kiefern passiert hatte, war er unten am Meer. Das Wasser lag spiegelblank vor ihm. Das war eher ungewöhnlich, denn im Bråviken gab es oft hohe Wellen.

John atmete tief ein und betrachtete die Wolke, die beim Ausatmen entstand. Gerade als er umkehren wollte, fiel sein Blick auf etwas Seltsames am Ufer. Etwas Silberfarbenes funkelte in der Sonne. Er trat näher und beugte sich vor, um es genauer in Augenschein zu nehmen.

Es war eine Pistole, und sie war blutig.

John kratzte sich am Kopf. Ein Stück weiter weg war das Gras rotgefärbt.

Doch Johns Augen blieben an etwas anderem hängen, was sich ganz in der Nähe unter einer Fichte befand. Ein Junge. Er lag auf der Seite und hatte die Augen weit aufgesperrt. Der linke Arm war merkwürdig abgewinkelt, und der Kopf lag in einer Blutlache.

Die Übelkeit überkam ihn, und John atmete schwer. Die Beine gaben nach, und er musste sich auf einen Stein setzen. Er brachte es nicht fertig, sich wieder aufzurichten, sondern blieb sitzen, die Hand vor dem Mund. Er starrte den toten Jungen an und ahnte, dass dieser fürchterliche Anblick in seinem Gedächtnis für immer würde haften bleiben.

Der Anruf erreichte die Polizei in Norrköping um 5.02 Uhr.

Dreißig Minuten später bogen zwei Polizeiautos auf den Schotterweg in Viddviken ein. Weitere fünf Minuten später traf der Krankenwagen bei John Hermansson ein, der noch immer auf dem Stein am Meer saß. Ein Zeitungsausträger hatte den alten Mann bemerkt und ihn gefragt, ob alles in Ordnung sei. Doch der hatte nur auf den toten Jungen gezeigt, war vor- und zurückgeschaukelt und hatte ein seltsames murmelndes Geräusch von sich gegeben.

Kurz nach sechs war noch ein Polizeiauto vorgefahren.

Gunnar Öhrn war gleich zum Fundort geeilt, gefolgt von Henrik Levin und Mia Bolander. Anneli Lindgren kam mit der Ausrüstung hinterher, die für die technische Untersuchung gebraucht wurde.

»Erschossen«, konstatierte Anneli und zog sich die Plastikhandschuhe über.

Die leblosen Augen des Jungen starrten sie an, die Lippen waren trocken und aufgeplatzt. Der weite Kapuzenpulli schmutzig und blutbefleckt. Ohne ein Wort nahm Anneli ihr Handy aus der Tasche und rief den Rechtsmediziner Björn Ahlmann an, der beim zweiten Klingeln abhob.

»Ja?«

»Arbeit für dich.«

Es ließ sich nicht verhindern. Die Agenturmeldung, dass ein Junge in Norrköping ermordet aufgefunden worden sei, verbreitete sich in einem unerhörten Tempo in allen schwedischen Medien, und die Pressesprecherin der Polizei in Norrköping wurde von einem Dutzend Journalisten angerufen, die von ihr weitere Auskünfte zu dem Mord wollten. Dass ein Minderjähriger umgebracht worden war, bewegte das ganze Land, und im Frühstücksfernsehen erörterten Experten die Tat.

Da neben der Mordwaffe am Fundort eine weitere Schusswaffe aufgetaucht war, gab es zahlreiche Spekulationen darüber, ob der Junge womöglich selbst aus kriminellen Kreisen stammte. Auch die Diskussionen über die rohe Jugendgewalt und deren Konsequenzen nahmen Fahrt auf.

Als das Telefon klingelte, schlief Jana Berzelius noch. Nachdem sie die Neuigkeiten erfahren hatte, stand sie rasch auf und entschied sich, kühl zu duschen. Da sie einen leichten Kater hatte, wäre sie am liebsten im Bett geblieben. Es war Pers Schuld. Drei Gin Tonic überstiegen ihre Möglichkeiten. Zumal sie sich schon zum Essen eine Flasche Wein geteilt und sich dabei nicht an die Devise gehalten hatten, nach jedem Glas Wein eines mit Wasser zu trinken.

Nach der kühlenden Dusche schluckte sie eine Schmerztablette und erlaubte sich, noch kurz mit nassen Haaren im Bett zu liegen. Sie zählte bis zehn, dann zog sie sich an, putzte sich die Zähne und suchte eine Tüte Kaugummi mit Pfefferminzgeschmack heraus. Dann war sie bereit für die Besprechung im Polizeirevier.

»Haltet alle Details zurück. Tragt nichts nach außen. Und zwar gar nichts. Ich weiß nicht, wie die Presse immer Wind von allem bekommt, aber irgendwie schaffen sie es. Haltet also bitte dicht.«

Kriminalhauptkommissar Gunnar Öhrn stand vor ihnen im Konferenzraum und schien seine Aussage durchaus ernst zu meinen. Er wirkt verstört, dachte Jana und schob ihren Kaugummi im Mund herum.

»Wir sind hier, um die aktuelle Lage zusammenzufassen. Es geht um einen Jungen, der heute früh tot in Viddviken aufgefunden wurde.«

Gunnar befestigte per Magnet ein Foto am Whiteboard, bevor er fortfuhr: »Anneli, die noch immer am Fundort ist, hat gesagt, dass der Junge erschossen wurde und irgendwann zwischen neunzehn und dreiundzwanzig Uhr am Sonntagabend gestorben ist. Laut ihrer Aussage zeigt die Vegetation in der unmittelbaren Umgebung, dass der

Junge sich dort aufgehalten haben muss. Und von den Verletzungen am Körper her zu urteilen ist er von hinten erschossen worden.«

Gunnar trank einen Schluck Wasser und räusperte sich.

»Momentan wissen wir nicht, ob dem Opfer noch weitere Schäden zugefügt wurden und ob der Junge womöglich sexuellen Übergriffen ausgesetzt war. Das wird die Obduktion zeigen. Der Rechtsmediziner hat uns versprochen, so bald wie möglich einen Bericht zu schreiben, hoffentlich schon morgen. Die Kleidung ist bereits zur Analyse ins Labor geschickt worden. Im Moment suchen wir die Umgebung des Fundorts ab. Bisher haben wir weder Schuhabdrücke noch andere Spuren des Täters gefunden. Das Einzige, was wir zum jetzigen Zeitpunkt mit ziemlicher Sicherheit sagen können, ist, dass der tote Junge in Viddviken derselbe Junge ist, der auf der Überwachungskamera im Östanvägen auftaucht.«

»Und die Mordwaffe?«, fragte Henrik.

»Das wissen wir noch nicht. Wir wissen zwar, dass er erschossen wurde, aber nicht mit welcher Waffe. Es steht hingegen fest, dass die Waffe, die neben dem Jungen lag, eine Glock ist, und Hans Juhlén wurde ja auch …«

»… mit einer Glock getötet«, ergänzte Henrik.

»Ganz genau. Die Seriennummer ist unbekannt. Ich habe die Waffe ins Labor geschickt, wo man die Rillenmuster auf den Patronen abgleichen wird. Wenn sie mit denen auf den Patronen übereinstimmen, die in Juhléns Körper gefunden wurden, deutet vieles darauf hin, dass der Junge in den Mord an Juhlén verwickelt war. Wir haben auch Fingerabdrücke von ihm genommen.«

»Und?«, fragte Mia.

»Sie passen zu den Abdrücken in Juhléns Haus«, sagte Gunnar.

»Also ist der Junge dort gewesen«, stellte Mia fest.

»Ja. Und nach unserer ersten Vermutung ist der Junge …«

»… der Mörder« , murmelte Jana und spürte, wie ihr ein Schauer über den Rücken lief. Sie wunderte sich über ihre eigene Reaktion.

»… der Mörder – ganz genau«, sagte Gunnar Öhrn.

»Wie das jetzt? Kinder morden doch nicht. Jedenfalls nicht einfach so. Und insbesondere nicht hier in Norrköping. Ich finde es ziemlich unwahrscheinlich, dass er die Tat begangen hat«, meinte Mia.

»Mag sein. Aber im Moment haben wir keine Hinweise, die in eine andere Richtung deuten«, erwiderte Gunnar.

»Aber was wäre das Motiv?«, fragte Henrik. »Warum sollte ein Achtjähriger Erpresserbriefe an einen leitenden Bediensteten im Amt für Migration schicken und ihn dann ermorden?«

»Ob der Junge der Mörder ist oder nicht, müssen wir herausfinden. Das ist unser Job«, sagte Gunnar und atmete schwer durch die Nase.

»Aber wer ist der Junge?«

»Das wissen wir noch nicht. Und wir wissen auch nicht, warum er sich in Viddviken befand und wie er dorthin gekommen ist. Er hat auf alle Fälle nicht im Wasser gelegen, das steht fest. Und er ist offenbar vom Strand zum Weg gelaufen«, sagte Gunnar.

»Vermutlich ist er vor jemandem geflohen«, erwiderte Henrik.

»Sieht ganz so aus«, meinte Gunnar.

»Keine Spuren von Autoreifen?«

»Im Moment haben wir noch keine gefunden, nein«, sagte Gunnar.

»Er ist also mit dem Boot gekommen. Und der Täter muss mit an Bord gewesen sein«, fuhr Henrik fort.

»Allerdings können wir nicht ausschließen, dass er mit dem Auto oder einem anderen Transportmittel dorthin gelangt ist«, sagte Gunnar.

»Zeugen?«, fragte Mia.

»Null. Aber wir prüfen den gesamten Küstenabschnitt, von Viddviken bis Arkösund.«

»Aber trotzdem: Wer ist dieser Junge?«, beharrte Henrik.

Gunnar holte tief Luft. »Soweit wir wissen, ist er in keiner unserer Datenbanken zu finden. Geh bitte sorgfältig alle Meldungen von vermissten Kindern durch, Mia. Schau dir neue und abgeschlossene Fälle an, auch bereits verjährte. Nimm ein Foto vom Jungen mit und rede mit dem Jugendamt, mit Schulen und Jugendzentren. Vielleicht müssen wir die Öffentlichkeit um Hilfe bitten.«

»Über die Medien?«, fragte Henrik.

»Ja, wobei es mir lieber wäre, es nicht tun zu müssen. Es gibt dann immer so ein … wie soll ich sagen … Bohei.«

Gunnar ging zur Karte an der Wand und zeigte auf den Fundort.

»Hier wurde die Leiche gefunden. Also suchen wir nach einem Boot oder einem anderen Fahrzeug, das am Sonntag zwischen neunzehn und dreiundzwanzig Uhr in Viddviken war.«

Er markierte das Gebiet nördlich des Fundorts.

»Wir haben eine Einheit eingesetzt, die Befragungen durchführt, und außerdem durchsucht eine Hundestaffel das Gebiet.«

»Was machen wir mit Kerstin Juhlén?«, fragte Jana. »Wenn ich nicht mehr Beweise bekomme, muss ich sie morgen freilassen.«

»Vielleicht weiß sie ja, wer der Junge ist?«, sagte Mia.

»Wir müssen sie auch noch wegen der Finanzen ihres Mannes befragen«, sagte Gunnar. »Du, Ola, kümmerst dich jetzt gleich um die Kontobewegungen. Privatkonten, Sparbücher, Reisekonten, Aktien, Fonds, du weißt schon. Prüf bitte alles.«

Ola nickte.

»Und du, Henrik, befragst Frau Juhlén. Wir sind noch nicht fertig mit ihr.«

Es hatte wehgetan. Sie wusste, dass es wehtun würde. Das hatte sie durch die Wände hindurch gehört. Aber sie hatte nicht gewusst, dass es so *wehtun würde.*

Einer der Erwachsenen hatte ihr gesagt, sie solle mit in die dunkle Abstellkammer kommen. Er hatte ihre Hände hinter dem Rücken zusammengebunden und ihren Kopf nach vorn gedrückt. Mit einem scharfen Glassplitter hatte er ihren neuen Namen in ihren Nacken eingeritzt. Ker stand dort. Von jetzt an hieß sie so, sie sollte Ker werden und es für immer bleiben.

Während der Mann mit der hässlichen Narbe ihr die Spritze in den Arm gab, hatte er ihr eingeredet, dass sie nie verletzt werden könne, dass ihr niemals jemand etwas anhaben könne. Während sich die Ruhe in ihrem Körper ausbreitete, wuchs auch die Stärke in ihr. Sie verspürte keine Angst mehr. Sie fühlte sich kraftvoll. Unbesiegbar. Unsterblich.

Die Erwachsenen ließen sie mit gefesselten Händen in der Abstellkammer zurück, damit sie nicht ihre Wunde am Na-

cken berühren konnte, bevor sie verheilt war. Als sie schließlich hinausgelassen wurde, fühlte sie sich schwach, sie fror und hatte keinen Appetit.

Das Mädchen versuchte, die Buchstaben im Spiegel zu sehen, aber es ging nicht. Sie berührte den Nacken. Es brannte, die Haut war noch immer empfindlich. Schorf hatte sich gebildet, und sie konnte es nicht lassen, daran herumzufingern. Sofort begann es zu bluten. Sie ärgerte sich über sich selbst und bemühte sich, das Blut mit dem Ärmel des Pullovers zu stoppen. Doch die roten Flecken auf dem Stoff wurden immer größer, jedes Mal, wenn sie damit den Nacken abtupfte.

Sie betrachtete den Ärmel. Die Flecken waren groß, und sie drehte den Hahn auf, um das Blut auszuwaschen. Doch es half nicht, es wurde nur noch schlimmer. Jetzt war der Ärmel nicht nur blutig, sondern auch nass. Typisch!

Sie lehnte sich gegen die Wand und sah an die Decke. Der Lichtschein der runden Lampe war schwach, und im Glasschirm lagen tote Fliegen. Wie würde sie jetzt wohl bestraft werden? Sie durfte den Nacken nicht berühren. Das hatten sie ja gesagt. Die Wunde musste verheilen. Wenn man sie berührte, würde ihr Nacken verunstaltet und hässlich aussehen.

Sie rutschte mit dem Rücken an der Wand entlang auf den Boden. Die Pause war bald vorbei, sie konnte nicht länger auf der Toilette bleiben.

Wie lange befand sie sich schon auf der Insel? Lange! Die Bäume hatten jedenfalls all ihre Blätter verloren. Dabei fand sie die goldbraunen Blätter so schön. Zu Hause hatte sie nie Bäume gesehen, deren Laub die Farbe wechselte. Jedes Mal, wenn sie in Habachtstellung auf dem Hof stand, wünschte sie sich, dass sie sich in den goldenen Laubhaufen hätte werfen können. Aber das durfte sie nie. Sie sollte nur kämpfen. Die ganze Zeit. Gegen den mickrigen Minos. Sogar gegen Danilo.

Er war größer und kräftiger als sie, weshalb sie für ihn keine angemessene Gegnerin gewesen war. Er versuchte, sie nicht zu schlagen, aber er musste es. Prügelte man sich nicht, bekam man Hiebe, viele Hiebe. Deshalb schlug Danilo sie. Zunächst hatte er versucht, vorsichtig zu sein, hatte sie ein wenig geschubst und ihr eine Ohrfeige verpasst. Doch dann hatte der Mann mit der hässlichen Narbe ihn so brutal an den Haaren hochgezogen, dass er es ausriss.

Sie hatte versucht, sich zu verteidigen, hatte Danilo mit Tritten und Schlägen traktiert, doch nichts hatte geholfen. Zuletzt hatte Danilo ihr einen ordentlichen Faustschlag verpasst, worauf ihre Lippe platzte. Drei Tage war die Lippe geschwollen gewesen. Dann war es Zeit für den nächsten Kampf, und zwar gegen einen anderen Jungen, ein Jahr jünger als sie. Als er sie absichtlich auf ihre verletzte Lippe geschlagen hatte, war sie in Rage geraten und hatte ihn so stark aufs Ohr geschlagen, dass er auf dem Boden zusammengebrochen war. Sie hatte ihn weiter getreten und geschlagen, bis der Mann mit der Narbe sie getrennt hatte. Er hatte gelächelt und auf seine Augen, seinen Hals und den Schritt gezeigt.

»Auge, Hals, zwischen die Beine«, hatte er gesagt. »Nirgendwo anders hin.«

Das Mädchen hörte den Wecker klingeln. Es war Zeit für die nächste Stunde.

Sie wrang den nassen Ärmel so fest aus, wie sie nur konnte. Das Wasser tropfte auf den Boden und bildete eine kleine Pfütze. Sie riss von dem Küchenpapier ein Stück ab und wischte das Wasser auf. Dann spülte sie das nasse Papier in der schmutzigen Toilette hinunter.

Sie krempelte den Ärmel ein wenig hoch, um die blutigen Flecken zu verbergen, schloss die Tür auf und ging hinaus.

Rechtsanwalt Peter Ramstedt wirkte verärgert, als Henrik Levin anrief. Er schnaufte in den Hörer und wiederholte zweimal mit scharfer Stimme, er habe keine Zeit, einer weiteren Vernehmung von Kerstin Juhlén beizuwohnen, insbesondere nicht zu dem Termin, den der Kriminalkommissar vorgeschlagen hatte.

»Da meiner Klientin an meiner Anwesenheit gelegen ist und ich mich momentan im Landgericht befinde, passt es besser, wenn wir heute Abend oder morgen Vormittag zu Ihnen kommen«, sagte Ramstedt.

»Nein«, sagte Henrik.

»Wie bitte?«

»Nein. Es passt weder heute Abend noch morgen. Ich weiß nicht, ob Sie das begriffen haben, aber wir stecken mitten in einer Mordermittlung, und wir wollen *jetzt* mit Kerstin Juhlén sprechen.«

Es wurde still am anderen Ende der Leitung. Dann war erneut die Stimme des Rechtsanwalts zu hören. Er sprach sehr langsam und verbissen.

»Und ich weiß nicht, ob Sie das begriffen haben, aber als juristischer Beistand *muss* ich anwesend sein.«

»Gut, dann sagen wir elf Uhr.«

Henrik legte auf.

Zwei Minuten vor elf betrat Peter Ramstedt den Vernehmungsraum. Er war hochrot im Gesicht, stellte seine Aktentasche absichtlich laut auf den Boden und setzte sich neben seine Klientin. Während er sein Handy in die Tasche seines gestreiften Sakkos steckte, lächelte er Henrik und Jana bedeutsam zu. Dann fing die Vernehmung an.

Henrik begann mit einfachen, klaren Fragen über Hans Juhléns Finanzen, die die Witwe mit weicher Stimme beantwortete. Doch sobald er ins Detail ging, wurden ihre Auskünfte sparsamer.

»Wie ich schon sagte, habe ich keinen Zugriff auf die Konten meines Mannes, und ich habe keine Ahnung, wie es um seine Finanzen bestellt ist«, sagte sie.

Frau Juhlén erzählte, dass das Gehalt ihres Mannes auf ein gemeinsames Konto eingegangen sei, von dem die Raten des Kredits für das Haus und die übrigen Unterhaltskosten abgebucht worden seien. Er habe die Verantwortung für die Geldangelegenheiten übernommen, da sein Gehalt ihr gemeinsames Leben finanziert habe.

»Er hat sich um alles gekümmert«, sagte Kerstin Juhlén.

»Es ging Ihnen gut, finanziell gesehen?«, fragte Henrik.

»Ja, sehr gut.«

»Aber Ihr Mann war sparsam?«

»Allerdings.«

»Wollte er seinem Bruder deshalb nicht mehr mit Geld aushelfen?«

»Hat Lasse das gesagt? Dass er kein Geld bekommen hat?«

Ihre Stimme hatte sich verändert. Der Ton war plötzlich schrill.

Henrik antwortete nicht, sondern betrachtete ihr hellrosa T-Shirt. Der runde Halsausschnitt war ausgeleiert, und von dem einen Ärmel hing ein Faden herab. Ihn überkam eine unbeschreibliche Lust, sich über den Tisch zu lehnen und ihn abzureißen. Wie konnte der Faden ihr entgangen sein?, dachte er. Das übersah man doch nicht.

»Natürlich hat er Geld bekommen«, sagte Kerstin Juhlén. »Viel zu viel Geld. Hans wollte ihm helfen, aber Lasse hat alles verspielt. Hans wollte nicht, dass Simon finanziell darunter zu leiden hatte, deshalb hat er versucht, ihm zu helfen, indem er Geld auf ein Konto eingezahlt hat, das auf Simons Namen läuft. Lasse hat als Erziehungsberechtigter das Geld abgehoben und jede einzelne Krone bei Pferdewetten verspielt. Da ist es doch kein Wunder, dass mein Mann wütend geworden ist und die Zahlungen eingestellt hat. Das mag ungerecht dem Jungen gegenüber gewesen sein, aber was hätte er tun sollen?«

»Laut Lasse haben *Sie* die Zahlungen eingestellt«, sagte Henrik.

»Nein, das hat er völlig in den falschen Hals bekommen.«

Kerstin Juhlén begann am Nagelband des Daumens zu kauen, das schon ganz wund war.

»Er hat in letzter Zeit also kein Geld bekommen?«, fragte Henrik.

»Nein, schon seit einem Jahr nicht mehr.«

Henrik dachte nach, fuhr sich übers Kinn und stellte fest, dass es nach der gestrigen Rasur noch immer glatt war. Dann betrachtete er wieder Kerstin Juhlén. Und den Faden.

»Wir werden Ihre Konten untersuchen.«

»Warum?«

Sie blickte ihn an und nahm sich den nächsten Nagel vor.

»Um zu prüfen, ob Ihre Angaben stimmen.«

»Sie brauchen eine Erlaubnis«, sagte Ramstedt.

»Das haben wir bereits organisiert«, sagte Jana knapp und hielt ihm eine unterschriebene Vollmacht hin.

Ramstedt rümpfte die Nase und legte seiner Klientin die Hand auf die Schulter. Sie sah ihn an, und Henrik bemerkte ein nervöses Zucken am linken Augenlid.

»Gut«, sagte Henrik. »Ich habe noch eine wichtige Frage. Heute früh wurde ein Junge tot aufgefunden. Hier ist ein Bild von ihm.«

Er legte zwei hochaufgelöste Fotos auf den Tisch, eines vom Fundort und eines von der Überwachungskamera.

Kerstin Juhlén warf einen raschen Blick auf die Bilder und wischte die feuchten abgekauten Fingernägel am Hosenbein ab.

»Wir müssen denjenigen finden, der Ihren Mann umgebracht hat, und das werden wir auch. Im Moment haben wir aber nur eine verdächtige Person, und das sind Sie. Wenn Sie entlassen werden wollen, sollten Sie darüber nachdenken, ob Sie diesen Jungen in der Nähe Ihres Hauses gesehen haben«, sagte Henrik.

Kerstin Juhlén überlegte kurz und sagte schließlich: »Ich versichere Ihnen, ich habe ihn noch nie gesehen. Noch nie!«

»Sicher?«

»Ganz sicher.«

Die Kopfschmerzen hatten nachgelassen. Dennoch nahm Jana Berzelius eine zweite Schmerztablette mit einem großen Schluck Wasser ein. Sie hatte das Wasser eine ganze Weile laufen lassen, bis es kalt genug gewesen war. Lauwarmes Wasser war für sie das Schlimmste, und sie hatte schon darüber nachgedacht, ob sie für die Teeküche in der Staatsanwaltschaft eine Eiswürfelmaschine kaufen sollte. Allerdings hatte sie keine Ahnung, wo man die hinstellen könnte. Es war nicht viel Platz, und der neue Kaffeeautomat nahm schon etwa ein Viertel der Fläche ein. Eine fünfundvierzig Zentimeter breite Spülmaschine stand darin, und ein hüfthoher Kühlschrank. Beides in Edelstahl und vom selben Hersteller.

Jana nahm noch einen Schluck und stellte das Glas mit dem restlichen Wasser ins Spülbecken. Sie musste weiterarbeiten. E-Mails waren zu beantworten, Klienten mussten angerufen werden. Noch immer lagen zwei Anklageschriften auf ihrem Schreibtisch, die sie prüfen musste, und Yvonne Jansson hatte sie schon mit drei weiteren versorgt.

Torsten Granath trat in die Küche und nahm eine Tasse aus dem Wandregal.

»Viel zu tun?«, fragte Jana.

»Haben wir nicht immer viel zu tun?«

Torsten drehte sich um, weil er die Tasse in den Kaffeeautomaten stellen wollte, doch in seinem Eifer fiel ihm die Tasse aus der Hand und wäre fast auf dem Boden gelandet. Aber Jana reagierte blitzschnell und fing sie mit der rechten Hand auf.

»Perfekt gefangen«, sagte Torsten.

Sie antwortete nicht, sondern reichte ihrem Chef schweigend die Tasse.

»Lernt man so was im Internat in Lundsberg?«

Jana schwieg weiterhin. Torsten kannte ihre wortkarge Art und stellte die Tasse in den Automaten. Er wählte die Variante mit frisch gemahlenen Kaffeebohnen, doch die Maschine reagierte nicht.

»Was ist denn mit der Maschine los?«

»Sie ist neu.«

Er drückte wieder und wieder. Schließlich entschied er sich für Espresso.

»Wenn man nicht mal eine normale Tasse Kaffee aus einer Maschine herausbekommt, sollte man sich vielleicht pensionieren lassen.«

»Oder zumindest sein Tempo drosseln«, sagte Jana.

»Nein, dazu habe ich keine Zeit. Wie läuft es eigentlich im Fall Hans Juhlén?«

Jana nahm das beschlagene Wasserglas und leerte es ins Spülbecken. Dann öffnete sie die Spülmaschine und stellte das Glas ins obere Fach.

»Ich muss seine Frau morgen freilassen«, sagte sie. »Ich habe keinerlei Beweise für eine mögliche Tatbeteiligung. Das wird Peter Ramstedt freuen.«

»Dieser Typ! Er sieht das Rechtswesen nur als Business.«

»Und Frauen als Belohnung.«

Torsten grinste.

»Ich verlasse mich auf dich.«

»Ich weiß.«

Jana wusste, dass er das ernst meinte. Er verließ sich auf sie – seit jenem Tag, an dem sie die Behörde zum ersten Mal betreten hatte. Dank der fantastischen Noten aus ihrer Zeit als Anwärterin hatte sie die härtesten Konkurrenten ausgestochen und die begehrte Stelle als Staatsanwältin in Norrköping ergattert. Dass sie die Tochter des Reichsstaatsanwalts Karl Berzelius war, hatte möglicherweise auch dazu beigetragen. Karl hatte gute Kontakte innerhalb der Bürokratie im Allgemeinen und zu den schwedischen Gerichten im Besonderen.

Das Jurastudium hatte sie jedoch ganz allein gemeistert. Sie hatte die juristische Fakultät in Uppsala mit einem glänzenden Zeugnis verlassen, und ihr Vater war vermutlich stolz gewesen, als sie ihr Examen bestanden hatte. Oder zufrieden. Sie wusste es nicht genau. Denn er war nicht vor Ort gewesen, sondern hatte seine Glückwünsche über Margaretha ausrichten lassen.

»Dein Vater lässt dich grüßen und gratuliert dir«, hatte

sie gesagt und ihr einen Strauß portweinfarbener Nelken überreicht. Ein Schulterklopfen folgte. Und ein Lächeln, das ihr signalisierte, dass es damit aber auch genug der Vertraulichkeiten war.

Dass Jana in die Fußstapfen ihres Vaters treten würde, war selbstverständlich gewesen. Eine andere Laufbahn zu wählen wäre völlig inakzeptabel gewesen – das hatte sie schon von Kindesbeinen an zu hören gekriegt. Deshalb hatte sie ziemlich große Hoffnungen darin gesetzt, dass Karl ihr persönlich zum bestandenen Examen gratulieren würde. Aber das hatte er nicht getan.

Jana kratzte sich im Nacken. Sie betrachtete Torsten, der noch immer lächelte, und fragte sich, ob er wohl in der letzten Zeit mit ihrem Vater telefoniert hatte. Karl war seit zwei Jahren in Pension, was ihn allerdings nicht daran hinderte, sich weiterhin für das schwedische Rechtswesen zu interessieren. Insbesondere für die Fälle, die seine Tochter vertrat. Zweimal pro Monat ließ er sich von Torsten über ihre Leistungen unterrichten. Dem konnte ihr Chef sich nicht widersetzen. Genauso wenig wie Jana.

So war Karl nun einmal.

Dominant.

Das Lächeln verschwand aus Torstens Gesicht. Er nahm seinen Espresso aus der Maschine, nippte an dem heißen Getränk und verbrannte sich. Er verzog das Gesicht und fluchte leise.

»Ich muss weiter. Heute um vier kommt der Tierarzt zu uns. Meine Frau macht sich Sorgen um Ludde. Er hat offenbar irgendein Problem mit der Verdauung. So ein Mops macht wirklich nur Schwierigkeiten. Danke, dass du die Tasse aufgefangen hast. Du hast uns die Anschaffung einer neuen erspart.«

Torsten zwinkerte Jana zu, bevor er verschwand.

Sie blieb stehen und sah ihm hinterher.

»Keine Ursache«, sagte sie leise.

Die Kontoauszüge des Ehepaars Juhlén umfassten sechsundfünfzig Seiten. Der Bankangestellte war zuvorkommend gewesen, und Ola Söderström hatte ihm dreimal nacheinander höflich gedankt.

Jetzt überflog er die Papiere von Hans Juhléns Privatkonten. Am Fünfundzwanzigsten jedes Monats wurden vom Amt für Migration siebenundsiebzigtausend Kronen auf ein Gehaltskonto überwiesen. Ola pfiff anerkennend, als er die beachtliche Summe las. Sie lag weit über seinem Monatslohn, der nur dreiunddreißigtausend betrug.

Zwei Tage später, am Siebenundzwanzigsten, wurde von diesem Konto beinahe das gesamte Gehalt abgebucht, bis auf fünfzehnhundert Kronen. So war es in den vergangenen zehn Monaten gewesen.

Erst als er die Auszüge vom gemeinsamen Sparkonto des Ehepaars durchsah, begriff Ola Söderström, dass irgendetwas nicht mit rechten Dingen zuging. Die Überweisungen von Hans Juhléns Gehaltskonto aufs Sparkonto waren nicht weiter bemerkenswert. Das Seltsame waren die Barabhebungen vom Sparkonto in Höhe von vierzigtausend Kronen, die einmal monatlich erfolgten. Immer am selben Datum und immer in derselben Bankfiliale.

Immer am Achtundzwanzigsten. Immer bei Swedbank. Und immer im Lidavägen 8.

Die Nachricht über die hohen regelmäßigen Barabhebungen erreichten Henrik Levin im Fahrstuhl des Polizeireviers. Der Handyempfang war schlecht, und Henrik musste sich konzentrieren, um Olas Stimme zu hören. Er lehnte sich an die graue Wand des Fahrstuhls und legte den Kopf schief, damit das Telefon möglichst weit oben war. Als auch das nichts half, stellte er sich so nah an die Aufzugtür wie möglich. Der Empfang wurde geringfügig besser, dennoch stand er mit zusammengekniffenen Augen da und konzentrierte sich auf das, was Ola zu sagen versuchte. Schließlich war die Botschaft angekommen.

»Also wurden von ihrem gemeinsamen Konto jeden Monat vierzigtausend Kronen abgehoben?«, sagte er, als er aus dem Lift trat.

»Ja, und zwar zehn Monate lang immer am selben Tag«, sagte Ola. »Die Frage ist nur, wofür das Geld verwendet werden sollte. Um den Erpresser zu bezahlen, der die Drohbriefe geschickt hat?«

»Das müssen wir herausfinden.«

Henrik beendete das Gespräch und ging zur Eingangstür, während er Mias Nummer wählte, um sie zu fragen, ob sie zur Bankfiliale in Hageby mitkommen wollte.

»Hat er jeden Monat vierzigtausend an diesen Typen gezahlt? Das ist ja echt unglaublich!«

»Kommst du mit nach Hageby oder nicht?«

»Nein. Ich bin erst zur Hälfte durch«, sagte Mia und erklärte, dass es Zeit koste, die aktuellen Vermisstenanzeigen von verschwundenen Kindern und Jugendlichen durchzugehen. Der Kontakt mit dem Jugendamt war ergebnislos gewesen, und bislang hatten weder die Bewohner der Asylbewerberheime noch die Grundschullehrer den Jungen identifizieren können.

Und wenn seine Identität nicht geklärt werden konnte, wäre Mia gezwungen, ihr Suchfeld auszuweiten und sich an angrenzende Gemeinden zu wenden.

»Aber es kann natürlich auch sein, dass der Junge keine Papiere hatte. Dass er aus einem anderen Land stammt und nach Schweden eingereist ist, ohne jemals Kontakt zum Amt für Migration gehabt zu haben«, sagte sie.

»Ja, aber irgendeine Art von Kontakt muss er gehabt haben. Schließlich ist er doch bei Hans Juhlén gewesen«, sagte Henrik.

»Stimmt.«

Henrik stieg ins Auto und verließ das Gelände, noch immer mit dem Handy am Ohr.

»Oder er wird von seinen Eltern einfach nicht vermisst. Sie lesen vielleicht keine Zeitungen, sondern denken, dass ihr Sohn bei einem Freund oder einem Verwandten ist oder so«, fuhr Mia fort.

»Schon möglich, aber ich glaube, dass die meisten Eltern wissen, wo ihre Kinder sind, und auch Anzeige erstatten würden, wenn sie nicht rechtzeitig nach Hause kommen. Würdest du das nicht tun?«, fragte Henrik und hielt an einer roten Ampel.

Eine Mutter mit zwei kleinen Kindern überquerte die Straße. Die beiden Kinder machten große Schritte, um nicht den Boden zwischen den weißen Linien zu berühren. Die blauen Bommel an ihren Mützen hüpften bei jedem Schritt.

»Doch, das würde ich wohl, aber alle Eltern verhalten sich nicht gleich.«

»Da hast du auch wieder recht.«

»Wir können nur hoffen, dass der Junge bald als vermisst gemeldet wird.«

»Oder wir müssen darauf hoffen, dass wir doch noch in einer der Schulen Erfolg haben.«

Henrik beendete das Gespräch, legte das Handy ins Fach

vor dem Schaltknüppel und sah aus dem Fenster. Die Mutter mit den beiden Kindern war hinter einer Hausecke verschwunden.

Er strich über das Lenkrad und seufzte, während er über den toten Jungen nachdachte. Es war merkwürdig, dass er von niemandem vermisst wurde. Und noch seltsamer war es, dass sich sein Fingerabdruck in Hans Juhléns Haus befand. Ob es um Pädophilie ging? Vielleicht war der Junge ein Opfer gewesen, das den Täter aus Rache umbringen wollte? Der Gedanke war nicht ganz abwegig, aber unangenehm, und er verwarf ihn gleich wieder.

Der Verkehr in der Kungsgatan war dicht und ließ erst nach, als Henrik auf der E 22 war. Nach ein paar Kilometern nahm er die Abfahrt zum Einkaufszentrum Mirum Galleria.

Das Parkhaus war gähnend leer, und als er aus dem Auto stieg, hallten seine Schritte wider.

Zehn Minuten vor Ende der Öffnungszeit erreichte Henrik die Swedbankfiliale. Drei Kunden warteten mit ihren Nummernzetteln in der Hand.

Ein Bankangestellter mit zurückgegeltem Haar und jugendlichem Aussehen bediente die Kunden, die übrigen Kassen waren geschlossen.

Als Henrik seine Dienstmarke vorzeigte, bat man ihn zu warten, bis die Filiale schloss. Dann werde man ihm behilflich sein.

Henrik setzte sich in einen eiförmigen Sessel, lauschte einem Werbejingle, der alle Besucher bei H&M in der oberen Etage des Einkaufszentrums willkommen hieß, und beobachtete die Passanten.

»Jetzt, Herr Kommissar. Folgen Sie mir bitte.«

Der Bankangestellte winkte Henrik zu und wies ihm

den Weg hinter den Tresen. Sie setzten sich an einen länglichen Tisch in einem kleinen Besprechungsraum.

Die Chefin, eine untersetzte Dame um die fünfzig mit rotgeblümter Bluse, kam dazu und nahm ebenfalls Platz.

Henrik erklärte sein Anliegen.

»Ich bin Ihnen dankbar, dass Sie persönlich zu uns gekommen sind. Wie Sie wissen, unterliegen wir dem Bankgeheimnis. Ich habe heute schon mit Ihrem Kollegen gesprochen.«

»Ola Söderström?«

»Richtig, Söderström hieß er. Wir haben ihm alle Informationen über die Konten des Ehepaars Juhlén gegeben.«

»Ich weiß, und den Auszügen ist zu entnehmen, dass Hans Juhlén jeden Monat in Ihrer Bankfiliale vierzigtausend Kronen abgehoben hat. Es ist für uns äußerst wichtig zu erfahren, warum er eine so hohe Summe abgehoben hat.«

»Wir fragen die Kunden selten, wofür sie ihr Geld verwenden wollen, aber wir bewilligen nicht so ohne Weiteres höhere Barabhebungen. Kunden, die eine Summe abheben wollen, die fünfzehntausend Kronen übersteigt, müssen ihre Abhebungen vorher ankündigen.«

»Ich verstehe, aber dann muss Hans Juhlén seine Abhebungen ja mehrmals bei Ihnen angekündigt haben«, sagte Henrik.

»Nein, das hat er nicht«, sagte die Chefin.

»Wer war es denn dann?«

»Seine Frau, Kerstin Juhlén.«

Gunnar Öhrn hielt das Lenkrad fest umklammert. Er hörte dem Radioreporter zu, der nach einem Beitrag über die Geschichte der Maiblume aus Papier, die jährlich zu

Wohltätigkeitszwecken verkauft wurde, versprach, einen legendären Song zu spielen. Schon als die ersten Töne aus den Lautsprechern drangen, erkannte Gunnar die Stimme des Sängers und trommelte den Rhythmus des großartigen Rocksongs mit.

Bruce Springsteen. *Born in the USA*.

»The Boss. Oh yeah!«, rief Gunnar.

Er drehte die Lautstärke hoch und trommelte beim Refrain noch lauter mit.

Verstohlen sah er zu Anneli Lindgren hinüber, die neben ihm auf dem Beifahrersitz saß, um herauszufinden, ob ihr sein Lenkradsolo imponierte. Aber das war nicht der Fall. Sie hatte die Augen geschlossen und sich zurückgelehnt.

Es war halb vier. Zehn Stunden lang war sie am Fundort in Viddviken gewesen. Als Gunnar eingetroffen war, hatte sie mit einer Wathose bekleidet bis zur Taille im Wasser gestanden. Sie war zu ihm gekommen.

»Wie ist es dir ergangen?«, hatte Gunnar gefragt.

»Ich habe ein paar Wasserproben genommen«, hatte Anneli geantwortet, die Schnallen an den Schultern gelöst und die Wathose ausgezogen. »Die Umgebung ist durchkämmt worden. An Schuhabdrücke ist nicht zu denken, hier scheinen eine Menge Leute unterwegs zu sein.«

»Habt ihr die Bucht mit Tauchern abgesucht?«

»Zweimal, aber keine Spur von der Mordwaffe.«

»Und was ist mit der Kugel?«

»Leider nein. Aber wir haben etwas anderes gefunden. Komm mit, dann zeige ich es dir.«

Gunnar folgte Anneli vom Ufer hinauf zum Schotterweg. Nach zwanzig Metern blieb sie stehen und bog am Wegrand vorsichtig das Buschwerk zur Seite. Gunnar beugte sich vor, und plötzlich breitete sich ein Lächeln auf seinem Gesicht aus.

Auf dem Boden befanden sich frische tiefe Reifenabdrücke.

Anneli war über die Abdrücke richtiggehend begeistert gewesen, doch das lag eine Stunde zurück. Jetzt saß sie schweigend auf dem Beifahrersitz.

Gunnar drehte die Lautstärke herunter.

»Müde?«, fragte er.

»Ja.«

»Ist es okay, wenn du noch an einer Besprechung teilnimmst? Ich habe für vier Uhr eine Sitzung anberaumt.«

»Klar.«

»Ich kann dich hinterher nach Hause fahren.«

»Lieb von dir. Aber ich brauche mein Auto später noch. Adam hat doch um acht Uhr Fußball. Hast du das vergessen?«

»Richtig, ja, verflixt, heute ist ja Mittwoch.«

Gunnar stützte sich mit dem Ellbogen an der Scheibe ab.

»Aber ich kann ihn auch bringen. Natürlich nur, wenn du willst. Wir könnten zusammen hinfahren«, sagte er.

»Ja, wenn du willst … Gern.«

Anneli rieb sich die Augen.

»Ach nein«, sagte Gunnar und fasste sich an die Stirn.

»Was ist?«, fragte Anneli.

»Ich habe ihn schon wieder vergessen. Den Umzugskarton. Nie denke ich daran.«

»Kein Problem.«

»Aber es ist der letzte mit deinen Sachen.«

»Wenn er bis jetzt auf dem Dachboden gestanden hat, kann er vielleicht noch eine Weile dort stehen bleiben.«

»Heute Abend stelle ich ihn vor die Haustür. Dann werde ich auf jeden Fall daran denken, ihn morgen mitzunehmen.«

»Gute Idee.«

»Ja, nicht?«

Sie schwiegen eine Weile.

»Nett, dass du heute Abend mitkommst. Adam wird sich freuen«, sagte Anneli.

»Ich weiß.«

»Ich freue mich auch.«

»Ich weiß.«

»Freust du dich denn nicht?«

»Anneli, hör auf. Das hat doch keinen Sinn.«

»Warum nicht?«

»Darum.«

»Hast du jemand Neues kennengelernt?«

»Nein, das nicht. Aber wir haben doch beschlossen, dass wir es so machen wollen.«

»Du hast das beschlossen, ja. Nicht ich.«

»Okay, diesmal war ich es. Und ich will nicht, dass du jetzt irgendwas probierst. Ich will es wirklich so, wie es jetzt ist. Ich finde, es läuft gut zwischen uns. Auf einem guten Niveau, meine ich.«

»Auf deinem Niveau.«

»Was meinst du damit?«

»Nichts.«

»Hör mal zu, ich wollte einfach nur ein bisschen nett sein und dich und Adam zum Training fahren, was ist denn das Problem?«

»Du musst uns nicht bringen. Wir kommen gut ohne deine Hilfe aus.«

»Okay, dann lassen wir es.«

»Ja.«

»Gut.«

»Gut.«

Gunnar brummte etwas, bevor er die Lautstärke wieder hochdrehte, um gerade noch den letzten Ton des verdammten Rocksongs abebben zu hören.

Anneli ging hinter Gunnar den Gang entlang. Ihre Lippen waren zusammengepresst, und sie starrte wütend auf seinen Rücken. Sie wusste, dass er ihren Blick spürte, deshalb intensivierte sie ihn.

Gunnar blieb vor seinem Büro stehen.

Anneli sah, dass ein Fax vom staatlichen kriminaltechnischen Labor in seinem Postfach lag. Vermutlich war es wichtig. Aber sie sagte nichts, sondern ging geradeaus weiter, in dem Bewusstsein, dass er das Fax gleich lesen würde.

Auf dem Gang machte sie noch ein mürrisches Gesicht, doch sobald sie den Konferenzraum betrat, riss sie sich zusammen und legte ihr privates Ich ab.

Da Anneli und Gunnar vereinbart hatten, nie ihre Beziehung mit jemandem von der Arbeit zu diskutieren, zeigten sie auch nie ihre Gefühle offen. Ein Jahr nachdem sie ein Paar geworden waren, hatte sie bei der Kriminalpolizei Norrköping angefangen, deren Chef Gunnar war. Als eine Kriminaltechnikerstelle im Intranet der Polizei ausgeschrieben wurde, hatte Anneli auf dem normalen Dienstweg ihre Meriten vom staatlichen kriminaltechnischen Labor in Linköping aufgelistet und ihre Bewerbung an die zuständige Kontaktperson geschickt, die in diesem Falle ihr Lebenspartner war. Anneli hatte keine besonderen Bedenken gehabt, mit ihm zusammenzuarbeiten. Gunnar wiederum war in ein Dilemma geraten und hatte zunächst überlegt, ob er Annelis Bewerbung einfach beiseitelegen sollte. Doch da ihre Berufserfahrung die aller anderen Bewerber übertraf, war Gunnars Entscheidung, sie letztlich einzustellen, durchaus logisch und rational gewesen. Dass Gunnar und Anneli ihre Beziehung nicht an die große Glocke gehängt hatten, erleichterte ihm die Entscheidung, und sie vereinbarten, die Sache auch weiterhin möglichst diskret zu handhaben.

Schon bald jedoch sickerte das Gerücht von ihrem Verhältnis durch, und böse Zungen behaupteten, Anneli habe sich hochgeschlafen. Es spielte keine Rolle, dass sie eine einzigartige Fähigkeit hatte, Abweichendes aufzuspüren wie einen abgebrochenen Zweig oder einen undeutlichen Reifenabdruck – Dinge, die anderen nicht auffielen. Die Leute interessierten sich nur dafür, dass sie mit ihrem Chef zusammen war.

Was viele nicht wussten – vielleicht machten sie sich auch nicht die Mühe, es herauszufinden –, war die Tatsache, dass Anneli und Gunnar eine On-off-Beziehung führten. Wegen ihres gemeinsamen Sohns hatten sie ausprobiert zusammenzuleben, aber als Adam zehn wurde, hatten sie genug voneinander. Sie sahen sich eher als Kollegen denn als Liebespaar. Ihre Gefühle erinnerten an eine Achterbahn, und mittlerweile waren sie siebenmal zusammen- und wieder auseinandergezogen. Das letzte Mal hatten sie zehn Monate zusammengelebt. Danach wollte Gunnar eine Auszeit, was er ihr vor einem Monat mitgeteilt hatte.

Anneli verdrängte alle Gedanken an Gunnar, als sie Mia und Ola begrüßte, die schon am Konferenztisch saßen.

»Ein Zeuge hat einen weißen Transporter in Richtung Viddviken fahren sehen«, sagte Mia.

Anneli wollte gerade antworten, als Gunnar hereingestürmt kam. Er hielt das Fax vom Labor in der Hand.

»Die Fingerabdrücke auf den Drohbriefen sind identifiziert«, sagte er aufgeregt. »Wo steckt Henrik?«

»Er vernimmt gerade Kerstin Juhlén. Sie hat offenbar gelogen, was die Geldzahlungen betrifft«, entgegnete Ola.

»Nicht nur in dieser Hinsicht. Ich muss Henrik umgehend sprechen.«

Der Hals von Rechtsanwalt Peter Ramstedt war flammend rot, als er zum zweiten Mal an diesem Tag den Vernehmungsraum betrat. Er schleuderte die Aktentasche auf den Tisch, zerrte einen Schreibblock und einen Kugelschreiber heraus und ließ die Tasche auf den Boden fallen. Hektisch knöpfte er sein Jackett auf, ehe er auf dem Stuhl Platz nahm. Mit verschränkten Armen saß er da und klickte mit dem rechten Daumen auf seinem Kugelschreiber herum.

Henrik Levin lächelte vor sich hin. Er hielt die Trumpfkarte in der Hand. Die Zeugenaussagen der Bankleute waren sehr gewichtig gewesen, aber erst durch Gunnars Anruf hatten sich die letzten Puzzleteile zusammengefügt.

»Ich würde Sie gern was fragen«, sagte Henrik zu Kerstin Juhlén, die auf dem Stuhl zusammengesackt dasaß. Ihre gelben Plastikclogs ragten rechts und links unter dem Tisch hervor. »Zahlen Sie normalerweise mit Bargeld oder mit Karte?«

Kerstin Juhlén betrachtete erst ihn und dann den gelbschwarzen Vogel auf seinem Pullover.

»Mit Karte.«

»Sie zahlen beim Einkaufen nie mit Bargeld?«

»Nein.«
»Niemals?«
»Manchmal vielleicht.«
»Wie oft?«
»Weiß nicht. Einmal im Monat, glaube ich.«
»Wie kommen Sie denn an Bargeld?«

Peter Ramstedt klickte weiter mit seinem Kugelschreiber.

Henrik bekam gewaltig Lust, ihm den Stift zu entreißen, ihn in der Mitte auseinanderzubrechen und die Farbe auf seinem roten Schlips zu verschmieren.

Kerstin Juhlén unterbrach seine Gedankenspiele.

»Ich hebe das Geld an einem dieser Automaten ab.«
»An welchem Geldautomaten denn?«
»Dem in Ingelsta, neben dem Café.«
»Gehen Sie immer zum selben Geldautomaten?«
»Ja.«
»Wie viel Geld heben Sie normalerweise ab?«
»Fünfhundert.«
»Und Sie heben nie Geld in einer Bankfiliale ab?«
»Nein, nie.«

Sie führte den kleinen Finger zum Mund und biss deutlich hörbar den Nagel ab.

»Sie waren also noch nie in einer Bank?«
»Doch, natürlich.«
»Wann zuletzt?«
»Vor einem Jahr vielleicht.«
»Was haben Sie dort gemacht?«
»Womöglich ist es noch länger her. Ich kann mich nicht so genau erinnern.«
»Und seitdem sind Sie nicht mehr in einer Bank gewesen?«

Ramstedt legte seine Hände auf den Tisch, entblößte seine roten Manschettenknöpfe und klickte wieder mit dem Kugelschreiber.

Henrik verspürte erneut den Impuls, das Leben des Kulis auszulöschen. Aber er zählte bis zehn, ehe er seine Frage wiederholte:

»Seitdem sind Sie also nicht mehr in einer Bank gewesen?«

»Nein.«

»Komisch«, sagte Henrik. »Wir haben zwei Personen, die bezeugen können, dass Sie in einer Bankfiliale in Hageby waren.«

Ramstedt hörte schlagartig auf zu klicken.

Einen Moment war es still.

Henrik konnte seine eigenen Atemzüge hören.

»Aber ich bin dort nicht gewesen«, sagte Kerstin Juhlén ängstlich.

Henrik erhob sich und ging in die eine Ecke des Zimmers. Er stellte sich unter eine Filmkamera, die an der Decke angebracht war, und zeigte nach oben.

»In jeder Bankfiliale gibt es solche Kameras. Sie registrieren alle Kunden, die kommen und gehen.«

»Warten Sie bitte«, sagte Ramstedt und stand ebenfalls auf. »Ich muss ein paar Worte mit meiner Klientin wechseln.«

Henrik tat so, als hätte er nichts gehört.

Er kehrte zum Tisch zurück und sah Kerstin Juhlén an.

»Also frage ich Sie noch einmal: Waren Sie in der Bankfiliale in Hageby?«

Rasch legte Peter Ramstedt die Hand auf die Schulter seiner Klientin, um sie an einer Antwort zu hindern.

Doch sie antwortete.

»Vielleicht, ja.«

Henrik setzte sich wieder.

»Was haben Sie da gemacht?«

»Geld abgehoben.«

Ramstedt ließ Kerstin Juhléns Schulter los und setzte sich ebenfalls wieder.

»Wie viel Geld haben Sie abgehoben?«

»Ein paar Tausend. Zwei vielleicht.«

»Bitte hören Sie auf zu lügen. Sie haben zehn Monate lang vierzigtausend Kronen von Ihrem gemeinsamen Sparkonto abgehoben.«

»Wirklich?«

»Wie gesagt, ich habe Zeugen, Frau Juhlén.«

»Antworten Sie nicht«, ermahnte Ramstedt sie, aber sie ignorierte ihn abermals.

»Dann war das wohl so«, sagte sie leise. Im nächsten Moment rastete Ramstedt aus und schleuderte seinen Kugelschreiber quer durch den Raum.

Henrik war völlig überrascht und duckte sich, obwohl der Stift ein ganzes Stück von ihm entfernt durch die Luft flog, gegen die Tür schlug und auf dem Fußboden landete. Leider hatte das verdammte Ding den Flug überlebt. Henrik warf Peter Ramstedt, dessen Gesicht sich dunkelrot verfärbt hatte, einen ernsten Blick zu. Die Farbe passt zu seinen Manschettenknöpfen, dachte er und lächelte in sich hinein. Er verkniff sich einen Kommentar, obwohl das den Anwalt noch mehr ärgern würde, und ergriff ruhig und sachlich wieder das Wort.

»Wofür haben Sie das Geld gebraucht?«

»Für Kleidung.«

»Für Kleidung?«

»Ja.«

»Sie haben also für vierzigtausend Kronen im Monat Kleidung gekauft?«

»Ja.«

»Ich möchte Ihnen keinesfalls zu nahe treten, aber für so viel Geld kann man, glaube ich, bedeutend exklusivere Kleider kaufen als ein T-Shirt und Plastikschuhe.«

Kerstin Juhlén versteckte hastig ihre Füße mit den gelben Plastikclogs unter dem Tisch, wobei sie versuchte, Henriks Blick zu meiden.

»Und zehn Monate lang haben Sie Drohbriefe von jemandem bekommen«, sagte er.

»Davon weiß ich nichts.«

»Ich denke schon.«

»Nein, ich weiß nichts. Ich schwöre es. *Sie* haben mir doch von den Drohbriefen erzählt.«

»Sie haben die Briefe also nie gesehen? Sie nie in den Händen gehalten?«

»Nein, nie!«

»Okay. Jetzt entfernen Sie sich aber wieder von der Wahrheit. Wir haben nämlich die Briefe untersucht und Fingerabdrücke darauf gefunden.«

»Ach ja?«

»Und die Fingerabdrücke gehören Ihnen.«

Ihr Blick flackerte, und sie zupfte nervös an ihrer Jogginghose herum.

»Darf ich Ihnen sagen, was ich glaube?«, fuhr Henrik fort. »Ich glaube nicht, dass Sie von dem Geld Kleidung gekauft haben, sondern es abgehoben und demjenigen gegeben haben, der Ihnen die Drohbriefe geschickt hat. Wir haben bisher zehn Drohbriefe gefunden, und Sie haben zehn Mal dieselbe Geldsumme abgehoben.«

»Nein … Ich habe nicht …«

»Jetzt enttäuschen Sie mich aber, Frau Juhlén«, sagte Henrik. »Sagen Sie mir die Wahrheit. Erzählen Sie uns, was wirklich passiert ist.«

Peter Ramstedt erhob sich, richtete sein Sakko und ging zur Tür, um den Kugelschreiber zu holen. Er ließ sich unnötig viel Zeit. Hinter Henriks Rücken unternahm er den Versuch, Kerstin Juhlén mit einer Geste dazu zu bewegen, kein weiteres Wort zu sagen. Aber ihre Schultern waren bereits herabgesunken.

Sie schluckte.

Und begann zu erzählen.

Alles.

Henrik saß im Vernehmungszimmer und starrte auf seine Handflächen. Die Vernehmung war vorbei. Dafür hatte bei ihm das Gedankenkarussell eingesetzt.

Er ließ alles noch einmal Revue passieren. Als die Unterlippe von Kerstin Juhlén zu zittern begonnen hatte. Als sie aufgestanden und in ihren Plastikclogs zum Fenster geschlurft war. Als sie die Tränen von den Wangen gewischt hatte.

Als sie erzählte, was ihr Mann ihr angetan hatte.

»Ich glaube nicht, dass ich ihn jemals richtig gekannt habe. Er war immer irgendwie abwesend«, sagte sie, während sie am Fenster stand und hinaussah. »Das war schon immer so … Ich wusste, dass etwas nicht stimmte. Ich wusste es, als er zum ersten Mal von mir verlangte, dass ich mir ein Kissen auf das Gesicht lege … Er hat es von mir gefordert, sonst müsse er kotzen, hat er gesagt.«

Sie schniefte.

»Das war ganz am Anfang, wir waren frisch verheiratet. Er war so komisch. Manchmal bin ich mitten in der Nacht davon aufgewacht, dass er dasaß und meine Brüste anstarrte, und als er merkte, dass ich aufgewacht war, schrie er mich an, dass ich eine dumme, verfickte Fotze sei, und dann hat er seinen … seinen …«

Kerstin Juhlén bekam die Worte kaum heraus. Sie wischte sich den Rotz mit dem Ärmel ab.

»Er hat ihn so tief hineingeschoben, dass mir fast die Luft weggeblieben ist. Als er fertig war, hat er gesagt, ich sei so eklig, und er müsse sich jetzt waschen, da er mit seiner ekligen, hässlichen Frau zusammen gewesen sei.«

Kerstin Juhlén weinte. Schließlich beruhigte sie sich wieder und schwieg eine Weile, bevor sie weitererzählte.

»Er wollte nie mit mir schlafen. Lange Zeit habe ich gedacht, es würde besser werden. Eines Tages würde es besser werden, dachte ich, im Moment war ihm bei der Arbeit vielleicht alles zu viel. Er tat mir sogar leid. Aber dann hat er angefangen, sich andere Frauen zu nehmen … Sie müssen Angst gehabt haben, Angst vor ihm. Ich begreife nicht, wie er das gekonnt hat … Ich …«

Sie weinte mit offenem Mund und schluchzte laut.

»Er hat mir erzählt, wie die Frau geschrien hat, als er … sie auf dem Boden vergewaltigte. Die Panik in ihren Augen, als er in sie eindrang. Er hat gelacht, als sie hinten angefangen hat zu bluten. Und dann hat er … sie hat geblutet … und er … in den Hals …«

Kerstin Juhlén hielt sich die Hände vors Gesicht und sank auf den Boden.

»O Gott …«

Henrik meinte noch immer ihr Weinen zu hören, obwohl er allein im Zimmer war. Er sah aus dem Fenster, wo Kerstin Juhlén eben noch gestanden hatte. Fünf geschlagene Minuten saß er so da und starrte in das gräuliche Licht.

Dann stand er auf. In einer halben Stunde war Teambesprechung im Konferenzraum.

Das hatte er so festgelegt.

Langsam ging Henrik Levin die Treppen hinauf und durch den langen Gang zum Konferenzraum im dritten Stock. Er ignorierte die Postfächer und die Infotafeln, sah nicht durch die offenen Bürotüren, sondern hielt den Blick auf den Boden gerichtet.

Gunnar Öhrn bemerkte, dass er müde aussah, und fragte, ob er die Besprechung eine Stunde nach hinten verschieben wolle, aber Henrik bestand darauf, die wichtigsten Aussagen aus Kerstin Juhléns Vernehmung zusammenzufassen. Er blieb vor seinen Kollegen am Tisch stehen.

»Die Drohbriefe waren an Hans Juhlén gerichtet«, fing er an. »Der Abteilungsleiter im Amt für Migration hat mehrere Asylbewerberinnen sexuell missbraucht und ihnen dafür eine unbefristete Aufenthaltsgenehmigung versprochen. Doch sie haben nie eine erhalten. Einmal hat er einem jungen Mädchen so starke Verletzungen zugefügt, dass sie sich entschloss, ihrem Bruder davon zu erzählen. Als der erste Brief eintraf, war Kerstin Juhlén klar, dass er vom Bruder stammte. Sie wusste es, weil Hans Juhlén gern mit seinen sogenannten Eroberungen prahlte und ihr erzählt hatte, wie naiv die Mädchen seien. Und wie sie geweint hätten, als er sie zum Sex gezwungen hätte.«

Anneli Lindgren rutschte unbehaglich auf dem Stuhl herum, während Henrik eine kurze Pause einlegte.

»Kerstin Juhlén sorgte dafür, dass ihr Mann die Briefe nie zu sehen bekam. Sie hat sie als Erste geöffnet. Zwar hatte sie erwogen, zur Polizei zu gehen, um den Vergewaltigungen ein Ende zu setzen. Eine Scheidung wäre das einzig Richtige gewesen, aber sie wusste nicht, wie sie ohne ihren Mann zurechtkommen sollte. Wer sollte sich um sie kümmern? Sie hatte doch kein Geld. Und wenn das Ganze herausgekommen wäre, hätte es das Ende der Karriere ihres Mannes bedeutet, und sie hätte nichts mehr zum Leben gehabt. Außerdem hätten alle sie verachtet, weil sie mit einem Vergewaltiger verheiratet gewesen wäre. Daher beschloss sie, die Briefe zu verstecken und zu zahlen. Für das Schweigen.«

»Wie kann man jemanden schützen, der einem so wehtut?«, fragte Mia.

»Ich weiß es nicht. Hans Juhlén war ein fieser Typ. Laut Kerstin Juhlén hat er sie quasi gemobbt. Das Ganze fing damit an, dass sie vor zwanzig Jahren die Mitteilung erhielt, dass sie nie Kinder bekommen könne. Er ließ sie wissen, dass das ihre Schuld sei, und erinnerte sie jeden Tag daran. Er hat sie fertiggemacht.«

»Und sie hat das mit sich machen lassen?«

»Ja.«

»Aber hat er denn nie gemerkt, dass das Geld vom Konto abgehoben wurde?«, wollte Gunnar wissen.

»Doch. Er hat sie mal wegen der Abhebungen gefragt, aber sie hat ihn angelogen und behauptet, sie habe das Geld für Einkäufe im Haushalt oder für die Zahlung einer Rechnung oder Reparatur gebraucht. Er wurde wütend, die beiden haben sich ordentlich gestritten, und es endete damit, dass er sie schlug. Danach hat er nie mehr danach gefragt. Es war ihm egal. Genauso egal wie seine Frau«, sagte Henrik.

»Und von wem sind die Drohbriefe?«, fragte Mia.

»Von Yusef Abrham. Er stammt aus Eritrea und wohnt mit seiner Schwester in Hageby. Deshalb hat Kerstin Juhlén das Geld dort abgehoben. Wir werden direkt nach unserer Besprechung mit ihm reden. Ist es in Ordnung, wenn ich …«

Henrik zeigte auf einen leeren Stuhl.

»Selbstverständlich. Nimm Platz.« Gunnar war Henriks Bescheidenheit gewohnt, fügte aber dennoch hinzu: »Da musst du doch nicht extra fragen.«

»Setz dich doch einfach, wo ist das Problem?«, sagte Mia.

Henrik setzte sich. Er öffnete eine Flasche Mineralwasser und schenkte den halben Inhalt in sein Glas. Die Kohlensäure kitzelte ihn am Gaumen.

Jana Berzelius hatte bisher als stille Beobachterin an der Stirnseite des Tisches gesessen. Jetzt schlug sie die Beine übereinander und fragte: »Hat Kerstin Juhlén ein Geständnis abgelegt?«

Henrik schüttelte den Kopf.

»Und wir haben noch immer keinen Beweis, dass sie in den Mord verwickelt ist. Das heißt, dass ich sie freilassen muss.«

Es wurde still im Zimmer.

»Kerstin Juhlén hatte durchaus einen Grund, ihren Mann umzubringen, so wie er sich ihr gegenüber verhalten hat. Es könnte ja sein, dass die beiden in Streit geraten sind. Sie hat eine Pistole gezogen und ihn erschossen«, sagte Mia.

»Aber die Pistole? Wo hätte sie die herhaben sollen? Und nachdem sie ihn erschossen hat, hat sie die Waffe einem Kind gegeben, das aus dem Fenster geklettert ist?«, konterte Henrik.

»Keine Ahnung. Denk dir doch selbst was Besseres aus!«, fauchte Mia.

Henrik sah sie müde an.

»Okay, jetzt beruhigen wir uns wieder«, sagte Gunnar. »Staatsanwältin Berzelius hat recht, wir müssen Kerstin Juhlén freilassen. Und wir müssen herausfinden, was für eine Rolle der Junge in der ganzen Geschichte spielt.«

»Was ist mit Lasse Johansson?«, fragte Jana.

»Den haben wir abgeschrieben. Sein Alibi ist von mehreren Personen bestätigt worden.«

»In der momentanen Situation haben wir also nur den Jungen und diesen Yusef Abrham?«

»Und Hans Juhléns Computer«, sagte Gunnar.

»Genau.« Ola Söderström setzte sich auf dem Stuhl zurecht. »Es dauert, aber ich habe mir die Festplatte angesehen. Witzig oder besser gesagt gar nicht witzig ist, dass sie gelöscht ist.«

»Gelöscht?«, fragte Mia. »Aber man kann die Inhalte doch retten, oder?«

»Na klar. Dokumente und Cookies sind kein Problem, die kann man wiederherstellen. Voraussetzung ist, dass die Festplatte nicht durch einen EMP zerstört wurde.«

Ola Söderström sah in fragende Gesichter.

»Also durch einen elektromagnetischen Puls. Damit kann man Festplatten total plattmachen. Es gibt Firmen, die so was übernehmen.«

»Offenbar wollte er irgendwas vertuschen«, sagte Henrik.

»Vielleicht. Mal sehen, was die Untersuchung ergibt.«

»Ich hab doch gesagt, es ist eine schmierige Geschichte.«

Per Åström grinste Jana Berzelius an.

Sie waren zufällig vor der Staatsanwaltschaft aufeinandergetroffen und hatten entschieden, lieber auf einen Kaffee aus der neuen Maschine im Büro zu verzichten und stattdessen ins Café Bagarstugan zu gehen.

Es war nur fünf Minuten entfernt, und sie hatten das Glück gehabt, an der Theke nicht anstehen zu müssen. Jana hatte das Angebot studiert und überlegt, ob sie ein großes Sauerteig-Sandwich mit luftgetrocknetem Schinken und Cheddarkäse nehmen sollte. Letztlich hatten sie sich eine Tasse Kaffee bestellt und sich auf Scones mit Kirschmarmelade geeinigt. Dann suchten sie sich einen Fensterplatz.

Die Einrichtung war im modernen skandinavischen Design gehalten und vermittelte die Atmosphäre einer Hotellobby. Schwarze Lederstühle drängten sich um ovale Eichenholztische. Sessel mit hohen Rückenlehnen standen paarweise in den Ecken. Schwarze und rote Textillampen in verschiedenen Formen hingen von der Decke, und ein behaglicher Duft nach Frischgebackenem umgab die Gäste.

»Ich bereue schon jetzt, dass ich überhaupt was von der Ermittlung erwähnt habe«, sagte Jana zu Per.

Sie hatte ihm im Vertrauen von Hans Juhléns dunkler Seite erzählt.

»Es ist aber wirklich faszinierend. Ich meine, stell dir vor, die Presse kriegt Wind davon, dass ein Abteilungsleiter im Amt für Migration junge Asylbewerberinnen missbraucht hat«, sagte Per und lächelte.

»Wenn du nicht leiser sprichst, werden die Zeitungen schon sehr bald davon wissen.«

»Sorry.«

»Die Ermittlung ist mehr als kompliziert.«

»Erzähl mehr.«

»Aber kein Wort zu irgendjemandem von dem, was ich dir jetzt sage.« Jana fixierte ihn. »Okay?«

»Versprochen. Das hier ist off the record, oder?«

»Richtig, das ist off the record. Hör zu. Hans Juhlén ist erschossen worden. In seinem Haus findet die Polizei frische Fingerabdrücke von einem Kind. Dasselbe Kind wird erschossen aufgefunden. Es stellt sich heraus, dass die Tatwaffe eben die Pistole ist, mit der auch Hans Juhlén getötet wurde. Und dann die Sache mit den Mädchen …«

»Diese schmierige Geschichte …«

»Nenn es, wie du willst. Aber kannst du mir erklären, wie das alles zusammenhängt?«

»Nein.«

»Okay. Danke.«

»Bitte sehr.«

Jana führte die Kaffeetasse an den Mund. Sie betrachtete Per, der heute ein kariertes Hemd mit dunkelblauem Innenstoff trug. Das Sakko und die Hose passten gut zueinander. Er war ungewöhnlich gut angezogen.

Per war Single, seit sie ihn kannte. Er hatte ein paar längere Beziehungen hinter sich, schien aber nicht mit jemandem zusammenleben zu wollen.

»Besser selbst allein als allein in einer Beziehung«, hatte er vor zwei Jahren einmal gesagt.

Jana wusste, dass seine Arbeit und sein Engagement für Jugendliche seine gesamte Zeit in Anspruch nahmen. Sie hatte ihm nie geraten, das Tempo zu drosseln. Es lag nicht in ihrem Interesse, das Leben eines anderen zu lenken. Nicht einmal das von Per.

Trotz guter Voraussetzungen hatte es zwischen ihnen nie gefunkt. Für Jana war Per ein Freund und ein guter Kollege. Kein Stoff für Romantik. Kein bisschen.

»Ich brauche deine Hilfe«, sagte Jana und stellte die Kaffeetasse auf den Tisch.

»Aber ich habe keine Ahnung, wie das alles zusammenhängt«, sagte Per.

»Ich meine ja auch nicht die Ermittlung. Ich müsste einen Bereitschaftsdienst mit dir tauschen.«

»Warum das?«

»Abendessen mit meinen Eltern am Dienstag, dem 1. Mai.«

Per legte den Kopf schief und pfiff anerkennend.

»So richtig edel, vermute ich.«

»Nein, aber du bekommst dafür einen edlen Jahrgangswein. Rot oder weiß?«

»Weder noch. Ich mach's, wenn du mir mehr von diesem Ekelpaket Hans Juhlén erzählst. Ich will Details. Ich hab mir überlegt, dass ich die Geschichte selbst verkaufen könnte, vielleicht kann ich mir ein bisschen was dazuverdienen.«

»Du bist echt ein hoffnungsloser Fall.«

Jana zwang sich zu einem Lächeln und nahm einen Bissen von ihrem Scone mit Marmelade.

Vom Küchenfenster aus sah Makda Abrham sie kommen, und sie begriff, dass es um diesen Mann im Amt für Migration ging. Sie wusste ja, dass dieser Tag kommen und sie gezwungen sein würde, alles von *dem Bösen* zu erzählen, das ihr angetan worden war.

Ihr Magen zog sich zusammen, und als sie die Tür öffnete, war der Druck auf dem Zwerchfell so stark, dass sie sich an der Wand festhalten musste. Es fiel ihr schwer, die Namen der Polizisten zu verstehen, und sie warf keinen Blick auf die Ausweise, die sie ihr hinhielten.

»Wir wollen mit Yusef Abrham sprechen«, sagte Henrik Levin und steckte seinen Ausweis wieder ein.

Er betrachtete die Frau, die vor ihm stand. Sie war jung, zwanzig vielleicht, dunkle Augen, schmales Gesicht, lange Haare, Stoffarmband und Pullover mit tiefem Ausschnitt.

»Warum?«, fragte sie.

»Ist er da?«, wollte Henrik wissen.

»Ich … Schwester. Warum?«

Makda fiel es schwer, die Worte hervorzubringen. Wollten sie gar nicht mit ihr reden? Warum wollten sie mit Yusef sprechen?

Sie strich sich die dunklen Haare zurück und entblößte eine Reihe von Perlenohrringen.

»Wir wollen mit ihm nur ein bisschen über Hans Juhlén sprechen.«

Der Polizist hatte seinen Namen genannt.

Den Namen des Ekels.

Des widerlichen Mannes, den sie mehr als alles andere hasste.

»Yusef? Polizei!«, rief Makda in die Wohnung.

Zaghaft klopfte sie links an eine Tür, während Henrik und Mia im Flur warteten.

Auf dem Fußboden lag ein Flickenteppich, an der Wand hing eine leere Hutablage. Darunter standen drei Paar Schuhe, davon zwei Paar leuchtend weiße Sneakers, die vermutlich erst vor Kurzem gekauft worden waren. Eine teure, bekannte Marke, dachte Henrik. Ansonsten waren im Flur keinerlei Einrichtungsgegenstände zu finden, keine Kommode, keine Bilder oder Sitzmöbel.

Makda klopfte erneut an die geschlossene Tür und sagte etwas Unverständliches in einer Sprache, die Mia für Tigrinisch hielt, die Sprache der Eritreer. Entschuldigend lächelte Makda die Polizisten an und klopfte wieder.

Henrik und Mia beschlossen, der jungen Frau zu helfen, die inzwischen besorgt wirkte, und stellten sich ebenfalls vor die Tür. Von dort konnte man geradewegs in die Küche sehen, wo die Tür nach draußen offen stand. Die Dunstabzugshaube war eingeschaltet, und der Aschenbecher auf dem Kochfeld war voller Zigarettenstummel. Außerdem gingen vom Flur ein Badezimmer, ein Schlafzimmer und ein Wohnzimmer ab, in dem auch so gut wie nichts stand.

»Yusef, öffnen Sie bitte! Wir wollen nur ein bisschen mit Ihnen reden.«

Henrik pochte an die Tür. Keine Reaktion.

»Öffnen Sie!«

Er klopfte fester.

Dann hörte er, wie im Zimmer etwas quietschte.

»Was war das denn?«, fragte Mia. »Das klang ja beinahe wie ein Fenster, das …«

Im selben Moment sah sie durch den Kücheneingang einen dunkelhäutigen Mann draußen vorbeilaufen.

»Verdammt!«, schrie Mia und rannte durch die Küche in den Hof.

Henrik lief hinter ihr her.

Der barfüßige Mann verschwand vor Mia in einem Gebüsch.

»Stehen bleiben!«

Mia rannte hinterher. Sie sah den Mann auf einen Spielplatz abbiegen. Mit großen Schritten lief er durch den Sandkasten und sprang über einen niedrigen Zaun, hinter dem eine Schaukel stand.

Mia war ihm dicht auf den Fersen. Sie rief ihm immer wieder etwas zu, hechtete über den Zaun und folgte ihrer Beute in einen schmalen Fuß- und Radweg. Jetzt trennten sie nur noch wenige Meter, sie würde ihn kriegen. Niemand konnte sie besiegen.

Niemand.

Mia spannte ihre Muskeln an und kam immer näher. Am Ende des Wegs holte sie ihn ein und brachte ihn mit einem gut gezielten Tackling zu Fall. Die beiden rollten im Schnee herum. Mia packte ihn und drehte ihm den Arm auf den Rücken. Dann holte sie tief Luft.

Henrik kam angerannt, zog Handschellen hervor und fixierte die Arme des Mannes hinter dem Rücken. Er zwang ihn aufzustehen und zeigte seinen Ausweis vor, bevor er ihn zum Auto führte.

Makda war ihnen gefolgt, hatte aber schon am Spielplatz aufgegeben. Als sie ihren Bruder in Handschellen zwischen den beiden Polizisten sah, schlug sie die Hand vor den Mund und schüttelte den Kopf. Sie ging zu ihm und wiederholte mehrmals etwas auf Tigrinisch. Dann packte sie ihn am Hals und schrie laut.

Anklagend.

Mia zog sie von ihrem Bruder weg.

»Wir wollen nur mit ihm reden«, sagte sie beruhigend und nahm sie beiseite. »Er kommt mit uns aufs Polizeirevier. Machen Sie sich keine Sorgen.«

Mia blieb stehen, legte ihre Hände auf Makdas Schultern und sah ihr in die Augen.

»Hören Sie zu. Wir werden auch Sie befragen. Über das, was geschehen, was Ihnen widerfahren ist. Und ich werde eine Kollegin schicken, die Ihre Sprache spricht und mit der Sie reden können.«

Makda verstand nicht, was die Polizistin sagte, aber in ihren Augen las sie, dass sie ihr nichts Böses wollte. Sie nickte.

Mia lächelte und verließ den Spielplatz.

Makda wusste nicht, wo sie hinsollte, und blieb stehen.

Ängstlich.

Und völlig desorientiert.

Sie hatten sich gerade gesetzt, da behauptete Yusef Abrham in gebrochenem Englisch, dass er kein Wort Schwedisch könne. Henrik Levin und Mia Bolander mühten sich über vierzig Minuten damit ab, einen Dolmetscher aufzutreiben. Und als der Dolmetscher schließlich eintraf, erklärte Yusef, er habe aufgrund einer Halsentzündung Schwierigkeiten mit dem Sprechen.

Da reichte es Mia. Sie warf die Drohbriefe auf den Tisch und stieß eine lange Reihe von Flüchen aus, die der Dolmetscher ungerührt ins Tigrinische übersetzte.

Yusef starrte sie nur verächtlich an. Nachdem Mia abermals geflucht hatte, seufzte er laut und begann auf Englisch von Hans Juhlén zu erzählen. Juhlén habe Makda missbraucht. An einem kalten Januarabend sei er in ihre Wohnung gekommen, um mit Makda über ihre Aufenthaltsgenehmigung zu sprechen.

»Sie war allein zu Hause und wollte ihn nicht hereinlassen. Aber da hat er sich Zutritt verschafft und hat sie im Flur vergewaltigt«, berichtete Yusef. »Und als ich nach Hause kam, saß sie in ihrem Zimmer und hat geheult. Ich wollte ihr helfen, aber sie hat mich gebeten, niemandem zu erzählen, was passiert war.«

Er verdrehte die Augen und sagte, dass Makda in ihrer Naivität gehofft habe, doch noch eine Aufenthaltsgenehmigung zu bekommen, und daher auch weiterhin jedes Mal geöffnet habe, wenn Hans Juhlén klingelte.

Yusef hielt sein Versprechen, niemandem von den Sextreffen seiner Schwester zu erzählen. Doch irgendwann war ihm der Verdacht gekommen, dass Juhlén seine Schwester angelogen hatte, was die in Aussicht gestellte Aufenthaltsgenehmigung betraf.

»Ich hatte den Eindruck, dass er ein ziemlicher Idiot war, und auf Idioten soll man sich nicht verlassen.«

Als Makda nach drei Monaten noch immer keine positive Nachricht vom Amt für Migration bekommen hatte, beschloss Yusef, dieselbe Erpressungsmethode zu verwenden wie Juhlén. Nur würde es statt um Sex um Geld gehen. Er hatte sich bei einem Besuch von Juhlén versteckt und den erniedrigenden Akt mit der Kamera seines Handys dokumentiert. Dann hatte er die Drohbriefe formuliert. Es dauerte ein paar Wochen, bevor Yusef kontaktiert wurde – und zwar von Hans Juhléns Frau. Sie flehte ihn an, sie nicht zu erpressen, doch er hatte sich geweigert.

»Juhlén hat meine Schwester missbraucht, dann konnte ich doch auch ihn missbrauchen. Und wenn seine Frau nicht bezahlt hätte, hätte ich die Geschichte an die Medien durchsickern lassen. Und dann hätte ich jedes verdammte Foto an alle Bewohner Schwedens geschickt!«

Kerstin Juhlén hatte den Ernst der Lage begriffen, und nur einen Tag später war sie mit dem Geld vorbeigekommen.

»Aber ich habe Makda nichts davon erzählt und das Geld selber behalten. Wenn meine Schwester vögeln will, dann soll sie das eben.«

»Haben Sie die Drohbriefe selbst geschrieben?«, erkundigte sich Henrik.

»Ja.«

»Dann können Sie also Schwedisch?«

Yusef grinste und beantwortete alle weiteren Fragen in fließendem Schwedisch.

Anderthalb Jahre hatte er in Schweden gewohnt und die Sprache rasch gelernt. Er war in Eritrea geboren und aufgewachsen, hatte das Land jedoch aufgrund der dortigen Unruhen verlassen.

»Wir haben Glück gehabt«, sagte er, »dass wir wohlbehalten hier angekommen sind. Und dass wir nicht in einem dieser Geistercontainer gelandet sind.«

»Was meinen Sie mit Geistercontainer?«, fragte Henrik.

»Die Reise in ein neues Land ist oft gefährlich. Sie wissen, viele Menschen sterben auf dem Weg hierher. Manchmal kommen alle ums Leben. Das ist in Afghanistan passiert, in Irland, in Thailand. Sogar hier.«

»Hier?«, hakte Henrik nach.

»Ja.«

»In Schweden?«

»Ja.«

»Das ist aber merkwürdig. Davon müssten wir doch erfahren haben«, sagte Mia.

»Man kriegt nicht alles mit. Aber … meine Eltern werden trotzdem herkommen«, sagte Yusef.

»Wann denn?«, fragte Henrik.

»Nächstes Jahr, glaube ich. In Eritrea ist es zu gefährlich.«

»Ja«, sagte Henrik. »Aber zurück zu den Drohbriefen. Haben Sie jemandem davon erzählt?«

Yusef schüttelte den Kopf und kratzte sich in der Handfläche.

»Sie wissen aber, dass Sie eine Straftat begangen haben, oder?«, sagte Mia.

»Das waren doch nur Briefe, keine Drohungen.«

»Doch, das waren Drohungen, und eine widerrechtliche Drohung wird in diesem Land als schwerwiegendes Delikt betrachtet. Sie werden dafür vermutlich eine Haftstrafe bekommen.«

»Das war es aber wert.«

Yusef protestierte nicht, als zwei Polizeibeamten ihn ins Untersuchungsgefängnis brachten. Er wirkte entspannt. Als wäre er erleichtert, die Wahrheit erzählt zu haben.

Ola Söderström starrte auf den Computerbildschirm, der das Zimmer als einzige Lichtquelle erhellte. Er ging die Dateien von Hans Juhléns Computer durch.

Dann und wann war das dumpfe Geräusch des Fahrstuhls zu hören, der sich von Stockwerk zu Stockwerk quälte. Die Lüftung an der Decke rauschte, und die Festplatte gab auf ihrer Jagd nach verschwundenen Dateien ein wütendes Surren von sich. Schließlich verstummte sie. Der Durchlauf war abgeschlossen.

Dann werden wir mal sehen, dachte Ola. Er wusste, dass es irgendwo etwas Interessantes gab. Das war immer so. Man musste nur an der richtigen Stelle suchen. Computer verbargen mehr, als man ahnte, und häufig musste man die Dateien mehrmals durchschauen. Oder zusätzliche Programme einsetzen.

Er ging Juhléns Cookie-Dateien durch, um herauszufinden, auf welchen Websites er gewesen war. Schlagzeilen aus der überregionalen Presse tauchten auf, und Ola blätterte weiter zu den Zeitungsartikeln über das Amt für Migration. Die meisten handelten von den unzulässigen Absprachen mit Vermietern und Maklern. Eine Reportageserie fragte sich, wie es bei der Führung der Behörde um die Kenntnisse in Sachen Öffentlichkeitsprinzip bestellt war. Ein Journalist hatte die Beschaffung von Wohnraum genauer in Augenschein genommen, für die Hans Juhlén in letzter Konsequenz verantwortlich gezeichnet hatte. Die Kritik war scharf ausgefallen, und das Amt für Migration hatte sich mehrmals die Frage gefallen lassen müssen, warum es so lange dauerte, die Abläufe beim Erwerb von Wohnmöglichkeiten für Asylsuchende zu verbessern. Hans Juhlén hatte verlauten lassen, dass es schwierig sei, Vergabeunterlagen zu erarbeiten, denn es sei schließlich »ein Unterschied, ob man einen Kopierer oder Wohnraum für Asylbewerber kauft«.

Juhlén stand gehörig unter Druck, dachte Ola und ging die Cookie-Dateien weiter durch. Vier Websites über Fahrzeuge und eine über Seecontainer. Eine lange Liste von Seiten mit pornografischem Inhalt, auf denen vor allem dunkelhäutige Frauen zu sehen waren.

Ola streckte sich und machte die Dokumente wieder sichtbar, die auf Juhléns Festplatte verborgen gewesen waren. Ordner um Ordner tauchten auf dem Bildschirm auf. Einer davon hieß »Statistik 2012«. Ola öffnete ihn und studierte ein Diagramm, das die Anzahl von Asylsuchenden in den Jahren 2011 und 2012 verglich. Eine Tabelle zeigte die fünfzehn Länder, aus denen die meisten Asylsuchenden stammten. Was die Anzahl der bewilligten Anträge auf schwedische Staatsbürgerschaft betraf, standen in den ersten Monaten des Jahres 2012 Flüchtlinge aus Somalia an erster Stelle, es folgten Afghanistan und Syrien.

Ola öffnete einen Ordner mit Informationsmaterialien und Formularen. Er ging Tätigkeitsbeschreibungen und Berichte durch, in denen es um Themen wie Sport und Migration, den europäischen Flüchtlingsfonds und die Zuwanderung von Arbeitskräften ging. Er blätterte Konferenzunterlagen und Regierungserlasse durch, Schreiben und Merkblätter, Verordnungen und Rechtsauskünfte. Drei Ordner auf der Festplatte trugen nur die Bezeichnung »Neuer Ordner«, und in einem davon entdeckte Ola ein namenloses Worddokument.

Es war am Sonntag um 18.35 Uhr gelöscht worden.

Er öffnete das Dokument. Die Seite verblüffte ihn. Sie war leer bis auf einige einsame Zeilen, die aus Großbuchstaben und Ziffern bestanden.

Es waren insgesamt zehn Zeilen.

VPXO410009

CPCU106130

BXCU820339

TCIU450648

GVTU800041

HELU200020

CCGU205644

DNCU080592

CTXU501102

CXUO241177

Was die Buchstaben und Ziffern wohl bedeuten mochten?

Er markierte die oberste Zeile und kopierte sie ins Suchfeld von Google, doch das Ergebnis lautete, dass keine mit der Suchanfrage übereinstimmenden Dokumente gefunden worden seien. Er wiederholte die Prozedur mit den anderen Zeilen – mit demselben Ergebnis.

Dann probierte er, jeweils nur den Teil mit den Buchstaben zu suchen, doch auch das führte in eine Sackgasse. Seine erste Vermutung war, dass es sich um eine Art Code handelte. Einen persönlichen Code vielleicht.

Oder bedeuteten die Zeichen etwas anderes? Standen

sie für Namen? Oder für die ersten Ziffern einer schwedischen Personennummer? Er verwarf die letzte Hypothese und raufte sich die Haare.

Die Uhr zeigte schon kurz vor Mitternacht, doch das Rätsel blieb auch in den kommenden Nachtstunden ungelöst.

Der Schweiß tropfte ihr von der Stirn.

Das Mädchen gab alles.

Rechte Faust vor, ausweichen, linke Faust vor, treten, treten, treten. Der Mann mit der hässlichen Narbe zeigte auf seine Augen, seinen Hals und seinen Schritt.

»Auge, Hals, zwischen die Beine!«, schrie er.

Sie schrie ebenfalls: »Auge, Hals, zwischen die Beine!«

Rechte Faust vor, ausweichen, linke Faust vor, treten, treten, TRETEN!

»Achtung, Angriff!«

Das Mädchen erstarrte mitten in der Bewegung. Der Mann verschwand aus ihrem Blickfeld.

Nein, dachte sie. Bitte keinen Überraschungsangriff! Sie hasste das. Mit dem Nahkampf hatte sie kein Problem, da war sie sogar richtig gut. Sie hatte einen ausgeprägten Instinkt und ein gut entwickeltes Reaktionsvermögen. Insbesondere mit dem Messer. Sie wusste, wohin sie ihr Gewicht verlagern musste, um die Schneide möglichst nah an den Hals ihres Angreifers zu führen. Es ging darum, erst einmal den Herausforderer aus dem Gleichgewicht zu bringen, damit er fiel, oft reichte ein gezielter Schlag gegen die Knie. Wenn das nicht reichte oder wenn sie starken Widerstand spürte, versetzte sie dem Gegner einen Stoß mit dem Ellbogen gegen den Kopf, und das gleich mehrmals.

Bei Danilo – oder Hades, wie der eingeritzte Name in seinem Nacken lautete – setzte sie gerade Faustschläge gegen den Hals ein. Wenn er sich voller Schmerzen vorbeugte, packte sie seinen Kopf und stieß ihm mit dem Knie ins Gesicht, bis er zusammenbrach.

Aber oft gelang es ihm, sie zu überlisten und sie als Erste zu Boden zu werfen. Dann setzte er sich rittlings auf ihren Brustkorb und umfasste ihren Hals mit einem Würgegriff. Es kam vor, dass ihr schwarz vor Augen wurde, aber das war Teil des Trainings. Sie sollte gequält werden, sie sollte wissen, dass man nicht aufgab, nicht einmal, wenn die Finsternis herankroch.

Sie war körperlich stärker geworden, und immer häufiger verwandelte sie Unterlegenheit in Überlegenheit. Mit einem gezielten Kniestoß in Hades' Rücken oder in die Nieren konnte sie sich befreien. Wenn ihr dann noch ein Tritt ins Gesicht glückte, gewann sie sogar den Kampf. Die Tritte waren im Nahkampf besonders wichtig. Sie hatte geübt, die Hüfte in die richtige Position zu bringen, um mehr Schlagkraft in den Beinen zu haben. Rotierende Bewegungen erforderten ein gutes Gleichgewicht, und sie hatte die Kicks mit Extragewichten auf dem Rücken geübt, um in jeder Stellung möglichst schnell den Schwerpunkt zu finden. Sie wusste, dass es lebensnotwendig war, die Techniken perfekt zu beherrschen, und wenn sie abends einschlief, wiederholte sie sie im Stillen. Hinteres Bein vor, Knie heben, Rotation, Tritt.

Die Ausdauerübungen waren auch nicht so schlimm. Sie hatte gelernt, den Schmerz abzukoppeln, den der kalte Schnee ihr zufügte, in dem sie nackt umherkriechen musste. Intervalltrainings machten ihr ebenso wenig aus, wie einen Hügel hinaufzurennen. Angriffe mochte sie am wenigsten. Gerade weil sie ein Überraschungsmoment enthielten. Sie hatte zwar An-

griff und Verteidigung mehrmals trainiert. Sie hatte in stehender, sitzender und liegender Position geübt. Sie hatte sich gegen Waffen und mehrere Angreifer zur Wehr gesetzt, im Dunkeln, in engen Räumen und in Stresssituationen. Aber sie konnte sich noch immer nicht daran gewöhnen, plötzlich überrumpelt zu werden.

Jetzt fokussierte sie ihren Blick auf einen Punkt an der Wand und lauschte auf Geräusche. Sie stand ganz allein, mitten im Raum. Vermutlich würde sie lange so stehen müssen. Das war auch Teil des Trainings. Einmal hatte sie dagestanden und sieben Stunden warten müssen, bevor der Angriff erfolgt war. Die Arme und Beine hatten gezittert, und ihr Körper war regelrecht ausgedörrt gewesen. Aber zu diesem Zeitpunkt hatte sie alle Gefühle abgekoppelt, keinen Schmerz mehr empfunden. Sie war ja Ker. Die Göttin des Todes. Die niemals aufgab.

Plötzlich hörte sie Schritte. Es klang so, als schleiche sich jemand an. Und so war es auch. Jemand kam von hinten. Sie spannte die Muskeln an und wirbelte mit einem wütenden Schrei herum. Der Mann mit der hässlichen Narbe war ganz nahe, und das Mädchen beobachtete, wie er blitzschnell das Messer warf. Sie hob die Hand und fing es mit einer raschen Bewegung am Griff auf. Sie begegnete seinem Blick.

Er nahm Anlauf und hechtete nach vorn. Sofort verlagerte sie das Gewicht, konzentrierte all ihre Kraft darauf, das Knie hochzuziehen und mit einem Tritt in seine Richtung zu zielen. Und sie traf perfekt.

Der Mann fiel auf dem Boden zusammen, und sie war gleich bei ihm, setzte den Fuß auf seinen Brustkorb und lehnte sich über ihn, während sie das Messer an sein Stirnbein presste. Ihre dunklen Augen glühten. Dann warf sie das Messer, das zwei Zentimeter vom Kopf des Mannes entfernt landete.

»Gut«, sagte er und sah sie herausfordernd an.
Sie wusste, dass sie es sagen musste.
Auch wenn es ihr widerstrebte.
»Danke, Papa.«

Donnerstag, den 19. April

Die Laufschuhe hämmerten über den Asphalt. Jana Berzelius bog in die Järnbrogatan ab und verließ den harten Untergrund, um auf dem ungepflasterten Spazierweg am Fluss weiterzulaufen. Sie hatte sich zu Hause schon gedehnt und war dann zu einer erfrischenden Laufrunde gestartet. Noch war ihr nicht warm, und sie spürte, wie die Kälte durch die schwarze Lycrahose eindrang. Sie war dünn angezogen, aber schon bald würde sie anfangen zu schwitzen.

Den ganzen Winter hatte sie das Lauftraining an der frischen Luft genossen. Ihre Lust zu trainieren hatte auch nicht bei Schnee, Matschwetter oder kaltem Wind abgenommen. Sie lief bei jedem Wetter und immer dieselbe Runde. Dabei folgte sie der Sandgatan zum Stadtpark und weiter nach Himmelstalund und lief dann zurück. Sie mochte die städtische Umgebung lieber als hügeliges Gelände und verspürte wenig Lust, kilometerweit zu fahren, um auf einer beleuchteten Joggingstrecke außerhalb der Stadt zu laufen. Außerdem war es für sie Zeitverschwendung, dafür eigens ins Auto zu steigen. Wenn sie Sport machte, wollte sie gleich loslegen.

Training in geschlossenen Räumen war auch keine Alternative. Auf gar keinen Fall wollte sie an einem Aerobic-Kurs teilnehmen. Sie war gern allein, und für sie war Laufen die optimale Sportart.

Um Krafttraining zu machen, musste sie auch kein Fitnessstudio aufsuchen. In ihrer Wohnung hatte sie alle nötigen Trainingsgeräte, und sie schloss ihre zehn Kilometer lange Laufrunde immer mit Liegestützen und Situps ab. Bevor sie duschte, hievte sie sich an ihrer Klimmzugstange hoch, bis sich die Stange direkt unter ihrem Kinn befand.

Diesmal führte sie diese Übung besonders kontrolliert aus und zählte bis neunzehn, ehe sie erschöpft zu Boden sank.

Es war erst 6.57 Uhr und noch genug Zeit. Jana maß den Puls. Als sie den in ihren Augen richtigen Ruhepuls erreicht hatte, stand sie auf und pellte sich aus den Kleiderschichten.

Nach einer zwanzigminütigen Dusche betrat sie den begehbaren Kleiderschrank und entschied sich für ein Unterwäscheset, eine leicht transparente Bluse und dazu eine dunkelblaue Hose mit passender Jacke.

Sie briet sich vier Scheiben Bacon und zwei Eier und aß ihr Frühstück, während sie die Schlagzeilen des Tages im Fernsehen verfolgte. Nach einer langen Auslandsreportage kam ein Beitrag über den toten Jungen, der außerhalb von Norrköping aufgefunden worden war und der trotz umfassender Ermittlungen noch nicht identifiziert werden konnte. Das Foto eines lächelnden Hans Juhlén wurde gezeigt, und der Reporter fragte sich, ob es wohl einen Zusammenhang zwischen den beiden Opfern gab. Er mutmaßte, dass die Antwort auf der Pressekonferenz bekanntgegeben werde, die die Polizeibehörde der Provinz Östergötland für neun Uhr anberaumt hatte.

Die Wetterfee kündigte an, dass sich von England her ein neues Unwetter nähere. Die junge Frau sprach deutlich und lächelte freundlich, während sie vor eventuellem

Schneechaos in Mittelschweden warnte. Die Schneemenge des Monats April hatte schon jetzt historische Ausmaße erreicht, und man rechnete mit weiterem starkem Schneefall.

Vor der Werbepause schaltete Jana den Fernseher aus. Sie legte ein diskretes Make-up auf, putzte sich die Zähne und kämmte die Haare. Als sie ihr Spiegelbild begutachtete, war sie mit dem Anblick nicht ganz zufrieden und tuschte sich noch einmal die Wimpern. Obwohl sie geduscht hatte, schwitzte sie, und die Bluse klebte am Rücken. Das einzige Heilmittel dagegen war Kälte. Deshalb hängte sie sich die Jacke auf dem Weg zur Tiefgarage über den Arm.

Wegen des Morgennebels und der Straßenglätte dauerte es nicht wie sonst vierzig, sondern ganze fünfundfünfzig Minuten, bis sie die Rechtsmedizin in Linköping erreicht hatte. Auf der Autobahn kroch der Verkehr dahin, und Jana musste sich konzentrieren, um auf der richtigen Seite der gestrichelten Mittellinie zu bleiben. Auf der Höhe von Norsholm lichtete sich der Nebel ein wenig, und als sie zur Abfahrt Linköping Nord kam, war die Sicht wieder frei.

Jana ging zum Haupteingang und lenkte ihre Schritte zum Zimmer des Rechtsmediziners Björn Ahlmann.

Obwohl es noch fünfzehn Minuten bis zur Besprechung waren, hatten sich Kriminalkommissar Henrik Levin und Kriminalobermeisterin Mia Bolander bereits in dem hellen Büro eingefunden und auf den Besucherstühlen Platz genommen. Fachbücher standen in den Wandregalen aus Birkenholz, und im Fenster hingen hellgrüne Schiebegardinen, die mit weißen Schwalben bedruckt waren. Auch der Schreibtisch war aus Birkenholz. Darüber hing eine Pinnwand mit Telefonnummern und Fotos von Urlaubsreisen.

Ahlmanns Aussehen entsprach seinem Alter von neunundfünfzig Jahren. Er war weder sonderlich groß noch klein, hatte einen kleinen Bauch und einen hohen Haaransatz.

Während seines Medizinstudiums an der Universität Linköping hatte er sich ursprünglich auf Neurologie spezialisieren wollen, doch sein Interesse für Forensik war im Lauf der Studienjahre immer größer geworden, weshalb er sich später für eine Facharztausbildung in diesem Bereich entschieden hatte. Obwohl die Arbeit psychisch anstrengend war und er fast den ganzen Tag allein arbeitete, hatte er seine Entscheidung nie bereut. Aufgrund seiner qualifizierten Analysen und sachkundigen Beurteilungen hatte er einen guten Ruf. Er wusste, dass seine Schlussfolgerungen einen großen Einfluss auf das Leben mancher Menschen hatten und dass seine Untersuchungsergebnisse vor Gericht von entscheidender Bedeutung waren. Auch wenn er unter seinen Kollegen der qualifizierteste war, sah er sich nicht gern als der Experte, der er in der Tat war.

Björn Ahlmann erhob sich von seinem ergonomisch geformten Bürostuhl und begrüßte Jana mit einem kräftigen Händedruck.

Jana nickte den beiden Polizisten zu.

»Ich habe mein Versprechen erfüllt«, sagte Björn Ahlmann. »Der Bericht ist fertig, jetzt fehlen nur ein paar Laborergebnisse, auf die Sie noch etwas warten müssen. Ich würde gern mit Ihnen in den Obduktionssaal gehen und Ihnen etwas zeigen.«

Eine Neonröhre flackerte, als sie im Keller aus dem Fahrstuhl stiegen. Ahlmann schloss die Feuerschutztür auf und schaltete in dem sterilen Raum die Beleuchtung an. Auf dem Weg nach unten hatte er mit Henrik über seine ältesten Enkel geplaudert, die zehn und dreizehn waren, und über deren sportliche Aktivitäten Schwimmen und Fußball. Stolz hatte er ihm erzählt, dass er die Jungen am Wochenende zu einem Wettbewerb und einem Punktspiel in Mjölby und Motala fahren werde.

Weder Jana noch Mia hörten zu, denn sie hatten genug damit zu tun gehabt, den Blicken der jeweils anderen auszuweichen.

Mia postierte sich wie immer ein Stück von der Stahlbahre entfernt, während Jana und Henrik direkt davorstanden.

Björn Ahlmann wusch sich penibel die Hände, zog Plastikhandschuhe über und hob das weiße Tuch an.

Der nackte Körper bedeckte nur zwei Drittel des Tisches. Die Augen des Jungen waren geschlossen, das Gesicht wirkte blass und angespannt. Die Nase war schmal, die Augenbrauen dunkel. Der Kopf war rasiert und das Austrittsloch an der Stirn gut zu sehen.

Jana bemerkte die vielen Blutergüsse an Armen und Beinen.

»Sind das Verletzungen, die er erlitten hat, als er gefallen ist? Als er erschossen wurde?«, wollte Henrik wissen, dem die Hämatome ebenfalls aufgefallen waren.

Björn Ahlmann schüttelte den Kopf.

»Ja und nein. Diese hier schon«, sagte er und zeigte auf große dunkle Partien am äußeren Oberschenkel und an den Hüften des Jungen. »An diesen Stellen sind auch innere Schäden zu finden, also unterschiedlich stark ausgeprägte Blutungen innerhalb der Muskulatur.«

Er deutete auf die Arme.

»Mehrere Hämatome sind aber schon früher entstanden, also vor seinem Tod. Der Junge hat brutale Gewalt erfahren, insbesondere am Kopf, am Hals und an den Genitalien, auch an den Beinen. Ich denke, dass sie von regelmäßigen Tritten und Schlägen stammen. Vielleicht von einem Gegenstand, irgendwas Hartem jedenfalls.«

»Was denn zum Beispiel?«, fragte Henrik.

»Von einem Rohr vielleicht oder Schuhen. Das ist schwer zu sagen. Mal sehen, was die Gewebeproben ergeben.«

»Und das geschah regelmäßig, haben Sie eben gesagt?«

»Ja, er hat mehrere Narben und innere Blutungen, die darauf hindeuten, dass er über einen langen Zeitraum Gewalt erfahren hat.«

»Körperverletzung, also.«

»Ja, und zwar schwere Körperverletzung.«

»Vielleicht hat er einer Bande angehört«, sagte Mia. »Ich kann mir nur schwer vorstellen, dass es um eine innerfamiliäre Angelegenheit geht, wenn die Körperverletzungen tatsächlich mit Rohren oder Schuhen ausgeführt werden.«

Henrik nickte.

»Nichts deutet darauf hin, dass er sexuellen Übergriffen ausgesetzt war. Keine Spuren von Sperma, keine Rötungen im Anus«, fuhr Björn fort. »Auch keine Würgemale. Er ist durch einen Kopfschuss gestorben. Die Kugel wird gerade noch analysiert.«

»Waffe?«

»Weiß ich nicht.«

»Wann bekommen wir die Ergebnisse?«

»In ein, zwei Tagen vielleicht.« Ahlmann zuckte mit den Schultern.

»Alter des Jungen?«

»Neun oder zehn Jahre. Exakter kann man es nicht sagen.«

»Na gut«, sagte Henrik seufzend. »Noch was?«

Björn Ahlmann räusperte sich und stellte sich an das Ende der Stahlbahre, an dem der Kopf des Jungen lag.

»Ich habe zentral stimulierende Substanzen im Blut gefunden. Eine hohe Konzentration von Morphin. Der Kleine war also auf Drogen. Und zwar eine hohe Dosis.«

»Welche Substanz?«

»Heroin. Er hat es mehrfach in den Arm injiziert, oder es ist ihm gespritzt worden, schauen Sie mal hier.«

Ahlmann zeigte auf die wunde Armbeuge, dann drehte er den Arm und deutete auf eine großflächige Entzündung.

»Am Unterarm hat er eine weit fortgeschrittene Infektion. Vermutlich ist der Junge beim Spritzen mit der Kanüle aus der Vene herausgerutscht, sodass die Substanz im umliegenden Gewebe gelandet ist und nicht im Blut.«

Die Haut an dem mageren Arm war rot und geschwollen, und überall waren kleine Verletzungen zu sehen.

»Wenn man hier drückt, dann erinnert die Konsistenz an … wie soll ich sagen … an Lehm, und das bedeutet, dass der Arm voller Eiter ist. Infektionen, die durch intramuskuläre Injektionen entstehen können, sind nicht gerade harmlos. Ich habe abschreckende Beispiele gesehen, bei denen ganze Körperteile verfault sind. Große Löcher im Skelett kommen ebenso vor wie Sepsis, also Blutvergiftung. Häufig sind Venen von den vielen Injektionen völlig zerstört, insbesondere die an der Leiste. In schlimmen Fällen sehen sie aus wie ein Sieb. Dann hilft nur noch Amputation.«

»Sie sagen also, dass dieser neun- oder zehnjährige Junge drogenabhängig war?«, sagte Henrik.

»Ja.«

»Ein Dealer?«

»Weiß ich nicht. Um das zu beantworten, bin ich nicht der Richtige.«

»Vielleicht ein Laufbursche?«

»Mag sein.«

Björn Ahlmann zuckte mit den Schultern.

»Das hier wollte ich Ihnen auch noch zeigen.«

Er drehte den Kopf des Jungen zur Seite und deutete auf den Nacken. Da stand ein Name. Die Buchstaben waren undeutlich und vermutlich mit einem spitzen Gegenstand eingeritzt worden.

Als Jana den Namen sah, begann der Boden unter ihren Füßen zu schwanken. Sie hielt sich mit beiden Händen an der Bahre fest, um nicht zu fallen.

»Alles in Ordnung?«, fragte Henrik.

»Alles gut«, log sie, konnte den Blick aber nicht mehr von dem schmalen Nacken abwenden.

Sie las den Namen noch einmal. Ein zweites und drittes Mal.

Thanatos.

Der Todesgott.

Gunnar Öhrn scrollte sich durch die Internetausgabe der Lokalzeitung und überflog die Sportseiten. Er las immer zuerst den Sport und dann die Nachrichten. Immer die Wirtschaft vor der Politik. Und immer die Kultur vor der Rubrik »Technik & Motor«. Seiten wie »Blogs« oder »Familie« hatte er noch nie aufgerufen.

Schon nach einem Monat Singledasein hatte Gunnar sich seinen Tagesablauf so eingerichtet, wie es ihm perfekt passte. Er stand um halb sieben auf, frühstückte und fuhr zur Dienststelle. Die unregelmäßigen Arbeitstage machten ihm nicht das Geringste aus. Meistens war er nach sechs zu Hause und nutzte die Gelegenheit, einzukaufen, Wäsche zu waschen, in die Stadt zu fahren und Besorgungen zu machen. Gegen acht Uhr abends war er wieder zu Hause in seiner Wohnung in der Skolgatan und beschäftigte sich bis Mitternacht mit Lesen und Computerarbeit. Bei gutem Wetter machte er bisweilen einstündige Spaziergänge, aber nur im äußersten Notfall. Anneli hatte darauf bestanden, dass er sich mehr bewegte, und als sie noch zusammenwohnten, hatte sie ihn bei ihren Hochgeschwindigkeitsspaziergängen mitgenommen. Nun aber konnte er sein Tempo selbst wählen und schlenderte am liebsten ruhig vor sich hin.

Gunnar klickte sich zu den Lokalnachrichten. Er summte leise, während er die Schlagzeilen las. Ein Wohnungsbrand in Rambodal, die Einweihung einer Kindertagesstätte in Åby, ein fünfzehnjähriger Trompeter war mit einem Musikstipendium über zweitausend Kronen ausgezeichnet worden. Gunnars Blick blieb am Foto des Stipendiaten hängen. Der Junge, der eine Zahnspange trug und breit lächelte, hatte eine gewisse Ähnlichkeit mit Adam.

Er dachte an seinen Sohn. Zwei Tage pro Woche kam er zu Besuch, und wenn er keine Trainingsstunde außer der Reihe hatte, gingen sie ins Kino oder aßen in einer Pizzeria in der Nähe zu Abend.

Durch Adam hatte Gunnar Kontakt zur Fußballjugend des Vereins bekommen und versprochen, als Trainerassistent mitzuarbeiten. Doch aufgrund seiner Arbeitszeiten war es ihm nicht gelungen, bei einem einzigen Vorsaisontraining anwesend zu sein. Er überlegte, ob er den Auftrag lieber absagen und einem anderen fußballinteressierten Elternteil die Assistentenrolle überlassen sollte.

Darauf wird es wohl hinauslaufen, dachte er, als er plötzlich sein eigenes Foto auf dem Bildschirm entdeckte. Es war während der morgendlichen Pressekonferenz geschossen worden.

Dass ein Junge tot aufgefunden worden war, hatte die gesamte Medienlandschaft auf den Plan gerufen, und der Ansturm von Reportern hatte dazu geführt, dass man in den größten Konferenzraum des Polizeireviers hatte umziehen müssen, der sich in kürzester Zeit bis auf den letzten Platz füllte. Nicht nur die örtliche Presse war vor Ort, sondern auch die überregionalen Zeitungen, Radio- und Fernsehsender. Es herrschte lautes Stimmengewirr, Kameras blitzten auf, und Radioausrüstungen wurden getestet.

Gunnar Öhrn und Bezirkspolizeichefin Carin Radler hießen zunächst alle willkommen und erteilten der Pressesprecherin Sara Arvidsson das Wort, die von dem Mord an Hans Juhlén berichtete, sich aber recht bedeckt hielt, was den ermordeten Jungen betraf. Besonderen Wert legte sie auf die Mitteilung, dass Kerstin Juhlén aus der Untersuchungshaft entlassen worden sei, durchaus aber noch unter Verdacht stehe.

Es war eine anstrengende Veranstaltung gewesen, aber laut Carin Radler unbedingt notwendig. Es war immer besser, die Presse zu versammeln und mit ein paar Auskünften zu füttern, als zu riskieren, dass die Journalisten in Ermangelung von Informationen wild herumspekulierten.

Sara Arvidsson hatte auf die meisten der aufgeregten Fragen und Behauptungen mit »Kein Kommentar« reagiert. Sie war überhaupt ziemlich wortkarg gewesen, was die Ermittlungen betraf, die nun schon seit vier Tagen liefen.

Gunnar öffnete die Homepage von *Aftonbladet*. Auch

dort war ein Foto von ihm. Im Profil. Auf der Internetseite von *Expressen* war er nur halb zu sehen. Stattdessen stand Sara im Fokus der Kamera.

»Ein Glück«, brummte er und schloss den Internetbrowser.

Gunnar hasste Pressekonferenzen, wenn die Ermittlungen noch immer im Gange waren. Es bestand das Risiko, dass irgendjemand mehr preisgab als nötig. Investigative Reporter hatten die Fähigkeit, Fragen zu verdrehen und falsche Behauptungen aufzustellen, die später von weniger quellenkritischen Schreiberlingen zur absoluten Wahrheit umgedeutet wurden. Ständig mit der Replik »Kein Kommentar« zu kontern machte auch keinen Spaß, aber es ging nicht anders. Insbesondere in diesem Fall.

Gunnar hoffte fest, dass die Zeichenkombinationen, die Ola Söderström ihm am Morgen gezeigt hatte, zu einem Ergebnis führen würden. Das Team traf sich um zwölf im Konferenzraum.

Er sah auf seine silberne Armbanduhr. Noch eine halbe Stunde bis zur Besprechung. Er beschloss, vorher seinen Hunger zu stillen, und ging in die Kantine des Polizeireviers.

Die Hände zitterten, als Jana die Wohnungstür aufschloss.

Sie streifte die Schuhe ab und sank mit dem Rücken an der Tür auf den Boden. Eine Weile blieb sie so sitzen.

Schöpfte Atem.

Alles war wie in einem Nebel geschehen. Sie hatte sich mit einer erfundenen eiligen Sitzung entschuldigt und die Rechtsmedizin fluchtartig verlassen. Kaum konnte sie sich erinnern, wie sie nach Hause gelangt war. Unsicher hatte sie am Steuer gesessen und wäre beinahe auf ein Auto aufgefahren, das weit unter der zugelassenen Höchstgeschwindigkeit über die Autobahn getuckert war. Sie konnte sich auch nicht erinnern, wo sie geparkt hatte und wie sie in die Wohnung gekommen war.

Langsam erhob sie sich, stolperte über die Schwelle zum Badezimmer und hielt sich am Waschbecken fest. Sie zitterte am ganzen Körper, während sie nach ihrem Taschenspiegel im Badezimmerschrank suchte, und ärgerte sich, als sie ihn nicht fand. Wütend kippte sie den gesamten Inhalt auf den Boden. Eine Parfümflasche ging zu Bruch, und die süßlich riechende Flüssigkeit lief über den Fliesenboden.

Sie zog eine Schublade auf und wühlte darin herum. Bei der dritten Schublade war sie mit ihrer Geduld am Ende, und Sprayflaschen, Feuchtigkeitscremes und Nagellack landeten auf dem Badezimmerboden. Ihr Atem ging stoßweise, während Jana in ihrer Wut die Schublade ganz herausriss und ausleerte. Es schepperte, als der Inhalt zu Boden fiel. Noch immer kein Taschenspiegel.

Jana hielt einen Moment inne und dachte nach. Die Handtasche! Der Spiegel lag in der Handtasche.

Sie stützte sich mit der Hand an der Wand ab, während sie in den Flur zurückging, um den Garderobenschrank zu öffnen. Sie tastete nach ihrer dunkelblauen Hermès-Tasche und inspizierte das Innenfach. Dort war der runde Spiegel.

Sie nahm ihn heraus und eilte zurück ins Bad, stellte sich vor den Wandspiegel und zögerte. Ihr Herz klopfte, und der ganze Körper bebte. Mit zitternden Händen entblößte sie ihren Nacken und hielt den Taschenspiegel leicht angewinkelt.

Sie traute sich, kaum hinzusehen. Erst schloss sie die Augen und zählte bis zehn. Als sie sie wieder öffnete, sah sie die reflektierenden Buchstaben.

K-e-r.

Ker.

»Der Todesgott«, sagte Mia.

»Was?«, fragte Henrik.

»Thanatos ist der Todesgott.«

Mia zoomte den Text heran, den ihr das digitale Nachschlagewerk präsentierte.

Eilig hatten sie sich auf den Rückweg gemacht. Das Treffen mit Björn Ahlmann in Linköping hatte länger gedauert als geplant, und jetzt würden sie es mit Ach und Krach bis zur Besprechung um zwölf ins Polizeirevier schaffen.

Mia las laut vor.

»Hör mal zu. Thanatos ist ein Todesgott in der griechischen Mythologie. Er war unerhört schnell und stark. Wenn man Thanatos mit einer umgekehrten Fackel sah, war das ein Vorbote des Todes. Wenn er sich dagegen mit erhobener Fackel zeigte, hieß es, dass es noch berechtigte Hoffnung gab.«

»Glaubst du an so was?«

»Nein, aber was soll's. Das Kind hat diesen Namen im Nacken. Es muss ja irgendwas bedeuten.«

»Oder er hieß einfach so.«

»Oder auch nicht.«

»Er kann sich den Namen jedenfalls nicht selbst eingeritzt haben. Das ist mal sicher.«

»Vielleicht mithilfe eines Spiegels?«

»Nein, es ist unmöglich, die Buchstaben so gerade hinzubekommen.«

»Aber wer ritzt einem Kind einen Götternamen in den Nacken?«

»Keine Ahnung.«

»Ein gestörter Typ.«

»Oder ein Freund? Vielleicht hat er zu einer Art Bande gehört?«

Mia löschte den Namen und trug ein neues Wort in die Maske der Suchmaschine ein.

Henrik blinkte, um zu überholen, und wechselte die Spur. Seine Geschwindigkeit lag bei hundertzehn. Exakt. Mia hatte ihn ermahnt, ausnahmsweise mehr Gas zu geben, aber das verstieß gegen Henriks Prinzipien. Nur im äußersten Notfall konnte er sich vorstellen, die zugelassene Höchstgeschwindigkeit zu überschreiten.

Nur ein einziges Mal war er zu schnell gefahren. Aber da hatte er sich geirrt und war im Glauben, sich an die vorgeschriebene Höchstgeschwindigkeit zu halten, auf einer Fünfzigerstrecke siebzig Stundenkilometer gefahren. Zum Glück hatte er seinen Fauxpas nach wenigen Minuten bemerkt.

Ein Verkehrsschild zeigte an, dass es noch zehn Kilometer bis zur Ausfahrt Norrköping Süd waren. Während Mia sich weiter auf ihr Handy konzentrierte, wanderten Henriks Gedanken zum toten Jungen und zu Jana Berzelius. Während der Präsentation der Obduktionsergebnisse hatte sie sich ganz unerwartet wegen einer Sitzung entschuldigt und schnell den Saal verlassen. Dieser plötzliche Aufbruch kam ihm seltsam vor. Sie war doch sonst immer diejenige, die am längsten blieb und Fragen stellte oder Björn Ahlmanns Schlussfolgerungen anzweifelte. Diesmal hingegen hatte sie keine einzige Frage geäußert.

Er runzelte die Stirn. Natürlich war es schrecklich gewesen, einen so kleinen Körper seziert zu sehen, aber war sie nicht erst beim Anblick der Buchstaben im Nacken blass geworden? Oder war das nur Einbildung? Sie hatte sich mit den Händen am Obduktionstisch abgestützt und ihm erklärt, dass sie sich eine Blase am Fuß gelaufen habe. Das konnte ja tatsächlich der Fall sein. Warum sollte sie bei einer solchen Sache lügen? Und warum stellte er ihr Handeln überhaupt infrage?

Als er und Mia den Konferenzraum dreißig Sekunden vor Beginn der Besprechung betraten, saß Jana Berzelius mit ihrem gewohnt konzentrierten Blick auf ihrem Platz.

Neben ihr hatte Anneli Platz genommen und blätterte in einer Tageszeitung.

Ola und Gunnar hatten die Köpfe zusammengesteckt und unterhielten sich leise.

Mia warf sich auf ihren gewohnten Platz und langte nach der Thermoskanne mit Kaffee.

Nachdem Henrik sich neben Jana Berzelius gesetzt hatte, erhob Gunnar sich und klopfte auf den Tisch.

»Okay, jetzt wird es Zeit, dass wir loslegen. Wir starten gleich mit Henrik und Mia, die in der Rechtsmedizin waren. Könntet ihr bitte berichten, was ihr erfahren habt?«

Henrik nickte und faltete die Hände auf dem Tisch.

»Björn Ahlmann hat bestätigt, was wir schon wussten. Der Junge ist von hinten erschossen worden, und es sieht so aus, als wäre er vorher brutal misshandelt worden. Die Obduktion hat gezeigt, dass der Junge Heroin im Blut hatte.«

»Wie alt war er denn?«, wollte Gunnar wissen.

»Neun oder zehn und schon drogenabhängig. Er hatte Wunden und Infektionen an den Armen.«

»Traurig.«

»Wenn man einmal anfängt, ist es gelaufen, unabhängig vom Alter. Heroin macht ja sehr süchtig«, meinte Ola und kratzte sich an seiner Basecap, die heute weiß war.

»Aber wie oft kommt es vor, dass schon Kinder heroinabhängig sind?«, erkundigte sich Gunnar.

»Wir können mal kurz sehen, ob es im Internet irgendwelche Angaben dazu gibt«, schlug Ola vor.

Er zog den Laptop heran, öffnete eine Internetseite mit Informationen über Heroin und las den anderen laut vor:

»Heroin wird aus Morphin gewonnen und beeinträchtigt die Teile des Gehirns, die den Atem steuern. Es kommt bei Heroinabhängigen oft vor, dass sie bewusstlos werden oder im schlimmsten Fall aufgrund von Atemstillstand sterben. Eine maßvolle Dosis Heroin senkt den Grad des Bewusstseins nicht wesentlich. Der Heroinsüchtige erlebt zunächst ein Gefühl von Ruhe, Wohlbehagen, Freiheit und Euphorie. Die Körpertemperatur sinkt ein wenig, die Darmtätigkeit nimmt ab, die Pupillen verengen sich, Beine und Arme fühlen sich schwer an. Phasen von Gleichgültigkeit, Unruhe und Rastlosigkeit wechseln sich ab. Aufgrund der schmerzstillenden Wirkung des Heroins reagieren Heroinabhängige nicht auf Entzündungen und nehmen bei Schmerzen oder anderen Schädigungen nur selten ärztliche Hilfe in Anspruch. Es können Nebenwirkungen in Form von Würgreiz und Erbrechen auftreten. Häufig werden Entzugserscheinungen wie Ekel, Schlaflosigkeit, Zuckungen, Diarrhö und Schmerzen beobachtet. Komplikationen wie Infektionen oder Venenkollaps kommen oft hinzu.«

»Der Junge hatte eine fürchterliche Entzündung im Arm«, sagte Henrik.

»Am häufigsten wird das Heroin in die Arme injiziert,

aber Heroin lässt sich ebenso nasal, sublingual, oral oder rektal verabreichen. Die Substanz wird auch geraucht«, las Ola vor.

»Wobei ja nicht die Droge an sich gefährlich ist, wenn man sie in Maßen einsetzt. Schädlich ist der daraus resultierende Lebensstil, wenn man nämlich ständig Geld auftreiben muss. Und wenn man einmal in der Scheiße sitzt und keine Kohle hat, klaut man eben was, sogar von der Familie oder von Kumpeln«, sagte Mia.

»Du meinst, der Junge war bei Hans Juhlén, um Geld zu stehlen?«, fragte Henrik.

»Das wäre eine Theorie«, sagte Gunnar. »Wir müssen herausfinden, wer der Junge war, ob er zu einer Bande gehörte, ob er Dealer oder nur Junkie war, von wem er seine Drogen bezogen hat, an wen er sie weiterverkauft hat und so weiter. Wir müssen mit allen bekannten Heroinsüchtigen reden und mit allen ehemaligen Dealern, die wir kennen.«

Er stellte sich ans Fenster und sah hinaus.

Henrik beobachtete seinen Chef. Er hatte die Hände auf dem Rücken und wippte leicht vor und zurück.

»Es wird ja vor allem in sozial schwachen Gebieten gedealt«, bemerkte Mia.

»Aber sind Drogen nicht ein Problem in allen Gesellschaftsschichten?«, fragte Henrik.

»In reichen Stadtvierteln findet der Drogenhandel nicht auf der Straße, sondern hinter den Fassaden statt«, sagte Mia.

Sie sah Jana Berzelius vielsagend an und lächelte.

»Aber was bringt Kinder dazu, Drogen zu verkaufen?«, wollte Henrik wissen.

»Geld natürlich«, sagte Mia rasch. »Wenn es für alle Jugendlichen genug Ferienjobs gäbe, müssten sie auch nicht dealen.«

»Sie meinen also, dass die Kinder Drogen verkaufen, weil die Gemeinde ihnen keine Ferienjobs zur Verfügung stellt?«, fragte Jana Berzelius. Es war das erste Mal, dass sie sich in dieser Besprechung äußerte. Sie beugte sich vor und fixierte Mia. »Gönnen Sie mir ein Lächeln. Ein Job ist etwas, was man sich selbst organisiert, und nichts, was einem zur Verfügung gestellt wird.«

Mia presste die Kiefer aufeinander und verschränkte die Arme vor der Brust.

Diese Staatsanwältin konnte sie kreuzweise.

»Aber wir reden hier von einem Zehnjährigen. Kinder in dem Alter jobben nicht in den Ferien«, sagte Henrik und lächelte. Mia starrte ihn irritiert an.

»Aber warum beschäftigt sich ein Zehnjähriger überhaupt mit Drogen? Könnte es sein, dass man ihn dazu gezwungen hat?«

»Gezwungen, mit Drogen zu dealen? Das könnte durchaus sein«, meinte Henrik.

Gunnar zog seinen Stuhl unter dem Tisch vor, ohne sich hinzusetzen. Die Stuhlbeine scharrten über den Boden.

»Lasst uns an dieser Stelle die Spekulationen beenden und uns auf etwas anderes konzentrieren. Die Reifenabdrücke, die wir in der Nähe des Tatorts in Viddviken gefunden haben, stammen von einem Autoreifen der Marke Goodyear. Marathon 8. Wir können nicht mit Sicherheit sagen, dass der Abdruck von dem weißen Transporter stammt, den der Zeuge gesehen haben will. Apropos, haben wir inzwischen weitere Informationen dazu?«

»Ja, ich habe mit Gabriel gesprochen. Laut Zeugenaussage scheint es ein Opel gewesen zu sein«, sagte Mia.

»Welches Modell?«
»Das wusste der Zeuge nicht.«
»Woher wusste er denn, dass es ein Opel war?«
»Die Marke kennt er wohl.«
»Aber nicht das Modell?«
»Nein, habe ich gesagt.«
»Acht Kubikmeter? Zehn Kubikmeter? Zwölf?«
»Er hat gesagt, der Wagen war eher klein.«
»Und wie heißt der Zeuge?«
»Erik Nordlund.«
»Wo wohnt er?«
»In Jonsberg. Er rodet gerade Wald und hat am Sonntagabend einen Transporter in hohem Tempo vor seinem Haus vorbeifahren sehen. Er wohnt am Arkösundsvägen, ein paar Kilometer bevor man nach Viddviken abbiegt.«
»Bitte ihn herzukommen, und zwar sofort. Er muss doch wissen, welchen Typ von Transporter er gesehen hat. Druck bitte Fotos von allen Opelmodellen aus und leg sie ihm vor. Wir müssen diesen Wagen finden. Auch wenn er nichts mit dem Mord zu tun haben sollte, hat der Fahrer vielleicht etwas gesehen, was von Bedeutung sein könnte.«
Gunnar stellte sich vor die Karte an der Wand, und alle Teammitglieder blickten ihn an.
Er griff nach einem roten Stift und schrieb das Wort »Opel« auf das Whiteboard.
Die Irritation in ihm wuchs, die ganze Sache dauerte ihm viel zu lange. Er setzte sich hin und versuchte, sich zusammenzureißen.
»Du hast gesagt, dass der Transporter zu schnell gefahren ist«, sagte Henrik zu Mia.
»Ja, laut Zeugenaussage«, sagte Mia.

»Gibt es denn keine Radarfallen im Arkösundsvägen?«, fragte Henrik.

»Doch.«

»Und wenn der Wagen zu schnell gefahren ist, dann könnte es doch sein, dass er auf einer Kamera festgehalten worden ist?«

»Richtig. Gut, Henrik. Wir müssen uns mit der Verkehrssicherheitsbehörde in Kiruna in Verbindung setzen. Die müssen doch wissen, ob am fraglichen Abend eine Geschwindigkeitsüberschreitung registriert wurde«, sagte Gunnar.

Ola streckte den Zeigefinger in die Luft.

»Ich kann das übernehmen«, sagte er. »Haben wir denn die Theorie, dass der Junge mit dem Boot gekommen sein könnte, schon aufgegeben?«

»Nein, aber niemand hat in dieser Gegend und zur fraglichen Zeit ein Boot gesehen oder gehört. Deshalb nehmen wir uns erst mal den Transporter vor.«

Gunnar nickte Ola zu.

»Ich übergebe das Wort an dich.«

»Yep.«

Ola drückte auf der Tastatur herum und öffnete das Dokument mit den Kombinationen aus Ziffern und Buchstaben. Er startete den Beamer, aber auf der Leinwand war nur ein schwarzes Rechteck zu sehen.

»Was ist denn jetzt wieder los?«, fragte er und stand auf. »Ist die Lampe kaputt, oder was?«

Ola schob seine Basecap zurecht und kletterte auf den Konferenztisch, um an das Gerät an der Decke heranzukommen.

Verstohlen sah Jana Berzelius ihn von der Seite an und atmete stoßweise und lautlos durch die Nase. Seit sie zu

Hause losgefahren war, kämpfte sie mühsam darum, ihre Fassung zu bewahren. Die Ruhe war nur oberflächlich, denn sie hatte derzeit keine richtige Kontrolle über ihre Nerven. Mehrmals hatte sie sich zwingen müssen, sich zu konzentrieren.

Sie nahm die Thermoskanne, die vor Mia stand. Obwohl sie innerlich zitterte, waren ihre Bewegungen ruhig.

Wütend starrte Mia sie an.

Ola war immer noch beschäftigt, und die anderen schwiegen und hingen ihren Gedanken nach.

Jana Berzelius öffnete ihre Aktentasche und zog ihren Collegeblock hervor. Sie schrieb die Wörter »Opel« und »Heroin« darauf. Dann ein Fragezeichen. Mit beiden Händen umfasste sie die Tasse, kratzte mit dem Daumennagel über das weiße Porzellan und nahm einen Schluck Kaffee.

Ola durchbrach die Stille.

»So, jetzt sollte es funktionieren.«

Er stieg vom Tisch und weckte den Computer auf. Das Dokument mit den seltsamen Zeichenkombinationen wurde auf die Leinwand projiziert.

Jana riss die Augen auf, die Nasenlöcher weiteten sich, und ihr Herz begann zu rasen. Es rauschte in den Ohren, und das Zimmer schaukelte. Sie erkannte die oberste Zeile. Sie hatte sie schon öfter gesehen. Im Traum. Da war sie immer und immer wieder aufgetaucht.

VPXO410009.

»Diese Zeichenkombinationen habe ich auf Juhléns Computer gefunden. Ich habe jeden Ordner, jede Datei und jedes Dokument auf seiner Festplatte durchsucht, und das hier ist das Einzige, was wirklich Rätsel aufgibt. Juhlén hat im Internet nach den Ziffernkombinationen gesucht. Er muss mit der Datei gearbeitet haben, denn er hat sie mehrmals geöffnet und gespeichert. Inwiefern er die Datei bearbeitet hat, weiß ich nicht. Ich habe auch keine Ahnung, was die Ziffern und Buchstaben bedeuten sollen. Hat einer von euch eine Idee?«

Alle schüttelten den Kopf. Alle außer Jana.

»Auch ich habe die Zeichenkombinationen bei Google eingegeben, aber das hat zu nichts geführt«, sagte Ola. »Ich habe alles Mögliche in Betracht gezogen: schwedische Personennummern, Telefonnummern, irgendwelche anderen Identitätsnummern. Aber nichts.«

Ola kratzte sich wieder an der Mütze.

»Vielleicht weiß ja seine Sekretärin was? Oder seine Frau?«

»Henrik, du redest mit Kerstin Juhlén. Mia, du fragst Lena Wikström. Prüf bitte nach, ob Yusef was weiß. Wir müssen alle befragen«, sagte Gunnar. »Oder was meinen Sie, Frau Berzelius?«

Jana schreckte auf.

»Wie bitte?«

»Was meinen Sie dazu?«

Sie zwang sich zu einem Lächeln und antwortete:

»Ich stimme Ihnen zu. Wir machen weiter so.«

Der Stahl in ihrer Hand war kalt.

Das Mädchen schluckte und sah zu dem Mann mit der hässlichen Narbe auf, der vor ihr stand.

Sie befanden sich in einem Kellerraum. Normalerweise wurde er als Isolationszelle genutzt. Dort mussten sie sitzen, wenn sie bei einer Übung versagt, wenn sie nicht aufgegessen oder nicht genug Ausdauer beim Laufen bewiesen hatten. Manchmal auch, wenn einer der Erwachsenen es so wollte.

Sie hatte zweimal dort sitzen müssen. Das erste Mal, als sie die Abläufe missverstanden und die Toilette ohne Erlaubnis benutzt hatte. Drei Tage hatte sie in dem dunklen Raum sitzen und ihre Notdurft auf dem Boden verrichten müssen. Der Gestank war derselbe gewesen, den sie vom Container in Erinnerung hatte, und es war auch das Einzige, was von der Reise mit ihren Eltern im Gedächtnis haften geblieben war. Die Erinnerung an die Eltern verblasste immer mehr. Sie hatte mithilfe eines Steins ihre Gesichter an die Wand neben ihrem Bett eingeritzt. Nicht so, dass jemand es sehen konnte, sondern hinter einer kleinen Kommode. Jeden Abend schob sie sie beiseite und sagte ihren Eltern gute Nacht.

Zum zweiten Mal war das Mädchen in die Isolationszelle verbannt worden, als sie an der Stelle im Nacken herumgepult hatte. Der Mann mit der hässlichen Narbe hatte die Blutflecke an ihrem Ärmel entdeckt und sie an den Haaren über den Hof gezogen. Fünf Tage hatte sie in der Zelle bleiben müssen.

Die ersten vierundzwanzig Stunden hatte sie mit Schlafen verbracht. Am zweiten Tag hatte sie darüber nachgedacht, ob sie fliehen sollte, und am dritten hatte sie Tritte und Messerangriffe geübt. Sie hatte ein kleines Holzstück auf dem Boden gefunden und als Messer verwendet. Am vierten und fünften Tag hatte sie das dunkle Zimmer erforscht. Sie war nur selten außerhalb der Trainingsräume, deshalb war der Aufenthalt im Keller unheimlich und spannend zugleich. Neugierig hatte sie jeden einzelnen Gegenstand untersucht. Besonders gern mochte sie die alte Werkbank, die an der einen Wand entlangverlief. Farbdosen standen darauf und Plastikkanister in verschiedenen Größen. Sie hatte sie alle ausgiebig untersucht. An der gegenüberliegenden Wand waren Regale mit Pappkartons und Zeitungen. Unter der Treppe stand ein rostiges Fahrrad, und davor lag ein brauner Koffer. Eine alte Tür lehnte am Treppengeländer, und daneben stand ein Hocker.

Jetzt, als sie wieder im Kellerraum war, stellte sie fest, dass alles immer noch am selben Platz stand. Niemand hatte seit dem letzten Mal etwas verändert.

»Es ist an der Zeit«, sagte der Mann mit der hässlichen Narbe. »Jetzt sollst du mir beweisen, dass du es wert bist, meine Tochter zu sein. Die Zielscheibe wird diesmal etwas anders sein als sonst.«

Der Mann nickte der Frau zu, die auf der obersten Treppenstufe stand und an der Wand lehnte. Sie öffnete die Tür und ließ Minos herein. Er machte langsame Schritte und versuchte, die Augen an die Dunkelheit zu gewöhnen.

»Das hier ist deine Zielscheibe«, sagte der Mann zu ihr.

Als Minos seine Worte hörte, blieb er auf der Treppenstufe stehen. Und von einem Augenblick auf den anderen vergaß er alles, was er gelernt hatte. Die Panik nahm überhand, und er stürzte die Treppe hinauf und zurück zur Tür. Doch die Frau, die noch immer dort stand, zückte ihre Pistole, richtete sie gegen seinen Kopf und zwang ihn wieder nach unten.

Minos bettelte um Gnade. Er warf sich vor die Füße des Mannes und schrie. Doch der Mann trat ihn.

»Du bist ein Verlierer. Wenn du das getan hättest, was dir befohlen wurde, würdest du hier stehen und nicht Ker. Nur die Stärksten überleben, und sie ist eine von ihnen.«

Minos' Augen flackerten vor Angst.

Er verharrte auf seinen nackten Knien und zitterte.

Der Mann packte ihre Haare und zwang ihren Kopf nach hinten. Er zog fest, als wollte er zeigen, dass er es ernst meinte, und sah ihr in die Augen.

»Bald wirst du gar nichts mehr sehen. Du musst also deine anderen Sinne gebrauchen. Verstanden?«

Sie verstand. Ihr Herz begann, schneller zu schlagen.
»Mach mich stolz«, flüsterte der Mann ihr zu.
Die Treppe knarrte, als der Mann und die Frau den Keller verließen. Kaum war die Tür zugefallen, packte sie die Pistole ein wenig fester und hob sie hoch.
Die Finsternis umfing sie. Das mochte sie nicht, sie kämpfte dagegen an, während ihre Atemzüge schneller wurden. Sie hätte gern geschrien, aber sie wusste, dass nur ein Echo zur Antwort käme. Ein Echo, das verhallte.
Ihr Herz pochte lauter, und die Dunkelheit wich widerwillig zurück.
Jetzt hörte sie, wie Minos gegen das Fahrrad stieß, und nahm an, dass er in das Kabuff unter der Treppe gekrochen war. Sie unternahm einen Versuch, sich zu beruhigen. Tief durchzuatmen. Sie würde es schaffen, sie würde die Finsternis besiegen.
Schließlich hatte sie ihre Atmung im Griff und sog die Luft durch die Nase ein. Voll konzentriert legte sie den Kopf in den Nacken und lauschte. Aber es war still. Ohrenbetäubend still.
Sie machte einen Schritt vorwärts, blieb stehen und lauschte wieder. Noch einen Schritt und noch einen. Mit etwa drei Schritten müsste sie zur Treppe gelangen. Das hieß, dass sie einen Schritt zur Seite machen musste, um an der Treppe vorbeizukommen und weiter zum Kabuff, wo Minos sich versteckte.
Sie streckte die Hand vor, um das Treppengeländer zu ertasten, und zählte die Schritte im Kopf. Ein, zwei, drei. Jetzt spürte sie den rissigen Handlauf unter ihren Fingern. Nach weiteren drei Schritten ließ sie ihn los und tastete sich blindlings voran. Im nächsten Moment trat sie versehentlich gegen den Koffer auf dem Boden und zuckte zusammen. Gleichzeitig

hörte sie, wie Minos aus dem Kabuff und an ihr vorbeikrabbelte. Sie hielt die Pistole vor sich und verfolgte das Geräusch, das sich von rechts nach links bewegte. Aber es verschwand genauso schnell, wie es gekommen war.

Ihre Atmung hatte sich durch die Bewegung beschleunigt, und sie schloss den Mund wieder, um lauschen zu können. Wo steckte er? Sie drehte den Kopf, um herauszufinden, wo ihre Zielscheibe war. Suchte in der Erinnerung. Ob er unter der Werkbank saß? Oder neben den Regalen?

Sie blieb stehen, reglos.

Es war mucksmäuschenstill.

Sie wartete auf ein Signal, einen Atemzug oder eine Bewegung von ihm. Aber es war nichts zu hören außer der vibrierenden Stille.

Sie wusste, dass das Risiko bestand, dass er über sie herfiel.

Vielleicht war Minos hinter ihr?

Der Gedanke brachte sie dazu, sich umzudrehen. Schweißtropfen bildeten sich auf ihrer Stirn, und ihre feuchten Hände erwärmten den Stahl der Waffe. Sie musste etwas tun, sie konnte nicht einfach stehen bleiben und warten.

Der Boden aus festgetretenem Lehm war uneben, und sie schob den einen Fuß vor, um das Gleichgewicht zu halten. Dann den anderen Fuß.

Still stand sie da. Abwartend. Einen Schritt vor und noch einen. Sie drehte sich nach rechts und links, während sie die ganze Zeit die Pistole vor sich hielt. Ihre übrigen Sinne arbeiteten hart, um das Sehvermögen zu ersetzen.

Als sie die Hand vorstreckte und eine ausholende Bewegung machte, spürte sie die harte Fläche der Werkbank. Sie war zwei Meter lang, und sie tastete sich an der Kante entlang. Dann hielt sie inne.

Da hörte sie es.

Einen Atemzug.

Das Signal.

Sie reagierte instinktiv und zielte mit der Pistole in die Richtung, aus der das Geräusch gekommen war.

In dem Moment bekam sie einen kräftigen Schlag auf den Arm, und sie taumelte. Der zweite Schlag war schmerzhafter und traf sie mitten auf den Kopf. Sie hielt die Arme schützend nach oben. Sie durfte auf gar keinen Fall die Waffe verlieren.

Minos war nah, gefährlich nah. Seine Wut war fürchterlich. Er schlug sie wieder. Und wieder. Sie probierte, sich zu konzentrieren. Als Minos gerade Kraft für einen weiteren Schlag sammelte, reagierte sie. Mit einer blitzschnellen Bewegung schlug sie ihre Faust in die Dunkelheit und traf. Er gab einen Schmerzenslaut von sich.

Sie wiederholte den Schlag. Diesmal mit der Pistole. Beim dritten Mal traf sie seine Schläfe und hörte das dumpfe Geräusch, als er in sich zusammensackte.

Sie umfasste die Pistole mit beiden Händen und richtete sie auf den Boden.

Minos wimmerte. Seine Stimme war kalt wie Metall und schnitt wie ein Messer durch die Dunkelheit.

Ruhe senkte sich über sie. Sie fühlte sich stark und präsenter als je zuvor. Sie hatte keine Angst mehr vor der Finsternis.

»Tu es nicht«, sagte Minos. »Bitte, tu es nicht. Ich bin doch dein Freund.«

»Aber ich bin nicht deine Freundin«, sagte das Mädchen und schoss.

Als Erik Nordlund durch die Tür des Polizeireviers trat, hoffte er, dass das Gespräch zehn Minuten dauern würde. Höchstens. An der Rezeption herrschte großer Andrang. Die meisten wollten einen Reisepass beantragen.

Die uniformierte Frau hinter dem Tresen bemerkte ihn, hob den Telefonhörer und rief Henrik Levin an, der binnen einer Minute unten an der Rezeption eintraf.

»Kriminalkommissar Henrik Levin. Guten Tag und willkommen.«

Sie schüttelten sich die Hände und fuhren mit dem Aufzug in den dritten Stock, gingen den Gang entlang und betraten ein Büro.

»Kaffee?«

»Ja, das wäre perfekt.«

»Milch, Zucker?«

»Zucker, bitte.«

»Nehmen Sie doch Platz, ich bin gleich zurück.«

Erik setzte sich und betrachtete das Großraumbüro hinter der Glaswand. Etwa zehn Polizisten saßen an ihren Schreibtischen. Telefone klingelten, Gespräche wurden geführt, Kopierer surrten, und Tastaturen klapperten. Er konnte nicht verstehen, wie man in einem Büro arbeiten konnte, und ihn befiel sogleich eine starke Sehnsucht zurück zu seiner körperlichen Arbeit im Wald.

Er fragte sich, ob er seine gefütterte Jacke ausziehen sollte, überlegte es sich aber anders. Es sollte ja ein kurzes Gespräch werden. Reinkommen, der Polizei von seinen Beobachtungen erzählen, und dann wieder raus.

Schon von Weitem sah er den Kommissar, der sich mit den beiden Kaffeetassen näherte. Als er eintrat, flatterte im Luftzug eine Zeichnung, die an der Türinnenseite mit Klebestreifen befestigt war. Ein grünes Gespenst, das Bild eines Kindes. Eriks Gedanken wanderten zu seinen drei Enkeln, die ihm jede Woche Bilder schickten und sie so oft zusammenfalteten, bis sie in die viel zu kleinen Umschläge passten. Sie malten vor allem Sonnen und Bäume, Blumen und das eine oder andere Boot. Oder Autos. Aber nie Gespenster.

Er nahm die Tasse, die Henrik Levin ihm reichte, und trank einen Schluck. Das heiße Getränk brannte im Hals.

Der Kriminalkommissar setzte sich und zog einen Notizblock hervor. Da es in der ersten Frage um Eriks Beruf ging, sprachen sie zunächst über das Fällen von Bäumen.

»Die meisten Bäume haben eine natürliche Fällrichtung.« Erik stellte die Tasse hin und gestikulierte. »Und die Fällrichtung wird von der Neigung des Baums, von der Form des Astwerks und von der Windrichtung beeinflusst. Die Schneelast kann es einem erschweren, die Richtung herauszufinden. Diesen Winter war es richtig schlimm.«

Henrik nickte verständnisvoll. Der Winter war kalt gewesen, und in vielen Gegenden Schwedens hatten die Schneemengen alle Rekorde gebrochen.

Enthusiastisch fuhr Erik fort: »Die Grundlage für eine sichere Baumfällung ist eine gute Bruchleiste. Eine unnötig breite Bruchleiste erschwert das Fällen, und der Scharniereffekt ist weniger gut. Eine zu schmale Bruchleiste ist noch schlechter, da das Risiko besteht, dass der Baum unkontrolliert fällt. Man kann sich ordentlich verletzen, wenn man Fehler macht. Mit der Natur sollte man nicht spielen. Peng!« Erik klatschte in die Hände. »Und schon landet ein Baumstamm auf dir, und du hast dir das Bein gebrochen oder dir andere Verletzungen zugezogen. Einer von meinen Männern ist mal von einer abgebrochenen Birke auf den Boden geschmissen worden. Er war mehrere Minuten bewusstlos, bevor wir ihn zurückgeholt haben.«

Als Erik noch einen Schluck nahm, nutzte Henrik die Gelegenheit, um das Gespräch auf das Wesentliche zu lenken. »Sie haben einen Transporter gesehen, oder?«

»Ja.«

»Am Sonntag.«

»Ja, gegen acht Uhr abends.«

»Da sind Sie sich ganz sicher? Auch was die Uhrzeit betrifft?«

»Ja.«

»Laut meinen Kollegen Gabriel Mellqvist und Hanna Hultman, die gestern bei Ihnen waren, haben Sie gesagt, dass es ein Opel war. Ist das korrekt?«

»Jawoll.«

»Und Sie sind sich hundertprozentig sicher, dass es ein Opel war?«

»Absolut. Ich habe selbst mal einen gehabt, schauen Sie hier.«

Erik löste ein Schlüsselbund von seinem Gürtel und zeigte Henrik einen Schlüsselanhänger aus Metall mit einer Automarke.

»Opel. Und jetzt hab ich so einen.« Erik deutete auf einen Metallanhänger mit dem Volvo-Symbol, der ebenfalls an seinem Schlüsselbund hing.

Henrik nickte.

»Und wo haben Sie den Opel-Transporter gesehen?«

»Auf der Straße vor meinem Haus. Der ist mit einem unglaublichen Affenzahn vorbeigerauscht.«

»Wenn ich eine Karte hole, könnten Sie mir zeigen, wo genau Sie das Auto gesehen haben und in welche Richtung es gefahren ist?«

»Na klar.«

Henrik ging kurz hinaus und kam mit einer Landkarte zurück, die er auseinanderfaltete und auf den Schreibtisch legte.

Erik nahm den roten Filzstift, den Henrik ihm reichte, suchte auf der Karte sein Haus und markierte mit einem Kreuz und einem Pfeil die fragliche Stelle auf der Straße, die als braune Linie auf der Karte zu sehen war.

»Hier habe ich es gesehen. Genau hier. Und der Wagen war auf dem Weg in Richtung Küste.«

»Danke. Haben Sie einen Blick auf den Fahrer erhaschen können?«

»Nein, die Scheinwerfer des Autos haben mich geblendet. Ich habe nur die Farbe des Wagens gesehen.«

»Und das Autokennzeichen?«

»Das habe ich auch nicht gesehen.«

»Sie haben auch kein anderes Auto bemerkt?«

»Nein. Um diese Zeit ist normalerweise auf der Straße nichts los. Abgesehen von dem einen oder anderen Laster.«

Henrik schwieg. Der Mann vor ihm trug rote Arbeitskleidung und eine Warnweste in Signalfarbe. Seine blonden Haare hatten sich gelichtet, das Gesicht war wettergegerbt und wies auf der Stirn und um die Augen tiefe Falten auf. Henrik schätzte den Mann auf knapp siebzig.

Er faltete die Karte wieder zusammen und nahm einen Stapel mit Computerausdrucken, die Fotos von Transportern der Marke Opel zeigten.

»Ich weiß, dass Sie sich nicht an das Modell erinnern, aber ich möchte Sie trotzdem bitten, sich diese Fotos anzusehen und sich in aller Ruhe zu überlegen, ob es einer dieser Wagen gewesen sein könnte.«

»Aber ich habe doch gar nicht …«

»Ich weiß, aber sehen Sie sich die Bilder an und nehmen Sie sich ruhig die Zeit, die Sie brauchen.«

Erik seufzte. Er öffnete den Reißverschluss der Jacke und hängte sie über die Rückenlehne.

Es würde doch kein kurzes Treffen werden.

Jana Berzelius war leicht übel. Sie stützte den Kopf in die Hände und versuchte, ihre Gedanken zu sortieren. Sie war erschüttert.

Der Name im Nacken des Jungen hatte sie auf eine Art und Weise berührt, wie sie es nie zuvor erlebt hatte. Sie wusste, was der Name bedeutete. Aber dass er ausgerechnet diesen Namen gehabt hatte, war völlig unwahrscheinlich.

Das konnte nicht sein.

Das durfte nicht sein.

Sie saß auf der Kante ihres Boxspringbettes der Marke Hästens. Das Zimmer kam ihr klein vor. Es schien zu schrumpfen, und sie hatte das Gefühl zu ersticken.

Vergeblich bemühte sie sich, einen klaren Kopf zu bekommen, sie befand sich in einem Zustand intellektueller Lähmung. Ihr Gehirn weigerte sich zu funktionieren.

Als sie sich schließlich in die Küche schleppte, zitterten ihre Hände. Ein Glas Wasser machte die Sache nicht besser. Und nichts im Kühlschrank konnte Abhilfe schaffen. Die Übelkeit war zu stark, und sie verwarf den Gedanken, überhaupt etwas zu sich zu nehmen. Stattdessen schaltete sie die Espressomaschine an.

Mit einer Kaffeetasse in der Hand ging sie zurück ins Schlafzimmer und setzte sich wieder aufs Bett. Sie stellte die Tasse auf das Nachtschränkchen, öffnete es und nahm eines der schwarzen Notizbücher heraus, die sie dort verwahrte.

Langsam blätterte sie ihre Aufzeichnungen durch, sah sich die Bilder und Symbole aus ihren Träumen an. Pfeile, Kreise und Buchstaben in ordentlichen Reihen.

Hier und da fanden sich Zeichnungen, von denen manche datiert waren. Das erste Datum war der 22. September 1991. Es stand unter der Skizze eines Gesichts. Damals war sie neun Jahre alt gewesen und hatte aus therapeutischen Gründen die Aufgabe bekommen, ihre wiederkehrenden Albträume niederzuschreiben. Sie hatte von den Erlebnissen erzählt, von ihren erschreckend realistischen Albträumen, doch ihre Eltern Karl und Margaretha hatten sie als zu fantasievoll abgetan. Ihr Gehirn spiele ihr einen Streich, hatte es geheißen. Sie hatten einen Kinderpsychologen beauftragt, der ihr aus dieser »Phase« heraushelfen sollte, wie sie es ausdrückten. Doch nichts half. Die Träume plagten sie weiterhin so schlimm, dass sie mit allen Mitteln versuchte, sich nachts wachzuhalten. Die ständige Angst, kombiniert mit Atemnot und Verzweiflung, hatte sie stark mitgenommen.

Kaum hatten die Eltern abends gute Nacht gesagt und das Licht ausgeschaltet, hatte sie die Augen aufgeschlagen und sich überlegt, wie sie sich am besten die ganze Nacht wachhalten konnte.

Sie mochte Spiele im Dunkeln, und häufig vertrieb sie sich die Zeit, indem sie mit den Fingern über die Bettdecke galoppierte und die Daunenfüllung zu kleinen Hindernissen formte, über die ihre Finger hinwegspringen konnten.

Manchmal ging sie im Zimmer herum, in der Dunkelheit, oder saß auf der breiten Fensterbank und sah auf den

Garten hinaus. Sie streckte sich zur Decke, die über drei Meter hoch war, oder machte sich so klein wie möglich und versteckte sich unter dem breiten Bett.

Der Psychologe hatte gesagt, dass alles seine Zeit brauche und dass die Träume allmählich verschwinden würden. Aber das taten sie nicht.

Sie wurden nur noch schlimmer.

Nach weiteren schlaflosen Wochen hatte ihr Vater beschlossen, sie mit Medikamenten ruhigzustellen. Er wollte ihren Dummheiten ein Ende setzen. Der Schlaf gehörte nun einmal zu den primären menschlichen Bedürfnissen, und Schlafen konnte doch jeder Idiot.

Am Ende hatte er sie mit ins Krankenhaus gezerrt, wo ihr der Arzt eine Packung Schlaftabletten verschrieben hatte. Der Effekt des Medikaments war nur von kurzer Dauer, und leider hatte es schwere Nebenwirkungen. Jana verlor den Appetit und die Konzentrationsfähigkeit, und in einem vertraulichen Gespräch erzählte die Lehrerin ihrer Mutter, dass Jana schon zweimal während der Schulstunde eingeschlafen sei. Sie hatte auch berichtet, dass es völlig sinnlos sei, mit dem Mädchen zu diskutieren. Wenn man sie bitte, eine mathematische Formel zu lösen, bekomme man nur ein Murmeln zur Antwort. Im Hinblick auf die ehrgeizigen Pläne, die Herr und Frau Berzelius für ihre Tochter hegten, sollten sie unbedingt die Situation klären, fand die Lehrerin, und zwar umgehend.

Für Jana war die ständige Schläfrigkeit furchtbar. Sie konnte nicht klar denken und agierte wie in Zeitlupe. Deshalb war es für sie ein Sieg, als sie die Medikamente absetzen durfte.

Da sie nie wieder in ein Krankenhaus oder mit einem Psychologen sprechen wollte, log sie ihre Eltern an und behauptete, dass die Albträume verschwunden seien. Sogar der Psychologe nahm ihr das ab.

Stattdessen biss sie die Zähne zusammen. Jeden Abend vor dem Spiegel übte sie zu lächeln. Sie ertränkte ihr Ich, indem sie die Gesten anderer nachahmte, ihre Körpersprache und ihre Mimik. Sie erlernte das soziale Spiel und seine Regeln.

Karl Berzelius hatte ihr schließlich zufrieden über den Kopf gestrichen und gesagt, dass es Hoffnung für sie gebe. Da sie log und behauptete, dass alles gut sei, musste sie nie wieder zum Psychologen.

Aber sie träumte weiter. Jede Nacht.

Die Schlüssel schepperten gegen den Briefkasten, als Mia Bolander ihn aufschloss. Sie packte den Briefstapel und sah rasch die Umschläge durch. Nichts als Rechnungen.

Sie seufzte und schloss den Briefkasten wieder. Die Schritte hallten im Treppenhaus wider, als sie die Treppen in den zweiten Stock hochlief. Die Wohnungstür gab ein quietschendes Geräusch von sich, als Mia sie öffnete. Im Flur zog sie eine Schublade auf und legte die Briefe zu den anderen ungeöffneten Rechnungen. Sie sperrte die Wohnungstür ab, zog sich die Stiefel aus und warf die Jacke auf den Boden.

Es war sieben, in einer Stunde war sie im Harrys verabredet.

Mia ging ins Schlafzimmer und zog sich aus. Dann suchte sie ein Kleid heraus, das sie vor drei Jahren im Winterschlussverkauf erstanden hatte.

Das würde schon gehen.

In der Küche öffnete sie den Kühlschrank. Mit finsterer Miene stellte sie fest, dass sie nichts mehr zu trinken dahatte. Sie sah wieder auf die Uhr. Der staatliche Spirituosenhandel war schon geschlossen. Verdammt.

Sie unterdrückte den Impuls, in den Supermarkt zu gehen und sich Leichtbier zu kaufen. Stattdessen durchwühlte sie die Putzutensilien unter der Spüle, suchte im Geschirrschrank und zwischen den Vasen. Sogar die Mikrowelle öffnete sie in der Hoffnung, dort etwas zu finden. Schließlich riss sie die Tür zum Vorratsschrank auf. Hinter einem gesüßten Skogaholmsbrot stand eine Dose Carlsberg. Das Mindesthaltbarkeitsdatum war zwar schon überschritten, aber nur um einige Monate. In Ermangelung einer Alternative würde das schon ausreichen. Sie machte die Dose auf und setzte den Mund an die Öffnung, um zu verhindern, dass der Schaum auf den Boden tropfte. Die Oxidierung hatte den Geschmack beeinträchtigt.

Das Bier schmeckte säuerlich und schal.

Mia rümpfte die Nase, wischte sich den Mund ab und kehrte ins Schlafzimmer zurück. Sie fasste die Haare zu einem Pferdeschwanz zusammen, nahm noch einen Schluck vom Bier und schauderte wegen des erdigen Beigeschmacks.

Im Bad entschied sie sich für ein kräftiges Make-up. Lidschatten in zwei verschiedenen Farbabstufungen und schwarze Wimperntusche. In der Dose war nur noch ein letzter Rest Puder. Sie legte einen dunkleren Ton auf und freute sich, dass das Gesicht dadurch schmaler wirkte.

Mit dem Bier in der Hand setzte sie sich ins Wohnzimmer. Noch vierzig Minuten.

Plötzlich musste sie an Geld denken. Heute war der Neunzehnte. Noch eine knappe Woche bis zur Überweisung ihres Gehalts. Gestern hatte sie siebenhundert Kronen auf dem Konto gehabt. Allerdings bevor sie abends ausgegangen war.

Wie viel hatte sie gestern ausgegeben? Zweihundert? Der Eintritt, ein paar Biere, einen Döner.

Vielleicht doch dreihundert?

Entschlossen stand sie vom Sofa auf, leerte die Bierdose und ließ sie auf dem Wohnzimmertisch stehen. Aus dem Garderobenschrank holte sie ein paar hochhackige Schuhe, hob die Jacke vom Boden auf und ging nach unten.

Der schneidend kalte Wind fuhr ihr um die bloßen Beine, während sie im Dunkeln durch das Wohngebiet spazierte. Sie hätte die Straßenbahn nehmen können, aber so sparte sie gut zwanzig Kronen. Von Sandbyhov aus waren es zu Fuß nur fünfzehn Minuten ins Stadtzentrum.

Ihr Magen knurrte, als sie am Gyllengrill vorbeikam. Der Duft von Gebratenem stieg ihr in die Nase, und sie nahm die Schilder mit den Essensangeboten in Augenschein. Hamburgerteller, Riesengrillwurst mit Brot, große Portion Pommes …

Sie überquerte die Straßenbahnschienen. An der Ecke Breda vägen und Hagagatan entdeckte sie einen Geldautomaten. Sie fragte den Kontostand ab, und die Maschine gab laute Geräusche von sich, als sie den Kontoauszug ausdruckte und durch den Schlitz auswarf. Dreihundertfünfzig Kronen stand da. Also hatte Mia gestern doch mehr ausgegeben. Heute würde sie sparsam sein. Nur ein Bier. Allerhöchstens zwei. Dann würde das Geld auch für morgen reichen.

Sonst muss ich mir was von jemandem leihen, dachte sie. Wie immer.

Sie knüllte den Zettel zusammen, warf ihn auf die Straße und ging weiter in Richtung Innenstadt.

Das erste Notizbuch umfasste zweihundert Seiten. Im Nachtschränkchen lagen weitere einundzwanzig. Jedes enthielt die Träume eines Jahres. Jana blätterte bis zur letzten Seite und faltete die Zeichnung auseinander, die sie als Neunjährige angefertigt hatte. Sie zeigte ein Messer, deren Klinge rotgefärbt war.

Sie schlug das Notizbuch wieder zu, sah nachdenklich aus dem Fenster, öffnete das Buch wieder und blätterte zu einer anderen Seite, die eine Folge von Buchstaben und Ziffern enthielt.

VPXO410009.

Es war die Zeichenkombination, die Ola Söderström ihnen heute gezeigt hatte.

Sie erhob sich mit dem Notizbuch in der Hand, ging in ihr Arbeitszimmer und schloss eine Tür auf, die in eine kleine Kammer führte. Sie hatte den Raum in einen Ort verwandelt, wo sie alles sammelte, was ihr vielleicht dabei helfen konnte, ihre Vergangenheit zu verstehen. Bisher hatte sie nur die Träume und die Aufzeichnungen.

Sie schaltete die Deckenlampe an. Ihr Blick glitt über die Wände. Das Zimmer war etwa zehn Quadratmeter groß. Zwei Seiten bestanden aus Pinnwänden, auf denen sich Bilder, Fotos und Skizzen drängten. An der dritten Wand hing ein Whiteboard, das mit Notizen übersät war. Darunter standen ein kleiner Schreibtisch und ein Stuhl und auf dem Boden daneben ein Tresor. Es gab keine Fenster, aber die LED-Lampe über ihr verbreitete ein intensives Licht.

Sie hatte die Kammer noch nie jemandem gezeigt. Ihre Eltern würden sie vermutlich einsperren, wenn sie davon erführen. Auch Per hatte keine Ahnung von ihren Nachforschungen. Sie hatte die Kammer mit keinem Wort erwähnt. Gegenüber niemandem. Das war ihre Sache, und zwar nur ihre.

Alles im Zimmer handelte von dem Rätsel, das ihr früheres Leben ihr aufgab. Sie wusste nichts über ihre Kindheit, hatte keine Ahnung, was in den neun Jahren geschehen war, bevor sie adoptiert worden war.

Im Grunde wühlte sie gern in der Vergangenheit. Sie beschäftigte sich schon damit, solange sie sich erinnern konnte. Es gab ihr einen befriedigenden Kick, es war wie ein kompliziertes Spiel, mit dem Unterschied, dass es um sie selbst ging. Sie als Kind. Und nun war ein weiterer Mitspieler aufgetaucht, Thanatos. Es fühlte sich völlig absurd an, unwirklich.

Jana legte das Notizbuch auf den Schreibtisch und ging zu einer der Pinnwände. Ganz oben hing eine Illustration, die eine Göttin zeigte. Das Bild stammte aus einem Buch, das sie zufällig in einem Antiquariat in Uppsala entdeckt und gekauft hatte.

Während ihrer Studienzeit in der traditionsreichen Stadt hatte sie sowohl die Stadtbücherei als auch die Universitätsbibliothek genutzt. Doch die Bibliothek der Juristischen Fakultät wurde ihr natürlicher Zufluchtsort. Sie saß immer am selben Platz im Locceniussaal, ganz hinten in der Ecke mit einem Bücherregal im Rücken. Links von ihr war ein hohes schmales Fenster, von wo aus sie den Überblick über den gesamten Lesesaal und alle Studenten hatte, die kamen und gingen. Der Platz auf dem Tisch war begrenzt gewesen. Sie hatte einen Quadratmeter und eine grüne Tischlampe mit schwacher Beleuchtung zu ihrer Verfügung gehabt. Die Gesetzestexte nahmen auch nicht viel Platz ein. Ganz im Gegensatz zu den Büchern über griechische Mythologie.

In der Universitätsbibliothek von Uppsala hatten sich im Lauf der Jahrhunderte zahlreiche einzigartige Werke angesammelt. Jana hatte Literatur gefunden, die die griechische Mythologie im Allgemeinen und Göttinnen im Besonderen beschrieb. Vor allem hatte sie sich für die Todesgöttinnen interessiert, und sie hatte von den Texten, die für ihr privates Forschungsprojekt relevant waren, Kopien gemacht und sie an die Wand ihrer Studentenwohnung gepinnt. Bücher mit Titeln wie *The Goddess*, *Imaginary Greece* und *Personifications in the Greek Mythology* waren ihre Abendlektüre.

Alle interessanten Textpassagen schrieb sie ab. Alle Bilder, die ihr wichtig erschienen, kopierte sie. Dabei versuchte sie, die Zusammenhänge zu verstehen.

Denn der gemeinsame Nenner ihrer Forschung war ein einziger Name.

Der Name, den sie im Nacken trug.

Ker.

Sie hatte ihre gesamte freie Zeit darauf verwendet, das Mysterium ihrer seltsamen Hautritzung zu lösen, war aber nicht weitergekommen. Als sie das erste Mal den Namen nachschlug, erfuhr sie, dass er bei den alten Griechen die »Göttin des gewaltsamen Todes« bezeichnet hatte. Sie hatte die Erklärung in einem alten Nachschlagewerk gefunden, dem Nordischen Familienbuch.

Jetzt überflog sie die Bücher im Regal in der kleinen Kammer. Ungefähr in der Mitte entdeckte sie den fraglichen Band des Nachschlagewerks, zog ihn heraus und schlug die Stelle auf, an der noch immer die gelbe Haftnotiz klebte. Sie glitt mit dem Zeigefinger über den Artikel, der mit einem schwachen Kreuz markiert war. Das Stichwort lautete »Keren«. Sie las weiter. »Griech. Myth. Bei den alten Griechen galten die Keren als Todesdämonen oder genauer als Dämonen der gewaltsamen Todesarten. Bei Hesiod wird an einer Stelle eine einzige Ker genannt, Tochter der Nacht (Nyx) und Schwester des Todes (Thanatos) …«

Jana hielt inne.

Thanatos!

Sie setzte sich und legte das Buch auf den Schreibtisch. Dann nahm sie ein DIN-A4-Blatt von der Pinnwand. Die Überschrift lautete: »Griechische Mythologie – Todesgottheiten«. In der dritten Zeile der Liste, die etwa dreißig Namen enthielt, stand der Name des Jungen.

Thanatos.

Sofort war die Übelkeit wieder da.

Sie lehnte sich zurück und atmete tief durch. Nach einer Weile erhob sie sich und ging zur anderen Pinnwand. Auf einem weißen Blatt stand die Zeichenkombination. Die Buchstaben und Ziffern waren vergrößert, und daneben hing das Foto eines Containers.

Ihre erste Erinnerung war ein Schild gewesen, und sofort hatte sie einen blauen Container vor sich gesehen. Aber sie verstand nicht den Zusammenhang. Sie hatte angenommen, dass die Zeichenfolge einen Container bezeichnete, und versucht, ihn auf einer der Millionen von Internetseiten zu finden, aber sie war zu keinem Ergebnis gekommen. Weiter waren ihre Nachforschungen nicht gediehen. Es war lange her, dass sie in der heimlichen Kammer gewesen war. Eigentlich hatte sie sich entschieden, nicht mehr hineinzugehen. Nicht weiter nach Antworten zu suchen. Sie war in einer Sackgasse gelandet. Nun fragte sie sich, ob es an der Zeit war, das Ganze wieder aufzunehmen. Sollte sie versuchen, eine endgültige Antwort zu finden?

Der Junge war ein wichtiges Puzzlestück. Der Name in seinem Nacken konnte ihr helfen, eine Antwort auf das Rätsel zu finden, das ihr ganzes Leben geprägt hatte: Warum hatte man ihr einen Namen in den Nacken geritzt? Auch die Zeichenkombination war ein wichtiges Puzzlestück. Würde eines davon sie zur Wahrheit führen? Oder beide? In Kombination?

Sie bremste sich in ihren Überlegungen. Der Gedanke, dass die Polizei dieselben Buchstaben und Ziffern in der Hand hielt wie sie, war ihr ein wenig unangenehm, und sie wusste nicht so recht, wie sie sich verhalten sollte. Sollte sie sich über die mögliche Unterstützung freuen? Sollte sie sich offenbaren und von ihren eigenen Nachforschungen berichten? Den Kollegen von der Polizei die Skizzen zeigen? Die Zeichnungen? Den Namen in ihrem Nacken? Nein. Wenn sie auch nur mit einem einzigen Wort erwähnte, dass sie auch ein persönliches Interesse daran hatte, die Ermittlungen zu leiten, würde sie mit sofortiger Wirkung vom Fall abgezogen werden.

Ratlos setzte sie sich wieder. Ihre Gedanken drehten sich im Kreis.

Warum trugen sie und der Junge einen Namen aus der griechischen Mythologie im Nacken? Und wie kam es, dass ein leitender Beamter im Amt für Migration ausgerechnet über die Kombination von Ziffern und Buchstaben verfügte, die sie in ihren Träumen gesehen hatte?

Sie musste etwas mit den neuen Puzzlestücken machen. Sie musste eine Antwort finden. Jetzt oder nie.

Aber wie sollte sie weiterverfahren? Mit welcher Spur sollte sie beginnen? Mit dem Jungen oder der Zeichenfolge?

Nach zwei Stunden Grübelei hatte sie sich entschieden.

Sie stand auf, schloss die Kammer ab und ging ins Schlafzimmer.

Auf dem Espresso, der noch immer auf dem Nachtschränkchen stand, hatte sich eine dünne Haut gebildet.

Sie zog sich aus, legte sich ins Bett und schaltete die Bettlampe aus.

Sie war zufrieden mit der Entscheidung, die sie gefällt hatte.

Sehr zufrieden.

Freitag, den 20. April

Es war frühmorgens, als Mats Nylinder vor dem Polizeirevier Gunnar Öhrn einholte.

Es hatte in der windstillen und klaren Nacht Frost gegeben, und auf den Steinplatten vor dem Eingang hatte sich ein schneeflockenartiges Muster gebildet. An den Bürofenstern klebten dicke Eiskristalle, und die weißen kahlen Äste der Büsche glänzten silbern.

Mats Nylinder war Allroundreporter bei *Norrköpings Tidningar*, und nach Gunnars Meinung engagierte er sich ein bisschen zu sehr in Sachen Lokalnachrichten. Er war nervig und aggressiv. Vom Aussehen her ähnelte er einem abgebrühten Mitglied einer Motorradgang. Er war untersetzt, hatte einen Pferdeschwanz und trug eine braune Lederweste. Um den Hals baumelte eine kleine Spiegelreflexkamera.

»Bitte warten Sie, Herr Öhrn, ich hätte nur kurz ein paar Fragen an Sie. Wie wurde der Junge ermordet?«

»Darauf kann ich nicht näher eingehen«, sagte Gunnar und beschleunigte seine Schritte.

»Welche Waffe ist verwendet worden?«

»Kein Kommentar.«

»Ist der Junge sexuell missbraucht worden?«

»Kein Kommentar.«

»Gibt es irgendwelche Zeugen?«

Gunnar schwieg und drückte die Eingangstür auf.

»Was sagen Sie dazu, dass Hans Juhlén Asylsuchende missbraucht hat?«

Gunnar blieb stehen, die Hand an der Tür, und drehte sich um.

»Was meinen Sie damit?«

»Dass er Sex von ausländischen Frauen gekauft hat. Und sie schlecht behandelt hat.«

»Das möchte ich nicht kommentieren.«

»Das wäre doch ein Skandal von enormem Ausmaß, wenn diese Geschichte durchsickert. Irgendwas müssen Sie doch dazu sagen können?«

»Mein Job ist es, Verbrechen aufzuklären, und nicht, mich mit Skandalen zu beschäftigen«, sagte Gunnar entschlossen und betrat das Polizeirevier.

Er stieg die Treppen hoch und ging in die Küche. Per Knopfdruck besorgte er sich eine Tasse dampfend heißen Kaffee und spazierte dann weiter zu seinem Büro.

Ein Stapel Papiere lag in seinem Postfach. Absender war das staatliche kriminaltechnische Labor.

»Hast du den Umzugskarton mitgebracht?«

Überrascht blickte er auf. Anneli lehnte an der Wand und hatte die Beine gekreuzt. Heute trug sie beigefarbene Chinos, ein weißes Top und eine weiße Strickjacke. Um das Handgelenk hatte sie ein geflochtenes Goldarmband, das sie zum Geburtstag geschenkt bekommen hatte. Von Gunnar.

»O nein, ich habe ihn schon wieder vergessen. Du musst ihn dir wohl selbst abholen.«

»Wann denn?«

Gunnar reichte Anneli die Kaffeetasse.

»Hier, halt mal bitte.«

Sie hielt die Tasse mit den Fingerspitzen und am Rand, um sich nicht zu verbrennen.

Gunnar blätterte durch den Papierstapel und wirkte zufrieden.

»Wann kann ich ihn abholen?«, wiederholte Anneli und versuchte, Gunnars Blick aufzufangen.

»Den Karton?«, sagte er, ohne die Augen von den Unterlagen zu heben.

»Ja?«

»Äh …«

Er blätterte weiter.

»Wann kann ich ihn abholen?«

»Im Lauf der Woche, wenn es dir passt. Jederzeit.«

»Morgen?«

»Nein.«

»Nein? Aber du hast doch eben gesagt …«

»Oder doch … ach, ich weiß nicht. Aber weißt du, was das hier ist?«

Er wedelte mit den Unterlagen vor Annelis Gesicht herum.

»Nein.«

»Es gibt Fortschritte in der Ermittlung. Echte Fortschritte!«

»Aber Sie können mir nicht sagen, was sie bedeuten?«

Mia Bolander sah Lena Wikström mit flehendem Blick an.

»Nein, ich habe keine Ahnung. Was ist das?«

»Ich hatte gedacht, *Sie* könnten mir das sagen.«

»Aber ich habe die Ziffern noch nie gesehen.«

»Und die Buchstaben?«

»Nein, die auch nicht. Ist das ein Code, oder was?«

Mia antwortete nicht. Seit zwanzig Minuten probierte sie, Juhléns Sekretärin dazu zu bewegen, ihr die seltsamen

Kombinationen zu erklären, die auf dem Computer ihres Chefs gefunden worden waren. Sie dankte Lena Wikström für ihre Hilfe, obwohl sie ihr nicht weitergeholfen hatte, und verließ die Behörde.

Im Auto dachte sie daran, wie müde die Sekretärin ausgesehen hatte. Ihr Gesicht war blass gewesen und die Haut unter den Augen bläulich. Schwerfällig hatte sie die Unterlagen auf dem Schreibtisch herumgeschoben. Ihre Stimme hatte schleppend geklungen. Mia hatte Lena Wikström gefragt, ob es ihr gut gehe, und zur Antwort bekommen, dass sie deprimiert sei.

Kein Wunder, dass man deprimiert ist, wenn man so aussieht, dachte Mia. Was für eine blöde Kuh. Und wie ärgerlich, dass sie überhaupt nichts zur Lösung beitragen konnte!

Auf dem Rückweg zum Polizeirevier geriet sie im Ståthögavägen in einen Stau. Der Verkehr kroch dahin, und das ärgerte sie noch mehr.

Doch am meisten nervte sie, dass sie kein Geld mehr hatte. Der Abend gestern hatte mehr gekostet als gedacht. Sie hatte auch noch jemandem, den sie überhaupt nicht kannte, zwei Bier ausgegeben. Einem Mann, der zu allem Überfluss verheiratet war.

Total überflüssig. So. Verdammt. Überflüssig.

In diesem Moment schrillte ihr Handy.

Es war Ola Söderström.

»Wie ist es gelaufen?«, fragte er.

»Scheiße. Sie konnte nichts zu den Zeichenkombinationen sagen.«

»Na toll.«

»Total.«

Mia schwieg. Sie kniff sich in die Oberlippe.

»Hör mal«, sagte sie dann. Hast du schon darüber nachgedacht, die Reihenfolge der Ziffern umzustellen?«

»Nein. Aber ich habe die Ziffern vor die Buchstaben gestellt und dann gesucht.«

»Aber wenn du die Reihenfolge der Ziffern umkehrst?«

»Du meinst, ich soll 900014 suchen statt 410009?«

»Ja, zum Beispiel.«

»Warte mal ...«

Mia hörte Olas Tastatur klappern. Sie drehte sich um und überlegte, auf die linke Spur zu wechseln. Aber die Autofahrer dort waren genauso langsam. Sie seufzte laut auf. Im selben Augenblick meldete sich Ola wieder.

»Die einzigen Treffer sind Seiten über irgendwelche Qualitätszertifizierungen nach ISO. Und außerdem eine Studie zum Thema Röntgen in Harvard.«

»Und die anderen Ziffern?«, fragte Mia.

»Moment, 106130 wird zu 031601. Nein, das ist ein Hexfarbcode. 933028 auch, aber ich glaube nicht, dass Juhlén sich für webkompatible Farben interessiert hat.«

»Das glaube ich auch nicht.«

Mia versuchte zu schätzen, wie viele Autos sie vor sich hatte. Die Schlange war ewig lang.

»Und was ist mit der Verkehrssicherheitsbehörde in Kiruna?«, hakte sie nach.

»Mal sehen. Alles hängt davon ab, ob der Fahrer die Geschwindigkeitsbegrenzung überschritten hat oder nicht. Wenn ja, wurde er vermutlich auf der Kamera festgehalten. Dann wird das aufgezeichnete Bild des Fahrers mit einem Pass- oder Führerscheinfoto verglichen. Wenn es einen Treffer gibt, haben wir den Fahrer identifiziert. Wenn nicht, können wir immerhin den Fahrzeughalter herausfinden und darauf hoffen, dass es sich dabei um die Person handelt, die am fraglichen Abend den Wagen gefahren hat.«

»Aber das setzt voraus, dass er oder sie zu schnell gefahren ist«, stellte Mia fest.

Sie richtete sich auf und legte die Hand aufs Lenkrad.

Der Verkehr war wieder in Gang gekommen.

»Ja, die Kameras fotografieren eben nur Geschwindigkeitsüberschreitungen, und die Behörde durchsucht gerade ihre Aufzeichnungen. Die Information muss dechiffriert werden, bevor wir sie bekommen. Vorausgesetzt, es gibt relevante Informationen.«

»Was soll das denn jetzt wieder, verdammt!«

»Was ist los?«

»Der Verkehr! Ich hasse Staus! Fahr schon!«

Mia schlug aufs Lenkrad und gestikulierte wild in Richtung des Autofahrers vor ihr, der eine Panne hatte und liegengeblieben war.

»Du bist heute richtig gut drauf, oder?«, sagte Ola.

»Das kann dir doch scheißegal sein!«

Sofort bereute Mia ihre harten Worte.

»Okay, dann ist mir das scheißegal, aber vielleicht interessiert es dich, dass wir heute die Laborergebnisse gekriegt haben?«

Jetzt war Ola sauer, das war nicht zu überhören. Er war kurz angebunden und presste vermutlich die Lippen aufeinander, während er auf ihre Antwort wartete. Sie schwieg und ließ ihn weiterreden.

»Der Junge wurde mit einer SIG Sauer vom Kaliber .22 erschossen. Diese Waffe ist laut den Datenbanken in Schweden noch nicht bei einem kriminellen Vorfall verwendet worden. Der Junge hatte Schmauchspuren an der Kleidung, was bedeutet, dass er die Pistole abgefeuert haben muss, die neben ihm gefunden wurde. Eine Glock. Und auf dieser Waffe wiederum befinden sich ausschließlich Fingerabdrücke des Jungen. Alle technischen Beweise deuten darauf, dass er Hans Juhlén getötet hat. Und jetzt muss ich los.«

Damit beendete Ola das Gespräch.

Sie hatte ihn verärgert, und nun saß sie da und war sauer, weil er sauer war. Verdammter Scheißmorgen, dachte Mia.

Am Anfang waren sie zu siebt gewesen. Jetzt waren nur noch sie und Hades übrig geblieben. Sie hatte Minos erschossen, und Hades hatte im Keller seinen Gegner getötet. Einer der Jungen hatte bei einer Übung einen tiefen Messerstich zwischen die Rippen bekommen und war wenige Tage später seinen Verletzungen erlegen.

Ein Mädchen war nach einem Fluchtversuch im Keller eingesperrt worden, und als es wieder herausgelassen werden sollte, stellte sich heraus, dass es inzwischen verhungert war.

Schwächlich hatte Papa sie genannt.

Blieb nur noch Ester, die ja verschwunden war, sobald sie beim Hof angekommen waren. Aber das war ihre eigene Schuld gewesen. Hätte sie nur zugehört und das gemacht, was Papa gesagt hatte, dann wäre sie sicher noch da. Und am Leben.

Das Mädchen fuhr sich mit der Hand über den Kopf. Die Haare waren weg. Die Trainer hatten sie rasiert. Damit ihre Identität gestärkt werde, hatten sie gesagt. Auch Hades war der Kopf rasiert worden, und er strich sich ebenfalls über seinen kahlen Schädel. Sie saßen zusammen auf dem Steinfuß-

boden und betrachteten sich. Keiner von ihnen sagte etwas, aber Hades lächelte, als ihre Augen sich begegneten.

Der Frühling war zurückgekehrt, und die Sonnenstrahlen bahnten sich einen Weg zwischen den Holzwänden hindurch. Sie hatten neue Kleidung bekommen, doch das interessierte das Mädchen nicht weiter. Sie hatte es auf die moderne Waffe abgesehen, die vor ihnen lag. Die scharfe Klinge des Messers glänzte dann und wann auf, reflektierte das gleißende Licht, das von draußen hereindrang. Neben dem Messer lag eine Pistole. Das Mädchen hatte sie noch nie so schön poliert gesehen. Hades hatte gute Arbeit geleistet. Er hatte sie sicherlich mehrere Stunden geputzt. Einfach nur, um sie in Händen halten zu können.

Er hatte schon früher eine große Vorliebe für Technik gehabt. Auf der Müllhalde hatte er kaputte Maschinen gesammelt und zu reparieren versucht.

Ihre Gedanken wurden unterbrochen, als jemand die Tür öffnete. Papa kam herein, dicht gefolgt von der Trainerin und einem Mann, den sie nicht kannte. Papa blieb vor ihnen stehen, beugte sich herab und begutachtete ihre rasierten Köpfe. Mit einer Miene, die beinahe zufrieden wirkte, erhob er sich und befahl dem Mädchen und dem Jungen, auch aufzustehen.

»Also«, sagte er. »Jetzt ist es so weit. Ihr habt einen Auftrag in der Hauptstadt. In Stockholm.«

Jana Berzelius saß in ihrem Auto auf dem Parkplatz am Hafen und ließ den Motor laufen. Sie hatte mehrere Stunden darauf verwendet, wie sie weiter vorgehen sollte. Verschiedenste Ideen hatte sie erwogen und wieder verworfen, bis eine Reihe realistischer Szenarien übrig geblieben war, zwischen denen sie wählen konnte.

Ihr war klar, dass ihre privaten Ermittlungen unter bestimmten Bedingungen stattfinden mussten. Sie durfte nie damit in Verbindung gebracht werden und musste bei ihren Telefongesprächen und E-Mails äußerste Sorgfalt walten lassen. Keinerlei unbesonnene Aktionen. Wenn es herauskam, dass sie neben der Polizei Privatermittlungen anstellte, würde sie nicht nur vom Fall abgezogen werden, ihr Name stünde auch im Zentrum einer weiteren Ermittlung. Und vermutlich wäre ihre Karriere beendet.

Dennoch hatte sie entschieden weiterzumachen. Erst hatte sie überlegt, mit dem Jungen zu beginnen. Die Hautritzung in seinem Nacken war sicher nicht zufällig. Die Buchstaben hatten einen tieferen Sinn, und der Name hatte denselben Inhalt wie ihrer, den Tod. Im Lauf des Vormittags war sie jedoch zu dem Entschluss gekommen, sich zunächst mit den Ziffern- und Buchstabenkombinationen zu befassen, die Ola Söderström in Juhléns Computer entdeckt hatte. Dass sie in ihren Träumen dieselbe Kombination in Verbindung mit einem Seecontainer gesehen hatte, war wohl ebenfalls kein Zufall. Daher wollte sie den Hafen aufsuchen.

Es würde sicher schwierig werden, unbemerkt das Hafengelände zu betreten. Vermutlich würde sie von Passanten oder von Hafenarbeitern gesehen werden. Doch falls jemand sie ansprechen sollte, würde sie einfach erklären, dass sie bei Ermittlungen gern einen gewissen Vorsprung hatte. Und als ermittelnde Staatsanwältin hatte sie das gute Recht, die Arbeit voranzutreiben.

Jana saß ruhig in ihrem lederbezogenen Autositz und ging noch einmal alles durch, bevor sie die Liste der Zeichenkombinationen aus der Tasche nahm. Sie überflog sie und fragte sich, wie sie ihr Interesse dafür erklären sollte.

Ihre Worte musste sie gut abwägen. Nicht zu viel preisgeben.

Sie faltete das Blatt wieder zusammen, legte es zurück in die Tasche und stieg aus dem Auto.

Im Eingangsbereich der Hafenverwaltung war es dunkel, und die Tür war zugesperrt. Das Schild mit den Öffnungszeiten verriet, dass das Büro seit über einer Stunde geschlossen hatte.

Sie drückte die Türklinke herunter, trat zurück und sah hoch zu den gähnenden schwarzen Bürofenstern des gelben Gebäudes. Ein kalter Wind ließ sie frösteln, und sie zog ihre Lederhandschuhe aus der Manteltasche.

Sie ging zum Containerterminal, wo, wie sie feststellen musste, die Arbeit ebenfalls schon beendet war.

Das dunkle Wasser schlug gegen die Mauer. Zwei hohe Kräne erhoben sich über einem Frachtschiff, das am Kai lag. Etwas weiter entfernt erblickte sie noch zwei Frachter. Auf einem abgetrennten Gebiet parkten Lastwagen, und an der Wand einer Halle waren große Partien Bauholz gestapelt. Die Schweinwerfer erzeugten große Schatten auf den Wänden der Lagerhallen und dem Asphalt.

Gerade wollte Jana zum Auto zurückkehren, als sie einen kleinen erleuchteten Baucontainer ganz hinten auf dem Gelände sah. Trotz Handschuhen fror sie an den Fingern. Sie schob die Hände in die Taschen des Trenchcoats und ging entschlossen zum Baucontainer. Ihre Absätze klapperten auf dem harten Untergrund. Der Klang ihrer Schritte mischte sich mit dem brausenden Verkehrslärm von der Hafenbrücke hinter ihr. Sie warf einen Blick in den Gang zwischen den Hallen, wo das Scheinwerferlicht nicht hinkam. Noch immer war sie allein auf dem Gelände.

Als sie den Baucontainer fast erreicht hatte, wurde sie langsamer. Sie hoffte, dass irgendjemand dort sein würde, den sie fragen konnte. Musikfetzen waren zu hören. Die Tür stand einen Spaltbreit offen, und ein Lichtstreifen fiel nach draußen.

Jana klopfte an. Der Handschuh dämpfte das Geräusch, weshalb sie noch einmal klopfte, diesmal entschiedener. Niemand öffnete. Sie stellte sich auf die Fußspitzen und sah durchs Fenster in den Baucontainer, konnte jedoch niemanden erspähen. Dann machte sie die Tür auf und sah hinein.

Eine Kaffeemaschine gurgelte auf einer Arbeitsplatte vor sich hin. Zwei Klappstühle standen an einem Tisch. Ein Flickenteppich lag auf dem Boden, und von der Decke baumelte eine helle Glühbirne. Aber es war kein Mensch zu sehen.

Ein lautes Poltern ließ sie zusammenzucken. Sie drehte sich um und versuchte, den Lärm zu orten. Da bemerkte sie, dass das Tor zur nächstgelegenen Lagerhalle offen stand.

»Hallo?«, rief sie.

Keine Antwort.

»Hallo?«

Sie schloss die Tür des Baucontainers und ging zur Lagerhalle, die in einem verlasseneren Teil des Geländes lag. Am geöffneten Tor blieb sie stehen. Unangenehm kalt war es in der großen Halle, die etwa zweihundert Quadratmeter maß und diverse Maschinen und kleinere Hebezeuge beherbergte.

Auf dem Boden lagen Werkzeuge in verschiedenen Größen, und an den Wänden befanden sich Regale mit Reserveteilen wie Reifen und Truckbatterien. An der Decke hingen Drahtseile, und ganz hinten in der Halle war eine Hebevorrichtung für die Reparatur von Fahrzeugen. Auf der rechten Seite führte eine Art Korridor zu einer grauen Stahltür.

Ein Mann hockte auf dem Boden. Er hatte ihr den Rücken zugewandt und schraubte an einem Truck herum. Sie klopfte, um auf sich aufmerksam zu machen, doch er reagierte nicht.

»Entschuldigen Sie!«

Der Mann verlor einen Moment das Gleichgewicht, fing sich aber mit der Hand ab.

»Verdammt, da haben Sie mir aber einen schönen Schreck eingejagt!«, sagte er.

»Tut mir leid, aber ich muss mit jemand Verantwortlichem reden.«

»Der Chef ist schon nach Hause gegangen.«

Jana betrat die Halle, zog ihren Handschuh aus, um ihm die Hand zu schütteln.

»Ich heiße Jana Berzelius.«

»Thomas Rydberg. Sorry, aber ich glaube, Sie wollen mir lieber nicht die Hand schütteln.«

Er stand auf und zeigte ihr seine ölverschmierten Hände.

Jana schüttelte den Kopf, zog sich den Handschuh wieder an und musterte den Mann. Rydberg war kräftig, hatte dunkle Augen und ein breites Kinn. Er trug eine graue Strickmütze, und unter der Arbeitsjacke war eine Latzhose zu erahnen. Sie vermutete, dass er kurz vor der Rente stand.

Aus einer Hosentasche hing ein schmutziges Poliertuch, und Rydberg machte einen Versuch, sich daran die Finger abzuwischen.

»Vielleicht können auch Sie mir weiterhelfen.«

»Womit?«

»Ich ermittle in einer Mordsache.«

»Ist nicht die Polizei für so was zuständig? Sie sehen nicht nach einer Polizistin aus.«

Ihr Plan, nicht zu viel preiszugeben, schien gleich zu Beginn schiefzugehen. Sie fing noch einmal von vorn an.

»Ich bin Staatsanwältin und ermittle im Fall Hans Juhlén.«

Rydberg hielt in der Bewegung inne.

»Wir haben eine Reihe von Ziffern- und Buchstabenkombinationen gefunden, die uns vor ein Rätsel stellen. Wir haben guten Grund zu glauben, dass es sich um eine Art Code für Seecontainer handelt«, sagte sie und faltete den Zettel mit den Kombinationen auseinander.

Rydberg riss ihn ihr aus der Hand.

»Was ist das denn für …«

Sein Gesichtsausdruck veränderte sich. Er faltete das Blatt sofort wieder zusammen und reichte es Jana.

»Ich habe keine Ahnung, was das ist«, sagte er.

»Sind Sie sich da sicher?«

»Ja.«

Rydberg machte einen Schritt rückwärts. Und noch einen.

»Ich muss wissen, wofür diese Kombinationen stehen«, sagte Jana.

»Keine Ahnung. Ich kann Ihnen nicht weiterhelfen.«

Rydberg sah zur Stahltür rechts von ihm und dann wieder zu Jana.

»Wissen Sie denn, wer mir weiterhelfen könnte?«

Er schüttelte den Kopf. Machte noch einen Schritt rückwärts …

Jana begriff, was er vorhatte.

»Warten Sie«, sagte sie, doch Rydberg hatte sich schon umgedreht und rannte zur Tür.

»Warten Sie doch!«, rief sie wieder und lief ihm hinterher.

Als Rydberg sah, dass sie ihm folgte, packte er alle Werkzeuge, die er in die Finger bekam, und schmiss sie in ihre Richtung. Doch sie duckte sich und blieb ihm auf den Fersen.

Er zerrte an der Türklinke, musste jedoch einsehen, dass der Ausgang abgeschlossen war. Panik ergriff ihn, und er warf sich mit seinem ganzen Körpergewicht gegen die Tür, rüttelte wieder an der Klinke und warf sich erneut dagegen. Doch es hatte keinen Sinn. Er kam nicht hinaus.

Jana blieb drei Meter von ihm entfernt stehen. Reglos stand er da, atmete heftig. Er schaute nach rechts und links, als wolle er einen anderen Fluchtweg finden. Doch vergebens.

Da entdeckte er einen Schraubenschlüssel auf dem Boden, bückte sich blitzschnell und hob ihn auf. Im nächsten Moment drehte er sich um und richtete das Werkzeug auf sie. Doch sie bewegte sich nicht.

»Ich weiß nichts!«, schrie er. »Hau ab!«

Wieder erhob er den Schraubenschlüssel, um zu zeigen, dass er es ernst meinte. Dass er auf sie losgehen würde.

Ihr war klar, dass sie seiner Aufforderung besser Folge leisten und sich aus dem Staub machen sollte. Als sie einen Schritt rückwärtsmachte, sah sie Rydberg lächeln. Sie ging weiter rückwärts, und als sie stolperte, verhinderte nur eine Wand, dass sie nicht stürzte.

Sofort war er da und baute sich vor ihr auf.

Dicht vor ihr. Zu dicht.

Jetzt saß sie in der Falle.

»Warten Sie«, sagte sie.

»Zu spät«, meinte er. »Sorry.«

Rydberg brüllte, machte einen Ausfallschritt und schwang den Schraubenschlüssel mit beiden Händen. Jana duckte sich und entkam dem Angriff. Er hob das Werkzeug erneut, doch sie wich rasch zur Seite aus. Auf einmal bewegte sie sich blitzschnell vorwärts, hob die Hand und schlug zu.

Auge, Hals, zwischen die Beine.

Peng, peng, peng.

Und dann ein Tritt. Hinteres Bein vor, Knie hochziehen, Rotation, Tritt. Und zwar fest.

Sie traf ihn genau an der Schläfe.

Rydberg sackte in sich zusammen und blieb leblos vor ihr liegen.

Im selben Augenblick ging ihr auf, was geschehen war, und der Adrenalinschub verwandelte sich in Entsetzen. Sie schlug die Hand vor den Mund. Was hatte sie getan? Wie …? Dann wurde ihr bewusst, wo sie sich befand. Was, wenn jemand sie gesehen hatte?

Um sich zu vergewissern, dass sie allein war, drehte sie sich um. Doch niemand war in der Halle zu sehen.

Was sollte sie tun?

Unvermittelt drang ein vibrierendes Geräusch aus der Kleidung des leblosen Mannes. Der Klingelton wurde immer lauter. Jana beugte sich vor und durchsuchte die Jackentasche, fand aber nichts. Dann bewegte sie ihn ein wenig, um auch an die andere Seite heranzukommen, und stieß auf ein Handy. »Entgangener Anruf« stand auf dem Display. »Private Nummer«.

Nachdem sie eine Minute mit sich selbst beratschlagt

hatte, entschied sie, das Handy mitzunehmen. Sie warf einen letzten Blick auf den reglosen Körper auf dem Fußboden, zog die Handschuhe aus, machte kehrt und verließ die Halle.

Die dunklen Schatten verbargen sie, während sie rasch zum Parkplatz ging. Das Gelände war genauso verlassen wie zuvor.

Im Auto öffnete sie die Tastatursperre von Rydbergs Handy und ging die Liste der eingegangenen Anrufe durch. Mehrere stammten von einer »privaten Nummer«, bei der der Anrufer offenbar seine Rufnummer unterdrückt hatte. Außerdem waren einige Nummern aufgeführt, die sie sich schnell auf einem Parkschein notierte.

Von den gewählten Rufnummern waren einige mit den Namen der Anrufer versehen. Auch die schrieb sie auf. Nichts kam ihr merkwürdig oder ungewöhnlich vor.

Erst als sie die gesendeten SMS durchsah, fiel ihr etwas Seltsames auf. Eine Nachricht enthielt nichts als die rätselhafte Buchstabenfolge: »Lfg. Di., 1.«.

Sie starrte die kurze Nachricht an, schrieb sie ab und notierte sich auch das Datum, an dem sie verschickt worden war. Da sich ein aktives Handy mit einfachen Mitteln orten ließ, baute sie rasch die SIM-Karte aus und legte das Gerät ins Handschuhfach.

Sie atmete tief ein und lehnte ihren Kopf an die Nackenstütze.

Dann erst spürte sie, dass sie sich entspannte.

So dürfte es doch nicht sein, dachte sie. Ich müsste anders reagieren, schreien, weinen, zittern. Ich habe doch eben einen Menschen umgebracht!

Aber sie fühlte nichts.

Und das beunruhigte sie.

Samstag, den 21. April

Die Kinder wachten normalerweise schon um sechs Uhr auf, und das taten sie auch an diesem Samstagmorgen.

Henrik Levin streckte sich und gähnte ausgiebig. Er betrachtete Emma, die noch immer schlief. Die Kinder machten im Obergeschoss Krach, und er beschloss aufzustehen. Er sah auf sein Handy, aber in der Nacht waren keine neuen Nachrichten eingetroffen.

Der Morgenmantel wärmte ihn angenehm, während er die Treppe zum Kinderzimmer hochging. Felix hatte den Inhalt der gesamten Legokiste auf dem Boden ausgebreitet und lächelte fröhlich, als er seinen Vater an der Tür sah. Vilma saß in ihrem Bett und rieb sich die Augen.

»Was sagt ihr? Frühstücken?«

Mit einem Freudenschrei liefen Felix und Vilma die Treppe hinunter und in die Küche. Henrik folgte ihnen. Er schloss die Küchentür, um den Lärmpegel geringer zu halten, und deckte Brot, Butter, Schinken, Orangensaft, Milch und Joghurt auf. Vilma öffnete den Vorratsschrank und holte eine Packung bunte Frühstücksflocken heraus.

Ausnahmsweise kochte Henrik sich zwei Eier, und während der achtminütigen Kochzeit machte er Butterbrote für die Kinder und belegte sie nach ihren Wünschen. Felix gelang es, die Packung mit den Frühstücksflocken auf den Kopf zu stellen, wodurch er den Küchentisch in ein Büfett mit fruchtigen Getreideringen verwandelte.

Henrik seufzte. Es hatte keinen Sinn, den Staubsauger zu holen. Dann würde Emma aufwachen, und sie hatte wirklich verdient, ausnahmsweise länger zu schlafen. Aber dass die Küche wie ein Schlachtfeld aussah, ging auch nicht.

Er goss die Eier ab und ließ kaltes Wasser darüber laufen. Dann machte er sich daran, die Getreideringe vom Fußboden aufzusammeln. Versehentlich zertrat er einige, die unter dem Tisch lagen. Die kleinen Stücke blieben im Strohteppich hängen. Er hasste Krümel. Für ihn war es eine Todsünde, Krümel auf dem Tisch liegen zu lassen. Sauber sollte es sein. Der Tisch sollte gewischt werden und danach möglichst glänzen.

Er sah aus dem Fenster. Heute würde er versuchen, sich Zeit für eine Laufrunde zu nehmen. Wenn er den Kindern Frühstück machte, sie anzog und ihnen die Zähne putzte, würde Emma ihm sicher eine halbe Stunde für seinen Sport lassen. Außerdem sorgte er gerade dafür, dass sie ausschlafen konnte. Deshalb müsste er eigentlich bei ihr etwas guthaben.

Felix ließ mehrere Getreideringe auf den Boden fallen, wobei ihn Vilmas fröhliches Lachen ermutigte. Er fegte einen grünen und einen orangefarbenen Ring vom Tisch und schoss mit dem Zeigefinger einen Getreidering in die Luft, der auf der Topfpflanze landete. Vilma lachte laut.

»Schluss. Jetzt reicht es«, sagte Henrik.

»Okay«, sagte Vilma.

»Okay«, sagte Felix.

»Mach mich nicht nach«, sagte Vilma.

»Mach mich nicht nach«, sagte Felix.

»Du bist blöd.«

»Selber blöd.«

»Hört auf«, sagte Henrik.

»Er hat angefangen«, sagte Vilma.

»Sie hat angefangen«, sagte Felix.

»Dann hör doch auf.«

»Hör selber auf.«

»Lass das!«

»Lass das!«

»Okay, jetzt reicht es wirklich!«

Gerade als Henrik die Eier aus dem Wasser nehmen wollte, hörte er sein Handy klingeln.

»Guten Morgen, tut mir leid, dass ich dich so früh anrufe«, sagte Gunnar Öhrn mit klarer Stimme.

»Kein Problem«, behauptete Henrik.

»Wir haben eben einen Anruf von einem Zeugen bekommen, der Juhlén ein paar Tage vor seinem Tod im Hafen gesehen haben will. Wir sollten das prüfen. Kannst du herkommen?«

»Kann Mia das nicht übernehmen?«

»Ich erwische sie nicht, sie geht nicht ans Telefon.«

Henrik sah zu Felix und Vilma. Er seufzte.

»Ich komme.«

Das Brot war schimmelig. Mia Bolander musterte die grünen Pilze, die Fäden über die Brotscheibe zogen. Sie warf die ganze Tüte in den Müll und dachte über ein alternatives Frühstück nach. Der Kühlschrank hatte nichts anzubieten, auch nicht das Gefrierfach. Die Vorratskammer war gähnend leer – bis auf eine Packung Fusilli. Sie zog einen Kochtopf aus dem Schrank, füllte ihn mit einem Liter Wasser und warf ein paar Handvoll von den Spiralnudeln hinein. Zwölf Minuten Kochzeit. Viel zu lang, dachte sie und drehte den Timer auf zehn Minuten.

Sie ging ins Wohnzimmer und warf sich aufs Sofa. Mit der Fernbedienung in der Hand zappte sie zwischen den Fernsehsendern hin und her. Es liefen hauptsächlich Wiederholungen. *Gartenmittwoch, Ein Jahr in der Wildnis, Spin City* und *Achtung, Zoll! Willkommen in Australien*.

Scheißprogramm.

Mia seufzte und legte die Fernbedienung aus der Hand. Wenn sie doch nur ein Abo für einen Spielfilmsender hätte! Oder gleich für mehrere. Aber dann hätte sie auch einen neuen Fernseher gebraucht. Mit einer wirklich guten Bildauflösung. Einen Plasmafernseher. Oder einen mit LCD. Und 3D. Als Henrik sich einen 50-Zoll-Flachbildfernseher gekauft hatte, war sie grün vor Neid geworden. Ihre Freundin hatte auch so ein großes plattes Teil erstanden. Alle hatten so was. Alle außer ihr.

Wegen des Schmuddelwetters wurde es gar nicht richtig hell, obwohl es noch mehrere Stunden bis zur Dämmerung waren.

Um vier Uhr morgens war sie nach Hause gekommen und voll angezogen eingeschlafen. Als sie aufwachte, hielt sie ihr Handy in der Hand. Der Akku hatte keinen Saft mehr. Es war mit anderen Worten ein guter Abend gewesen, einer der besten seit Langem. Sie hatte einen Mann kennengelernt, der nicht nur nett, sondern auch großzügig gewesen war. Dennoch hatte sie abgelehnt, als er sie gefragt hatte, ob sie mit zu ihm kommen wolle. Jetzt bereute sie es. Bei ihm hätte sie sicher ein richtiges Frühstück mit frisch gepresstem Orangensaft bekommen. Danach hätten sie eng umschlungen vor seinem großen Flachbildfernseher liegen können. Denn er hatte bestimmt einen. Alles wäre besser gewesen, als mutterseelenallein dazusitzen und in einen klobigen alten Kasten zu starren.

Sie erwog, ins Einkaufszentrum in Ingelsta zu fahren und sich einen Überblick über die Preise für einen neuen schicken modernen Fernseher zu verschaffen.

Zwei Kronen hatte sie auf dem Konto. Immerhin war sie im Plus. Und sie musste sich ja heute keinen kaufen. Sie konnte sich einfach mal das Angebot ansehen.

Der Timer surrte. Mia ging in die Küche, um die Nudeln abzugießen.

Ich werde nur ein bisschen gucken, dachte sie.

Nur gucken.

Nichts kaufen.

Jana Berzelius duschte ausgiebig und ließ das heiße Wasser so lange laufen, bis sich die letzte Anspannung gelöst hatte.

Sie war fünfzehn Kilometer gelaufen. Schnell, viel zu schnell. Als hätte sie versucht, vor den Ereignissen davonzulaufen. Aber es ging nicht. Das Bild von dem toten Mann kehrte die ganze Zeit zurück. Auf dem letzten Kilometer hatte sie ihr Tempo so erhöht, dass sie Nasenbluten bekommen hatte. Während das Blut auf ihre Windjacke tropfte, war sie die letzten hundert Meter gesprintet. In der Wohnung hatte sie sich auf merkwürdige Art stark gefühlt, und es war ihr gelungen, sich an der Klimmzugstange dreiundzwanzig Mal hochzuhieven. Das hatte sie bisher noch nie geschafft.

Jetzt stand sie unter der Dusche und dachte über Thomas Rydberg nach. Was an den Zeichenkombinationen hatte ihn so aus der Fassung gebracht? Irgendetwas musste in ihm Panik ausgelöst haben.

Während die heißen Strahlen den Schaum wegspülten, erinnerte sie sich an ihren plötzlichen Angriff auf Rydberg

. Wie kalt und instinktiv sie reagiert hatte. Die Schläge waren wie auf Bestellung gekommen. Von innen. Als hätte sie sie eingeübt. Sie hatte perfekt getroffen, und noch seltsamer war, dass die Gewalt bei ihr Wohlbefinden ausgelöst hatte.

Wer bin ich?, fragte sie sich.

Karl Berzelius stand am Fenster seines Arbeitszimmers. Er hielt sein Telefon in der Hand. Das Display war längst wieder erloschen. Und die Stimme am anderen Ende war verstummt.

Er hatte das weiße Hemd bis zum Hals zugeknöpft und in die perfekt gebügelte schwarze Hose gesteckt. Das dichte graue Haar trug er zurückgekämmt.

Die Sonnenstrahlen waren durch die schweren Wolken gedrungen. Wie bei Scheinwerfern auf einer Bühne konzentrierte sich das Licht auf einen einzigen Punkt: einen Baum mit knospenden Blättern. Doch Karl sah die Sonne nicht. Er sah den Baum nicht. Er schloss die Augen. Als er sie wieder öffnete, war das Licht verschwunden. Nur das Grau war geblieben.

Er wollte sich bewegen, aber er war nicht dazu in der Lage. Wie festgefroren stand er auf dem Parkettboden, gefangen in seinen eigenen Gedanken. Er dachte an sein Telefonat mit dem leitenden Staatsanwalt Torsten Granath.

»Es ist ein komplizierter Fall«, hatte Torsten gesagt, während im Hintergrund Fahrgeräusche zu hören gewesen waren.

»Ich verstehe«, hatte Karl geantwortet.

»Sie schafft das schon.«

»Warum sollte sie es denn nicht schaffen?«

»Die ganze Sache hat eine neue Wendung genommen.«

»Und zwar?«

»Der Junge …«

»Davon habe ich gelesen, ja. Weiter?«

»Hat Jana davon erzählt?«

»Sie informiert mich nicht über so etwas, das weißt du.«

»Ich weiß.«

Torsten erzählte ausführlich, wo der tote Junge aufgefunden worden war. Von dem seltsam abgewinkelten Arm, der Pistole und von dem, was im Polizeibericht stand.

Nach einer Pause von dreißig Sekunden klang seine Stimme besorgt. Das Fahrgeräusch war stärker geworden, und Karl musste sich konzentrieren, um alles zu verstehen.

»Das Merkwürdige ist, dass alles gegen den Jungen spricht.«

Karl hatte sich an der Stirn gekratzt und den Hörer noch fester ans Ohr gedrückt.

»Es sieht so aus, als wäre er der Täter, als hätte er Hans Juhlén umgebracht.«

»Was behauptest du da?«, fragte Karl.

»Ich behaupte gar nichts. Aber noch merkwürdiger an diesem Jungen ist, dass Buchstaben in seinen Nacken eingeritzt sind. Es ist ein Name, der Name eines Gottes, eines Todesgottes.«

Karls Herz begann zu pochen Das Atmen fiel ihm schwer. Der Boden schaukelte unter seinen Füßen. Torstens Worte hallten wie ein Ruf in einem einsamen Tunnel wider.

Ein Name.

Im Nacken.

Er öffnete den Mund, erkannte aber seine eigene Stimme nicht. Sie war fremd, abwesend, kalt.

»Im Nacken …«

Dann verstummte er. Ehe Torsten noch irgendetwas sagen konnte, hatte Karl das Gespräch beendet. Er hatte noch nie ein Gespräch mittendrin unterbrochen. Aber er hatte auch noch nie dieses Gefühl gehabt, gleich zu ersticken.

Ich brauche Luft, dachte er und riss den obersten Knopf seines Hemdes auf. Der Stoff knisterte, während er sich mit dem zweiten Knopf abmühte. Dabei zog und zerrte er so fest an seinem Hemd, dass sich der Knopf löste und auf den Boden fiel. Er atmete tief durch, als hätte er längere Zeit die Luft angehalten.

Die Gedanken wirbelten in seinem Kopf herum. Er sah einen Nacken vor sich, mit heller Haut und schwarzen Haarsträhnen, die Wirbel bildeten. Er sah Buchstaben, rosarote deformierte Buchstaben. Aber er sah nicht das Bild eines Jungen vor sich, sondern das eines Mädchens.

Das Bild seiner Tochter.

Sie war neun Jahre alt gewesen, erst vor Kurzem zu ihnen gekommen und war furchtbar anstrengend. Nachts hatte sie nicht geschlafen, und beim Frühstück hatte sie von ihren Albträumen und ihren kranken Fantasien erzählt. Er hatte einfach nichts damit zu tun haben wollen, und eines Morgens hatte es ihm gereicht. Er packte sie an ihren dünnen Armen und verlangte, dass sie den Mund hielt. Sie verstummte. Dann umfasste er ihren Nacken und schob sie in ihr Zimmer. Als er die unregelmäßige Haut spürte, strich er ihre Haare zur Seite. Den Anblick der drei Buchstaben würde er nie vergessen. Er hatte geschluckt. Übelkeit war in ihm aufgestiegen.

Genauso plötzlich wie jetzt.

Karl schloss die Augen.

Er hatte darauf bestanden, dass sie das Hässliche wegmachen ließ. Er hatte Kliniken und Tätowierer besucht und die Auskunft erhalten, dass es problematisch sei, eine Tätowierung entfernen zu lassen. Man könne nicht im Voraus sagen, wie viele Sitzungen nötig seien. Alle wollten die Tätowierung zuerst sehen. Karl hatte sich nicht getraut zu sagen, dass es sich um eine Hautritzung handelte. Und noch weniger wagte er, jemandem den Nacken seiner Tochter zu zeigen. Was sollten die Leute denn denken?

Er öffnete die Augen. Der Blick war vernebelt.

Letzlich hatte er die Buchstaben nicht entfernen lassen. Mit harter Stimme hatte er ihr gesagt, dass sie sie niemals jemandem zeigen dürfe, und Margaretha befohlen, Pflaster und Rollkragenpullover zu kaufen. Das Haar sollte sie offen tragen, nicht hochgesteckt. Danach hatten sie nicht mehr darüber geredet. Alles war geklärt. Und so sollte es bleiben.

Jetzt war plötzlich ein Junge mit einer ähnlichen Hautritzung im Nacken aufgetaucht.

Karl konnte es nicht verstehen. Und er wollte es auch nicht verstehen. Warum gab es zwischen zwei Menschen eine solche Gemeinsamkeit? Sollte er etwas zu Jana sagen? Und was? Die Sache zwischen ihnen war ja längst geklärt. Ad acta gelegt. Es gab nichts mehr hinzuzufügen. Das war jetzt ihre Angelegenheit. Nicht seine.

Karls Herz pochte laut.

Das Telefon in seiner Hand vibrierte und zeigte auf dem Display Torstens Namen an. Er antwortete nicht, sondern umklammerte das Gerät und ließ es klingeln.

Nils Storhed stand auf der Hafenbrücke und hielt seine Phalène-Hündin auf dem Arm. Für Henrik Levin, der zusammen mit Gunnar Öhrn auf ihn zuging, sah er mit seiner karierten Wollmütze, seinen Schnürschuhen und seinem dunkelgrünen Mantel aus, als käme er direkt aus Schottland.

»Er sieht aus wie ein Schotte«, sagte Gunnar in diesem Moment.

»Das habe ich auch gerade gedacht«, meinte Henrik und lächelte.

Die Hafenbrücke war eine schwere Betonkonstruktion, die die Jungfrugatan über den Fluss hinweg mit der Östra Promenaden verband. Auf der Brücke herrschte ständig dichter Verkehr, und auch an diesem Tag bildeten sich lange Autoschlangen von Wochenendfahrern. Der Verkehrslärm mischte sich mit Möwengeschrei.

Nils Storhed lehnte sich an das Geländer. Hinter ihm lagen das ovale Gebäude des Ruderclubs und die Stadt, die von Menschen nur so wimmelte. Vor ihm lag der Hafen, und links von ihm ragte das große Heizkraftwerk in den grauen Himmel.

Der Hund in seinen Armen hechelte, und der Kragen seines Herrchens war weiß von seinem Winterfell.

»Ist der Hund müde?«, fragte Gunnar, nachdem sie sich vorgestellt hatten.

»Nein, sie friert. Im Vorfrühling wird es ihr schnell ein bisschen kalt an den Pfoten«, sagte Nils Storhed.

Weder Henrik noch Gunnar schafften, etwas zu sagen, bevor Storhed weitersprach.

»Übrigens möchte ich mich entschuldigen. Ich weiß, dass ich Sie schon früher hätte anrufen sollen.«

»Na ja, das …«, setzte Gunnar an.

»Ich habe nicht geglaubt, dass das so wichtig wäre, aber inzwischen ist mir das klar geworden, und ja, meine Frau hat mir die ganze Woche in den Ohren gelegen, dass ich mich bei Ihnen melden soll, doch es standen Logentreffen und Abendessen auf dem Programm und dann noch Boulespielen, und ich hab es einfach vergessen. Aber heute früh habe ich mich am Riemen gerissen. Und außerdem will ich mir nicht ständig das Gequengel meiner Frau anhören, wenn Sie verstehen, was ich meine«, sagte Storhed und zwinkerte.

»Okay, dann …«, fing Gunnar wieder an.

»Genau, und deshalb habe ich bei Ihnen angerufen und erzählt, was passiert ist.«

»Sie haben also Hans Juhlén gesehen?«, fragte Gunnar.

»Höchstpersönlich.«

»Und wo haben Sie ihn gesehen?«, erkundigte sich Henrik.

»Dort drüben.« Nils Storhed deutete auf das Hafengelände.

»Im Hafen. Da haben Sie ihn gesehen?«

»Ja, und zwar am Donnerstag vor einer Woche.«

»Und Sie sind sich ganz sicher, dass es Juhlén war?«, fragte Gunnar.

»Ja, vollkommen sicher. Ich habe doch seine Eltern noch gekannt. Sein Vater und ich sind in dieselbe Klasse gegangen. Das waren noch Zeiten, sag ich Ihnen.«

»Gut. Können Sie uns denn die genaue Stelle zeigen, wo Sie ihn gesehen haben?«, hakte Gunnar nach.

»Natürlich. Folgen Sie mir, meine Herren.«

Nils Storhed stellte den Hund auf den Boden. Als er den Mantel abklopfte, wirbelten Hundehaare um ihn herum.

Henrik hielt die Luft an. Er wollte nicht riskieren, Haare in den Mund zu bekommen.

Er und Gunnar gingen mit Storhed über die Brücke zum Hafenparkplatz.

»Es ist so schwer zu begreifen, dass er tot ist. Ich meine, wer tut jemandem etwas so Böses an?«, meinte Storhed.

»Genau das versuchen wir herauszufinden«, sagte Gunnar.

»Das ist gut. Wirklich gut. Ja, ich hoffe, ich kann Ihnen dabei irgendwie behilflich sein.«

Langsam ging er über den Parkplatz, führte sie zum gelben Hauptgebäude und blieb vor der verschlossenen Eingangstür stehen.

»Hier ist er entlanggegangen. Er war allein. Und wütend.«

»Wütend?«

»Ja, er sah sehr wütend aus. Seine Schritte wirkten entschlossen.«

Gunnar und Henrik wechselten Blicke.

»Sie haben aber sonst niemanden in der Nähe gesehen?«

»Nein.«

»Haben Sie irgendwelche Geräusche gehört? Stimmen?«

»Nein, zumindest kann ich mich nicht daran erinnern.«

»Hielt er irgendetwas in den Händen?«

»Nein, das glaube ich nicht, nein.«

Henrik sah an dem Gebäude hoch und betrachtete die dunklen Bürofenster.

»Um wie viel Uhr war das?«

»Na ja, also, es war mitten am Tag. Gegen drei Uhr, würde ich tippen. Da gehen wir immer Gassi.«

Storhed sah seinen Hund an und lächelte.

»Das machen wir so, nicht wahr, meine Kleine? Ja, ja. Das machen wir. Ganz genau.«

Gunnar steckte seine Hände in die Taschen und zog die Schultern hoch.

»Wissen Sie, ob er sein Auto hier abgestellt hatte?«

»Keine Ahnung.«

»Wir müssen versuchen, jemanden von der Hafenverwaltung zu erreichen.«

Henrik rief in der Telefonzentrale der Polizei an und bat die Kollegin, sofort eine Verbindung zum Geschäftsführer des Norrköpinger Hafens herzustellen.

»Wollen wir uns so lange etwas umschauen?«, fragte Gunnar und machte eine Kopfbewegung zu den Hallen, die ein Stück entfernt lagen.

Henrik nickte zur Antwort, und Gunnar bedankte sich bei Nils Storhed für seine wichtigen Auskünfte.

Storhed lupfte seine Mütze.

»Nichts zu danken. Ich nehme an, Sie haben nichts dagegen, wenn ich Sie begleite? Ich weiß nämlich viel über den Hafen.«

Sofort begann Nils Storhed zu erzählen, wie es früher am Kai ausgesehen hatte. Während sie weitergingen, hielt er eine monotone Vorlesung über Oberflächenbeläge, wettergeschützte Lagerhallen und die Flexibilität des Kranbestandes. Als er anfing, über den Eisenbahnanschluss des Terminals zu predigen, unterbrach Gunnar ihn freundlich, aber nachdrücklich:

»Er ist hier entlanggegangen, haben Sie gesagt?«

»Ja, er ist von hier gekommen.«

Storhed zeigte auf die Lagerhallen, denen sie sich näherten.

»Dann war er vielleicht gar nicht bei der Hafenverwaltung?«

»Das weiß ich nicht. Ich habe ja nur gesagt, dass ich ihn dort gesehen habe, und nicht, dass er dort drinnen gewesen ist.«

Henriks Handy klingelte. Es war die Frau aus der Telefonzentrale, die ihm mitteilte, dass sie den Geschäftsführer leider nicht erreicht habe. Sie schlug vor, die Nummer des Bereitschaftsdienstes herauszusuchen, und Henrik gab ihr grünes Licht.

Gunnar ging voran und nahm neugierig die Hallen in Augenschein. Henrik folgte ihm, und das Schlusslicht bildete Storhed mit seinem hechelnden Hund, den er an der Leine hinter sich herzog.

Gunnar entdeckte einen beleuchteten Baucontainer, der ein Stück entfernt stand, und hielt darauf zu. Er öffnete die Tür und warf einen Blick hinein. Tisch, Klappstühle, Kaffeemaschine, Schränke und ein Flickenteppich. Die Glühbirne an der Decke brannte, und aus dem Radio waren die Frühnachrichten zu hören.

Henrik, der am Kai stehen geblieben war, sah sich dort um. Sein Blick blieb an den Containern im Depot hängen.

»Unglaublich, dass diese Dinger rund um die Welt transportiert werden«, sagte Storhed. »Man kann alles darin verstauen. Eisenerz, Kies, Müll, Spielsachen …«

Gunnar schloss die Tür des Baucontainers und stellte fest, dass das Tor zur Lagerhalle einen Spaltbreit offen stand. Während er hinüberging, drehte er sich zum Kai um, wo Storhed mit Henrik stand und wild herumgestikulierte. Er versuchte, Blickkontakt mit Henrik herzustellen, doch es hatte keinen Sinn. Seine Aufmerksamkeit galt Storhed, der mit seiner Aufzählung fortfuhr:

»… und Maschinen, Holz, Autos, Kleidung …«

Gunnar schob das Tor auf und betrat die Lagerhalle. Neonröhren, Stahlwände, hinten Regale und Schränke, auf der einen Seite Hebezeuge und Trucks, und auf dem Boden lag … ein Mann.

Noch immer stand Henrik mit Storhed am Kai. Ihm war die Situation unangenehm, und er dachte darüber nach, wie er den redseligen Mann loswerden konnte, ohne unhöflich zu sein. Ihn zu unterbrechen war so gut wie unmöglich.

»… Holzhackschnitzel, Bücher, Möbel …«, sagte Storhed gerade und zählte jedes Wort, das aus seinem Mund kam, an den Fingern ab. »… Schuhe, Gemälde, Glas …«

Als wären Henriks Stoßgebete erhört worden, klingelte erneut sein Handy. Entschuldigend hob er die Hand. Die Frau in der Telefonzentrale hatte die Nummer des Bereitschaftsdienstes herausgesucht und stellte ihn durch. Während er darauf wartete, dass jemand abhob, entfernte er sich von Storhed und ging zum Baucontainer hinüber, wo Gunnar eben noch gestanden hatte. Er warf einen Blick hinein, doch sein Chef war nicht zu sehen. Aus seinem Handy drang in regelmäßigen Abständen der schrille Klang des Freitons.

Plötzlich hörte er Gunnar schreien:

»Henrik! Komm her!«

Immer noch das Handy am Ohr, rannte Henrik in die Halle, von wo Gunnars Ruf gekommen war. Er fand seinen Chef, der sich hingehockt hatte. Vor ihm lag ein Mann.

Er war tot.

»Ruf die Kriminaltechnik an!«

Und Henrik kontaktierte sogleich die Telefonzentrale.

Jana Berzelius fühlte sich wieder sauber.

Sie machte sich eine Tasse Kaffee, kochte Porridge und presste sich ein Glas Orangensaft. Sie brauchte fünfzehn Minuten, um zu frühstücken. Zerstreut blätterte sie in der Zeitung, ehe sie in ihr Arbeitszimmer ging. Dort fuhr sie den Computer hoch und schloss ihre heimliche Kammer auf. In einer Schublade hatte sie Thomas Rydbergs Handy und die SIM-Karte versteckt. Sie wusste, dass sie beides wegwerfen sollte. Und zwar sofort. In der Schublade lag auch der Parkschein mit den Nummern, die sie in seinem Handy gefunden hatte. Sie nahm den Zettel heraus und setzte sich vor ihren Computer.

Mit flinken Fingern tippte sie die erste Telefonnummer in die Suchmaske. Sie landete auf der Website einer Firma für Autoersatzteile. Die Suche nach der zweiten Nummer brachte sie auf die Homepage eines Lokals, wo man zu Mittag essen konnte. Als sie die dritte Nummer eingegeben hatte, stieß sie auf Informationen über eine Privatperson, die zugleich Betriebsinspektor im Hafen von Norrköping war. Die Suche nach Thomas Rydbergs Gesprächspartnern war wenig ergiebig.

Sie fingerte am Parkschein herum und dachte über die Abkürzungen nach, die in der einen SMS gestanden hatten.

»Lfg. Di., 1.«

So eine verschlüsselte Nachricht schrieb man nur, wenn man etwas zu verbergen hatte.

Die SMS war am 4. April verschickt worden und könnte für »Lieferung am Dienstag, 1.« stehen. Aber was sollte die Eins bedeuten? Eine Anzahl? Oder war ein Datum gemeint?

Jana sah in die rechte untere Ecke ihres Bildschirms. Heute war der 21. April. Noch zehn Tage bis zum 1. Mai. In die Internetsuchmaschine trug sie die Telefonnummer ein, an die die Nachricht gesendet worden war. In weniger als einer Sekunde hatte sie einen Treffer. Das Ergebnis verblüffte sie. Konnte das wirklich sein?

Sie las den Namen des Empfängers noch einmal.

Es war das Amt für Migration.

Schweigend saßen sie im Transporter. Sie wurden durchgeschüttelt, und es dröhnte in dem engen Innenraum. Das Mädchen hatte beide Hände seitlich an den Körper gelegt, um plötzliche Schlingerbewegungen abfangen zu können.

Hades saß neben ihr. Er wirkte angespannt und starrte geradeaus.

Sie waren lange unterwegs.

Fast war sie eingeschlafen, als der Wagen abbremste. Der Mann, der das Auto fuhr, sagte ihnen, dass sie sich beeilen sollten. Keine Zeit verlieren, nur den Auftrag ausführen und dann wieder herauskommen.

Die Frau, die ihnen gegenübersaß, fingerte an ihrer Kette herum. Eine Art dünne Goldkette, an der ein Namensanhänger befestigt war. Das Mädchen konnte seinen Blick nicht von der Kette abwenden. Die Frau drehte sie zwischen ihren Fingern, sie streichelte und liebkoste den schimmernden Schmuck. Das Mädchen versuchte, die Buchstaben zu erkennen. Ein M. Und ein A. Und noch ein M.

Das Auto hielt mit einem Ruck.

Im selben Moment sah sie den letzten Buchstaben und fügte alles zusammen: Mama.

Die Frau warf dem Mädchen einen irritierten Blick zu. Sie sagte nichts, aber das Mädchen verstand, dass es so weit war.

Sie sollten den Wagen verlassen.

Und ihren Auftrag ausführen.

Die blau-weißen Absperrbänder vibrierten im Wind. Die Absperrung des Hafengeländes führte dazu, dass sich neugierige Menschen versammelt hatten, um einen Blick auf das zu erhaschen, was sich im Bereich dahinter abspielte.

Anneli Lindgren war eingetroffen und arbeitete in der kühlen Halle. Gunnar Öhrn hatte zwei weitere Kriminaltechniker hergerufen, einen aus Linköping, die ebenfalls neben dem Toten hockten und seit zwei Stunden den Fundort untersuchten.

Gunnar und Henrik standen draußen und froren. Sie hatten keinen Gedanken daran verschwendet, eine Mütze mitzunehmen. Ursprünglich hatten sie ja nur mit einem Zeugen sprechen wollen.

»Wir sind fertig!«, rief Anneli schließlich und winkte sie in die Halle. »Soweit ich sehen kann, ist er hier am Fundort gestorben. Vor seinem Tod ist er massiver Gewalt ausgesetzt gewesen, und zwar am Hals und am Kopf. Ich übergebe hiermit an Björn Ahlmann.«

Sie zog sich die Handschuhe aus und warf Gunnar einen resignierten Blick zu.

»Das ist jetzt das dritte Opfer«, sagte sie.

»Ich weiß. Ich *weiß*. Gibt es irgendwelche Gemeinsamkeiten?«, fragte er.

»Nein. Hans Juhlén und der Junge wurden erschossen. Aber mit verschiedenen Waffen. Dieser Mann ist infolge schwerer Körperverletzung gestorben. Ein gezielter Schlag gegen die Schläfe. Ich sehe die Andeutung eines Hämatoms am Hals.«

»Blutergüsse hatte der Junge doch auch.«

»Ja, aber abgesehen davon gibt es keinerlei Ähnlichkeiten. Leider.«

Anneli zog die Kamera heraus.

»Ich werde noch ein paar Tatortfotos schießen«, sagte sie.

Henrik nahm den Mann auf dem Boden genauer in Augenschein. Unter der grauen Mütze war dunkles Haar zu erahnen. Das Gesicht war voller Falten.

»Ich schätze ihn auf ungefähr sechzig«, sagte er an Gunnar gewandt, der zustimmend nickte.

»Wir haben den Personalchef gebeten, aufs Revier zu kommen und den Toten anhand eines Fotos zu identifizieren«, sagte Gunnar.

»Wann kommt er?«, fragte Henrik.

»Gegen vier.«

»Heute noch?«

»Ja. Danach ist Besprechung. Ich muss nur noch Ola erwischen. Und Mia. Die scheint ja nie ans Telefon zu gehen.«

Henrik ließ die Schultern hängen.

Der Samstagabend war gelaufen.

12 990 Kronen. Auf Kredit. Keine Zinsen, keine festen Ratenzahlungen in den ersten sechs Monaten. Perfekt.

Mia Bolander faltete die Quittung zusammen und lächelte den Verkäufer an, der sich bei ihr für den Kauf bedankte. Sie schleppte ihren 50-Zoll-Fernseher mit 3D-Technik aus dem Laden. Im Preis war ein Digitalfernsehpaket enthalten. Allein das hätte sonst 99 Kronen pro Monat gekostet. Dass eine Kartengebühr hinzukam, hatte sie ebenso wenig gekümmert wie die Tatsache, dass die Mindestlaufzeit des Vertrags vierundzwanzig Monate betrug. Das war es wert. Endlich hatte sie einen Spitzenfernseher und obendrein alle Spielfilmsender.

Der Karton passte gerade so in ihren weinroten Fiat Punto – wenn sie die Heckklappe offen ließ.

Auf dem Heimweg dachte sie darüber nach, ob sie ihre Freunde spontan zu einem Filmabend einladen sollte, um den Kauf des neuen Geräts zu feiern. Wenn sie sie einlud, konnte sie die Freunde vielleicht dazu motivieren, etwas zu trinken und zu essen mitzubringen. Sie suchte in der Jackentasche nach ihrem Handy, fand es aber nicht. Die andere Tasche war ebenfalls leer.

Zurück in der Wohnung, entdeckte sie ihr Handy unter einem der Kissen in ihrem zerwühlten Bett. Sie holte ihr Ladekabel und tippte den PIN-Code ein, sobald sie ihr Telefon angeschlossen hatte. Noch bevor sie die Nummer ihrer Freundin wählen konnte, vibrierte das Gerät in ihrer Hand.

Es war Gunnar Öhrn.

»Mia kommt bald«, sagte Gunnar und betrachtete die kleine Runde, die vor ihm am Konferenztisch Platz genommen hatte.

Henriks Miene war düster. Der neue Leichenfund hatte ihn sichtlich mitgenommen.

Anneli sah müde aus.

Ola hingegen wirkte übertrieben munter und trommelte leicht mit dem Stift auf die Tischplatte.

Die Einzige, die so aussah wie immer, war Jana Berzelius. Sie saß mit ihrem Collegeblock und ihrem Stift startbereit da. Mit geradem Rücken und wachen Augen. Ihre Haare waren frisch geföhnt, und sie trug sie offen, wie immer.

Gunnar eröffnete die Sitzung, indem er alle um Entschuldigung bat, dass er sie an diesem Samstagnachmittag habe herholen müssen.

»Mia ist wie gesagt noch unterwegs, aber wir fangen schon mal an. Der Grund für unsere Besprechung ist Thomas Rydberg, der heute früh um 8.30 Uhr im Hafen ermordet aufgefunden wurde.«

Er machte eine Pause, doch niemand stellte eine Frage.

»Thomas Rydberg ist der dritte Tote innerhalb einer Woche.«

Gunnar ging zur Tafel, an der die Fotos der Opfer hingen, und zeigte auf eines.

»Wir haben Hans Juhlén, der am 15. April in seinem Haus erschossen wurde. Keine Spuren von einem möglichen Einbruch. Keine Zeugen. Aber auf einer Überwachungskamera haben wir diesen Jungen entdeckt …«

Gunnar ließ seinen Finger von Juhléns Porträtfoto zu einem vergrößerten Standbild aus der Überwachungskamera wandern.

»… der am 18. April, also am Mittwoch, tot in Viddviken aufgefunden wurde – ebenfalls erschossen, aber mit einer anderen Waffe. Alles deutet darauf hin, dass er der Mörder von Hans Juhlén war. Warum, wissen wir nicht.«

Gunnar zeigte auf ein weiteres Foto.

»Heute wurde Thomas Rydberg tot aufgefunden. Inzwischen wurde er vom Personalchef des Hafenbetriebs identifiziert. Einundsechzig Jahre, verheiratet, zwei erwachsene Kinder, die bereits außer Haus sind. Wohnhaft in Svärtinge und hat sein Leben lang im Hafen gearbeitet. Leicht aufbrausend, wurde in jungen Jahren wegen schwerer Körperverletzung und widerrechtlicher Drohungen verurteilt. Seit mehreren Jahren überzeugter Antialkoholiker. Laut den Kollegen von der Kriminaltechnik ist er lebensgefährlich verletzt worden. Der Tod muss gestern Nachmittag oder Abend eingetreten sein.«

»Aber woher wissen wir, dass dieser Mord etwas mit den anderen beiden zu tun hat?«, fragte Ola.

»Das wissen wir natürlich nicht«, sagte Gunnar. »Zum jetzigen Zeitpunkt wissen wir sehr wenig. Aber der Mord ist nun mal auf unserem Schreibtisch gelandet. Die einzige Verbindung, die wir momentan haben, ist die Tatsache, dass sich Hans Juhlén wenige Tage, bevor er ermordet wurde, auf dem Hafengelände aufgehalten hat.«

Gunnar sah sein Team mit ernstem Blick an.

»Wir haben noch einiges zu tun, gelinde gesagt. Der Junge ist nach wie vor nicht identifiziert, und niemand vermisst ihn. Wir haben das Amt für Migration gefragt, wir haben die Asylbewerberheime überprüft und mit allen Schulen gesprochen, die infrage kommen, doch niemand weiß, wer er ist. Es ist auch keine Vermisstenanzeige eingegangen. Deshalb denke ich, dass wir über die Landesgrenzen hinaus suchen müssen.«

Anneli nickte.

»Wie Gunnar schon gesagt hat, gibt es keine Übereinstimmungen zwischen den Morden«, sagte sie. »Die Vorgehensweisen sind völlig verschieden.«

»Also mehrere Täter«, präzisierte Henrik.

»Ja.«

»Wenn der Junge Hans Juhlén getötet hat, laufen noch immer ein oder zwei Täter dort draußen frei herum. Und die Uhr tickt weiter«, sagte Gunnar.

Jana schluckte und sah auf den Tisch.

»Die Frage ist, ob der Mord an Juhlén nicht doch etwas mit den Drohbriefen zu tun hat und mit dem, was wir von Yusef Abrham erfahren haben«, sagte Gunnar. »Was für eine Verbindung kann es zwischen Yusef und dem Jungen mit dem eingeritzten Namen Thanatos geben?«

»Meinst du, der Junge hat den Mord im Auftrag von Yusef ausgeführt?«, fragte Henrik.

»Das wäre zumindest eine denkbare Hypothese. Eine mögliche Verbindung zwischen dem Jungen und Thomas Rydberg sind Drogen. Ein schwaches Bindeglied, ich weiß, aber immerhin.«

»Wir haben in der Lagerhalle am Hafen nämlich Drogen gefunden«, erklärte Anneli. »Fünf Tüten mit weißem Pulver in einem Fach unter einem Schrank. Es könnte auch eine Art Abrechnung im Drogenmilieu gewesen sein.«

»Heroin?«, erkundigte sich Ola.

»Ja, und wir haben die Tüten zur Analyse ins Labor geschickt«, sagte Gunnar.

»Dieser Thanatos stand doch unter massivem Heroineinfluss«, meinte Ola.

»Aber welche Rolle spielt Juhlén in der ganzen Geschichte? Hat er als Abteilungsleiter im Amt für Migration nebenbei mit Drogen gehandelt?«, warf Anneli ein.

Murmeln war zu hören.

»Also«, unterbrach Gunnar seine Kollegen. »Mir ist bewusst, dass es für euch alle anstrengende Tage waren, und es steht uns noch viel Arbeit bevor. Ich arbeite seit Jahren mit euch zusammen, und ich weiß, wie leistungsfähig ihr seid. Mir ist es wichtig, dass wir die Verbindung zwischen den Opfern finden. Dabei denke ich in erster Linie an Hans Juhlén und Thomas Rydberg. Sind sie in derselben Stadt geboren? Haben sie dieselbe Schule besucht? Wir müssen Verwandte und Freunde überprüfen, einfach alles.«

Gunnar schrieb mögliche Verbindungen aufs Whiteboard.

»Außerdem müssen wir zu allen bekannten Heroinsüchtigen in der Stadt Kontakt aufnehmen. Unterhaltet euch mit allen Informanten. Nehmt euch alle Dealer und auch V-Leute vor.«

Er schrieb mit großen Buchstaben das Wort »Heroin«.

»Ola, hier ist noch die Nummer von Thomas Rydbergs Handy.«

Gunnar schob Ola über den Tisch einen Zettel hin.

»Besorg mir bitte eine Liste von allen eingegangenen Telefonaten und gewählten Rufnummern. Und versuch herauszufinden, ob Rydberg einen Computer hatte.«

Gunnar notierte das Wort »Gesprächslisten« und unterstrich es mehrmals.

Jana Berzelius erstarrte. Sie dachte an das Handy, das in ihrer Wohnung lag.

»Haben Sie sonst irgendwas Bemerkenswertes am Tatort gefunden?«, fragte sie rasch.

»Nein, nur das Heroin«, antwortete Anneli.

»Sonst nichts?«

»Nein, keine Spuren, keine Abdrücke.«

»Überwachungskamera?«

»Nein, es gab keine.«

Im Stillen seufzte Jana erleichtert auf.

»Hoffen wir, dass ein Zeuge etwas gesehen hat«, sagte Gunnar. »Das Heroin muss auch noch rückverfolgt werden. Henrik?«

»Ja, das kann ich übernehmen«, antwortete Henrik.

»Gut.«

Die Besprechung dauerte dreißig Minuten. Anschließend zog Jana ihren Kalender aus der Tasche und blätterte darin, bis das Team den Konferenzraum verlassen hatte. Als sie allein im Zimmer war, ging sie nach vorn und blieb vor den Fotos der Opfer stehen. Sie studierte sie genau. Ihr

Blick blieb am Jungen hängen. Sein Hals wies blaue Stellen auf. Als Folge extremer Gewalt.

Sie ertappte sich dabei, wie sie unbewusst die Hand um ihren Hals legte. Ihr kam es so vor, als spüre sie dort einen harten Druck. Er kam ihr irgendwie bekannt vor.

»Haben Sie eine Idee?«

Sie zuckte zusammen, als sie die Stimme von Ola Söderström hörte, der den Raum betrat.

»Ich habe meine Notizen vergessen«, erklärte er und nahm sich einen Papierstapel, der auf dem Tisch liegen geblieben war. Dann stellte er sich neben sie.

»Kommt mir alles ein bisschen überstürzt vor.«

Ola Söderström machte eine Kopfbewegung in Richtung der Bilder.

»Ich meine, wir haben keinen wirklichen Anhaltspunkt. Diese Drogenspur kommt mir eher wie ein Notnagel vor.«

Jana nickte.

Ola Söderström sah in seine Notizen.

»Und diese Buchstaben und Ziffern«, fuhr er fort. »Ich werde daraus einfach nicht schlau.«

Jana antwortete nicht. Sie schluckte.

»Haben Sie eine Ahnung, was sie bedeuten könnten?«

Er hielt den Zettel mit den Zeichenkombinationen hoch.

Sie überflog die Ziffern und Buchstaben. Stand da und blinzelte und tat so, als würde sie nachdenken.

»Nein«, log sie.

»Aber irgendwas müssen sie ja bedeuten«, sagte Ola Söderström und rollte seine Blätter zusammen.

»Ja.«

»Sie müssen einen Zweck haben.«

»Ja.«

»Aber ich kann sie nicht deuten.«

»Nein.«

»Oder ich deute sie falsch.«

»Vielleicht.«

»Irgendwie frustrierend.«

»Verstehe ich gut.«

Jana ging zum Tisch, nahm ihre Aktentasche und ihren Kalender und ging zur Tür.

»Ist schon besser als Staatsanwältin, oder? Da muss man wenigstens nicht solche Rätsel lösen«, meinte Ola Söderström.

»Man sieht sich«, sagte sie und verließ den Raum.

Draußen verfiel sie in einen leichten Laufschritt, wobei sie auf den Fußspitzen ging, um mit ihren Absätzen keinen Lärm auf dem harten Boden zu erzeugen. Sie wollte möglichst schnell weg aus dem Polizeirevier. Hier fühlte sie sich unwohl. Und es war ihr auch unangenehm gewesen, Ola Söderström anzulügen. Aber es war nicht anders gegangen.

Jana fuhr mit dem Aufzug in die Tiefgarage und ging rasch zu ihrem Auto. Ihr Handy klingelte in dem Moment, in dem sie sich ans Steuer setzte. Als sie sah, dass es die Nummer ihrer Eltern war, verspürte sie keine große Lust, das Gespräch anzunehmen. Nach dem siebten Klingeln schließlich meldete sie sich doch.

»Jana hier.«

»Jana, wie geht es dir?«

Margaretha Berzelius klang ein wenig befangen.

»Alles gut, Mutter.«

Sie startete den Wagen.

»Kommst du zum Abendessen?«

»Ja.«

»Um sieben.«

»Ich weiß.«

Sie sah in die Seitenspiegel und fuhr rückwärts aus der Parklücke.

»Es gibt Braten.«

»Lecker.«

»Vater mag ja so gern Braten.«

»Ja.«

»Er will mit dir sprechen.«

Erstaunt trat Jana auf die Bremse. Das verstieß gegen die Regeln. Sie hörte, wie ihr Vater sich am anderen Ende der Leitung räusperte.

»Irgendwelche Fortschritte?«, fragte er. Seine Stimme war tief und dunkel.

»Die Ermittlung ist ziemlich komplex«, antwortete Jana.

Er entgegnete nichts. Auch sie sagte nichts, sondern wartete. Etwas schien ihn zu bedrücken.

»Na dann«, sagte er schließlich.

»Na dann«, wiederholte sie langsam.

Nach dem Gespräch ließ sie ihr Handy sinken und dachte nach.

Was hatte er ihr nur sagen wollen? Dass ihre Leistungen nicht gut genug waren? Dass sie nichts taugte? Dass sie gerade versagte?

Sie seufzte und legte das Handy auf den Beifahrersitz. Beim Rückwärtsausparken übersah sie das kleine weinrote Auto, das hinter ihr in die Garage fuhr. Plötzlich hörte sie quietschende Reifen und ein langes Hupen. Unnötig lang. Sie ließ das Fenster herunter, drehte sich um und entdeckte Mia Bolander hinter dem Steuer ihres Fiat.

Sie sah wütend aus und kurbelte die Scheibe hektisch herunter.

»Sieht man nichts in so einem Auto, oder wie?«, fauchte sie.

»Doch, die Sicht ist gut«, konterte Jana.

»Aber Sie haben mich nicht kommen sehen?«

»Doch«, schwindelte Jana und lächelte innerlich.

Mias Gesicht verdüsterte sich.

»Schade, dass ich nicht ordentlich Schwung genommen habe, Sie scheinen sich einen Unfall ja leisten zu können.«

Jana schwieg.

»Ein ziemlich hübsches Teil. Dienstwagen, oder was?«

»Nein. Privat.«

»Dann verdienen Sie sicher gut, oder?«

»Ich verdiene genauso viel wie andere Staatsanwälte.«

»Offenbar gut.«

»Das Auto sagt nichts über mein Gehalt aus. Ich könnte es doch geerbt haben, es könnte ein Geschenk sein, oder ich könnte mir das Geld zusammengeliehen haben.«

Mia Bolander lachte laut.

»Sehr wahrscheinlich.«

»Wir sind fertig mit der Besprechung. Sie kommen zu spät.«

Mia biss die Zähne zusammen und versuchte, die Fensterscheibe wieder hochzukurbeln, doch vergeblich. Etwas hatte sich verhakt. Ihr Gesicht wurde noch ein bisschen dunkler, und sie fluchte laut, während sie ihre Hand, so fest sie konnte, auf die verdammte Kurbel schlug. Dann drückte sie das Gaspedal durch und verließ das Parkhaus mit quietschenden Reifen.

Der Mann lag schlafend da, als sie durchs Fenster hineinkletterten. Hades zuerst, dann das Mädchen. Sie bewegten sich leise und geschickt. Wie zwei Schatten. Wie man es sie gelehrt hatte. Sie schlichen jeweils an eine Seite des breiten Bettes. Zunächst lauschten sie auf Geräusche. Doch in der Stille der Nacht war nichts zu hören.

Vorsichtig griff das Mädchen nach dem Messer, das in einer Halterung am Rücken befestigt war, und hielt es fest umklammert. Sie zitterte nicht. Zögerte nicht. Sie sah zu Hades hinüber. Seine Pupillen und Nasenlöcher waren geweitet. Er war bereit. Und auf ein verabredetes Signal machte sie einen raschen Schritt vorwärts, stieg aufs Bett und führte einen perfekten Schnitt quer über den Hals des Mannes aus. Der Mann zuckte zusammen, röchelte, würgte, kämpfte, um Luft zu bekommen.

Hades stand still und betrachtete die zuckenden Bewegungen, während der Mann Todesqualen litt. Er hatte den Mund und die Augen weit aufgerissen. In einem verzweifelten Versuch streckte er die Hand aus.

Doch Hades grinste nur. Dann hob er die Pistole und durchlöcherte den Mann, wobei er das gesamte Magazin leerschoss. Das hätte er nicht tun sollen. So lautete nicht der Auftrag. Er sollte nur Wache halten. Sie beschützen. Aber er hatte geschossen.

Das Mädchen betrachtete den Mann, der leblos zwischen ihnen lag. Ein Blutfleck breitete sich auf dem weißen Laken aus. Vom Schnitt am Hals, von den Einschusslöchern in der Brust, im Bauch und in der Stirn.

Hades atmete schwer. Sein Blick war dunkel.

Sie wusste, dass er gegen die Regeln verstoßen hatte, den-

noch lächelte sie ihn an. Denn es fühlte sich gut an. Als sie dort in dem dunklen Schlafzimmer standen und einander ansahen, erfüllte sie ein euphorisches Gefühl, Teil eines Größeren zu sein. Jetzt waren sie die Werkzeuge, zu denen sie so lange ausgebildet worden waren.

Endlich.

Sie kletterten durchs Fenster und kehrten zum Transporter zurück, wo die Frau sie schon erwartete. Sie verzog noch immer keine Miene. Brachte ihnen keinerlei Wertschätzung entgegen, sondern schob die beiden brutal in den leeren Laderaum. Das Mädchen ließ sich auf die Unterlage sinken. Hades setzte sich hin, streckte die Beine aus und sah nach oben.

Die Frau schloss die Autotür und befahl dem Mann hinter dem Steuer loszufahren.

Das Mädchen nahm das blutige Messer aus der Halterung am Rücken.

Dann zog sie die Knie an und betrachtete die Klinge. Mit dem Zeigefinger verrieb sie die roten Flecken auf der glänzenden Oberfläche. Sie hatte es geschafft, der erste Auftrag war ausgeführt. Jetzt würden sie zurückfahren. Nach Hause.

Und würden mit dem weißen Pulver belohnt werden.

Henrik Levin und Mia Bolander hatten das Auto vor einer Pizzeria in der Nähe abgestellt, um schnell etwas zu essen. Beide rechneten damit, an diesem Abend noch lange arbeiten zu müssen. Henrik orderte einen Kebabsalat, während Mia eine Calzone bestellte und sich gleich einen großen Teller Weißkohlsalat von der Kühltheke holte, der im Preis enthalten war.

»Du meinst also, es kann eine Auseinandersetzung im

Drogenmilieu gewesen sein?«, fragte Mia und schob sich eine große Portion öltriefenden Salat in den Mund.

»Ja«, sagte Henrik. »Gerade letztes Jahr wurden doch in Klinga zwei Personen bei einem Bandenstreit angeschossen. Alles deutete darauf hin, dass es um das Drogenmonopol in der Stadt ging.«

»Aber welche Rolle spielt Hans Juhlén? War er eine Art Bandenchef?«, fragte Mia, und ohne Henrik zu Wort kommen zu lassen, fuhr sie fort: »Ich bin anderer Meinung, ich glaube nämlich nicht, dass eine Bande dahintersteckt. Ich denke eher, es war ein Auftragsmord von jemandem, der Juhlén aus dem Weg räumen wollte und dafür den Jungen eingesetzt hat.«

Mia spießte noch mehr Salat mit der Gabel auf und steckte ihn sich in den Mund.

»Ich bin noch immer nicht davon überzeugt, dass Juhlén von dem kleinen Jungen ermordet wurde«, sagte Henrik.

»Was brauchst du denn noch für Beweise? Alles deutet doch darauf hin, dass der Junge ihn umgebracht hat. Alles.«

»Aber dass Kinder jemanden töten … Das ist irgendwie …«

Henrik verstummte.

Mia sah ihn an.

»Aber es kommt vor, dass Kinder so etwas tun. Und jetzt musst du mich entschuldigen, ich muss mir noch was nachnehmen.«

Sie hielt Henrik den leergegessenen Salatteller hin, erhob sich und ging zur Kühltheke, wo sie sich eine Riesenportion Weißkohlsalat auf den Teller lud. Schon auf dem Rückweg zum Tisch aß sie mit den Fingern von dem Salat.

Henrik beugte sich vor.

»Ich meine nur, wie kriegt man ein Kind dazu, dass es jemanden ermordet? Und *wer* tut so etwas?«

»Gute Frage«, erwiderte Mia.

Das Essen wurde aufgetragen, und sie aßen eine Weile schweigend.

»Oder es ist Zufall. Die Morde haben vielleicht gar nichts miteinander zu tun«, sagte Henrik schließlich und wischte sich den Mund mit der Serviette ab.

»Jetzt hör auf.«

Mia schüttelte den Kopf und schob den leeren Teller von sich.

»Gehen wir?«, fragte sie.

»Ja. Wir müssen nur noch bezahlen.«

»Ach ja, Mist. Ich habe mein Portemonnaie zu Hause vergessen. Kannst du mir was leihen?«

Mia feuerte ein einschmeichelndes Lächeln ab.

»Na klar«, sagte Henrik und erhob sich.

Es war zehn Uhr am Samstagabend. Gunnar war vollkommen erschöpft. Er saß in seinem Büro, grübelte über die Morde nach und verfluchte die ganze Ermittlung. Wie er die Motive auch drehte und wendete – er konnte das Puzzle nicht zusammenfügen. Hans Juhlén, der noch immer nicht identifizierte Junge und Thomas Rydberg. Die Erpresserbriefe, das gelöschte Dokument und die Ziffern- und Buchstabenkombinationen. Das Heroin. Und die Hautritzung im Nacken des Jungen.

Gunnar seufzte.

Die Anwohnerbefragung am Hafen hätte ihnen beinahe einen interessanten Hinweis geliefert. Ein Zeuge hatte gegen fünf Uhr am Freitag einen dunklen Wagen auf dem Parkplatz gesehen. Erst hatte er behauptet, es sei ein großer schwarzer BMW gewesen, und Gunnar hatte sofort eine umfassende Prüfung aller BMWs der X-Klasse in Norrköping angeordnet. Doch als der Zeuge es sich dann anders überlegte und meinte, es könne genauso gut ein Mercedes oder Landrover gewesen sein, ließ Gunnar die Suche unterbrechen. Und als der Zeuge schließlich behauptete, das Auto habe doch eine andere Farbe gehabt und sei gar nicht dunkel gewesen, gab Gunnar auf.

Er hatte Henrik angerufen, der ihm berichtet hatte, dass auch die Gespräche mit den Drogenabhängigen in der Stadt keinerlei Ergebnisse geliefert hätten. Nicht einmal der Besuch bei Thomas Rydbergs Frau hatte etwas zutage gefördert.

Jetzt hatte er zweiundvierzig unbeantwortete E-Mails in seinem Posteingang. Auf der Mailbox seines Handys befanden sich neun Sprachmitteilungen. Alle von Journalisten, die Fragen zur aktuellen Ermittlung stellen und Antworten haben wollten. Und am besten jetzt. Sofort.

Doch Gunnar hatte keine Antworten und ignorierte alle, die ihn erreichen wollten. Ihm kam der Gedanke, einfach nach Hause zu fahren. Sich mit einem kühlen Bier aufs Sofa zu legen wäre nicht schlecht. Aber ein bisschen Gesellschaft wäre noch schöner.

Er erhob sich von seinem Stuhl, schaltete das Licht aus und ging zum Fahrstuhl, während er darüber nachdachte, ob er Anneli anrufen sollte. Als sich die Türen im Erdgeschoss öffneten, stand er mit dem Mobiltelefon in der Hand da und zögerte. Womöglich würde sie sich dann irgendwas denken. Und die fixe Idee bekommen, dass sie von vorn anfangen und wieder zusammenziehen könnten.

Nein, nein, nein, er würde sie nicht anrufen.

Er steckte das Handy zurück in die Tasche. Dann drückte er auf die Drei und fuhr zurück ins Büro. Es hatte keinen Sinn, nach Hause zu gehen, er konnte ebenso gut weiterarbeiten.

Er ging den Korridor entlang bis zu seinem Zimmer, schaltete das Licht wieder an und begann, einen Brief mit einem Ersuchen um Amtshilfe zu schreiben.

Der Adressat war Europol.

Sonntag, den 22. April

Jana Berzelius erwachte. Sie lag auf dem Rücken. Die rechte Hand war fest zur Faust geballt, und sie löste vorsichtig die Finger. Dann schloss sie die Augen und probierte, sich zu entspannen.

Der Traum war anders gewesen als sonst. Ein Bild von irgendetwas, was sie nie zuvor gesehen hatte. Aber sie kam nicht darauf, was es war.

Der ganze Unterarm schmerzte, und sie presste die linke Hand darauf, um den Schmerz zu lindern. Einen Nagel hatte sie so fest in die Haut gedrückt, dass sie sich verletzt hatte. Das Blut war über den Daumen gelaufen und geronnen. Es sah aus wie ein schmales dunkelrotes Band.

Sie stand auf, während sie noch immer die linke Hand fest auf den rechten Unterarm presste. Im Badezimmer wusch sie das Blut ab. Es juckte am Rücken, der Schweiß war getrocknet, und als sie sich an den Schultern kratzte, fuhr ihr ein Schauer durch den Körper.

Draußen pfiff der Wind, und der Regen peitschte gegen das Fenster. Sie fragte sich, wie viel Uhr es wohl war. Wegen der Dunkelheit vermochte sie nicht zu sagen, ob es noch immer Nacht war oder schon früher Morgen.

Sie ging wieder ins Schlafzimmer und setzte sich auf die Bettkante.

Die Decke lag wie immer in einem Haufen auf dem

Fußboden. Als sie sie aufhob, versuchte sie, sich zu erinnern, was in dem Traum anders gewesen war als sonst.

Sie legte sich hin und schloss die Augen. Die Bilder kehrten sofort zurück. Das Gesicht. Das Gesicht mit der Narbe und die Stimme, die sie anschrie. Er hielt sie fest. Schlug sie. Trat sie. Schrie erneut.

Er umfasste ihren Hals so fest, dass sie keine Luft bekam. Sie kämpfte, um loszukommen, um Luft zu kriegen, um zu überleben. Er lachte sie nur aus. Aber sie gab nicht auf. Nur ein Gedanke beherrschte sie. Niemals aufzugeben. Und gerade als ihr schwarz vor Augen wurde, sah sie das Detail, das früher nicht da gewesen war.

Eine Kette.

Eine glitzernde, funkelnde Halskette lag neben ihr. Sie langte danach. Auf dem Namensanhänger stand etwas.

Mama.

Dann wurde alles schwarz.

Jana setzte sich auf. Sie holte die Notizbücher aus dem Nachtschränkchen und warf sie aufs Bett. Dann blätterte sie darin, um eine Notiz oder ein Bild von der Kette zu finden. Doch sie suchte vergebens. Dann tat sie das, was sie schon seit Ewigkeiten nicht mehr getan hatte.

Sie blätterte bis zu einer leeren Seite, griff nach einem Stift und begann zu zeichnen.

Den größten Teil der Nacht hatte Henrik Levin wachgelegen und über die Ermittlungen nachgegrübelt.

Um sechs Uhr stand er auf, kochte sich Kaffee und aß einen Teller Sauermilch mit Bananenscheiben. Er wischte die Spüle und den Küchentisch zweimal ab und putzte sich die Zähne, bevor er Emma weckte, um ihr zu sagen, dass er an diesem Wochenende noch einmal ins Büro musste. Als er die Haustür öffnete, hörte er die Kinder oben und ging eilig nach draußen, um nicht noch mehr enttäuschte Gesichter sehen zu müssen.

Eine Spur, der er nachgehen wollte und über die er in den frühen Morgenstunden nachgedacht hatte, war das Heroin, das die Kriminaltechniker im Hafen gefunden hatten. Er war der Meinung, dass eine genauere Durchsuchung des Geländes vonnöten war. Auch die Hafenangestellten sollten möglichst bald vernommen werden.

Henrik legte die bloßen Hände aufs Lenkrad und fror. Sobald er den Schlüssel im Zündschloss drehte, startete der CD-Spieler auf höchster Lautstärke. Markoolios Stimme sang fröhlich von Phuket, wo das ganze Jahr Sommer war, bevor der Refrain »Thai, thai, thai« erklang.

Sofort machte er die Musik wieder aus und fuhr rückwärts aus der Garagenausfahrt.

In der wieder eingetretenen Stille dachte er an den Vorabend zurück. Mia und ihm war es gelungen, Gespräche mit ein paar stadtbekannten Drogenabhängigen zu führen. Sie hatten auch mit einem V-Mann gesprochen, der ihnen bei früheren Ermittlungen in Drogensachen wichtige Informationen geliefert hatte, was letztlich zur Festnahme von einigen minderjährigen Dealern geführt hatte. Henrik hatte gehofft, ihn auch diesmal zum Reden zu bringen, doch er war, wie auch ihre anderen Gesprächspartner, äußerst wortkarg gewesen.

»Wenn du was weißt, dann spuck's halt aus!«, hatte Mia gesagt und sich vor ihm aufgebaut.

Dann drohte sie ihm mit Konsequenzen, falls er ihnen nicht behilflich war.

Henrik packte sie am Arm und zwang sie, sich auf einen Stuhl zu setzen. Da erst hatte sie sich beruhigt.

Am liebsten wollten sie Namen, doch in der Unterwelt konnte das Ausplaudern von Namen den Tod bedeuten.

Als Henrik an einer roten Ampel stehen blieb, fiel ihm ein, dass er sich um die Waffen kümmern sollte, die Glock und die .22 SIG Sauer. Außerdem musste er bei der Verkehrssicherheitsbehörde anrufen und die Kollegen bitten, bei der Identifikation der Fahrzeuge, die die Überwachungskamera in Viddviken aufgezeichnet hatte, einen Zahn zuzulegen.

Henrik fühlte sich energiegeladen und hoffte auf einen produktiven Tag. Als er im Parkhaus des Polizeireviers aus dem Auto stieg, war es halb acht.

In Gunnars Büro war Licht, und wenig später erblickte Henrik seinen Chef, der vor dem Computer saß und eifrig auf der Tastatur herumklapperte.

»Hattest du auch Probleme mit dem Schlafen?«, fragte Henrik.

»Nein. Es war nur ein bisschen eng auf dem Sofa im Großraumbüro«, sagte Gunnar, ohne den Blick vom Bildschirm zu nehmen.

Henrik lächelte.

»Ich dachte mir, ich gehe noch mal die Akten durch. Ich werde aus diesen Morden einfach nicht schlau.«

Gunnar drehte sich auf dem Bürostuhl um und warf Henrik einen Blick zu.

»Sieh dir ruhig alles an. Ich werde nur ein paar E-Mails von neugierigen Presseleuten an die Pressechefin weiterleiten. Es sind noch zweiundzwanzig.«

Gunnar wandte sich wieder um und schrieb weiter.

Henrik ging in den Konferenzraum, schaltete die Deckenbeleuchtung an und sah auf den leeren Kreisverkehr hinunter. Norrköping war noch nicht erwacht.

Er legte die Akten mit den ungeklärten Todesfällen von Hans Juhlén, Thomas Rydberg und dem unbekannten Jungen mit dem Namen Thanatos im Nacken vor sich hin und setzte sich.

Der Ordner mit den Unterlagen zu Rydberg bestand hauptsächlich aus den etwa dreißig Fotos, die Anneli am Tatort gemacht hatte.

Die letzten vier Bilder waren unter freiem Himmel aufgenommen, vor der Halle, wo Rydberg gearbeitet hatte. Zerstreut betrachtete Henrik sie und spürte, wie sich die Müdigkeit anschlich.

Er schlug den Ordner zu und ging in die Küche, wo er ein großes Glas Wasser trank. Einen Moment blieb er mit dem leeren Glas in der Hand stehen. Plötzlich wurde ihm bewusst, dass er etwas auf den Fotos gesehen hatte. Etwas Seltsames.

Ein Schauer lief ihm über den Rücken. Er stellte das Glas mit einem Knall auf die Spüle und eilte zurück in den Konferenzraum.

Dort schlug er den Ordner zu Rydberg wieder auf und ging die Fotos erneut durch. Seite um Seite, Bild um Bild. Worauf nur hatte er reagiert?

Beinahe hätte er aufgegeben, als er beim letzten Bild ankam. Es war ein Übersichtsfoto vom Tatort, vermutlich hatte Anneli dabei gekniet. Der Weitwinkel fing die anderen Kriminaltechniker bei der Arbeit ein. Im Hintergrund, durch das offene Eingangstor, war das Containerdepot zu sehen, wo mehrere Container in unterschiedlichen Farben standen.

Er bemühte sich, ihre Beschriftungen zu entziffern, doch mit dem bloßen Auge war es unmöglich. Daher stand er auf, lief hinaus in den Flur und blieb vor Gunnars Büro stehen.

»Hast du eine Lupe?«

»Nein, aber schau mal bei Anneli.«

Annelis Büro war stets aufgeräumt, und jeder Gegenstand hatte seinen festen Platz.

Henrik zog die Schreibtischschubladen auf, eine nach der anderen. In der untersten fand er eine Lupe und kehrte im Laufschritt zum Konferenzraum zurück.

Mithilfe des Vergrößerungsglases versuchte er, Details auf dem Foto zu erkennen. Wegen des großen Abstands war er sich nicht hundertprozentig sicher, aber auf dem einen Container schien eine Reihe von Buchstaben und Ziffern zu stehen.

Er öffnete die Akte von Hans Juhlén und zog die Liste mit den zehn Zeichenkombinationen hervor. Dann begann er zu vergleichen und war schockiert.

Die Anzahl von Buchstaben und Zahlen stimmte miteinander überein.

Um Viertel vor elf setzten sich Henrik Levin und Gunnar Öhrn ins Auto, um zum Hafen zu fahren. Sie hatten einen Termin mit dem Geschäftsführer des Hafens vereinbart, der ihnen das Containerdepot zeigen würde.

Als sie auf den Parkplatz einbogen, stand schon ein untersetzter Mann dort und wartete auf sie. Er trug ein blaukariertes Hemd und helle Jeans. Die rötlichen Kopfhaare und Augenbrauen bildeten einen Kontrast zu der schmalen schwarzen Brille. Freundlich lächelnd stellte er sich als Geschäftsführer Rainer Gustavsson vor und bot ihnen einen Kaffee an, doch Henrik lehnte höflich ab und bat ihn, sie gleich zum Containergelände zu führen.

Ein großes Schiff lag vor Anker und wurde gerade beladen. Container um Container wurde an Bord gehoben. Metall schlug gegen Metall, Hebekräne rollten umher, und die ganze Zeit fuhren Lastautos vor. An Deck standen mehrere Matrosen in dunkelblauen Overalls mit Firmenemblem. Alle trugen Schutzhelme. Zwei Männer kontrollierten, dass alles ordentlich festgespannt war. Sie klopften an die Stahlseile, und dann und wann zückte einer von ihnen einen Schraubenschlüssel, um etwas festzuziehen.

Henrik sah zum Schiffsrumpf empor, wo sich die Container fünf Stockwerke hoch auftürmten.

»Man braucht viele Personenstunden, um ein Schiff zu beladen«, erklärte Rainer Gustavsson. »Und alles muss schnell gehen. Wenn irgendwas schiefläuft und das Schiff sich verspätet, wird es teuer. Effektivität ist alles in der Transportwelt.«

»Wie viele Container fasst denn so ein Schiff?«, fragte Henrik.

»Die größten Schiffe fassen sechstausendsechshundert Container. Wenn man bei jedem Container auch nur eine Minute Zeit verliert, ist das Schiff schon über hundert Stunden verspätet. Daher ist der Umschlag der Container besonders wichtig. Wir haben in den letzten Jahren umfassende Investitionen getätigt, um die Logistik hier im Hafen zu verbessern. Jetzt haben wir ein gutes System, um den kompletten Ablauf von der Avisierung und Anlieferung über Abnahme und Reparaturen bis hin zur Auslieferung zu koordinieren. Dank unserer beiden neuen Ship-to-Shore-Kräne können jetzt auch größere Containerschiffe ihre Ladung löschen«, sagte Gustavsson.

»Was für Güter werden hier umgeschlagen?«, erkundigte sich Gunnar.

»Unterschiedlichste Güterarten. Hier im Containerhafen verfügen wir über ein Depot von achtzigtausend Quadratmetern«, antwortete Gustavsson.

»Wie kontrollieren Sie den Inhalt der Container?«, fragte Gunnar.

»Das macht der Zoll. Manchmal lässt sich allerdings nur schwer feststellen, wer für die Ladung verantwortlich ist.«

Gustavsson blieb stehen und betrachtete seine Begleiter.

»Wir haben im Lauf der Jahre einige Razzien gehabt. Sowohl von der Gemeinde als auch von der Umweltschutzbehörde.«

Er atmete tief durch und senkte die Stimme ein wenig.

»Vor gar nicht so langer Zeit haben wir drei Männer aus Nigeria aufgegriffen, die einen Container mit Autoschrott vollgepackt hatten. Sie wollten ihn von hier nach Nigeria schicken, weil sie dachten, dass die Ladung wertvoll war. Das, was hier als Müll gilt, kann dort durchaus Verwendung finden. Aber sie hatten keine Papiere. Deshalb übernahm die Landesregierung den Fall und musste den gesamten Container leeren lassen, damit man den Inhalt begutachten konnte. Gewisse Autoteile wurden beschlagnahmt, weil sie als umweltschädlich eingestuft wurden. Ich weiß nicht, was anschließend mit dem Container passiert ist.«

Gustavsson ging weiter. Henrik und Gunnar schlossen rechts und links auf.

»Wie oft kommt es denn vor, dass man Container leeren lassen muss?«, wollte Henrik wissen.

»Nicht so oft. Die Transporte werden durch die Zollbestimmungen geregelt. Der Lieferant muss seine Waren für den Export deklarieren, während der Käufer die Ware für den Import freimacht. Es gibt eine Menge Regelungen für den Schiffstransport. Manchmal kennt der eine Geschäftspartner nicht die Lieferbedingungen auf dem Markt des anderen. Dann können Fehler entstehen.«

»Wie das?«, fragte Gunnar.

»Na ja, dann kommt es zu Missverständnissen, wer die Versicherung bezahlen soll und an welcher Stelle das Risiko der Waren vom Verkäufer auf den Käufer übergeht und so weiter. Es gibt zwar ein internationales Regelwerk, aber es entstehen immer noch Diskussionen über die Verantwortlichkeiten«, sagte Gustavsson und machte eine resignierte Geste. »Jetzt sind wir da.«

Die Container erhoben sich wie gigantische Bauklötze aus Stahlblech. Rechts von ihnen waren drei orangefarbene aufeinandergestapelt. Dahinter standen drei graue und rostige Exemplare, die an den Seiten den Namen Hapag-Lloyd trugen. Fünfzig Meter weiter weg standen weitere Container. Blaue, braune und graue.

Der Wind suchte sich einen Weg zwischen den Containern und gab ein schwach heulendes Geräusch von sich. Der Boden war nass, und die Wolken sahen bedrohlich dunkel aus.

»Woher stammen die Ladungen?«, fragte Henrik.

»Vor allem aus Stockholm und dem Gebiet rund um den Mälarsee, aber auch aus Finnland, Norwegen und den baltischen Staaten. Und natürlich aus Hamburg. Das meiste, was aus dem Ausland kommt, wird dort umgeladen und gelangt dann hierher zu uns«, erklärte Gustavsson.

»Wir haben Tüten mit Heroin in der Lagerhalle gefunden, in der Thomas Rydberg ermordet wurde. Was wissen Sie darüber?«

»Nichts.«

»Sie haben also keine Ahnung, dass hier im Hafen mit Drogen gehandelt wurde?«

»Nein«, antwortete Gustavsson rasch. »Es lässt sich natürlich nie ganz ausschließen. Wenn diese Art von Handel in größerem Ausmaß vorgekommen wäre, hätten wir das jedoch gemerkt, denke ich.«

»Gab es sonst irgendwelchen illegalen Handel? Mit Alkohol vielleicht?«

»Jetzt nicht mehr. Viele Schiffe haben sogar den Genuss von Alkohol an Bord untersagt.«

»Aber früher schon?«

Die Antwort ließ ein wenig auf sich warten.

»Wir hatten früher Probleme mit Schiffen aus den baltischen Staaten. Unter anderem mit dem Verschieben von Hochprozentigem. Wir haben Jugendliche dabei erwischt, wie sie Wodka direkt von den Schiffen gekauft haben.«

»Aber von Drogengeschäften haben Sie in letzter Zeit nichts bemerkt?«

»Nein, aber so etwas lässt sich auch schwer verhindern. Wir hätten eine Kailänge von sechstausend Metern zu überwachen und können unmöglich Leute nur für die Überwachung des Hafens einstellen. Dafür haben wir einfach nicht die nötigen Ressourcen.«

»Also kann es hier durchaus Drogenhandel geben.«

»Wir können es wie gesagt nicht ausschließen.«

Henrik ging zu einem blauen Container und nahm die Längsseite in Augenschein. Wassertropfen liefen über das korrodierte Stahlblech. Henrik umrundete ihn und ging zur Öffnung des Containers, die mit vier Stangen verschlossen war. In der Mitte war hinter einer Klarsichtabdeckung ein stabiles Vorhängeschloss zu erahnen. Auf der rechten Tür befanden sich Ziffern und Buchstaben.

Sofort erkannte er diese Art von Zeichenkombination.

»Wir haben eine Aussage vorliegen, nach der sich Hans Juhlén, der in leitender Position im Amt für Migration tätig war, hier im Hafen aufgehalten haben soll«, sagte Gunnar.

»Ach ja?«, erwiderte Gustavsson.

»Wissen Sie, was er hier gemacht haben könnte?«

»Nein, keine Ahnung.«

»Wissen Sie, ob er jemanden hier näher gekannt hat?«

»Sie meinen, dass er ein Verhältnis gehabt hat?«

»Nein, ich meine gar nichts. Ich versuche nur herauszufinden, was er hier gemacht hat. Sie wissen also nicht, ob er jemanden von den Angestellten gekannt hat?«

»Nein. Aber das könnte schon sein.«

»In Juhléns Computer haben wir zehn verschiedene Ziffern- und Buchstabenkombinationen gefunden. Die sehen ungefähr so aus wie die hier.« Henrik zeigte auf die Tür des Containers und zog die Liste mit den Zeichenkombinationen aus der Tasche. »Können Sie mir sagen, was für Nummern das sind?«

Rainer Gustavsson nahm die Liste und schob seine Brille auf der Nase hoch.

»Das sind Kennzeichnungsnummern von Containern. Mit ihrer Hilfe können wir sie identifizieren.«

Jana Berzelius reinigte das Handy von Thomas Rydberg mit Entfettungsmittel und steckte es in eine Plastiktüte. Sie fragte sich, wie sie das Telefon loswerden sollte. Ihr erster Gedanke war, es zu verbrennen. Aber wo? In der Wohnung würde der Rauchmelder losgehen, und selbst wenn sie vorher die Batterie ausbaute, würde es im ganzen Treppenhaus nach Rauch riechen. Ihr zweiter Gedanke war, das Handy in den Fluss zu werfen. Das dürfte die beste Alternative sein, dachte sie. Sie musste das Telefon nur von einer Stelle aus werfen, wo sie nicht gesehen werden konnte. Im Kopf ging sie die zugänglichen Plätze am Fluss durch, der durch Norrköping verlief. Aber ihr fiel kein geeigneter Ort ein, überall konnte sie auf jemanden treffen.

Nach einer Stunde Grübelei traf sie die Entscheidung, trotzdem nach einem verborgenen Plätzchen am Fluss Ausschau zu halten.

Sie legte die Tüte mit dem Handy in ihre Handtasche und verließ die Wohnung.

Gunnar Öhrn und Henrik Levin saßen in der Hafenverwaltung und beobachteten ungeduldig, wie Rainer Gustavsson auf seine Computertastatur einhämmerte. Sie hatten das Containerdepot in aller Eile verlassen.

»Okay, schießen Sie los«, sagte Gustavsson und sah sie von unten durch die Brille an. Die rötlichen Augenbrauen hoben sich mehrere Zentimeter, und die Stirn legte sich in Falten.

Henrik faltete das Blatt auseinander und las die erste Kombination auf der Liste vor.

»VPXO«, sagte er.

»Und weiter?«

»410009.«

Gustavsson betätigte die Tasten.

Es summte leicht, während der Computer das internationale Seecontainerregister durchsuchte. Die Suche dauerte eine knappe Minute, doch die Zeit kam Henrik wie eine halbe Ewigkeit vor.

»Aha. Dieser Container ist in den Systemen nicht mehr

zu finden. Vermutlich ist er schon verschrottet worden. Machen wir mit dem nächsten weiter?«

Henrik rutschte auf dem Stuhl herum.

»CPCU106130«, sagte er.

Gustavsson tippte wieder.

»Nein, der ist auch nicht drin. Der nächste?«

»BXCU820339«, las Henrik vor.

»Auch hier behauptet das System, dass der Container nicht mehr in Gebrauch ist. Ich nehme an, die sind alle verschrottet.«

Henrik spürte einen Anflug von Resignation. Noch eben hatten sie einen entscheidenden Hinweis in den Händen gehalten, und jetzt standen sie wieder am Anfang.

Sichtlich irritiert rieb Gunnar sich die Nase.

»Aber es ist doch wenig glaubhaft, dass Hans Juhlén eine Liste von verschrotteten Containern auf seinem Computer gehabt haben sollte. Er muss ein Interesse an ihnen gehabt haben. Und ich frage mich natürlich, welches.«

Henrik nickte. Ihm war derselbe Gedanke gekommen.

»Kann man sehen, woher die Container gekommen sind?«, fragte er.

»Einen Moment … der hier stammt aus Chile. Ich werde mal schauen, woher die anderen beiden … Doch, die sind auch aus Chile«, sagte Gustavsson.

»Wer ist für die Verschrottung zuständig?«, wollte Gunnar wissen.

»Das Unternehmen, das die Container besitzt. In dem Fall ist es Sea and Air Logistics, SAL.«

»Könnten Sie mal prüfen, woher die übrigen Container kommen? Und wer sie besitzt?«

Henrik legte die Liste mit den Zeichenkombinationen auf den Tisch.

Gustavsson tippte die vierte Kombination in die Suchmaske und machte sich eine Notiz. Dann wiederholte er dieselbe Prozedur mit der fünften und sechsten Zeichenfolge. Nachdem er die zehnte und letzte Kombination eingegeben hatte, stand es fest: Alle Container stammten aus Chile.

»Anhalten!«, rief die Frau.

»Jetzt?«, fragte der Mann, der das Auto fuhr.

»Ja, jetzt. Halt an!«, rief sie.

»Aber … ich meine, wir sind ja noch gar nicht dort angekommen, wo …«

»Ruhe!«, unterbrach ihn die Frau. »Ich soll es erledigen, und ich entscheide, wo. Nicht du und auch nicht er.«

Der Mann verlangsamte und bremste.

Das Mädchen begriff sofort, dass irgendetwas nicht stimmte. Auch Hades reagierte und richtete sich auf.

Die Frau fixierte sie.

»Kriege ich das Messer?«

Sie gehorchte sofort und reichte es ihr.

»Und die Pistole. Gib sie mir.«

Hades sah sie an, während er ihr die Pistole reichte. Die Frau riss sie ihm aus der Hand und prüfte das Magazin.

Es war leer.

»Du solltest doch nicht schießen«, sagte die Frau mit harter Stimme.

Hades senkte den Kopf.

Die Frau öffnete einen Karton, der vorn an der Fahrerkabine stand, holte ein volles Magazin heraus und lud die Pistole. Dann zog sie den Schlitten nach hinten, ließ ihn los und zielte auf das Mädchen.

»Raus!«, sagte sie.

Der Wald umfing sie, und die Stille lag wie ein Deckel über ihnen. Die Nacht ging in den Tag über, und die ersten Sonnenstrahlen bahnten sich ihren Weg zwischen den Kiefern hindurch. Die Frau schubste sie vor sich her, während sie die Pistole gegen ihren Rücken drückte. Hades ging vorneweg. Er ließ den Kopf hängen, als hätte er einen Fehler begangen und schämte sich.

Der Pfad, auf dem sie gingen, war schmal, dann und wann stolperte sie über die Wurzeln, die aus dem weichen Untergrund ragten. Die Äste streiften sie an den Armen, und der dünne Baumwollstoff des Pullovers wurde feucht. Je weiter sie in den Wald vordrangen, desto schwächer wurde das Scheinwerferlicht vom Transporter.

Einhundertzweiundfünfzig Schritte zählte sie leise und fuhr mit dem Zählen fort, während sie sich einer Senke näherte.

Der dichte Wald öffnete sich.

»Weiter«, sagte die Frau und drückte die Waffe fest zwischen ihre Schulterblätter. »Weiter!«

Sie gingen in die Senke hinunter. Dabei tasteten sie nach den dicken Ästen und versuchten, sie beiseitezubiegen.

»Stehen bleiben«, sagte die Frau schließlich und umfasste hart ihren Arm.

Sie schubste sie zu der Stelle, wo Hades stand, und stellte sie neben ihn. Sie warf ihnen einen letzten Blick zu, ehe sie hinter ihnen verschwand.

»Ihr hattet gedacht, ihr wärt unsterblich, oder?«, zischte sie. »Aber da habt ihr euch geirrt. Ihr seid Nullen, nur dass ihr es wisst. Vollkommen wertlose kleine Wesen, die keiner haben will! Niemand will was von euch wissen! Hört ihr? Nicht mal Papa schert sich um euch. Er hat euch gebraucht, um andere zu töten, zu nichts sonst. Habt ihr das nicht kapiert?«

Das Mädchen sah Hades an, und er begegnete ihrem panischen Blick.

Bitte, lächle, dachte sie. Lächle und sag, dass es nur ein Traum ist. Zeig mir das Grübchen in deiner Wange. Lächle. Lächle einfach nur!

Aber Hades lächelte nicht. Er blinzelte.

Eins, zwei, drei. Eins, zwei, drei.

Sie verstand, was er meinte, und blinzelte zurück, als Bestätigung.

»Natürlich habt ihr das nicht kapiert. Ihr seid ja auch total hirntot. Programmiert. Aber jetzt ist Schluss.«

Die Frau spuckte die Worte aus.

»Jetzt ist Schluss, ihr verdammten Missgeburten!«

Hades blinzelte wieder. Diesmal fester. Eins, zwei, drei.

Und dann wieder. Zum letzten Mal. Eins. Zwei. DREI.

Sie warfen sich rückwärts. Hades packte die Frau fest am Arm und drehte ihn, damit sie die Pistole losließ. Dabei löste sich ein Schuss. Das Geräusch hallte zwischen den Bäumen wider.

Die Frau schaffte es nicht, der Kraft von Hades länger standzuhalten, und schrie vor Schmerz auf, als er ihren Arm nach hinten zwang.

Das Mädchen bekam die Pistole zu fassen und richtete sie auf die Frau. Da sah sie plötzlich Hades ins Gras sinken. Er war getroffen.

»Gib mir die Pistole«, zischte die Frau.

Die Hände des Mädchens zitterten. Sie starrte Hades an, der still im Gras lag. Seine Kehle war entblößt, und er atmete schwer.

»Hades!«

Langsam drehte er seinen Kopf und sah sie an.

»Lauf«, flüsterte er.

»Komm schon, gib mir die Pistole!«, schrie die Frau.

»Lauf, Ker«, flüsterte Hades wieder und hustete heftig. »Lauf!«

Sie machte ein paar Schritte rückwärts.

»Hades …«

Sie verstand nicht. Sie konnte doch nicht weglaufen. Und ihn zurücklassen.

»Lauf!«

Da sah sie es.

Sein Lächeln.

Es breitete sich auf seinem Gesicht aus. Und im selben Moment verstand sie, dass sie es tun musste.

Das Mädchen wandte sich um und lief davon.

Über dreißig Minuten lang war Jana Berzelius am Fluss entlanggefahren, ohne eine einzige geeignete Stelle zu finden. An allen potenziellen Plätzen waren Leute gewesen, und es hätte vermutlich sehr seltsam gewirkt, wenn sie vor deren Augen ans Ufer getreten wäre und ein Handy in den Fluss geworfen hätte.

Sie fuhr in eine Parklücke auf dem Leonardsbergsvägen, stellte den Motor ab und fragte sich, wie sie bloß das Telefon loswerden sollte. Das Gefühl von Frust wuchs in ihr, und am Ende nahm es überhand, und sie schlug aufs Lenkrad. Noch einmal. Mit beiden Händen.

Fest.

Fester.

Dann lehnte sie den Kopf zurück und schöpfte Atem. Sie stützte den Ellbogen an der Autotür ab und legte die rechte Hand an die Lippen. Eine ganze Weile saß sie so da und sah über die karge Landschaft. Alles war grau. Trist.

Die Bäume hatten noch keine Blätter, der Boden war schmutzig braun vom Schnee, der erst vor Kurzem weggetaut war. Der Himmel war genauso dunkelgrau wie der Asphalt der Straße.

Dann formte sich ein Gedanke in ihrem Kopf. Sie öffnete die Tasche und nahm die Tüte mit dem Handy heraus. Dass sie nicht schon früher darauf gekommen war!

Sie richtete sich auf. Die Nummer, an die die SMS geschickt worden war, gehörte dem Amt für Migration. So weit war alles klar. Aber sie hatte sich nicht die Mühe gemacht, die Nummer zu wählen – noch nicht.

Sie startete den Wagen, fest entschlossen, dort anzurufen. Doch dafür musste sie sich eine Prepaidkarte kaufen.

Rasch fuhr sie aus der Parklücke und nahm Kurs auf die nächste Tankstelle.

Mia Bolander saß in Henrik Levins Büro und kippelte mit dem Stuhl. Sie kaute auf dem Daumennagel herum, während sie die Liste mit den Zeichenkombinationen durchsah.

Gunnar stand mitten im Zimmer, Henrik saß an seinem Schreibtisch.

»SAL produziert Container in Shanghai«, sagte Henrik und schob die Schreibtischunterlage so zurecht, dass sie parallel zur Tischkante lag. »Sie sind oder besser gesagt waren die Eigentümer der ersten drei Container auf Juhléns Liste. Diese Container sind inzwischen verschrottet worden.«

»Und was ist mit den anderen?«, fragte Mia.

»Vier weitere gehörten dem Frachtunternehmen SPL und die restlichen drei der Firma Onboardex«, antwortete Gunnar. »Das Seltsame ist, dass sie alle verschrottet worden sind. Wir müssen herausfinden, was in den Containern gewesen ist. Henrik, du nimmst bitte Kontakt zu SAL auf, Mia, du übernimmst SPL, und ich kümmere mich um Onboardex. Ich weiß, dass heute Sonntag ist, aber irgendjemanden werden wir schon erwischen. Wir müssen eine Antwort auf die Frage bekommen, warum Hans Juhlén die Kennzeichnungsnummern von verschrotteten Containern auf seinem Computer hatte.«

Entschlossen verließ Gunnar Henriks Büro.

Mia erhob sich mühsam und schleppte sich hinaus. Henrik seufzte und unterdrückte den starken Impuls, seine Kollegin anzutreiben.

Dann wählte er die Nummer von SAL in Stockholm. Automatisch wurde er mit einer Telefonzentrale im Ausland verbunden und erfuhr über eine mechanische Stimme, dass die Wartezeit momentan fünf Minuten betrage. Er nahm sich einen Stift aus dem schwarzen Drahtmetallköcher und ließ ihn auf der Unterlage kreisen, während er wartete. Schließlich antwortete eine männliche Stimme auf Englisch mit deutschem Akzent.

Henrik trug sein Anliegen in ziemlich rostigem Englisch vor und wurde gleich nach Stockholm zu einer Sachbearbeiterin durchgestellt, die sich mit träger Stimme meldete.

Nachdem er sich kurz vorgestellt hatte, kam er ohne Umschweife zur Sache.

»Ich würde gern ein paar Container überprüfen lassen, die in Ihrem Besitz gewesen sein sollen.«

»Haben Sie die Nummern vorliegen?«

Langsam las Henrik die Kombinationen vor und hörte, wie die Frau am anderen Ende die Buchstaben und Ziffern auf der Tastatur eingab.

Es wurde still.
»Hallo?«, sagte Henrik.
»Hallo, ja.«
»Ich dachte, Sie hätten aufgelegt.«
»Nein, ich warte auf die Antwort vom System.«
»Ich weiß, dass die Container von Ihnen verschrottet worden sind, aber ich würde gern wissen, was für eine Ladung sie enthielten.«
»Also, soweit ich sehen kann, wurden sie nicht verschrottet.«
»Nicht?«
»Nein, sie sind überhaupt nicht im System.«
»Was heißt das?«
»Sie fehlen.«
»Alle drei?«
»Ja, alle drei. Sie sind verschwunden.«
Henrik erhob sich mit einem Ruck und starrte auf die Wand.
Seine Gedanken wirbelten herum.
Stockend bedankte er sich für das Gespräch, verließ sein Büro und betrat eilig Mias Zimmer.
Seine Kollegin legte gerade den Hörer auf.
»Komisch«, sagte Mia. »Laut den Angaben von SPL haben sie die Container nie in Empfang genommen. Sie sind spurlos verschwunden.«
Henrik ging gleich weiter zu Gunnar und wäre in der Türöffnung beinahe mit ihm zusammengestoßen.
»Also«, fing Gunnar an.
»Sag nichts«, meinte Henrik. »Die Container sind verschwunden, oder?«
»Genau, aber woher wusstest du das?«

Die Prepaidkarte kostete fünfzig Kronen. Jana Berzelius bezahlte passend und lehnte die Quittung ab, die die Verkäuferin ihr reichte. Beim Verlassen des winzigen Ladens musste sie seitwärtsgehen, um nicht gegen das Regal mit den Kaugummis zu stoßen.

Den Ort ihres Einkaufs hatte sie sorgfältig ausgewählt. Sie hatte erst zu einer Tankstelle fahren wollen, es sich dann aber anders überlegt. Tankstellen wurden von Kameras überwacht, und sie wollte nicht das Risiko eingehen, gefilmt zu werden. Sie musste mit höchster Diskretion vorgehen.

Zurück im Auto zog sie ihre Handschuhe an, öffnete die Verpackung mit der neuen SIM-Karte und steckte sie in Thomas Rydbergs Handy. Dann schaltete sie das Gerät an und blieb eine Weile sitzen, ehe sie die Nummer wählte, an die die SMS gegangen war. Sie wartete auf den Freiton. Das Gefühl beschlich sie, dass sich am anderen Ende niemand melden würde, weil das Telefon aus war, schließlich war Wochenende, oder die Nummer war nicht mehr aktiv.

Als der erste Ton ihr Ohr erreichte, war sie richtiggehend erstaunt. Ihr Herz begann zu klopfen. Mit der einen Hand hielt sie das Lenkrad fest umklammert. Plötzlich antwortete jemand. Sie hörte eine Stimme und einen Namen.

Und dieser Name verblüffte sie.

Die Temperatur in Henrik Levins Büro war um einige Grade gestiegen. Gunnar Öhrn hatte die Ellbogen auf die Knie gestützt und hielt ein Blatt Papier in der Hand.

Mia Bolander lehnte an der Wand, und Henrik Levin saß mit übereinandergeschlagenen Beinen auf seinem Bürostuhl.

»Also hat keines der Unternehmen die Container in Empfang genommen? Alle sind verschollen?«, fragte Mia.

»Ja«, sagte Henrik. »Dabei ist das wohl nicht so ungewöhnlich. Container können bei hohem Seegang über Bord gehen, und das Risiko steigt natürlich, wenn die Besatzung sie nicht ordentlich festgezurrt hat. Oder wenn sie nicht gut verladen worden sind.«

»Offenbar gehen jedes Jahr viele Container verloren. Es ist schwer, eine exakte Auskunft zu bekommen, aber ich habe gehört, dass die Zahl zwischen zweitausend und zehntausend geschätzt wird«, berichtete Gunnar.

»Das ist eine ziemlich große Spanne«, sagte Mia.

»Ja«, stimmte Henrik zu.

»Die haben bestimmt gute Versicherungen«, sagte sie.

Eine Weile war es still im Zimmer.

»Okay, es ist offenbar nicht weiter komisch, dass die Container, nach denen wir gesucht haben, auf dem Meeresgrund liegen«, sagte Henrik. »Das Komische ist aber, dass Hans Juhlén sie auf seinem Computer aufgelistet hatte.«

»Was war denn in den Containern? Ich meine, irgendwas muss doch drin gewesen sein?«, fragte Mia.

»Das konnte uns auch niemand sagen«, erwiderte Henrik. »Das Einzige, was wir wissen, ist, dass alle aus Chile stammten und dass sie über Hamburg kamen, in Norrköping umgeladen und dann zurück nach Chile transportiert wurden. Aber dort sind sie nie angekommen. Stattdessen sind sie auf dem Weg über den Atlantik verschwunden.«

»Mit anderen Worten liegen jede Menge wertvoller Dinge auf dem Meeresgrund. Man sollte Taucher werden«, bemerkte Mia.

»Der erste Container von der Liste wurde 1989 als vermisst registriert«, sagte Henrik. »Weitere zwei werden seit

1990 beziehungsweise 1992 vermisst. Der letzte ist vor einem Jahr verschwunden. *Warum* hatte Hans Juhlén die Kennzeichnungsnummern von ausgerechnet diesen Containern?«

Er wechselte die Beinstellung und seufzte leise.

Mia hob resigniert die Schultern, und Gunnar kratzte sich am Kopf. In diesem Moment tauchte Ola auf. Er lehnte sich an die Tür, wobei die Kinderzeichnung, die daran befestigt war, sich löste und auf den Boden fiel.

»Tut mir leid«, sagte Ola und hob das Bild auf.

»Macht nichts«, sagte Henrik und nahm es.

»Cooles Gespenst.«

»Mein Sohn hat gerade eine etwas anstrengende Phase. Es geht immer nur um Geister und Gespenster.«

Henrik legte den Zettel auf den Schreibtisch.

»Geister?«, sagte Mia.

»Ja, er träumt von Gespenstern, malt Gespenster, sieht sich Geisterfilme an«, erwiderte Henrik.

»Nein, ich meine … Geister! Als wir Yusef Abrham verhört haben, da hat er doch was von Geistercontainern gesagt, oder?«, meinte Mia.

»Ja«, erinnerte sich Henrik.

»Dass manche illegale Flüchtlinge auf dem Weg hierher sterben. Manchmal alle.«

»Aber diese Container sind doch auf dem Weg von Schweden über den Atlantik verschwunden. Dann kann es doch nichts mit illegalen Flüchtlingen zu tun haben.«

»Da hast du auch wieder recht«, sagte Mia.

»Was können sie denn dann enthalten haben?«, fragte Ola.

»Es ist so gut wie unmöglich, Informationen darüber zu bekommen«, erwiderte Henrik.

»Vielleicht waren sie ja leer«, sagte Ola.

»Das klingt nicht gerade wahrscheinlich. Warum sollte Hans Juhlén auf seinem Computer Angaben über zehn Container speichern, die vor mehreren Jahren verschwunden sind und außerdem leer waren?« Henrik erhob sich hastig von seinem Stuhl und fuhr fort: »Er hat also das Dokument am selben Tag oder besser gesagt Abend gelöscht, an dem er ermordet wurde, oder, Ola?«

»Ja, um 18.35 Uhr«, antwortete Ola.

»Warte mal kurz ... Wann hat er die Pizzen abgeholt?«

»Um 18.50 Uhr, wenn ich mich recht erinnere«, sagte Ola.

»Wie weit ist es vom Amt für Migration zur Pizzeria?«

Mia nahm ihr Handy aus der Tasche und gab die Strecke in die Karten-App ein.

»Acht Minuten mit dem Auto.«

»Aber das ist die reine Fahrzeit und wird ab dem Zeitpunkt gerechnet, wenn man schon im Auto sitzt und losfährt, oder?«

»Ja ...«

Henrik sah von einem zum anderen und hob die Augenbrauen.

»Es ist doch eher unwahrscheinlich, dass er von seinem Büro in die Parkgarage gegangen ist, sich ins Auto gesetzt hat, zur Pizzeria gefahren ist, dort geparkt hat und ausgestiegen ist – und das alles in nur fünf Minuten. Oder?«

»Stimmt«, meinte Mia.

»Also muss jemand anders das Dokument gelöscht haben«, folgerte Henrik.

»Ich weiß nicht, wie uns das entgehen konnte. Aber jetzt steht jedenfalls fest, dass Juhlén das Dokument nicht selbst von seinem Computer gelöscht haben kann«, sagte Henrik Levin.

Jana Berzelius bereute, dass sie ans Telefon gegangen war, als Henrik Levin anrief. Er redete ohne Punkt und Komma.

»Er ist irgendwann zwischen sieben und acht Uhr abends gestorben. Das Dokument wurde um kurz nach halb sieben gelöscht. Also muss das jemand anders getan haben.«

»Ja.«

»Ich muss herausfinden, wer.«

»Ja.«

Jana schwieg eine Weile, dann sagte sie: »Der junge Wachmann, der am Sonntag im Amt für Migration Dienst hatte … Rufen Sie ihn noch mal an. Fragen Sie ihn, ob er wirklich niemanden sonst im Gebäude gesehen hat. Und jetzt entschuldigen Sie mich bitte. Ich bin beschäftigt.«

»Alles klar«, sagte Henrik Levin. »Ich wollte Sie nur informieren.«

Jana beendete das Gespräch und stieg aus dem Auto. Sie hatte ein wenig abseits geparkt und sah schon von Weitem das Reihenhaus.

Hastig ging sie die Straße entlang und mied dabei die Straßenbeleuchtung, so gut sie konnte. Dann und wann warf sie einen Blick nach hinten, um sicherzustellen, dass niemand sie bemerkte.

Im Vorübergehen betrachtete sie die Fenster, aber keine Gardine bewegte sich. Sie verspürte Dankbarkeit, dass es dunkel war, als sie unbemerkt über den weißgestrichenen Zaun vor dem Haus gelangte. Auf dem grünen Briefkasten davor stand die Nummer 21. Und ein Name.

Lena Wikström.

Schmatzend nahm Mia Bolander einen großen Bissen von der saftigen Birne, die sie in der Obstschale in der Teeküche gefunden hatte. Noch hatte sie nichts Richtiges im Magen, und vermutlich würde sie den ganzen Tag über nichts zu essen bekommen. Sie hatte morgens den Kühlschrank geöffnet und sich gefragt, ob man von einer Tube Kaviarcreme satt werden konnte. Die Alternative wäre Ketchup gewesen. Oder beides zu mischen. Sie hatte sich dagegen entschieden.

Von Henrik Levin hatte sie die Aufgabe bekommen, umgehend beim Sicherheitsdienst anzurufen, der das Amt für Migration betreute. Während sie die Nummer wählte, nahm sie einen weiteren großen Bissen von der Birne. Sofort meldete sich am anderen Ende die Dame in der Telefonzentrale.

»Mia Bolander, Krimi…«, sagte Mia. Doch ihre Worte waren kaum zu verstehen, da sie immer noch ein Stück Birne im Mund hatte. Sie kaute, schluckte und fing von vorn an.

»Mia Bolander, Kriminalobermeisterin. Ich müsste mal mit …« Sie beugte sich über den Collegeblock, auf den sie den Namen geschmiert hatte, und fuhr fort: »… Jens Cavenius reden. Es eilt.«

»Einen Moment …«

Mia wartete, während sie die restliche Birne aß.

»Jens Cavenius hat heute leider frei«, sagte die Frau vom Sicherheitsdienst.

»Ich muss ihn umgehend sprechen. Sorgen Sie dafür, dass er mich anruft, sonst werde ich mir seine Nummer beschaffen müssen. Okay?«

»Selbstverständlich.«

Mia hinterließ ihre Nummer und bedankte sich.

Nur fünf Minuten später rief Jens Cavenius zurück.

Mia kam gleich zur Sache.

»Ich möchte mehr über Ihre Beobachtungen vom letzten Sonntag wissen. Deshalb bitte ich Sie, ein bisschen nachzudenken. Haben Sie Herrn Juhlén wirklich *gesehen*?«

»Ich bin an seinem Büro vorbeigegangen.«

»Aber haben Sie ihn *gesehen*? Und mit ihm gesprochen?«

»Nein, das vielleicht nicht, aber die Lampe in seinem Zimmer war an.«

»Und?«

»Ich habe gehört, wie er auf der Tastatur herumgetippt hat.«

»Aber Sie haben ihn nicht gesehen?«

»Nein, ich …«

»Es könnte also auch jemand anders im Büro gewesen sein?«

»Aber …«

»Denken Sie bitte ganz genau nach. Haben Sie jemand anders im Büro gesehen? Erinnern Sie sich an irgendwelche Details, also an Kleidung oder so?«

»Ich versuche nachzudenken.«

»Und ich versuche, Ihr Denken zu beschleunigen.«

»Ich glaube, ich habe durch den Türspalt einen Ärmel gesehen. Einen lila Ärmel.«

»Und wenn Sie noch ein bisschen mehr nachdenken, wer in diesem Büro könnte einen solchen Ärmel haben?«

»Ich weiß nicht … aber ich glaube …«

»Ja?«

»… dass es seine Sekretärin gewesen sein könnte. Lena Wikström.«

Lena Wikström war unbehaglich zumute. Sie fingerte an ihrer goldenen Kette herum und biss sich auf die Unterlippe. Ihr war schlecht, als sie daran dachte, dass Thomas Rydberg nicht mehr unter den Lebenden weilte. Dass er ermordet worden war. Im Hafen. Von wem denn bloß?

Noch schlechter fühlte sie sich, als sie das Handy sah, das noch immer auf der geblümten Decke am Fußende ihres Bettes lag. Das Licht zweier hoher Lampen erleuchtete drei Bilder auf dem Tisch. Fröhliche Kindergesichter mit Mittsommerkränzen erinnerten an den vergangenen Sommer. An der Decke hing ein weißlackierter Kronleuchter mit kleinen Kristallen.

Wer mochte sie angerufen haben?

Sie ließ die Kette los und öffnete die eine Tür des Kleiderschranks, zog einen Koffer hervor und legte ihn aufs Bett neben das Handy. Der Schweiß trat ihr auf die Stirn.

Noch nie hatte jemand sie unter dieser Nummer angerufen. Sie allein entschied über die Art und den Zeitpunkt der Kommunikation. Niemand sonst. So lautete die Vereinbarung. Die anderen durften nur per SMS miteinander kommunizieren und mussten sich den Inhalt der empfangenen Nachrichten einprägen, bevor sie sie löschten. Man telefonierte nicht miteinander. So war es nun mal. Doch jetzt war die Regel gebrochen worden.

Von wem?

Sie hatte die Nummer nicht erkannt. Jetzt traute sie sich nicht, das Handy zu berühren, sondern ließ es auf dem Bett liegen.

Lena öffnete den Reißverschluss des Koffers. Ihr erster Impuls war zu fliehen. Sie konnte nicht so genau sagen, warum, aber im Moment wollte sie einfach nur weg.

Natürlich konnte sich jemand verwählt haben. Aber sie war selbst nicht recht davon überzeugt. Die Sorge, entlarvt zu werden, war zu groß, als dass sie den Anruf ignorieren konnte.

Sie öffnete eine weitere Schranktür und nahm drei Strickjacken, eine Bluse und vier Tops heraus. Die Unterwäsche war ihr nicht so wichtig, und sie packte einfach das ein, was zuoberst lag. Vor Ort konnte sie sich ja neue kaufen. Sie hatte schon oft gedacht, dass dieser Tag kommen würde, ja, sie *wusste*, dass er kommen würde. Dennoch hatte sie keine Ahnung, wo sie hinsollte.

Plötzlich klingelte es an der Tür.

Sie erstarrte. Wer konnte das sein? Sie erwartete keinen Besuch.

Beunruhigt schlich sie vom Schlaf- ins Wohnzimmer, am Bad vorbei und in den Flur. Durch den Spion spähte sie nach draußen, doch sie sah nichts als Dunkelheit.

Mit beiden Händen schloss sie die Tür auf und entriegelte die zusätzlichen Sicherheitsschlösser. Durch den schmalen Spalt sah sie draußen eine Frau stehen.

»Hallo, Frau Wikström«, sagte Jana Berzelius und stellte den Fuß in die Türöffnung.

»Was wissen wir über Lena Wikström?«, fragte Gunnar Öhrn.

Sie standen um den Konferenztisch. Alle waren aufgekratzt.

»Sie ist achtundfünfzig, hat zwei erwachsene Kinder, der Sohn wohnt in Skövde, die Tochter in Stockholm, keine Vorstrafen«, las Ola Söderström vor.

»Und was machen wir jetzt?«, fragte Mia.

»Wir müssen sie zur Vernehmung holen«, sagte Henrik.

»Aber bisher haben wir doch nur einen verwirrten Teenager, der glaubt, sie im Büro gesehen zu haben«, gab Mia zu bedenken.

»Ich weiß, aber im Moment ist das unsere wichtigste Spur«, entgegnete Henrik.

»Henrik hat recht. Wir sollten die Sache weiterverfolgen. Und zwar sofort!«

Gunnars Miene war ernst. Er zeigte mit dem Finger auf sich.

»Ich fahre hin. Henrik und Mia, ihr kommt mit.«

Er verließ das Zimmer, gefolgt von Henrik und Mia.

Ola blieb allein zurück.

Er trommelte auf der Tischplatte herum, stellte zufrieden fest, dass die Ermittlungen endlich ein bisschen Fahrt aufnahmen, und machte sich auf den Weg in sein Büro, um den Computer hochzufahren. Anschließend ging er in die Küche und stellte die Aufbewahrungsbox mit seinem mitgebrachten Mittagessen in den Kühlschrank.

Auf dem Rückweg fiel sein Blick eher zufällig auf die Postfächer. Sein eigenes war leer, aber in Gunnars lag ein Stapel mit Unterlagen. Er las den Absender. Es waren Gesprächslisten von einem Telefonanbieter und betrafen die Nummer von Thomas Rydberg.

Rasch überflog Ola die Listen. Als er auf der Seite mit den verschickten Kurznachrichten angekommen war, hielt er verblüfft inne. Dann sprang er auf, lief zum Fahrstuhl und drückte hektisch auf den Knopf, um seine Kollegen einzuholen.

Lena Wikström gelang es nicht, rechtzeitig zu reagieren, als Jana Berzelius sich durch die Tür drängte und sie hinter sich schloss. Der Flur war nur schwach beleuchtet. Auf einer Kommode mit einer bestickten Decke waren Porzellanfiguren in verschiedenen Größen zu erahnen.

Jana verharrte reglos. Die Frau vor ihr kam ihr irgendwie bekannt vor.

»Wer sind Sie?«, fragte Lena und musterte Jana.

»Ich heiße Jana Berzelius. Ich ermittle im Mordfall Hans Juhlén.«

»Aha, und was machen Sie um diese Zeit in meinem Haus?«

»Ich brauche Antworten auf eine Reihe von Fragen.«

Verständnislos starrte Lena die Frau in den hochhackigen Schuhen und dem dunklen Trenchcoat an.

»Ich kann Ihnen nicht helfen.«

»Doch, das können Sie«, sagte Jana und ging geradewegs in die Küche.

»Aber Sie können doch nicht einfach in mein Haus eindringen«, meinte Lena.

»Doch, und wenn Sie sich widersetzen, sorge ich für einen Hausdurchsuchungsbeschluss. Dann habe ich jedes Recht der Welt, hier zu sein.«

Lena seufzte.

»Gut. Was wollten Sie mich fragen?«

»Hans Juhlén ist in seinem Haus ermordet worden.«

»Das war keine Frage.«

»Stimmt.«

Lena kehrte zur Haustür zurück und sperrte sie von innen zu. Vorsichtig öffnete sie eine Kommodenschublade und holte eine Pistole heraus, die sie sich hinten in den Hosenbund steckte. Dann zupfte sie ihren Pullover zurecht, der die Ausbuchtung gut kaschierte, und ging mit einem künstlichen Lächeln auf den Lippen in die Küche zurück.

»Und wie lautet jetzt Ihre Frage?«

»Hans Juhlén wurde gegen sieben Uhr abends ermordet. Bei der Untersuchung seines Computers ist die Polizei auf eine Reihe von Kennzeichnungsnummern von Containern gestoßen. Die Nummern wurden gegen halb sieben von seinem Computer gelöscht. Er selbst kann es nicht gewesen sein. Waren Sie das?«

Lena wusste nicht, wie sie reagieren sollte. Sie verspürte einen wachsenden Druck auf der Brust.

Jana fuhr fort: »Aus bestimmten Gründen muss ich herausfinden, was in diesen Containern war.«

»Tut mir leid, aber ich muss Sie bitten zu gehen.«

»Ich will doch nur wissen, was …«

»Verlassen Sie mein Haus.«

Jana blieb am Tisch stehen, während Lena unauffällig die Hand hinter den Rücken führte.

»Sie sollen gehen!«

»Ich bleibe, bis ich eine Antwort erhalten habe«, beharrte Jana.

Sie hatte bemerkt, dass die Hand von Lena Wikström auf den Rücken gewandert war, und machte sich bereit.

»Nein, das werden Sie nicht …«

Im selben Moment, in dem Lena die Pistole aus dem Hosenbund zog, nahm Jana Anlauf, schlug ihrem Gegenüber mit der Handkante in die Nieren und stieß ihr das Knie in den Bauch. Lena ließ die Pistole fallen, während sie zu wimmern begann – wegen des Schocks, aber auch wegen der furchtbaren Schmerzen.

Jana kontrollierte das Magazin, das noch voll war, spannte den Hahn und hockte sich vor Lena auf den Boden. Auf einmal fiel ihr Blick auf etwas Goldenes, das von ihrem Hals herabhing.

Etwas, das im Licht der Deckenbeleuchtung schimmerte.

Der Fußboden schaukelte, als sie sah, was es war. Es flimmerte vor ihren Augen und rauschte in den Ohren. Die Schläfen schmerzten bei jedem Pulsschlag.

Eine Kette.

Mit einem Namen.

Mama.

Der Fahrstuhl war unerhört langsam. Zumindest empfand er es so. Ola Söderström starrte auf die Anzeige, deren Ziffern bei jedem Stockwerk niedriger wurden. Als die Türen sich öffneten, stürzte er in die Tiefgarage, um seine Kollegen zu finden.

Er hörte eine Autotür zuschlagen und lief in die Richtung des Geräuschs. Er hörte eine weitere Autotür zufallen und streckte sich, um einen besseren Überblick über die parkenden Autos zu bekommen.

Da sah er Gunnar Öhrns Silhouette in einem Auto weiter hinten verschwinden. Noch einmal schlug eine Tür zu. Der Knall hallte in der Garage wider.

»Halt!«, schrie Ola.

Rote Bremslichter leuchteten vor ihm auf.

Gunnar öffnete die Tür und steckte den Kopf heraus.

»Was gibt's?«

Ola holte ihn ein, legte den Arm auf die Tür und schöpfte Atem.

»Wir … haben … die … Listen«, sagte er.

Gunnar nahm den Papierstapel.

Mia und Henrik tauschten Blicke.

»Thomas Rydbergs … Handy. Sieh dir mal die Seite acht an. Seine … SMS.«

Ola atmete dreimal tief durch, während Gunnar bis zur angegebenen Seite blätterte. In der zweiten Zeile stand eine äußerst seltsame Nachricht. »Lfg. Di., 1.«

»Hat Thomas Rydberg diese SMS verschickt?«, vergewisserte sich Gunnar.

Ola nickte kurz.

»An wen?«

»Anscheinend ist das die Nummer eines Diensthandys vom Amt für Migration.«

»Hans Juhlén?«

»Ja, oder vielleicht seine Sekretärin«, sagte Ola.

Gunnar nickte.

»Noch ein Grund, sie aufs Revier zu holen.«

Er schloss die Autotür und fuhr eilig aus der Tiefgarage.

Der pulsierende Schmerz ließ nicht nach. Lena Wikström drückte die rechte Hand an ihre schmerzende Niere und funkelte Jana Berzelius an, die schon eine ganze Weile mit geladener Pistole vor ihr stand. Mit aufgerissenen Augen und einem Blick, als hätte sie einen Geist gesehen.

»Die Kette«, flüsterte Jana.

Und schlagartig kehrte die Erinnerung zurück. An ein Mädchen, einen Jungen und eine Frau. Die Frau hatte eine Pistole, und sie und der Junge … *warfen sich rückwärts. Er packte die Frau fest am Arm und drehte ihn, damit sie die Pistole losließ. Dabei löste sich ein Schuss. Das Geräusch hallte zwischen den Bäumen wider.*

Die Frau schrie vor Schmerz auf, als der Junge ihren Arm nach hinten zwang.

Das Mädchen bekam die Pistole zu fassen und zielte auf die Frau. Da sah sie plötzlich den Jungen ins Gras sinken. Er war getroffen.

Und das Mädchen … war ich.
Das war ich!

Jana war schwindlig. Sie musste sich mit der Hand auf den Küchentisch stützen.

»Hades …«, sagte sie langsam.

Lena sperrte den Mund vor Erstaunen auf.

»Du hast ihn getötet«, fuhr Jana fort. »Ich habe es gesehen. Du hast ihn getötet. Vor meinen Augen!«

Lena schwieg, ihre Augen wurden schmal, und sie musterte Jana von oben bis unten.

»Wer bist du?«, fragte sie.

Janas Hände begannen zu zittern. Die Pistole vibrierte. Sie hielt sie mit beiden Händen, um sie zu stabilisieren und Lena weiter im Visier zu haben.

»Wer bist du?«, wiederholte Lena. »Du kannst nicht diejenige sein, für die ich dich halte.«

»Wer bin ich denn, glaubst du?«

»Ker?«

Jana nickte.

»Das ist nicht wahr …«, sagte Lena. »Das kann nicht wahr sein.«

»Du hast ihn getötet!«

»Er ist nicht tot. Wer hat gesagt, dass er tot ist?«

»Aber ich habe doch gesehen …«

»Glaub nicht alles, was du siehst«, unterbrach Lena sie.

Jana runzelte die Stirn. »Du weißt, was in den Containern war, oder?«, sagte sie.

»Ja«, antwortete Lena. »Und das müsstest du auch wissen.«

»Sag es mir!«

»Weißt du es nicht mehr? Erinnerst du dich nicht?«

»Sag mir, was drin war!«

Mühsam stemmte Lena sich hoch, seufzte schwer und blieb sitzen, den Rücken an die Kiefernholzschränke gelehnt.

»Nichts Besonderes …«

Sie machte eine Grimasse vor Schmerzen, zog den Pullover hoch und betrachtete die gerötete Stelle, an der Jana ihr einen Schlag verpasst hatte.

»Weiter!«

»Was weiter?«

»Was war denn in den Containern? Drogen?«

Lena sah Jana verwundert an. Dann lächelte sie.

»Ja, genau«, sagte sie und nickte. »Genau. Drogen. Wir …«

»Wer wir?«

»Ach, da gibt es nicht viel zu erzählen … Das Ganze hat sich eher zufällig ergeben, oder, wie soll man sagen … Später wurde alles … organisierter.«

»Du weißt, warum in meinen Nacken ein Name eingeritzt ist?«

Lena antwortete nicht.

»Los, sag schon!«

Jana machte einen Schritt vorwärts und zielte mit der Pistole auf Lenas Kopf. Lena zuckte mit den Schultern.

»Das war seine Idee. Nicht meine. Ich hatte nichts damit zu tun. Ich habe nur … mitgeholfen.«

»Wer ist dieser *Er*? Sag es mir!«

»Nein.«

»Sag!«

»Nein! Niemals!«

Jana packte die Pistole fester.

»Und Thomas Rydberg, welche Rolle hat er gehabt?«

»Er wusste, wann die Transporte kamen, und hat es mir mitgeteilt.«

»Per SMS?«

»Ja. Ziemlich dumm eigentlich.«

Lena holte tief Luft.

»Aber er hat gut gezahlt.«

»Wer? Thomas? Wer hat gut gezahlt?«

Lena lächelte wieder.

Plötzlich war das Geräusch eines abbremsenden Autos zu vernehmen.

»Erwartest du jemanden?«

Lena schüttelte den Kopf.

»Steh auf. Beeil dich. Los!«, befahl Jana, als sie hörte, wie Autotüren zugeschlagen wurden.

Sie richtete die Waffe auf Lenas Hinterkopf und schob die Frau zum Fenster.

»Wer ist es?«, fragte sie.

»Die Polizei!«

Die Polizei?, dachte Jana. Was machen die hier? Was wissen sie?

Ratlos kaute sie auf ihrer Unterlippe. Sie musste das Haus sofort verlassen. Aber was sollte sie mit Lena machen? Sie unterdrückte den Impuls, sie zu töten. Der Gedanke war unsinnig. Lena war eine wichtige Quelle und in der momentanen Lage die Einzige, die erzählen konnte, wer hinter dem Ganzen stand. Aber was sollte sie mit ihr machen? Sie fesseln? Sie in Ruhe lassen? Sie bewusstlos schlagen?

Jana fluchte im Stillen. Sie steckte die Hand in die Tasche, ertastete Thomas Rydbergs Telefon und hatte eine plötzliche Eingebung. Sie hielt Lena das Telefon vor die Nase.

»Das mit den SMS war vielleicht doch nicht so dumm«, sagte sie. »Es war sogar ziemlich schlau. Denn weißt du, was das hier ist? Das ist Thomas Rydbergs Handy.«

»Warum hast du das?«

»Das ist egal, aber jetzt weiß ich, wie ich es loswerden kann.«

Jana nickte Lena zu.

»So, beweg dich!«

Schritte waren vor der Haustür zu hören.

Jana hielt die Pistole weiter auf Lenas Hinterkopf gerichtet und schubste sie ins Schlafzimmer.

Als sie den offenen Koffer auf dem Bett liegen sah, forderte sie Lena auf, sich daneben zu setzen. Sie wischte das Handy ab und presste Lenas Finger dagegen.

»Was machst du da? Was soll das?«

Jana legte das Handy in den Koffer.

»Die Polizei ist da. Du wirst alles gestehen. Du wirst die Morde an Hans Juhlén und an Thomas Rydberg gestehen.«

»Du bist verrückt. Niemals.«

»Ich sehe, dass du Kinder hast. Und Enkelkinder. Ich werde sie töten, eines für jeden Tag, der vergeht, bis du ein Geständnis abgelegt hast.«

»Das kannst du doch nicht machen!«

»Doch, das kann ich. Das weißt du ganz genau.«

»Es ist doch damit nicht beendet. Es ist nie vorbei. Niemals!«

»Doch, es ist vorbei.«

»Du wirst wegen dieser Sache ins Gefängnis wandern! Ich werde dich drankriegen, Jana, nur dass du es weißt!«

»Weißt du was? Ich glaube nicht, dass irgendjemand eine Staatsanwältin verdächtigen wird. Und apropos – du und ich, wir werden uns vor Gericht wiedersehen. In etwa zwei Wochen werde ich dich wegen Mordes anklagen. Für Mord gibt es in Schweden die Höchststrafe. Du siehst, es ist tatsächlich vorbei. Und zwar für dich, Lena!«

Als es an der Haustür klingelte, verließ Jana das Schlafzimmer. Leise schloss sie die Tür zur Veranda auf. Der Garten hinter dem Haus lag im Dunkeln, das sie umfing, sobald sie hinaustrat.

Sie hatte Blutgeschmack im Mund. Sie konnte nicht mehr.

Das Mädchen warf sich auf die Erde und kroch zu einem Stein. Die Fichtennadeln stachen sie durch die Hose hindurch, die hier und da rote Flecken vom Blut aufwies. Die Äste hatten ihr beim Laufen die Beine zerkratzt.

Sie versuchte, die Luft anzuhalten und auf Geräusche zu lauschen. Aber es fiel ihr schwer, weil sie so sehr außer Atem war. Ihr Herz schlug laut vor Anstrengung, und im Kopf pochte es.

Sie strich eine Haarsträhne zurück, die an ihrer verschwitzten Stirn hängengeblieben war, und probierte, die Finger zu strecken, die krampfhaft die Pistole umklammert hatten.

Im Magazin befanden sich noch sieben Patronen. Sie legte die Pistole auf die Knie. Zwei Stunden saß sie da und lehnte sich an den Stein. Dann lief sie weiter.

Montag, den 23. April

Lena Wikström war wegen des dringenden Verdachts des Mordes an Thomas Rydberg vorläufig festgenommen worden. Jana Berzelius hatte den Haftantrag eingereicht, und noch am selben Tag sollte die Haftprüfungsverhandlung stattfinden. Als Nächstes stand die Vernehmung von Lena Wikström an, der Gunnar schon mit Spannung entgegensah.

Während er auf den Fahrstuhl wartete, pfiff er vor sich hin. Die Taste mit dem nach oben weisenden Pfeil leuchtete. Dennoch drückte er sie ein zweites und ein drittes Mal. Als würde der Fahrstuhl dadurch schneller kommen.

Über den Durchbruch war er froh und erleichtert.

Sie waren wegen einer Routinesache zu Lena Wikström gefahren und hatten jetzt vollkommen unerwartet eine Hauptverdächtige im Mordfall Thomas Rydberg. In jedem Fall musste sie mit der Sache etwas zu tun haben. Dass sie Rydbergs Handy in ihrem Haus gefunden hatten, sprach eindeutig gegen sie.

Die Nachricht vom Fund des Handys war im Lauf des Vormittags an die Medien durchgesickert. Um Viertel vor zwei hatte Gunnar die Pressekonferenz verlassen.

Eine Stunde lang hatten die Polizeipressesprecherin Sara Arvidsson und einige Vertreter der Führungsebene kurze Antworten auf allgemeine Fragen zu Lena Wikström gegeben. Die Fragen nach ihrer Beteiligung am Mord an Juhlén und an dem noch nicht identifizierten Jungen hatten sie, soweit es ging, ignoriert.

Gunnar hatte gehofft, die Erklärung der Pressesprecherin werde den Anschein erwecken, dass die Ermittlungen stetig vorangingen und dass man dank des Durchbruchs mit Lena Wikström mit einer baldigen Aufklärung des Falls rechnen konnte. Doch sobald Sara Arvidsson die Pressemitteilung verlesen hatte, waren eifrige Finger nach oben geschossen, und die Fragen waren nur so auf sie herabgehagelt: Ist sie des Mordes an Hans Juhlén schuldig? Hat sie auch den Jungen getötet? Stimmt es, dass sie mit Drogen gedealt hat?

Arvidsson hatte so ausweichend geantwortet wie nur möglich und auf die derzeit sensible Ermittlungsphase verwiesen, bevor sich die Pressekonferenz aufgelöst hatte.

Als Gunnar mit dem Aufzug ins Untersuchungsgefängnis fuhr, spürte er, dass er hungrig war. Das Mittagessen hatte aus einer nicht ganz sättigenden Fleischsuppe bestanden. Er stieg aus dem Fahrstuhl und sah zu den Vernehmungsräumen hinüber. Noch war Zeit, bevor die Vernehmung von Lena Wikström beginnen sollte.

Gunnar ging zum Automaten, der in einer Ecke am Fahrstuhl stand. Das überbordende Angebot machte ihn nur noch hungriger. Er wählte eine Tafel Schokolade aus und aß die gesamte Tafel im Stehen.

Aus dem Fahrstuhl trat Rechtsanwalt Peter Ramstedt – in schimmerndem Anzug, orangefarbenem Hemd und gepunktetem Schlips. Die Haare waren nach hinten gegelt und überraschend blond.

»Sie naschen also heimlich Schokolade. Hat Anneli Sie nicht besser im Griff?«

»Nein«, sagte Gunnar.

»Sind Sie eigentlich zusammen? Es wird ja einiges gemunkelt.«

»Man soll nicht an Gerüchte glauben.«

Ramstedt grinste breit.

»Aha«, sagte er und schaute auf die Uhr. »Wir fangen in zehn Minuten an. Wo ist die Staatsanwältin?«

Im selben Moment öffnete sich die Fahrstuhltür, und Jana Berzelius trat heraus. Sie trug heute einen knielangen Rock mit hoher Taille, eine weiße Bluse und Armbänder in verschiedenen Farben. Die Haare hingen ganz glatt herunter, und die Lippen waren roséfarben.

»Wenn man vom Teufel spricht«, sagte Ramstedt laut. »Wollen wir?«

Gunnar ging voran. Ramstedt und Jana Berzelius folgten. Verstohlen sah der Anwalt sie von der Seite an.

»So richtig viel für die Anklage haben Sie auch hier nicht«, sagte er.

»Nicht?«, konterte Jana.

»Keine Beweismittel.«

»Wir haben das Handy.«

»Das ist aber kein Beweis für die Tat.«

»Doch.«

»Sie wird die Tat nicht gestehen.«

»Doch, das wird sie«, sagte Jana und betrat das Vernehmungszimmer. »Glauben Sie mir.«

Mia Bolander stand breitbeinig und mit verschränkten Armen da. Hinter dem verspiegelten Fenster hatte sie einen guten Überblick über den Vernehmungsraum.

Lena Wikström saß zusammengesunken auf ihrem Stuhl. Sie hatte den Blick auf die Tischplatte gerichtet und die gefalteten Hände in den Schoß gelegt. Rechtsanwalt

Peter Ramstedt setzte sich und flüsterte ihr etwas ins Ohr, was sie mit einem kurzen Nicken quittierte.

Ihnen gegenüber saß Henrik Levin. Mia beobachtete, wie er Jana Berzelius begrüßte, die daraufhin ihre Aktentasche auf den Boden stellte, einen Stuhl hervorzog und Platz nahm. Total energiegeladen. Elegant. Und überlegen. Widerlich.

Hinter Mia öffnete sich die Tür, und Gunnar Öhrn betrat den Raum. Er prüfte, ob die technische Ausstattung bereit war. Alles wurde von nur wenigen Knöpfen gesteuert, und das System verfügte über die Möglichkeit, die Vernehmung auf mehreren Medien zugleich zu speichern. Außerdem zeichneten zwei Kameras gleichzeitig auf, und zwar mit Bild-in-Bild-Technik. Über Monitor hatten Mia und Gunnar sowohl Lena Wikström als auch Henrik Levin gut im Blick.

Gunnar stellte sich dicht vor das verspiegelte Fenster.

Um Punkt zwei schaltete Henrik das Aufnahmegerät an und begann mit der Vernehmung von Lena Wikström. Sie hob den Blick nicht vom Tisch, als Henrik die ersten Fragen stellte. Ihre Antworten bestanden nur aus Gemurmel.

»Wir wissen, dass Sie am Sonntag, den 15. April eine Reihe von Ziffern- und Buchstabenkombinationen vom Computer Ihres Chefs Hans Juhlén gelöscht haben. Warum?«, fragte Henrik.

»Ich wurde darum gebeten«, sagte Lena Wikström.

»Von wem?«

»Das werde ich nicht sagen.«

»Kannten Sie Thomas Rydberg?«

»Nein.«

»Seltsam. Er hat Ihnen nämlich eine SMS geschickt.«

»Wirklich?«

»Jetzt spielen Sie bitte nicht die Ahnungslose. Wir wissen, dass er das getan hat.«

»Dann hat er das wohl.«

»Gut, dann können Sie uns sicher erklären, was ›Lfg. Di., 1.‹ bedeutet, oder?«

»Nein.«

»Wissen Sie es nicht, oder wollen Sie es uns nicht sagen?«

Lena Wikström schwieg.

Henrik rutschte ungeduldig auf dem Stuhl herum.

»Aber Sie geben zu, das Dokument gelöscht zu haben, das diese Zeichenkombinationen enthielt, oder?«

»Ja.«

»Wissen Sie, wofür die Kombinationen stehen?«

»Nein.«

»Ich glaube, Sie wissen das sehr wohl.«

»Nein.«

»Laut unseren Angaben haben Sie Kennzeichnungsnummern gelöscht. Containernummern.«

Lena Wikström sackte ein wenig in sich zusammen.

»Wir brauchen Ihre Hilfe, um diese Container zu finden«, sagte Henrik.

Lena Wikström schwieg noch immer.

»Sie sollten es uns aber sagen, wenn Sie wissen, wo die Container sind. Das ist wichtig für unsere Ermittlungen.«

»Sie sind nicht auffindbar«, murmelte sie.

»Warum nicht? Warum sind sie nicht …«

»Sie sind nicht auffindbar«, unterbrach sie ihn. »Weil ich nicht weiß, wo sie sind.«

»Ich habe das Gefühl, als würden Sie uns nicht die volle Wahrheit sagen.«

»Oder meine Klientin sagt einfach nur das, was sie weiß«, warf Peter Ramstedt ein.

»Das glaube ich nicht«, sagte Henrik.

Ich auch nicht, dachte Mia hinter der Glasscheibe. Sie kratzte sich mit dem Zeigefinger unter der Nase und verschränkte wieder die Arme.

»Wir werden hier sitzenbleiben, bis Sie uns erzählen, wo die Container sind«, sagte Henrik. »Also reden Sie bitte.«

»Aber es geht nicht.«

»Warum?«

»Sie verstehen noch immer nicht.«

»Was verstehen wir nicht?«

»Es ist nicht so einfach.«

»Wir haben alle Zeit der Welt, um Ihnen zuzuhören. Also bitte erzählen Sie uns jetzt, was …«

»Nein«, unterbrach sie ihn erneut. »Auch wenn ich Ihnen sage, wo sie sind, werden Sie nicht an sie herankommen.«

Es wurde still im Raum.

Mia beobachtete Jana Berzelius, die wiederum mit ihrem Blick Lena Wikström fixierte.

Henrik lehnte sich zurück und seufzte.

»Gut, dann reden wir so lange von etwas anderem, von Ihnen zum Beispiel«, sagte er. »Darf ich fragen …«

Jetzt war es Jana Berzelius, die ihn unterbrach. Sie hatte sich ein wenig vorgebeugt. Ihre dunklen Augen trafen auf Lenas unfreundliche Miene.

»Wie viele Kinder haben Sie?«, fragte sie langsam.

Aha, ist sie jetzt auch noch Vernehmungsleiterin, oder was?, dachte Mia irritiert. Sie sah zu Gunnar hinüber, der konzentriert die Vernehmung verfolgte.

»Zwei«, flüsterte Lena Wikström und sah auf den Tisch. Sie schluckte.

»Und was ist mit Enkelkindern? Wie viele Enkel haben Sie?«

»Aber …«, versuchte sich der Anwalt einzumischen.

»Lassen Sie sie antworten«, unterbrach ihn Jana Berzelius.

Demonstrativ verdrehte Mia die Augen und blickte wieder zu Gunnar hinüber. Doch der bemerkte sie gar nicht, weil er Jana Berzelius anglotzte. Bestimmt dachte er, dass sie toll aussah mit ihrem langen dunklen Haar und überhaupt. Wenn man dunkles Haar gut aussehend fand. Mia war da anderer Meinung. Ihrer Ansicht nach war langes dunkles Haar extrem hässlich.

Sie fuhr sich durch ihr eigenes blondes Haar und sah wieder zu Jana Berzelius, die noch immer dasaß und auf eine Antwort von Lena Wikström wartete.

»Die Staatsanwältin hat Sie gefragt, wie viele Enkelkinder Sie haben«, sagte Henrik.

Aber was zum Teufel … Mia machte einen Schritt auf die Glasscheibe zu. Sieht ganz so aus, als ob … Ja, es sieht aus, als würde …

Lena Wikströms Unterlippe zitterte, nervös wrang sie ihre Hände. Dann hob sie den Kopf und sah Jana Berzelius an, ließ den Blick zu Henrik wandern und dann wieder zur Staatsanwältin. Eine Träne lief ihr die Wange herab.

»Die Container liegen vor der Insel Brändö«, sagte sie.

Zwei Stunden später hatten Gunnar Öhrn und Henrik Levin eine lange und hektische Besprechung mit Bezirkspolizeichefin Carin Radler, in der sie von ihren Ermittlungsfortschritten berichteten. Carin Radler hörte geduldig zu, als sie von der Vernehmung von Lena Wikström sprachen.

»Es ist von ungeheurer Bedeutung, dass wir diese Container bergen lassen.«

»Wer weiß von Lena Wikströms Verwicklung in den Fall?«, fragte Carin Radler.

»Bisher nur unser Ermittlungsteam. Wir müssen möglichst schnell arbeiten, ehe die Medien etwas davon mitbekommen.«

»Und wie wollen Sie eine solche Bergung erklären?«

»Uns wird schon was einfallen.«

»Ich halte nichts von einer Bergung. Die Container, von denen Sie sprechen, gibt es vielleicht gar nicht.«

»Ich glaube sehr wohl, dass es sie gibt. Und wir müssen herausfinden, was sie enthalten.«

»Aber ich bin diejenige, die in dieser Frage entscheidet.«

»Das weiß ich.«

Carin Radler strich sich die Haare hinters Ohr.

»Eine solche Aktion ist nicht nur sehr kostspielig, sondern auch ressourcenintensiv.«

»Aber sie ist unumgänglich«, sagte Gunnar. »Drei Personen sind ermordet worden. Jetzt müssen wir herausfinden, warum.«

Carin Radler dachte nach.

»Was wollen Sie?«, fragte Gunnar.

»Eine Lösung.«

»Schön, das wollen wir auch.«

Carin Radler nickte kurz.

»Also gut, ich verlasse mich auf Ihr Urteil. Die Bergung beginnt morgen. Rufen Sie bei der Hafenverwaltung an.«

Es war früher Morgen, als sie wieder in der Hauptstadt ankam. Das Mädchen stolperte über das Kopfsteinpflaster und stützte sich an den unebenen Fassaden der Häuser ab. Die auf Hochglanz polierten Schaufenster reflektierten ihre Gestalt, doch sie ging einfach weiter und ignorierte ihr Spiegelbild. Ihre kleine Hand rutschte über verschlossene prächtige Haustüren, über Speisekarten hinter Glas und die Kästen mit den Zeitungen von gestern. Sie suchte ein Versteck. Einen Ort, wo sie sich ausruhen konnte. Die Pistole scheuerte gegen ihren Bauch, und damit sie nicht aus dem Hosenbund fiel, musste sie sie mit der anderen Hand festhalten.

Vor ihr lag eine Art Unterführung. Mühsam wankte sie die Treppen nach unten, und als sie auf der letzten Stufe angekommen war, begegnete ihr ein älteres Paar. Die beiden blieben stehen und starrten sie an. Doch sie kümmerte sich nicht darum, sondern ging einfach weiter. Einen Schritt nach dem anderen. Sie stützte sich an den gefliesten Wänden ab. Hielt den Blick auf den Boden gerichtet und zählte jedes Mal mit, wenn sie den einen Fuß vor den anderen setzte. Um sich zu konzentrieren.

Am Ende des Tunnels sah sie eine Sperre. Sie versuchte, sie zu öffnen, doch vergeblich. Daher ließ sie sich auf den Boden sinken und kroch unter der Sperre hindurch. Da hörte sie eine Stimme aus einem Schalterhäuschen, das ein Stück entfernt stand.

»Hallo! Du musst bezahlen!«

Aber sie ging weiter.

Die Stimme wurde lauter.

»Hallo, Mädchen, du musst bezahlen, wenn du fahren willst!«

Sie blieb stehen, drehte sich um und riss die Pistole aus der Hose. Die uniformierte Frau am Schalter hielt sofort ihre Hände hoch. Mühsam balancierte das Mädchen die schwere Waffe in der Hand. Sie konnte sie kaum halten.

Die Frau sah ängstlich aus. Genau wie alle anderen Menschen, die durch die Sperre gingen. Alle erstarrten. Standen reglos da.

Sie schwang die Pistole durch die Luft und ging rückwärts zur nächsten Treppe weiter. An der obersten Stufe drehte sie sich um und lief, so schnell sie konnte, nach unten. Ihre Arme zitterten. Sie konnte die Pistole nicht mehr halten. Zweiunddreißig Treppenstufen zählte sie. Auf der letzten verlor sie das Gleichgewicht und knickte mit dem Fuß um. Der Schmerz war heftig. Dennoch verzog sie keine Miene.

Sie erhob sich wieder und humpelte zu einem Abfalleimer.

Ein metallisches Geräusch erklang, als die Pistole auf dem Boden des Eimers landete. Zielstrebig stolperte sie weiter, erleichtert darüber, die schwere Waffe nicht mehr tragen zu müssen. Jetzt fühlte es sich gut an. Und es würde sich noch besser anfühlen, wenn sie nur ein bisschen schlafen dürfte. Nur ein bisschen.

Erschöpft versteckte sie sich in einer Ecke hinter einer Bank, ließ sich gegen die Wand sinken. Die harte Oberfläche scheuerte an ihrem Rücken.

Ihr Fußgelenk schmerzte. Aber es kümmerte sie nicht. Sie befand sich schon im Grenzland zwischen Traum und Wirklichkeit.

Sie schlief ein.

Hinter einer Bank auf dem U-Bahnsteig.

Dienstag, den 24. April

Henrik Levin schlang sich die Arme um den Oberkörper. Die Daunenjacke war nicht warm genug, und der unbarmherzige Ostseewind zog hindurch. Er hatte sich nach dem Zwiebelprinzip mehrere dünne Schichten angezogen, aber drei Stunden in der Kälte hinterließen eben ihre Spuren. Auf der Suche nach Windschatten sah er sich um. Vor ihm lag das offene Meer, und die Wogen schlugen gegen die glitschigen Klippen.

Brändö lag weit draußen vor Arkösund. Im Sommer kamen die Touristenboote an der idyllischen Insel vorbei, und auch die Schärenlinie, deren Schiffe die Inselwelt durchquerten, passierte Brändö. Doch noch war der Sommer weit weg.

Der Schal flatterte im Wind, und Henrik wickelte ihn sich noch fester um den Hals. Er erwog, sich in den Wagen zu setzen, und sah hinüber zur Absperrung, wo insgesamt fünfzehn Autos parkten.

Die abgesperrte Fläche umfasste über fünfhundert Quadratmeter, und die Hafenangestellten arbeiteten systematisch, damit die Bergung bald beginnen konnte.

Es hatte lange gedauert, bis man die Container hatte orten können. Wiederholt hatte man den Meeresboden an den fraglichen Stellen per Echolot abgesucht. An den Stellen, wo ein Bodenecho vermutet wurde, musste die Suche mithilfe von Tauchern intensiviert werden. Das hatte länger gedauert als geplant, weshalb das Vorhaben sich um etwa zwei Stunden verzögert hatte.

In der Umgebung der Bergungsstelle war eine Sicherheitszone markiert worden, die für den allgemeinen Schiffsverkehr gesperrt war. Ein Bergungsschiff mit bordeigenem Kran für die Container war bereitgestellt worden sowie ein Schleppkahn, auf dem die Container platziert werden sollten.

Henrik sah auf die Uhr. In zehn Minuten, hatte es geheißen, sollte die Bergung beginnen.

Jana Berzelius hörte Radio. Wie bei allen komplexen Einsätzen waren mehrere Stellen beteiligt. Da gab es immer jemanden, der mehr preisgab als nötig. Der Informationen durchsickern ließ. Die Bergung hatte enorme Aufmerksamkeit geweckt und war die wichtigste Meldung in allen regionalen Nachrichtensendungen an diesem Morgen gewesen.

Jana drehte die Lautstärke herunter und sah durch die Windschutzscheibe. Sie hatte keine Lust, aus dem Auto zu steigen und sich zu den fröstelnden Polizisten zu gesellen, die an der Absperrung standen.

Ein Stück entfernt sah sie Henrik Levin stehen. Auch er sah verfroren aus, hatte die Schultern hochgezogen und den Schal fest um den Hals gewickelt. Dann und wann rieb er sich die Oberarme, um sich zu wärmen.

Sie drehte die Temperatur der Autoheizung auf dreiundzwanzig Grad, ehe sie ihr Handy herauszog und die E-Mails der vergangenen Stunde abrief. Es waren acht, die meisten betrafen irgendwelche Prozesse. In einer ging es um den Zeugenschutz, in einer anderen um eine Gerichtsverhandlung, die am 30. April stattfinden sollte. Es war ein

Fall von schwerer Brandstiftung, und das Opfer war ein junges Mädchen, das zum Glück mit dem Leben davongekommen war, aber schwere Brandverletzungen im Gesicht erlitten hatte.

Gerade als Jana das Telefon auf ihren Schoß gelegt hatte, vibrierte es. Die Nummer ihrer Eltern erschien auf dem Display. Warum mochten sie anrufen? Ausgerechnet jetzt. Und drei Anrufe in einer Woche waren mehr als ungewöhnlich.

In diesem Moment klopfte es an der Scheibe.

Mia Bolander winkte ihr. Der scharfe Wind hatte ihre Nase und ihre Wangen rot gefärbt, und die vorher weiße Mütze war inzwischen schmutzig grau.

»Wir fangen jetzt an«, signalisierte sie ihr durch die Glasscheibe und ging zu Henrik Levin.

Jana nickte und drückte das Gespräch weg.

Die Hafenarbeiter waren in vollem Einsatz. Einer winkte, ein anderer lief zu den Klippen. Ein bärtiger Mann sprach in ein Walkie-Talkie. Nickte. Zeigte aufs Meer hinaus.

Jana streckte sich, um mitzubekommen, was passierte. Aber sie sah nichts. Also würde sie wohl oder übel aus dem Auto steigen müssen.

Sie schloss den obersten Knopf ihres Parkas und klappte den Pelzkragen hoch. Die karierte Mütze und das passende Wolltuch wärmten sie gut, während sie entschlossen das abgesperrte Gelände betrat.

Henrik Levin drehte sich zu ihr um, als sie sich hinter ihn stellte, und grüßte.

Der bärtige Mann wurde angefunkt und antwortete.

»Ihr habt grünes Licht«, sagte er und wandte sich an Henrik und Gunnar. »Jetzt kommt der erste.«

Jana sah aufs Meer und auf die Sicherheitszone. Sie kniff die Augen zusammen und beobachtete, wie sich das Kranseil auf dem Bergungsschiff gemächlich nach oben bewegte. Die Wellen schlugen gegen den Schiffsrumpf, und der Wind heulte. Dann teilten sich die Wogen, und ein dunkelgrauer Container erhob sich in die Luft. Auf beiden Seiten strömte das Wasser herunter.

Der Container rotierte hundertachtzig Grad um die eigene Achse, bevor er vorsichtig auf dem Schleppkahn abgesetzt wurde.

Der zweite geborgene Container war blau. Als er über der Wasseroberfläche schwebte, erstarrte Jana. Sie entzifferte die Kennzeichnungsnummer. Wie paralysiert betrachtete sie den schaukelnden Container, ehe er auf dem Schleppkahn landete. Als der dritte Container die Wasseroberfläche erreicht hatte, befiel sie auf einmal ein unruhiges Gefühl. Sie wollte wissen, was in den Containern war. Jetzt!

Die Bergung dauerte anderthalb Stunden. Ein Container nach dem anderen wurde an Land gehoben.

Jana wechselte das Standbein.

Mia hüpfte auf und ab und ließ die Arme kreisen, während Anneli und Gunnar neben Ola standen und sich leise unterhielten.

Henrik war dabei behilflich, die Container an Land zu dirigieren.

»Wir fangen mit dem hier an«, sagte Gunnar und zeigte auf einen orangefarbenen Container, der als vierter geborgen worden war.

Sie versammelten sich im Halbkreis vor den Stahltüren, und der bärtige Hafenarbeiter stellte sich in die Mitte, direkt vor die Verschlussstangen.

»Wenn wir den Container öffnen, müssen wir große

Vorsicht walten lassen. Ich bitte Sie alle, den nötigen Abstand zu wahren. Die Container enthalten vermutlich große Mengen an Wasser«, sagte er.

»Ich dachte, die sind wasserdicht?«, meinte Henrik.

»Nee, das sind sie nicht.«

Henriks Mut sank schlagartig. Die Hoffnung, etwas Wichtiges zu finden, war wie weggeblasen. Das Wasser war ein großer Feind, der sehr schnell wichtige Spuren vernichten konnte.

»Zurück!«, rief der Hafenarbeiter.

Jana machte mehrere Schritte rückwärts.

Gunnar packte Annelis Arm und zog sie mit sich, als wolle er sie schützen.

Henrik und Mia folgten ihm. Nach zwanzig Metern sah Henrik den Hafenarbeiter fragend an.

»Weiter zurück!«, rief er.

In fünfzig Metern Entfernung blieben sie stehen. Der Hafenarbeiter hob den Daumen und nahm die Türen genauer in Augenschein. Er prüfte die Verschlussstangen und die Schließvorrichtung. Mithilfe eines kräftigen Werkzeugs stemmte er das Schloss auf und stellte sich an die Seite. Er schien sich zu fragen, wie er es vermeiden könnte, von den eventuell austretenden Wassermassen mitgerissen zu werden.

Dann nahm er Anlauf und zog an dem Türgriff. Doch er rutschte ab. Er war zu glitschig.

Erneut packte er den Griff mit beiden Händen und zog daran, so fest er konnte. Nun wurden die Türen durch die enorme Kraft der Wassermassen aufgedrückt. Der Hafenarbeiter wurde weggeschleudert und fiel hart auf den Rücken. Er bekam eine Menge Wasser ab und spuckte und schniefte. Vergeblich wischte er sich das Gesicht an der feuchten Jacke ab und versuchte, sich aufzurichten. Er sah sich um. Der Boden war nass von dem ganzen Wasser, das aus dem Container geströmt war.

Doch da lag noch etwas.

Abermals wischte er sich über die Augen, um es besser zu erkennen. Es war etwas Rundes, das voller Algen war. Er stupste es leicht an, und ein paar blieben an seiner Hand hängen. Als er es noch einmal anstupste, rollte es auf die Seite. Bei dem fürchterlichen Anblick zuckte er zurück.

Es war ein menschlicher Kopf.

Reglos stand Jana Berzelius da und verzog keine Miene, während sie den nassen Untergrund betrachtete.

Überall lagen Körperteile. Verweste Arme und Beine. Haarsträhnen.

Der Gestank war fürchterlich. Widerwärtig. Ranzig.

Henrik Levin hielt sich die Nase zu. Sein Magen verkrampfte sich. Das wenige, was sich darin befand, schoss in seine Kehle, und er kämpfte, es bei sich zu behalten.

Sorgfältig dokumentierte Anneli Lindgren den ersten Kopf. Das Gesicht war aufgelöst, die Augenhöhlen waren vergrößert, und die Augen hingen heraus.

»Ein Jahr«, sagte sie und erhob sich. »Sie haben ungefähr ein Jahr im Wasser gelegen. Dass die Leichen so gut erhalten sind, haben wir unserem kalten Klima zu verdanken.«

Henrik nickte und würgte. Mit den Fingern an der Nase verspürte er einen plötzlichen Druck auf den Ohren, und er schluckte mehrere Male, um sie wieder freizubekommen.

Mia Bolander war weiß im Gesicht. Sie hatte bereits ein Jahrespensum an Flüchen von sich gegeben.

Noch immer hielt Jana reichlich Abstand und rührte sich nicht.

Anneli ging vorsichtig zu einem verwesten Bein und machte eine Fotoserie. Die Haut hing herab wie Tüten voller Wasser. Als sie das Bein berührte, löste sich die Haut ab und blieb auf ihren Plastikhandschuhen kleben. Es sah beinahe so aus, als wäre die Haut geschmolzen. An einigen Stellen waren die Knochen durchgedrungen, und Anneli kam mit der Kamera näher, um alle Details einzufangen.

»Sollen wir den nächsten Container öffnen?«

Henrik nickte.

Dann konnte er seinen Mageninhalt nicht mehr zurückhalten.

Es dauerte relativ lange, bis der nächste Container geöffnet werden konnte. Der makabre Inhalt des ersten Containers machte rigorose Sicherheitsvorkehrungen erforderlich. Anneli Lindgren hatte sich mit Rainer Gustavsson über verschiedene Vorgehensweisen beratschlagt, und sie waren zum Ergebnis gekommen, dass das Wasser schon vor dem Öffnen der Türen abgepumpt werden musste. Um nicht zu riskieren, dass der Inhalt des Containers mit herausgesaugt würde, war eine mechanische Filtrierung nötig, und die entsprechende Ausrüstung gab es nur in Linköping, was den Prozess noch weiter verzögerte.

Es dauerte zwei Stunden, bis drei Installateure mit der Pumpe kamen. Sie montierten das Filtergehäuse, die Patronen und ein großes Ventil, mit dem sich der Wasserzufluss regulieren ließ.

Henrik überließ die Montage den Sachverständigen. Obwohl die Außentemperatur im Lauf des Nachmittags etwas gesunken war, fror er nicht mehr. Stattdessen konzentrierte er sich darauf, sich nicht ein weiteres Mal zu übergeben. Dreimal hatte er sich bereits erbrechen müssen, dreimal zu viel. Aber er war nicht der Einzige. Auch Mia Bolander hatte sich übergeben. Nun stand sie neben ihm und sah blass aus.

»Wir starten jetzt die Pumpe«, sagte einer der Installateure.

Das Wasser strömte aus dem Container in einen großen Tank. Schweigend sahen sie zu, wie der Container geleert wurde. Sie alle hatte der Fund der Leichenteile schockiert, und Henrik dankte den höheren Mächten, dass die Absperrung wenigstens die Journalisten fernhielt. Anneli hatte um Verstärkung gebeten, und nun waren fünf Kollegen unter ihrer Leitung damit beschäftigt, die Leichenteile für den Weitertransport in die Rechtsmedizin einzusammeln.

Henrik betrachtete den Rost, der sich von unten an der blauen Metallwand des Containers emporfraß. Jana Berzelius stand hinter ihm. Sie sah nicht den Rost. Sie sah die Ziffern. Die Buchstaben. Die Kombination. Genau wie in ihrem Traum.

»Ich glaube, da drinnen sind noch mehr«, sagte Mia.

»Meinst du?«, fragte Henrik.

»Ja, bestimmt sind in allen Containern olle Leichen.«

»Ich hoffe nicht«, entgegnete Henrik resigniert.

»Fertig!«, rief der Installateur.

»Wer öffnet?«, rief Henrik zurück.

»Kollege Urban jedenfalls nicht. Der ist im Krankenhaus. Ihm wird gerade der Magen ausgepumpt. Hat wohl ein bisschen viel Wasser geschluckt. Und anderes … Öffnen Sie doch.«

»Ich?«, fragte Henrik erstaunt.

»Ja. Los, öffnen Sie schon.«

Henrik fasste die glitschigen Türen an und zog an der einen Verschlussstange, aber nichts bewegte sich.

Ein tiefer Atemzug. Die Beine etwas spreizen, ein fester Griff um die Stange – und dann gab es einen Ruck. Die Tür knirschte, als sie sich öffnete.

Es war dunkel im Container. Vollkommen schwarz, und es war unmöglich zu sehen, was sich darin befand. Die Wassertropfen gaben ein Echo von sich, als sie auf dem harten Boden landeten. Es klang so, als wäre der Container leer.

»Licht!«, rief er.

Mia Bolander rannte zu einem Auto und holte eine große Taschenlampe aus dem Kofferraum. Schnell lief sie zu Henrik zurück.

»Kann uns jemand Lampen besorgen?«, schrie sie quer über das Gelände. »Wir müssen doch was sehen können!«

Henrik nahm die Taschenlampe und schaltete sie an. Der Lichtkegel fiel auf den Boden. Vorsichtig bewegte er sich vorwärts und ließ das Licht über den Boden, nach rechts und links, an die Decke und schließlich in eine Ecke gleiten.

Dort entdeckte er etwas. Er packte die Taschenlampe noch fester und leuchtete in die andere Ecke. Auch dort lag etwas. Ein Haufen. Noch zwei Schritte, und er stand im Container. Langsam ging er weiter und passte auf, dass er nicht versehentlich auf etwas trat. Er leuchtete nach unten und ließ den Lichtkegel dann nach oben und in die Ecken wandern. Inzwischen stand er in der Mitte des Containers. Und nun sah er den Haufen.

Es waren lauter Schädel.

Im selben Moment wurde der gesamte Container von

einem Scheinwerfer erleuchtet. Henrik blinzelte, drehte sich um und sah, wie Mia den Daumen hob. Er selbst machte das Daumen-runter-Zeichen.

»Du hattest recht, Mia. Hier sind noch mehr.«

Mia sah in den Container. Jana Berzelius stellte sich neben sie, und beide starrten in die Ecke, auf die Henrik zeigte.

»Da«, sagte er.

»Und was ist das?«, fragte Mia und deutete auf den Boden. In der Mitte lag ein rostiger Gegenstand mit rosa Rahmen.

»Das ist ein Spiegel«, sagte Jana.

Er kam ihr bekannt vor, als ob sie selbst so einen besessen hätte. Das stimmte doch auch. Oder nicht? Mit einem Sprung im Spiegelglas. Wie bei dem hier. Aber wenn das meiner ist, dachte sie, warum liegt er dann hier herum?

Jana hielt die Luft an. Die Haare sträubten sich im Nacken, und sie bekam Gänsehaut auf den Armen.

Zögerlich betrachtete sie die Knochenreste in den beiden Ecken und begriff, was das war. Dass dies die letzten Überreste waren.

Von Menschen, die sie früher einmal gekannt hatte.

»Verdammt noch mal! Ab sofort wird der Hafen Tag und Nacht überwacht!«

Gunnar Öhrn schlug mit der Faust auf den kleinen Plastiktisch. Sein Gesicht war hochrot, und er musterte die müden Gesichter.

Henrik hatte dunkle Augenringe.

Mia starrte lustlos vor sich hin, und Ola gähnte ungeniert.

Die Einzige, die bei der Besprechung fehlte, war Anneli.

Sie war noch immer damit beschäftigt, die Leichenteile aus dem ersten Container zu dokumentieren. Techniker aus Linköping und Stockholm waren zur Unterstützung eingetroffen. Ein Team aus Örebro war bereits unterwegs.

Aufgrund der weit vorangeschrittenen Verwesung war die Arbeit sehr mühsam. Die Körperteile mit bloßen Händen anzuheben war so gut wie unmöglich. Besondere Werkzeuge und weiche Unterlagen waren vonnöten, damit die Haut nicht zerfiel.

Mittlerweile hatten sie alle zehn Container geöffnet und überall menschliche Überreste gefunden. Dabei hatten sie ausschließlich Skelettteile entdeckt – außer im ersten Container, der nur etwa ein Jahr auf dem Meeresgrund gelegen hatte. Die übrigen waren vermutlich schon vor Längerem versenkt worden.

Es war kurz vor neun. Seit elf Stunden befand sich das Team auf Brändö. Das, was zu Beginn eine Bergungsstelle gewesen war, hatte sich nun in einen wimmelnden Arbeitsplatz für Polizeiassistenten, Polizeischüler und Kriminaltechniker verwandelt. Die Arbeit würde noch die ganze Nacht andauern, vielleicht sogar Tage.

Beim Gedanken daran wurde Gunnar noch röter im Gesicht.

»Kein einziger Container darf ohne Aufsicht verladen werden, verstanden? Wir müssen alles kontrollieren, was den Hafen erreicht. Und damit meine ich wirklich alles.«

Alle nickten.

Auf dem Tisch stand Take-away-Essen, das ordentlich in Aluschalen verpackt war. Niemand hatte es angerührt. Der Gestank der verwesten Körperteile lag noch immer über dem Gelände und hatte sämtlichen Anwesenden den Appetit verdorben.

»Die Containernummern stimmen mit denen überein, die Juhlén auf seinem Computer hatte«, sagte Ola.

»Und die Lena Wikström gelöscht hat«, fügte Mia hinzu.

»Warum hat sie das getan?«, fragte Ola.

»Sie hat von jemandem den Befehl dazu erhalten«, antwortete Henrik.

»Und wir werden herausfinden, von wem. Wir werden sie dazu bekommen, dass sie gesteht«, sagte Gunnar.

»Wir sprechen hier von vielen Leichen, das sind ja zehn Massengräber …«, sagte Mia. »Wer sind diese Menschen? Oder besser gesagt waren?«

»Hans Juhlén hat es vermutlich gewusst«, meinte Henrik.

»Und Lena Wikström muss seine Rolle in dem Ganzen gekannt haben. Immerhin haben sie eng zusammengearbeitet.«

Wieder nickten alle.

»Gibt es irgendwelche Gemeinsamkeiten zwischen den Containern?«, fragte Gunnar.

»Alle stammen aus Chile«, meinte Henrik.

»Davon mal abgesehen. In welcher Stadt sind sie verladen worden? Wer hat sie umgeladen?«, sagte Gunnar.

»Das müssen wir herausfinden«, entgegnete Henrik.

»Laut der Gesprächsliste auf Thomas Rydbergs Handy könnte es sein, dass noch eine Lieferung erwartet wird. In einer SMS an Lena Wikström hat er ›Lfg. Di., 1.‹ geschrieben«, sagte Gunnar. »Lena Wikström will nicht verraten, was das bedeuten soll, aber ich tippe darauf, dass das Kürzel für ›Lieferung am Dienstag, dem Ersten‹ steht. Jetzt am Dienstag ist der 1. Mai, und deshalb bin ich der Meinung, dass wir auch den kleinsten Winkel auf allen Frachtschiffen durchsuchen müssen, die zu dem Zeitpunkt Norrköping anlaufen.«

»Aber die Nachricht kann doch ebenso gut bedeuten, dass es eine Lieferung zu einem Haus mit der Nummer eins ist oder dass es eine Lieferung an eine Person ist, oder es ist ein Schiff mit der Nummer eins oder …«, warf Mia ein.

»Wir haben schon verstanden«, unterbrach Gunnar sie.

»Ich meine doch nur, dass wir unsere Perspektive ein bisschen erweitern sollten«, sagte Mia.

»Ja!«

»Gibt es noch mehr SMS? In dieser Art?«, fragte Henrik.

»Nein, weder von Rydberg an Lena Wikström noch von jemand anders«, erklärte Ola.

»So«, sagte Gunnar. »Wir werden Lena Wikström noch einmal vernehmen. Und sie zum Reden bringen. Wir müssen herausfinden, inwieweit das Amt für Migration in die Sache verwickelt ist. Wir müssen alle Angestellten überprüfen …«

Er rieb sich übers Gesicht und fuhr fort: »Wir müssen Lena Wikströms privates Handy prüfen. Die Kurzmitteilungen, die Gespräche – alles! Außerdem will ich, dass ihr sämtliche Personen auftreibt, die jemals Kontakt zu ihr gehabt haben. Redet mit Klassenkameraden, früheren Beziehungspartnern, Tanten, Cousins – einfach allen«, sagte Gunnar. »Und bittet Rainer Gustavsson, alle Schiffe aufzulisten, die in Norrköping anlegen werden. Sprecht mit den Kapitänen, und seht zu, dass sie die Ladung schon an Bord öffnen.«

»Aber es ist unmöglich, die Container an Bord zu öffnen. Ein Schiff kann über sechstausend Stück laden«, gab Henrik zu bedenken.

»Und auf dem Meer kann starker Seegang oder sogar Sturm sein«, ergänzte Mia.

Gunnar fuhr sich wieder übers Gesicht.

»Dann müssen wir die Container eben öffnen, wenn sie am Hafen ankommen. Am wichtigsten ist es, denjenigen hinter Gitter zu bringen, der diese Verbrechen begangen hat. Und niemand, NIEMAND darf aufgeben, ehe wir diesen Schuft oder diese Schufte gefunden haben!«

Phobos zog die Pistole und packte sie mit sicherem Griff. Wie immer. Routiniert steckte er die Pistole zurück in den Hosenbund und verdeckte sie mit der Jacke.

Dann zog er sie wieder. Und wieder.

Es war wichtig, in einer Notlage schnell umzuschalten. Insbesondere wenn er Wache schob. Alles Mögliche konnte passieren, das hatte er gelernt. Nicht nur dunkel gekleidete Männer waren gefährlich, auch leicht bekleidete Mädchen konnten austicken.

Vom Dach aus hatte er einen guten Überblick über die Nebenstraße. Er stand auf Höhe des ersten Stocks und lehnte sich an die Fassade des Nachbarhauses.

Das Lokal unter ihm war geschlossen und der Rollladen heruntergelassen. Eine Leuchtreklame verbreitete ihr flackerndes Licht auf dem Kopfsteinpflaster. Eine zerschlissene Markise flatterte im Wind. Eine leere Blechdose klapperte an der Bordsteinkante.

Phobos richtete seinen Blick auf eine Tür. Die Fenster rechts und links von ihr waren vergittert. Niemand ahnte, dass dahinter Geschäfte gemacht wurden. Aber so war es. Und die Verhandlungen liefen schon seit vier Stunden. So lange hatte er hier gestanden. Im Dunkeln.

Sobald die Geschäfte abgeschlossen waren, würde er dafür sorgen, dass die Schutzperson in Sicherheit gebracht wurde. Aber es würde bestimmt noch eine Stunde dauern, mindestens. Im unwahrscheinlichen Fall waren sie auch früher fertig.

Phobos hoffte es von ganzem Herzen. Denn er fror. Also übte er wieder mit der Pistole, um sich warmzuhalten.

Er hatte den ganzen Tag an sie gedacht.

Karl Berzelius seufzte, schaltete den Fernseher aus und stellte sich ans Fenster. Er versuchte, in den Garten hinauszusehen, doch dort draußen war es schwarz wie in einem tiefen Brunnen.

Zwischen den weißen Fenstersprossen begegnete er seinem Spiegelbild. Er war düsterer Stimmung und fragte sich, warum sie sich nicht zurückgemeldet hatte.

Es war still im Haus. Margaretha war früh zu Bett gegangen. Beim Abendessen hatte er sie durch Schweigen zum Verstummen gebracht, denn er hatte sich nicht dazu in der Lage gesehen zu sprechen. Geschweige denn zu essen. Margaretha hatte ihn verwundert angesehen, war mit ihrem kleinen sehnigen Körper ruhelos auf dem Stuhl herumgerutscht und hatte an ihrer schmalen Metallbrille herumgefingert. Vom Essen hatte sie nur kleine Bissen genommen.

Es gab nichts, was Margaretha wissen musste. Absolut nichts, sagte er sich.

Er sah auf seine Hände hinunter und empfand tiefe Reue.

Warum hatte er die Sache mit den Buchstaben nicht gleich in Angriff genommen? Warum hatte er die Hautritzung nicht entfernen lassen?

Doch er wusste sehr wohl, warum: Es war ihm zu mühsam gewesen, jemandem zu erklären, warum sie so aussah. Wenn herausgekommen wäre, dass sie eine Hautritzung im Nacken trug, hätte man sie Missgeburt genannt. Es hätte Gerüchte gegeben. *Berzelius hat ein Monster adoptiert*. Sie wäre vermutlich als eine psychisch Gestörte eingestuft worden, die sich selbst ritzte. Vielleicht hätte man sie sogar in eine Einrichtung für Kinder mit destruktivem Verhalten gesteckt.

Karl spürte, wie sich die Angst in Wut verwandelte. Es kam ihm so vor, als würde sich die Geschichte jetzt wiederholen. Wieder riskierte sie, nicht nur seinen guten Ruf zu ruinieren, sondern auch ihren eigenen. Verdammtes Gör, dachte er. Alles war ihre Schuld!

Plötzlich war er dankbar, dass sie nicht ans Telefon gegangen war. Er hatte keine Lust mehr, mit ihr zu sprechen. Von nun an würde er keinerlei Initiative mehr ergreifen, um Kontakt mit ihr aufzunehmen.

Er nickte und war zufrieden mit seiner schicksalhaften Entscheidung.

Eine ganze Weile blieb er noch am Fenster stehen. Dann schaltete er die Tischlampen im Wohnzimmer aus, ging ins Schlafzimmer und legte sich neben Margaretha ins Bett.

Nach einer guten Stunde war er immer noch wach. Er stand auf, zog den dunkelblauen Morgenmantel über und schlüpfte in seine Pantoffeln. Mit schleppenden Schritten ging er zum Sofa, setzte sich mühsam hin und schaltete den Fernseher wieder an.

Der Weinkühlschrank bot Platz für zwölf Flaschen.

Jana Berzelius nahm sich eine, öffnete sie mit dem elektrischen Korkenzieher und füllte ein Kristallglas bis zum Rand. Sie nahm einen Schluck und spürte, wie die hellgelbe Flüssigkeit die Kehle hinunterlief.

Sie hatte die Bergungsstelle verlassen müssen. Eine Weile hatte sie noch dagestanden und in den Container gestarrt, bevor sie sich bei Henrik Levin entschuldigt hatte. Eilig war sie quer übers Gelände gelaufen, hatte sich ins Auto gesetzt und war nach Hause gefahren.

Weil sie nicht stillhalten konnte, beschloss sie, sich mit irgendetwas beschäftigen. Sie öffnete den Kühlschrank, holte eine Tomatenrispe heraus und teilte die roten Früchte mit einem Messer. Langsam schnitt sie durch die dünne Haut, legte die Hälften in eine Schüssel und trank noch einen Schluck Wein. Dann wusch sie eine Gurke ab und legte sie ebenfalls aufs Schneidebrett.

Sie dachte an den Container. Tief in ihrem Inneren hatte sie gewusst, dass der Inhalt für sie von Bedeutung sein würde. Der Traum hatte ihr die Ziffern und Buchstaben gezeigt, in genau dieser Kombination. Aber sie hatte keine Ahnung gehabt, dass sie dort drinnen den Spiegel finden würde.

Sie schnitt die Gurke klein. *Wie konnte sie wissen, dass es ihr Spiegel war?* Das Messer arbeitete sich rasant durch die Gurke. *War sie selbst dort drin gewesen? Sie musste dort drin gewesen sein.* Sie schnitt immer schneller. *Sie war dort drin gewesen!* Voller Erregung hackte sie auf die Gurke ein. Dann hieb sie das Messer mit aller Kraft ins Schneidebrett. Die Klinge bohrte sich tief ins Holz.

Janas Gedanken wanderten zur Hautritzung in ihrem Nacken. *Warum trug sie so etwas? Warum war sie markiert?*

Sie wollte Antworten auf all ihre Fragen, aber es gab niemanden, den sie hätte fragen können. Außer Lena.

Schon im nächsten Moment verwarf sie die Idee, Lena im Untersuchungsgefängnis zu besuchen. Jemand könnte etwas mitbekommen. Vielleicht würde jemand Verdacht schöpfen oder sogar darauf kommen, dass Jana nebenbei auf eigene Faust ermittelte. Sie wollte nichts aufs Spiel setzen.

Jana atmete tief ein. Es gab wirklich niemanden, an den sie sich wenden könnte. Niemanden. Außer wenn … Sie hob den Blick und betrachtete das Messer, das aufrecht im Schneidebrett steckte. Nein … Es gab niemanden. Oder doch? Vielleicht war da doch jemand. Ein einziger Mensch fiel ihr ein, doch der lebte nicht mehr. Wenn er gelebt hätte, hätte er ihr sicher alles erzählen können. Aber er lebte ja nicht mehr. *Lebte er noch? Nein, oder doch …?*

Jana nahm das Weinglas und ging zum Computer. Sie leerte es, setzte sich vor den Bildschirm und öffnete die Suchmaschine für Unternehmen und Personen. Sie zögerte einen Moment, bevor sie »Hades« in die Suchmaske eingab und auf Enter drückte.

Eine lange Reihe von Firmennamen und Internetshops erschienen auf der Liste, aber bei Privatpersonen gab es keinen einzigen Treffer. Sie öffnete eine andere Suchmaschine und trug denselben Namen ein. Die Suche ergab über einunddreißig Millionen Treffer.

Sie seufzte. Es war sinnlos. Bestimmt lebte er nicht mehr. Das konnte gar nicht sein. Es war völlig unmöglich. Aber warum hatte Lena angedeutet, dass er noch am Leben sei?

Beinahe hätte sie aufgegeben, als ihr etwas einfiel. Wenn man eine Person finden wollte, musste man sie in den Datenbanken der Polizei suchen.

Irgendwie musste sie an das Strafregister gelangen.

Und zwar ohne dabei entdeckt zu werden.

Kristian Olsson, genannt Krille, trommelte auf seinem Abfallwagen herum. Die Musik in den Kopfhörern dröhnte. Eine raue und laute Stimme.

Billy Idol.

»Hey little sister, what have you done?«

Krille nickte im Takt und sang den Text mit: »Hey little sister, who's the only one?«

Es war kurz vor Mitternacht und der Bahnsteig menschenleer.

Routinemäßig stellte Krille seinen Wagen vor einem Mülleimer ab, öffnete den Deckel und hob die Tüte heraus. Er musste ordentlich zupacken, die Tüte war schwer.

Wie viel Mist da wieder zusammenkommt, dachte er, ehe er die Tüte zusammenknotete und zu den anderen drei in den Wagen legte.

Er riss eine neue Tüte von der Rolle, drehte die Lautstärke seines Walkmans höher und sang: »It's a nice day to start again.«

Dann blieb er stehen, trommelte gegen den Wagen und schmetterte: »It's a nice day for a white wedding.«

Er lächelte vor sich hin, steckte eine neue Tüte in den Mülleimer und befestigte sie.

Auf dem Weg zum nächsten Mülleimer entdeckte er ein Bein, das hinter einer Bank hervorragte. Er ging hin und sah ein Mädchen dort sitzen, das sich an die Wand lehnte. Sie schlief fest.

Krille sah sich um, als suche er nach ihren Eltern. Doch der Bahnsteig war verlassen. Zögerlich nahm er die Kopfhörer ab, ging zu dem Mädchen und berührte sie.

»Hallo«, sagte er. »Hallo, du!«

Doch sie bewegte sich nicht.

»Hallo, Kleine, aufwachen!«

Er berührte ihre Wange. Dann noch einmal, ein bisschen fester. Sie schlug die Augen auf und starrte ihn an. Sogleich sprang sie auf, schrie und gestikulierte, machte ein paar Schritte rückwärts.

»Immer mit der Ruhe«, sagte Krille.

Aber sie hörte nicht, sondern wich zurück.

»Hallo, bleib doch da!«, rief er, als er sah, wohin sie ging. »Bleib stehen, verdammt! Pass auf!«

Das Mädchen ging immer weiter rückwärts.

»Bleib stehen! Achtung!«, schrie er und warf sich nach vorn, um sie zu fassen zu bekommen.

Aber es war zu spät. Das Mädchen war aufs Gleis gefallen. Das Letzte, was sie sah, war Krilles erschrockener Blick.

Dann wurde alles schwarz.

Anneli Lindgren zog sich die Handschuhe aus. Ihr war ein klein wenig schwindlig. Der Tag war unerhört anstrengend gewesen, und sie hatte in den langen Arbeitsstunden nur etwas Flüssigkeit zu sich genommen.

Sie sehnte sich nach ihrer Wohnung und ihrem Bett. Außerdem musste sie endlich ihre Mutter ablösen, die sich netterweise bereit erklärt hatte, auf Adam aufzupassen, als Anneli klar geworden war, wie viel Arbeit noch vor ihr lag.

Es war elf Uhr abends, und an der Bergungsstelle und in den Containern hatte die Kriminaltechnik die letzten Markierungen vorgenommen. Die Kamera enthielt über tausend Fotos, und der Akku war beinahe leer. Das Team hatte die Bergungsstelle verlassen, nur ein paar uniformierte Polizeikollegen und Gunnar Öhrn waren noch da.

Er kam zu ihr.

»Schluss für heute?«

»Ja«, sagte Anneli.

»Soll ich dich nach Hause bringen?«

Sie sah ihn misstrauisch an.

»Du siehst müde aus«, fuhr er fort.

»Vielen Dank.«

»So habe ich das nicht gemeint …«

»Ich weiß. Ich bin tatsächlich müde und will am liebsten nach Hause, aber ich muss noch zum Revier, um die Kamera und noch ein paar andere Sachen abzuliefern.«

»Dann fahren wir kurz dort vorbei.«

»Sicher?«

»Sicher. Komm jetzt.«

Jana stand mit ihrer Aktentasche dicht an der Wand und ließ den Blick über das Großraumbüro schweifen. Eine einsame Frau saß an einem der Arbeitsplätze und tippte auf der Tastatur herum, während sie die Augen auf den Bildschirm geheftet hatte. Es war elf Uhr abends, und die Beamten von der Nachtschicht waren vermutlich zu einem Einsatz unterwegs. Oder man hatte sie zur Bergungsstelle beordert.

Perfekt, dachte sie.

Sie hatte behauptet, ins Untersuchungsgefängnis zu müssen, und schon war sie ins Polizeirevier gelangt. Entschlossen ging sie zu der Frau, die von ihrer Arbeit aufblickte. Sie war jung, Mitte zwanzig, blaue Augen, Perlenohrringe.

»Hallo, darf ich mich vorstellen, Jana Berzelius, Staatsanwältin.«

»Guten Abend, ich heiße Matilda Persson.«

»Ich arbeite mit Gunnar und seinem Team zusammen. Bei unseren Besprechungen treffen wir uns immer dort drin«, sagte Jana und zeigte auf den Konferenzraum.

»Aha?«

»Und jetzt brauche ich Ihre Hilfe. Bei der letzten Besprechung habe ich versehentlich meinen Notizblock im Konferenzraum vergessen, und ich wollte fragen, ob Sie mir den Raum kurz öffnen könnten.«

Matilda sah auf die Uhr und warf Jana einen misstrauischen Blick zu.

»Ich muss ins Untersuchungsgefängnis«, entschuldigte sich Jana. »Und ich brauche etwas zum Schreiben, falls heute Nacht irgendjemand festgenommen wird.«

Matilda nahm ihr die Lüge ab. Sie lächelte und erhob sich.

»Selbstverständlich werde ich Ihnen öffnen.«

Jana warf einen schnellen Blick auf den Bildschirm und stellte fest, dass das Strafregister gerade offen war. Matilda war also eingeloggt.

Sie folgte ihr durch den Flur, der zum Konferenzraum führte. Matilda entriegelte die Tür mit einer Schlüsselkarte und hielt sie auf.

»Bitte sehr.«

»Danke«, sagte Jana. »Jetzt finde ich mich zurecht.«

»Könnten Sie bitte die Tür einfach hinter sich zuziehen, wenn Sie den Block gefunden haben?«

»Na klar, der muss hier irgendwo sein«, sagte Jana und betrat den Raum.

Sie hörte Matilda ins Büro zurückkehren und drehte eine Runde um den Konferenztisch. Dann nahm sie ihren Collegeblock aus der Aktentasche und zog die Tür hinter sich zu.

»Hier ist er«, sagte sie und hielt den Block demonstrativ hoch, während sie an Matilda vorbeiging. »Danke für Ihre Hilfe.«

»Bitte schön, gern geschehen«, sagte Matilda und winkte der Staatsanwältin zerstreut zu, als diese das Großraumbüro verließ.

Es wurde wieder still. Matildas Computer surrte laut, und der Ventilator brummte.

Sie mochte es, allein zu arbeiten, insbesondere in der Nacht, wenn sie nicht von den Fragen der Kollegen unterbrochen oder vom ständigen Telefonklingeln gestört wurde.

Matilda hörte den Fahrstuhl bimmeln und wie sich die Türen schlossen. Sie holte ihr Handy hervor und wollte gerade die Nummer ihres Freundes wählen, als sie ein Geräusch vernahm. Es klang wie Metall und kam aus der Küche. Sie lauschte. War es Einbildung gewesen?

Sie erhob sich, um nachzusehen, was es war. Mit dem Telefon in der Hand ging sie in die Teeküche, schaltete die Deckenlampe an und ließ den Blick über die Arbeitsplatte und den Esstisch gleiten.

Es war kalt im Raum, und sie verschränkte fröstelnd die Arme.

Das Geräusch erklang ein zweites Mal. Sie drehte den Kopf zu den Fenstern und sah, dass eines offen stand. Augenblicklich entspannte sie sich und ging hinüber, um es zu schließen. In dem Moment, in dem sie das Fenster zuzog, hörte sie einen Knall hinter sich. Erschrocken zuckte sie zusammen. Die Küchentür war zugeschlagen.

»Kein Problem, nur der Durchzug«, murmelte sie vor sich hin, als sie merkte, wie ihr Herz hämmerte.

Als sie das Fenster schloss, fiel ihr Blick auf den gut gefüllten Obstkorb auf der Arbeitsfläche, doch ihr war mehr nach etwas Süßem. In einer gestreiften Dose fand sie das, was sie suchte. Einen Keks steckte sie sich direkt in den Mund, einen weiteren nahm sie mit. Sie machte den Deckel der Dose zu und wollte zurück an ihren Schreibtisch gehen.

Doch als sie die Hand auf die Klinke legte, stellte sie fest, dass die Tür abgeschlossen war. Verdammt!

Sie probierte es noch einmal. Nein, sie ließ sich nicht öffnen. Wie konnte die Tür ins Schloss gefallen sein? Sie begriff gar nichts mehr. Vorsichtig klopfte sie an die Tür, aber ihr war klar, dass das völlig sinnlos war.

Schließlich war sie allein in der Abteilung.

Jana Berzelius hörte Matilda an die Tür klopfen, während sie sich rasch auf den Bürostuhl setzte und die Tastatur zu sich zog.

Jetzt musste sie schnell sein.

Gunnar Öhrn öffnete Anneli Lindgren die Beifahrertür. Sie war auf der Fahrt von der Bergungsstelle zum Polizeirevier eingeschlafen und gähnte nun ausgiebig.

»Sind wir schon da?«, fragte sie.

»Ja. Soll ich deine Sachen hochtragen?«

»Nein, ich komme mit.«

Gunnar öffnete den Kofferraum, hob eine große schwere Tasche heraus und reichte Anneli die Kamera.

Sie hängte sie sich über die Schulter und gähnte erneut. Dann gingen sie nebeneinanderher zu den Fahrstühlen und warteten darauf, dass der Lift kam, um sie in den dritten Stock zu bringen.

Matilda wusste nicht, was sie tun sollte. Sie schlug gegen die Tür. Versuchte erneut, sie mit aller Kraft aufzudrücken. Doch es half nichts. Sie hämmerte dagegen.

»Hallo?«, rief sie. »Hallo?«

Wieder erinnerte sie sich daran, dass sie ja allein in der Abteilung war. Da fiel ihr ein, dass sie ihr Handy in der Hosentasche hatte. Aber wen sollte sie anrufen? Der Erste, an den sie dachte, war ihr Freund. Doch der war nicht befugt, einfach so das Polizeirevier zu betreten. Sie lachte beinahe über ihren abwegigen Gedanken. Und was war mit dem Empfang unten? Sicher konnte man ihr einen Hausmeister oder so schicken. Aber da schoss ihr durch den Kopf, dass sie nur ihr privates Handy dabeihatte. Und dort hatte sie keine Durchwahlen gespeichert, und ihr Zahlengedächtnis war leider fatal.

Mein Gott, wie blöd, dachte sie und trat gegen die Tür.

Jana hörte, wie sich der Fahrstuhl in Bewegung setzte. Und wie Matilda gegen die Tür schlug. Inzwischen klang es eher, als würde sie dagegentreten.

Die Suche im Strafregister war abgeschlossen, doch sie hatte kein Ergebnis geliefert, zumindest nicht für den Namen Hades. Was könnte sie stattdessen eingeben? Fieberhaft überlegte sie. Los, lass dir was einfallen! Denk nach!

Der Fahrstuhl hielt an. Vermutlich in einem der Stockwerke unter ihr, aber gerade als Jana erleichtert aufatmete, hörte sie, wie er sich wieder in Gang setzte und aufwärtsfuhr.

Sie grübelte. Wie mochte er noch heißen außer Hades?

Die Gedanken wirbelten in ihrem Kopf herum. Plötzlich tauchte ein Name auf, tief in ihrem Gedächtnis. Irgendetwas mit Dan …

Als sie »Dan« in die Suchmaske eintrug, wurden ihr massenweise Auskünfte über Personen mit dem Namen Dan angezeigt. Aber etwas fühlte sich nicht richtig an. Dano … Damien … Daniel … Danilo … Danilo! Sie gab »Danilo« ein.

Jetzt musste der Fahrstuhl im dritten Stock sein. Ob er wohl anhalten oder weiterfahren würde?

Los jetzt! Spuck was aus!

Jana sah auf den Bildschirm. Da war das Resultat. Es gab mehrere Treffer, doch ihr Blick blieb an Danilo Peña hängen. In Södertälje.

Sie zückte ihr Handy, fotografierte den Bildschirm und schloss die Anwendung. Dann lief sie auf Strümpfen zu den Fahrstühlen, betätigte die Taste und schlich zur Teeküche, wo sie lautlos den Stuhl unter der Türklinke wegzog, ehe sie zum mittlerweile offenen Fahrstuhl rannte und den Knopf für die Tiefgarage drückte.

Die Türen gingen langsam zu, und gerade als sie sich geschlossen hatten, hörte sie, wie der zweite Fahrstuhl ein Bimmeln von sich gab, woraufhin sich die Türen öffneten und jemand ausstieg.

Die schwere Tasche scheuerte an der Hüfte, und Gunnar packte sie ein wenig fester, als er aus dem Fahrstuhl trat.

Anneli folgte ihm.

Wie immer nachts war es leer und still in der Abteilung. Sie gingen zu Annelis Büro, schalteten das Licht an und stellten die beiden Taschen ab.

»Hallo?«, rief Matilda. »Ist da jemand? Hallo?«

Sie hämmerte gegen die Tür und umfasste ein letztes Mal die Klinke, die sich jetzt … ganz einfach hinunterdrücken ließ. Sie riss die Tür auf und wäre um ein Haar mit einem verblüfften Gunnar Öhrn zusammengestoßen.

»Mein Gott!«, sagte Matilda. »Was für ein Glück, dass du hier bist. Ich bin eingeschlossen gewesen.«

»Eingeschlossen?«, fragte Anneli nach, die gerade aus ihrem Büro kam.

»Ja, in der Küche. Die Tür ist irgendwie ins Schloss gefallen, und ich bin nicht mehr rausgekommen.«

Gunnar betätigte die Klinke. Sie ließ sich ohne Schwierigkeiten bewegen.

»Komisch. Diese Art von Türen kann doch gar nicht ins Schloss fallen. Man kann sie nicht mal abschließen«, sagte er.

»Aber … Ich bin nicht rausgekommen«, sagte Matilda.

»Wie hast du die Tür denn jetzt aufgekriegt?«

»Also … na ja, ich habe sie … geöffnet.«

»Also war sie doch offen?«

»Nein, sie war abgeschlossen. Ich konnte sie nicht öffnen.«

»Aber dann ging sie auf einmal auf?«

»Genau.«

Matilda kam sich albern vor. Wie sollte sie ihnen das nur plausibel machen? Sie war doch eingeschlossen gewesen! Aber jetzt war sie zu erschöpft, um ihnen alles zu erklären.

»Ja, stellt euch das mal vor«, murmelte sie und stapfte mit wütender Miene zu ihrem Arbeitsplatz zurück.

Mittwoch, den 25. April

Henrik Levin wachte auf und wusste nicht, wo er sich befand, doch nach einigen Sekunden ging ihm auf, dass er auf dem Sofa im Wohnzimmer eingeschlafen war.

Es war kohlrabenschwarz im Zimmer. Er griff nach seinem Handy. Es war halb drei nachts, also hatte er nur kurz geschlafen. Das Display erlosch, und es wurde wieder schwarz um ihn herum.

Um sieben erwachte er von einem dumpfen Signal. Er hatte das Handy im Schlaf fallen lassen, und nun tastete er den Fußboden ab, bis er es schließlich unter dem Sofa entdeckte. Er stellte den Alarm aus und streckte sich. Er fühlte sich längst nicht ausgeschlafen.

Nach einem schnellen Frühstück mit Emma und den Kindern fuhr er aufs Polizeirevier. Auf dem Flur begegnete er Gunnar Öhrn und ging mit ihm Richtung Konferenzraum.

»Sieht so aus, als wären alle in den Containern erschossen worden. Es gibt wohl Spuren auf den Skeletten, die darauf hindeuten«, sagte Gunnar.

»Sie wurden also umgebracht und dann im Meer versenkt?«, fragte Henrik.

»Genau.«

»Aber warum wurden sie umgebracht? Ging es um Geld? Um Drogen? Waren es Flüchtlinge, die nicht gezahlt hatten? Hat jemand sie verraten? Waren es Schmuggler?«

»Keine Ahnung, aber darüber habe ich auch schon nachgedacht. Vor allem frage ich mich noch immer, warum Hans Juhlén ermordet wurde.«

»Sollten wir seine Frau noch einmal zur Vernehmung laden?«

»Vielleicht, aber ich glaube, dass wir aus Lena Wikström mehr herauskitzeln können. Ehrlich gesagt, Henrik …«

Gunnar blieb stehen und sah sich auf dem Flur um. Dann betrachtete er Henrik und seufzte.

»Die Geschichte ist extrem kompliziert geworden. Ich weiß nicht mehr, worauf wir unseren Fokus legen sollen. Erst Hans Juhlén, dann der Junge und Thomas Rydberg. Und jetzt die Massengräber im Meer – das ist ganz schön schwerverdaulich und kaum eine Geschichte, mit der wir an die Öffentlichkeit gehen können. Trotzdem lässt Carin Radler nicht locker.«

»Wegen einer Pressekonferenz?«

»Richtig.«

»Aber wir können doch gar keine klaren Aussagen machen. Im Moment wissen wir viel zu wenig.«

»Genau, und wir müssen alles bagatellisieren. Ich habe schon jetzt das Gefühl, als würde uns die Sache über den Kopf wachsen. Notfalls muss ich die Reichskripo um Hilfe bitten, aber du weißt ja, was ich davon halte.«

Ein Schatten huschte über Gunnars Gesicht.

Henrik dachte nach.

»Jetzt warten wir erst mal ab und vernehmen Lena Wikström«, sagte er.

Gunnar sah ihn mit geröteten Augen an und machte eine resignierte Handbewegung.

»Na gut, ich warte ab, bis wir mehr wissen.«

Um Viertel vor sieben fuhr Jana Berzelius auf die E 4.

Die Sonne war aufgegangen und blendete sie.

Im Radio wurde die Musik unterbrochen, und die Nachrichten und die Wettervorhersage kamen. Der Meteorologe warnte vor überfrierender Nässe und Glatteis.

Der Verkehr wurde, nachdem sie Nyköping passiert hatte, immer dichter, und nun verschwand auch die Sonne. Der Himmel färbte sich dunkelgrau, und die Temperatur sank auf null. Der Regen schlug hart auf den Asphalt.

Jana starrte vor sich auf die nasse Straße und lauschte auf das Rauschen.

Rechts und links glitt der Wald vorbei. Der Wildzaun verschwamm in der Peripherie. Die Rücklichter wurden zu roten Strichen.

Bei Järna begann der Stau. Während sie darauf wartete, dass der Verkehr sich lichtete, öffnete sie den Routenplaner in ihrem Handy und trug die Adresse von Danilo Peña ein. Es war ihr zu riskant, das GPS-basierte Navigationsgerät ihres Wagens zu benutzen, denn da hätte man die Fahrt bei einer eventuellen Untersuchung ohne Weiteres zurückverfolgen können.

Die App präsentierte ihr eine Wegbeschreibung, und sie stellte fest, dass sie nur zehn Minuten von ihrem Ziel entfernt war, dem Stadtteil Ronna in Södertälje.

Es hörte auf zu regnen, aber die schweren grauen Wolken blieben. Sie fuhr von der Autobahn ab in Richtung Zentrum. Noch einmal rechts abbiegen, und schon war sie da. In Ronna gab es viele Hochhäuser mit grünen, blauen und orangegelben Balkons. Auf der Straße standen dicht gedrängt neonfarbene Schilder mit handgeschriebenen Texten in fremden Sprachen.

Eine Clique von Jugendlichen saß in einem Buswartehäuschen mit eingeschlagenen Glaswänden. Ein Stück entfernt stand eine ältere Dame und stützte sich auf einem braunen Stock ab. Ein Auto mit plattem Reifen, ein Fahrrad, dem das Vorderrad fehlte, und ein überquellender Abfalleimer.

Sie hielt nach der Adresse Svedjevägen 36 Ausschau. Als sie das Haus endlich gefunden hatte, stellte sie das Auto ab und wollte ein paar Münzen in den Parkautomaten stecken, doch das von Grafitti bedeckte Gerät war außer Betrieb. Auf dem Weg zum Hochhaus kam sie an mehreren Autos vorbei, an deren Rückspiegel Kreuze und Ikonen hingen. Vorsichtig umging sie die Pfützen, die sich gebildet hatten.

Im Eingangsbereich der Nummer 36 saßen drei Frauen mit Kopftuch und unterhielten sich. Sie starrten Jana ungeniert und abschätzig an, als sie das Haus betrat. Kindergeschrei, laute Stimmen und knallende Türen hallten durchs Treppenhaus. Die Atmosphäre war kalt und rau. Es roch nach Essen.

Der Tafel im Eingangsbereich entnahm sie, dass sie in den achten Stock musste, und entschied sich für den Fahrstuhl. Oben angekommen, spähte sie vorsichtig hinaus. Auf der Tür direkt an der Treppe stand »Danilo Peña«.

Sie trat aus dem Aufzug und hob die Hand, um anzuklopfen, stellte dann aber fest, dass die Tür offen stand, und schob sie auf.

»Hallo?«, rief sie und betrat den Wohnungsflur.

Keinerlei Möbel, nur ein Flickenteppich und eine gelbbraune Tapete.

Sie rief erneut, bekam aber nur ein Echo zur Antwort.

Einen Moment zögerte sie, dann nahm sie allen Mut zusammen und ging ins Wohnzimmer. Ein aufgeschlitztes

Sofa, ein kleiner Couchtisch, eine Matratze ohne Laken, ein Kissen und eine karierte Wolldecke. Der Wind pfiff durch eine undichte Stelle am Fenster.

Sie ging durch das Wohnzimmer zur Küche. Blieb stehen, hielt die Luft an und lauschte.

Einige Sekunden stand sie mitten im Zimmer. Dann betrat sie die Küche. Im selben Moment sah sie eine Faust. Der Schlag streckte sie zu Boden. Wieder sah sie die Faust und hob die Arme, um sich zu schützen. Diesmal traf der Schlag ihr Handgelenk. Die Schmerzen waren heftig.

Aufstehen, dachte sie. Ich muss aufstehen.

Sie drehte sich nach links und stemmte sich hoch.

Da erblickte sie einen Mann, der etwas in der Hand hielt.

»Rühr dich nicht«, sagte er. »Rühr dich nicht, wenn dir dein Leben lieb ist.«

Das Mädchen versuchte zu schlucken, aber die Zunge fühlte sich taub an. Sie bemühte sich, die Augen zu öffnen, doch es gelang ihr nicht. Wie in einem Tunnel hörte sie eine Stimme, die mit ihr sprach, aber sie konnte die Worte nicht verstehen. Jemand berührte sie, und sie wollte die Hand wegschlagen.

»Ganz ruhig«, sagte die Stimme.

Als sie die Hand hob, um ein zweites Mal zuzuschlagen, empfand sie einen plötzlichen intensiven Kopfschmerz, der sie zwang stillzuhalten. Schließlich schlug sie die Augen auf und wurde von einem gleißenden Licht geblendet.

Sie blinzelte mehrere Male, ehe eine fremde Person vor ihr Gestalt annahm. Ein weißgekleideter Mann beugte sich über das Bett, in dem sie lag.

»Wie heißt du?«, fragte er.

Das Mädchen antwortete nicht.

Sie kniff die Augen zusammen, um sie ans Licht zu gewöhnen. Der Mann hatte blondes Haar, eine Brille und einen Bart.

»Ich heiße Mikael Andersson. Ich bin Arzt. Du befindest dich in einem Krankenhaus. Du hattest einen Unfall. Weißt du, wie du heißt?«

Sie schluckte wieder. Suchte im Gedächtnis nach einer Antwort.

»Erinnerst du dich an das, was passiert ist?«

Sie drehte den Kopf und sah den Arzt an. Ihr einbandagierter Kopf pochte vor Schmerz. Einen Moment schloss sie die Augen und öffnete sie wieder. Sie wusste nicht, was sie antworten sollte. Denn sie erinnerte sich nicht.

Sie erinnerte sich an gar nichts.

Phobos fingerte an seiner Pistole herum. Er wusste, dass er den Auftrag zur vollsten Zufriedenheit ausgeführt hatte. Es war ja auch eine einfache Aufgabe gewesen, diesen Mann zu erschießen, der nicht rechtzeitig gezahlt hatte.

Ein einziger Schuss hatte gereicht. In den Hinterkopf. Ein Loch. Blut auf dem Fußboden. Es war am besten, sich an die Opfer heranzupirschen und sie von hinten zu erschießen, denn da konnten sie nicht mehr reagieren, und das Risiko, dass sie sich wehrten, war geringer. Sie fielen einfach vornüber. Die meisten starben sofort. Andere zuckten noch. Gaben irgendwelche Laute von sich.

Das Wasser schlug gegen das Schiff, und es schaukelte heftig. Dennoch war er entspannt und zufrieden. Denn er wusste, dass er seine Belohnung bekommen würde.

Endlich würde er die Dosis bekommen, die er verdiente.

Die Pistole war zwei Zentimeter von Jana Berzelius' Wange entfernt.

Der Mann vor ihr wischte sich einen Speicheltropfen aus dem Mundwinkel. Er hatte langes dunkles Haar, braune Augen und ein markantes Gesicht.

Wer war er? War das Hades?

»Wer zum Teufel bist du?«, fragte er und drückte die Mündung noch fester an ihre Wange.

»Ich bin Staatsanwältin«, sagte sie und hielt blitzschnell nach eventuellen Fluchtwegen Ausschau.

Sie standen in der Küche, hinter ihr befand sich das Wohnzimmer, vor ihr lag der Flur. Zwei Fluchtwege, von denen der eine mehr Zeit beanspruchte. Sie könnte ihn bewusstlos schlagen, aber er hatte eine Waffe und war ihr überlegen.

Sie sah auf die Arbeitsfläche.

Keine Messer.

»Vergiss es!«, sagte der Mann. »Beantworte lieber die Frage, was du als Staatsanwältin in meiner Wohnung machst.«

»Ich brauche deine Hilfe.«

Der Mann lachte auf.

»Aha? Interessant. Womit kann ich dir denn behilflich sein?«

»Du kannst mir dabei helfen, etwas herauszufinden.«

»Etwas? Und was soll dieses Etwas sein?«

»Meine Herkunft.«

»Deine Herkunft? Wie soll ich dir dabei helfen, wenn ich nicht mal weiß, wer du bist?«

»Aber ich weiß, wer du bist.«
»Wirklich? Wer bin ich denn?«
»Du bist Danilo.«
»Clever. Hast du das allein herausgefunden, oder hast du meinen Namen an der Wohnungstür gelesen?«
»Du bist auch noch jemand anders.«
»Du meinst, ich bin schizo, oder was?«
»Zeig mir deinen Nacken.«
Der Mann verstummte.
»Dort steht dein anderer Name«, sagte sie. »Ich kenne ihn. Wenn ich richtig rate, musst du mir erzählen, wie du zu dem Namen gekommen bist. Wenn ich falsch rate, lässt du mich laufen.«
»Wir ändern die Vereinbarungen ein bisschen. Wenn du richtig rätst, rede ich. Klaro, kein Problem. Wenn du falsch rätst oder ich keinen Namen im Nacken habe, schieße ich.«
Er spannte den Abzug und stellte sich breitbeinig und schussbereit hin.
»Ich kann dich wegen versuchten Mordes anzeigen«, sagte Jana.
»Und ich kann dich wegen Einbruchs anzeigen. Los, rat schon.«
Jana schluckte.
Sie war sich ziemlich sicher, dass er es war.
Aber würde sie wagen, seinen Namen auszusprechen?
Sie schloss die Augen.
»Hades«, flüsterte sie und hörte, wie ein Schuss abgefeuert wurde.

Das Mädchen saß auf einem Sprossenstuhl und hatte seine Hände unter den Oberschenkeln versteckt.

Sie saß einfach da.

Schweigend.

Die Sozialarbeiterin Beatrice Malm sah sie über ihre Lesebrille hinweg an und schloss vorsichtig die Akte auf dem Schreibtisch vor ihr.

»Weißt du was«, sagte sie und beugte sich mit gefalteten Händen vor. »Du hast Glück, meine Kleine. Du bekommst eine Mama und einen Papa.«

Jana öffnete die Augen.

Danilo stand noch immer vor ihr. Er hatte die Pistole gesenkt. Sie spürte nach, ob er sie getroffen hatte. Doch die Kugel war an ihr vorbeigeflogen und hatte ein Loch in der Wand hinterlassen.

Sie musterte ihn. Er atmete heftig.

»Woher weißt du das?«, zischte er. »Woher weißt du das? Spuck's schon aus!«

Er stellte sich dicht vor sie.

»Woher weißt du das, verdammt noch mal?«

Brutal packte er ihre Haare und zwang ihren Kopf nach hinten. Dann drückte er die Waffe an ihre Schläfe.

»Ich schieße ein zweites Mal. Und diesmal geht die Kugel genau hier rein, versprochen. Jetzt sag schon, los!«

»Ich habe auch einen Namen«, sagte sie mit fester Stimme.

Im selben Moment riss er ihren Kopf zur Seite. Er zerrte an ihren Haaren, kratzte sie. Als er ihren Nacken entblößte, wurde sie von Panik erfasst. Mit einer raschen Bewegung befreite sie sich aus seinem harten Griff und sah zu ihm auf. Er schüttelte den Kopf.

»Das ist nicht wahr. Das kann nicht wahr sein. Du kannst es nicht sein.«

»Doch. Ich bin es. Und jetzt wirst du mir erklären, wer ich bin.«

Es dauerte zehn Minuten, bis Jana Berzelius die kurze Geschichte ihres Lebens erzählt hatte. Sie saß neben Danilo auf der dünnen Matratze in dem kahlen Wohnzimmer.

»Du bist also adoptiert worden?«, fragte er.

»Ja, ich wurde adoptiert und bekam den Vornamen Jana. Berzelius wurde mein Nachname. Mein Vater ist Reichsstaatsanwalt Karl Berzelius, inzwischen ist er pensioniert. Am liebsten wollte er einen Sohn, der in seine Fußspuren tritt. Die Rolle habe ich stattdessen übernommen.«

Sie musterten sich. Abwartend.

Jana fuhr fort: »Ich kann mich an nichts mehr erinnern von dem Unfall. Mir wurde erzählt, ich sei auf ein U-Bahngleis gefallen und hätte mir den Kopf so heftig angeschlagen, dass ich einen Gedächtnisverlust erlitten hätte. Keiner konnte mir sagen, wie ich auf diesem Gleis gelandet war oder wer ich war. Ich war allein. Es gab niemanden, der nach mir gefragt oder mich nach dem Unglück gesucht hätte.«

Jana verstummte.

»Du erinnerst dich also an gar nichts?«, hakte Danilo nach.

»Manche Fragmente und Bilder kommen mir im Traum, aber ich weiß nicht, ob es echte Erinnerungen sind oder reine Fantasien.«

»Erinnerst du dich an deine richtigen Eltern?«

»Hatte ich welche?«

Danilo antwortete nicht.

Der Wind pfiff laut durch das undichte Fenster, und das Zimmer fühlte sich gleich noch kälter an. Jana schlang die Arme um die Knie.

»Kannst du nichts aus deinem Leben erzählen?«, fragte sie.

»Da gibt es nichts zu erzählen.«

Danilo wand sich und wirkte unangenehm berührt.

»Ich bin abgehauen, okay? Ich wurde in der Schulter getroffen«, sagte er, zog den Pullover herunter und entblößte eine große Narbe an der rechten Schulter. »Als du weggelaufen bist, bin ich ruhig liegen geblieben und habe mich totgestellt. Während Mama dir nachgelaufen ist, bin ich aufgestanden und auch davongerannt. Und hier bin ich jetzt. End of story.«

»Aber sie haben dich nicht gefunden?«

»Nein.«

Jana dachte nach.

»Wurde sie so genannt?«

»Wer?«

»Wurde sie wirklich Mama genannt?«

»Ja.«

»Habe ich sie auch so angesprochen?«

»Ja.«

Danilos Schultern sackten ein wenig herab.

»Warum bist du hier? Warum wühlst du in der Vergangenheit herum?«

»Ich will wissen, wer ich bin.« Jana biss sich auf die Unterlippe. »Kann ich mich auf dich verlassen?«

»Inwiefern?«

»Kann ich dir Geheimnisse anvertrauen, ohne dass du sie weiterträgst?«

»Moment mal. Wer hat dich geschickt?«

»Niemand. Ich bin auf eigene Faust hergekommen und aus rein persönlichen Gründen.«

»Und was soll ich tun?«

»Ich bin an einem Punkt angelangt, an dem ich Antworten brauche. Und ich muss Dinge herausfinden, ohne die Polizei darin zu verwickeln.«

»Aber du bist doch Staatsanwältin. Du solltest besser mit der Polizei reden.«

»Nein.«

»Okay, okay. Ich will erst wissen, worauf das Ganze hinausläuft, ehe ich beschließe, dir zu helfen oder nicht.«

Jana zögerte.

»Ich verspreche, über alles, was du mir erzählst, Stillschweigen zu bewahren«, sagte er schließlich.

Er klang überzeugend, und im Moment hatte sie niemand anders, an den sie sich hätte wenden können.

Also erzählte sie ihm alles.

Sie brauchte über eine Stunde, um von allen heiklen Details der Ermittlungen zu berichten. Sie sprach von Hans Juhlén, von dem Jungen mit dem eingeritzten Namen im Nacken, der tot in Viddviken aufgefunden worden war. Sie erzählte von Thomas Rydberg, verschwieg ihm allerdings, dass sie ihn umgebracht hatte.

Als sie von den Bergungsarbeiten berichtete, wurde Danilo blass.

»Verdammt«, sagte er.

»In einem der Container habe ich einen Spiegel gefunden«, fuhr sie fort. »Ich glaube, dass er früher mir gehört hat. Du musst mir jetzt antworten. War ich in dem Container?«

»Ich weiß es nicht.«

»Bitte, sag mir, ob ich da drin war.«

»Nein, du warst nicht da drin. Kapier's doch!«

»Ich will doch nur wissen, wer ich bin. Du bist der Einzige, der mir helfen kann. Du musst mir helfen. Erzähl mir, wer ich bin!«

Danilo erhob sich. Sein Gesicht verdunkelte sich.

»Nein.«

»Nein?«

»Du darfst gern in der Vergangenheit herumwühlen, aber ich werde das nicht tun.«

»Normalerweise bitte ich niemanden um einen Gefallen, aber in diesem Fall tue ich es. Bitte, hilf mir.«

»Nein. NEIN!«

»Bitte!«

»Nein!« Danilo drehte sich hastig zu Jana um. »Niemals. Ich werde es nicht tun. Und jetzt hau ab.«

Danilo zog sie von der Matratze hoch. Sie schlug um sich und befreite sich aus seinem Griff.

»Fass mich nicht an!«

»Komm nie wieder hierher.«

»Das werde ich auch nicht. Das kann ich dir versprechen.«

»Gut. Verschwinde!«

Sie blieb noch kurz stehen und betrachtete Danilo ein letztes Mal, ehe sie die Wohnung verließ. Sie verfluchte sich, weil sie ihm alles erzählt hatte. Sich ihm anvertraut hatte. Das hätte sie nicht tun sollen.

Niemals.

Henrik Levin sah auf die Uhr. 15.55. Noch fünf Minuten bis zur Vernehmung von Lena Wikström.

Jana Berzelius verspätete sich. Das war noch nie passiert.

Henrik raufte sich die Haare und fragte sich, wie er ohne sie agieren sollte.

Mia Bolander bemerkte seine Unruhe.

»Sie kommt schon noch«, sagte sie.

In diesem Moment traf Peter Ramstedt ein.

»Aha«, sagte er. »Die Staatsanwältin hat sich also nicht rechtzeitig zur Vernehmung eingefunden? Wie bedauerlich.«

Er lachte laut, während er in den Vernehmungsraum ging.

Henrik seufzte und sah erneut auf die Uhr. Noch eine Minute. Gerade wollte er die Tür zu dem kleinen Zimmer schließen, als er rasche Schritte hörte.

Jana Berzelius eilte den Gang entlang. Sie trug ein großes Pflaster auf der Stirn.

»Sie sind zu spät«, sagte Mia triumphierend, als Jana Berzelius vor dem Vernehmungsraum angekommen war.

»Das glaube ich nicht. Man kann nicht zu etwas zu spät kommen, was noch gar nicht begonnen hat«, konterte Jana Berzelius und schloss die Tür mit einem Knall vor Mias Nase.

Die Vernehmung dauerte zwei Stunden.

Anschließend klopfte Henrik Levin an Gunnar Öhrns Bürotür.

»Nichts«, sagte er.

»Nichts?«, wiederholte Gunnar.

»Sie weigert sich auszusagen, wer ihr den Befehl erteilt

hat, das Dokument mit den Containernummern zu löschen, und was die SMS zu bedeuten hat, die sie von Thomas Rydberg bekommen hat.«

»Und was sagt sie zum Inhalt der Container?«

»Sie sagt, dass sie auch darüber nichts weiß.«

»Aber das stimmt nicht. Sie wusste ja, wo sie waren.«

»Richtig.«

»Was haben wir denn überhaupt gegen sie in der Hand?«

»Bisher hat sie kein Geständnis abgelegt. Ich weiß wirklich nicht, was wir ihr beweisen könnten.«

Seufzend holte Gunnar Luft und atmete wieder aus.

»Dann mach mal Schluss für heute.«

»Ich gehe gleich. Und was ist mit dir?«

»Ich höre auch bald auf.«

»Hast du was vor heute Abend?«

»Ich werde in Begleitung nach Hause fahren. In weiblicher Begleitung.«

Henrik pfiff anerkennend.

»Nein, nicht, was du denkst. Es ist nur Anneli, die sich einen Karton mit ein paar Sachen abholen will. Und du?«

»Ich werde meine Familie mit einem Abendessen überraschen.«

»Wow, toll.«

»Ich weiß nicht, ob McDonald's so toll ist.«

Gunnar lachte.

»Bis morgen dann«, sagte Henrik und ging beschwingt zum Fahrstuhl.

Jana Berzelius saß an einem Zweipersonentisch in der Eckkneipe Durkslaget und war schon jetzt genervt von ihrem Kollegen Per Åström. Seit über zwanzig Minuten redete er ohne Punkt und Komma von seinen Leistungen bei einem Tennisturnier am vergangenen Wochenende. Seine Gesellschaft hatte sie noch nie gestört, doch nun musste sie sich beherrschen, um ihn nicht zu bitten, einfach mal den Mund zu halten.

Vor Jahren hatte Jana schon festgestellt, dass sie sich in Gesellschaft anderer Menschen nicht wohlfühlte. Daher hatte sie sich in ihrem Leben als Eigenbrötlerin gut eingerichtet. Sie war zufrieden. Klar, das Leben erforderte eine Reihe von Sozialkontakten mit anderen Menschen, aber sie hielt diese Beziehungen immer an der Oberfläche, denn genau solche Bekanntschaften passten ihr perfekt. Einen anderen Menschen kennenzulernen war für sie eher mühsam. Und sie verabscheute es, wenn andere Menschen in ihrem Privatleben herumschnüffelten und Dinge wissen wollten, die sie nichts angingen.

Per Åström hatte sie zu Beginn genervt. Aber aus irgendeinem seltsamen Grund hatte er ihr nicht die Bekanntschaft gekündigt, als sie ihm erklärt hatte, dass sie in Ruhe gelassen werden wollte. Ganz im Gegenteil hatte er ihre kühle Art geschätzt, und im Lauf der Jahre war es ihm sogar gelungen, ihre wenig ausgeprägte Mimik zu deuten.

Per spielte an seinem Weinglas herum.

»Was ist los?«

»Was meinst du?«

»Was ist los? Ich sehe doch, dass was ist.«

»Es ist aber nichts.«

»Ist was passiert?«

»Nein.«

»Sicher?«

»Ja. Mir geht es gut.«

Sie begegnete seinem Blick. Es war ein komisches Gefühl, Per anzulügen, denn er war ihr einziger echter Gesprächspartner. Am liebsten hätte sie ihm erzählt, was ehrlich in ihr vorging. Doch wie würde er reagieren, wenn sie ihm offenbarte, dass sie Thomas Rydberg umgebracht hatte? Wenn sie zugab, dass sie einen totgeglaubten Freund aufgesucht hatte, der quicklebendig war? Und wie sollte er begreifen, dass sie alles tun würde, um mehr über ihre Herkunft und ihre Vergangenheit zu erfahren? Es hatte keinen Sinn, darüber zu sprechen. Mit niemandem.

»Brauchst du Hilfe?«

Jana wusste nicht, was sie antworten sollte. Stattdessen stand sie auf, verließ das Lokal, ohne sich zu verabschieden, und ging nach Hause.

In ihrer Wohnung hängte sie ihren Mantel auf, streifte die hochhackigen Stiefel ab und zog im Schlafzimmer die Hose aus. Gerade als sie den Pullover über den Kopf streifte, hörte sie ihr Handy klingeln. In ihrer Seidenunterwäsche ging sie in den Flur und sah aufs Display, das »Private Nummer« anzeigte.

Das war bestimmt Per. Er hatte die Rufnummernunterdrückung aktiviert, um zu verhindern, dass seine Klienten ihn auf seinem Privathandy zurückriefen.

Sie nahm das Gespräch an.

»Ich will gar nicht wissen, wie lecker das Essen schmeckt«, sagte sie.

Am anderen Ende herrschte Stille.

»Hallo?«

Sie wollte gerade auflegen, als sie eine Stimme hörte, die sagte: »Ich helfe dir.«

Ihre Nackenhaare sträubten sich.

Sie erkannte die Stimme.

Sie gehörte Danilo.

»Komm morgen in den Stadtpark. Um zwei Uhr«, sagte er.

Gunnar befreite sich von Annelis Arm.

Sie saßen mit zwei Weingläsern auf seinem dunkelbraunen Ledersofa. Die Wohnung war knapp hundert Quadratmeter groß, wobei das Wohnzimmer, in dem sie sich gerade befanden, schon fünfunddreißig Quadratmeter einnahm. Der Raum wurde von einer Stehlampe schwach erleuchtet. Die eine Wand wurde von drei neu gekauften Bücherregalen und einem Vitrinenschrank dominiert, der alkoholhaltige Getränke enthielt. An der gegenüberliegenden Wand lehnten fünf Bilderrahmen nebeneinander. Auf einem Glastisch standen zwei Weinflaschen. Beide waren leer.

»Das ist keine gute Idee«, sagte Gunnar.

»Was denn?«, fragte Anneli.

»Das, was du gerade probierst.«

»Du hast doch gesagt, dass ich herkommen soll.«

»Um die Umzugskiste zu holen, ja. Nicht …«

»Nicht was?«

Anneli legte die Hand auf Gunnars Bein.

»Tu das nicht.«

»Was passiert denn dann?«

Anneli rutschte näher zu ihm und gab ihm einen leichten Kuss auf den Hals.

»Das ist schon besser.«

»Und das hier?«

Anneli knöpfte langsam ihre Bluse auf.

»Das ist ziemlich gut.«

»Und das hier?«

Sie zog sich die Bluse aus und setzte sich rittlings auf seinen Schoß.

»Das ist richtig gut«, sagte Gunnar und zog Anneli heftig an sich.

Donnerstag, den 26. April

Jana Berzelius befolgte Danilos Anweisungen und ging auf dem breiten Kiesweg durch den Stadtpark. In den Blumenbeeten schossen Osterglocken und lila Krokusse empor. Es duftete nach feuchter Erde. An einem großen Stein bog sie ab und folgte dem Kiesweg noch etwa hundert Meter. Als sie die kleine Imbissbude sah, ging sie langsamer, sah auf die Uhr und stellte fest, dass sie die verabredete Zeit einhalten würde.

An der Imbissbude bestellte sie sich ein heißes Würstchen mit Brot, bezahlte zwanzig Kronen und ging weiter, bis sie an der grünen Doppelparkbank angekommen war, auf der man Rücken an Rücken sitzen konnte. Sie setzte sich rechts neben ein eingeritztes Anarchiesymbol. Dann biss sie von der Wurst ab und ließ ihren Blick über den Park schweifen.

Zwei Bänke weiter saßen vier stadtbekannte Alkoholiker und packten aus einer mitgebrachten Tüte Bierdosen aus. Ihre Sorgen wirkten wie weggeblasen, und sie teilten ihre Freude laut grölend mit den Familien, die auf dem Weg zum Spielplatz an ihnen vorbeikamen. Zwei Mädchen schaukelten um die Wette, während ein kleiner Junge zögernd oben auf der Rutsche saß und sich fragte, ob er hinunterrutschen sollte.

Sie wollte gerade einen weiteren Bissen von ihrem Würstchen nehmen, als sie eine Stimme hinter sich hörte.

»Dreh dich nicht um. Bleib sitzen und greif nach deinem Handy.«

Sie spürte seine Anwesenheit.

Seinen Rücken an ihrem.

Sie hielt ihr Handy ans Ohr.

»Halt dein Telefon die ganze Zeit in der Hand, damit es aussieht, als würdest du telefonieren.«

»Warum wolltest du dich mit mir in Norrköping treffen?« fragte sie.

»Ich hatte hier was zu erledigen.«

»Warum hast du deine Meinung geändert? Warum willst du mir auf einmal helfen?«

»Ist doch egal. Willst du es denn immer noch?«

»Ja.«

»Aber die Arbeit musst du selbst machen.«

»Okay.«

»Ich kann dir nicht alle Infos geben.«

»Was kannst du mir denn geben?«

»Er heißt Anders Paulsson. Du findest ihn in Jonsberg. Frag ihn wegen der Fahrten.«

»Was für Fahrten?«

»Mehr kann ich dir nicht sagen.«

»Aber was sind das denn für Fahrten?«

»Frag ihn.«

»Steckt er hinter dem Ganzen?«

»Nein. Aber hinter einigem.«

»Woher weißt du das?«

»Ich weiß es einfach. Vertrau mir. Bis bald.«

»Aber …«

Sie drehte sich um.

Er war verschwunden.

Danilo Peña lief durch den Park. Sie würde Anders Paulsson aufsuchen, das wusste er und lächelte vor sich hin, sie würde sofort hinfahren. Und das war das Letzte, was sie in ihrem Leben tat.

Kaum hatte er den Park verlassen, zog er sein Handy aus der Tasche und schrieb eine Kurznachricht: »Du kriegst Besuch.«

Gunnar stieg aus der Dusche und schlang sich ein Handtuch um die Hüften.

Im Schlafzimmer saß Anneli und versuchte, mit den Händen hinter dem Rücken ihren BH zuzuknöpfen, während sie mit ihrer Mutter telefonierte, bei der Adam übernachtet hatte. Sie beendete das Gespräch und warf das Handy aufs Bett.

Gunnar sah auf die Uhr. Er würde zu spät zur Pressekonferenz kommen, die um dreizehn Uhr begann.

»Wie soll ich das denn jetzt erklären?«, fragte er Anneli.

»Sag, dass du bei einem Einsatz warst oder so. Du bist doch schließlich Polizist.«

»Frisch getrennte Paare sollten keinen Sex miteinander haben.«

»Du hast recht.«

»Das darf nicht zur Gewohnheit werden.«

»Stimmt.«

Anneli erhob sich, stieg in die Jeans und knöpfte sich die Bluse zu.

Gunnar ging mit ihr auf den Flur. Er hob den Umzugskarton hoch, der neben der Haustür stand.

»Vergiss den nicht«, sagte er.

»Ich kümmere mich heute Abend darum«, sagte Anneli und schloss die Tür hinter sich.

Gunnar blieb mit dem Umzugskarton im Flur stehen.

Er lächelte.

Anders Paulsson fuhr nach Hause, wobei das Tempo weit über der zugelassenen Höchstgeschwindigkeit lag. Er schnitt die Kurven und geriet mit dem Transporter immer wieder auf die gegenüberliegende Spur.

Als er im kleinen Ort Jonsberg angekommen war, bog er von der Straße 209 ab. Ein schwarzer BMW stach ihm ins Auge, der an einem Rastplatz parkte. Anders drückte die Kupplung durch und wechselte mühsam in den dritten Gang. Vierhundert Meter später bremste er, stieg aus und betrat sein rotes Einfamilienhaus. In allen Fenstern waren die Jalousien heruntergelassen. Nicht weil er verhindern wollte, dass jemand hineinsah – der Abstand zum nächsten Nachbarn war groß genug –, sondern weil er generell kein Tageslicht mochte.

Überall im Haus lag Müll. Kartons und alte Tageszeitungen stapelten sich, Essensreste auf Papptellern, Flaschen, Bierdosen und Schachteln von Take-away-Fastfood. Ein stechender Geruch lag in der Luft, muffig und nach Verwesung, aber darum scherte Anders sich nicht. Er kümmerte sich eigentlich um gar nichts mehr. Weder um sein Haus noch um sich selbst. Früher einmal war es anders gewesen, doch die Frau, die es damals in seinem Leben gegeben hatte, war schon vor vielen Jahren an Krebs gestorben. Als sie krank geworden war, hatte er den Haushalt schleifen lassen. Inzwischen waren die Jahre ins Land gegangen, und es fiel ihm immer schwerer, Dinge in Angriff zu nehmen. Da war es leichter, aufzugeben und sich nicht mehr zu kümmern.

Er schloss die Haustür von innen ab und ging in die

Küche. Dabei wich er den Kothaufen aus, die eine seiner Katzen vor einer Woche zurückgelassen hatte. Er war zornig geworden, und statt den Dreck wegzuräumen, hatte er sich entschieden, mit den Verursachern aufzuräumen. Er wusste nicht, welche Katze schuld war, weshalb er kurzerhand alle bestraft hatte. Die Viecher hatten protestiert, ihn gekratzt und gefaucht, aber es war ihm dennoch gelungen, alle in die Gefriertruhe im Keller zu stopfen.

Jetzt stand er da und betrachtete mit fragendem Blick den Messerblock. Er war leer. Seltsam. Er zog eine Schublade auf. Auch dort kein Messer. Ein unangenehmes Gefühl befiel ihn. Er öffnete einen Küchenschrank und tastete im obersten Regal.

Leer!

Sofort legte er die Hand an das kleine Etui an seinem Hosenbund. Das habe ich immerhin noch, dachte er.

»Suchen Sie irgendwas?«

Er war wie paralysiert, als er plötzlich die Stimme hinter sich hörte.

Jana Berzelius stand in der Türöffnung. Sie hielt eine Pistole in der Hand.

»Suchen Sie vielleicht die hier?«

Sie entsicherte die Waffe und umklammerte sie fest. Sie trug Handschuhe.

»Drehen Sie sich nicht um!«

Anders begann zu lachen. Hohl und künstlich. Er schüttelte den Kopf und sah auf die Küchenarbeitsplatte, noch immer mit der Hand an der Hüfte.

»Woher wussten Sie, wo die liegt?«

»Ich hatte Zeit, das Haus zu durchsuchen, ehe Sie nach Hause gekommen sind.«

»Und wie sind Sie reingekommen?«

»Ich mag Fenster.«

»Wer sind Sie?«

»Ich mag keine Fragen.«

»Also darf ich nicht mal fragen, was Sie wollen?«

»Ich bin hier, um Sie wegen Ihrer Fahrten zu fragen.«

»Was für Fahrten? Ich weiß nicht, wovon Sie sprechen.«

»Ich glaube, das wissen Sie sehr wohl.«

Anders Paulsson seufzte.

»Was sind das für Fahrten?«, hakte sie nach.

Er richtete sich auf.

Sie bemerkte, wie seine Unterarmmuskeln sich anspannten, und es gelang ihr gerade noch rechtzeitig, den Kopf zur Seite zu neigen, als sie den Windzug von der scharfen Klinge spürte. Er hatte sich blitzschnell umgedreht, und das Messer steckte jetzt in der Wand, wenige Zentimeter von ihrem Kopf entfernt.

Sie hielt die Pistole auf ihn gerichtet.

»Sie haben nicht getroffen.«

Sein Blick flackerte, und er schien nach einem Gegenstand zu suchen, mit dem er sich verteidigen konnte. Verstohlen sah er zu dem schwarzen Toaster hinüber.

»Bitte töten Sie mich nicht«, sagte er.

»Ich frage Sie noch mal. Was sind das für Fahrten?«

Wieder sah er zum Toaster hinüber. In dem Bruchteil einer Sekunde griff er danach und schleuderte ihn mit einer solchen Kraft auf Jana, dass sie die Pistole verlor. Die Waffe landete auf dem Boden.

Er sah sie an.

Sie sah ihn an.

Beide hatten denselben Gedanken.

Die Pistole!

Gleichzeitig warfen sie sich auf den Boden, aber sie bekam sie ein wenig früher zu fassen. Er versuchte, ihr die Pistole zu entreißen, und stieß ihr den Ellbogen in die Seite. Doch sie hielt die Pistole weiterhin fest umklammert.

Obwohl er sie immer wieder in die Seite stieß, biss sie die Zähne zusammen und konzentrierte ihre gesamte Kraft auf einen einzigen Schlag. Die Muskeln in ihrem Rücken und in der Schulterpartie spannten sich an, und sie traf ihn mit voller Wucht zwischen den Rippen. Er sank auf die Knie und schnappte nach Luft.

Sie richtete die Pistole auf ihn. Er hielt den Blick gesenkt, seine Atemzüge wurden immer heftiger und gingen schließlich in ein Schluchzen über. Erstaunt stellte sie fest, dass er weinte.

»Bringen Sie mich nicht um«, sagte er. »Töten Sie mich nicht. Keiner sollte was erfahren … Ich hätte es nie tun sollen.«

Er sah zu ihr auf.

»Ich hätte es nie tun sollen.«

Er schluchzte.

»Bitte, töten Sie mich nicht. Ich habe ihnen ja gar nicht wehgetan. Ich habe sie nur hingebracht, wo sie hinsollten. Es waren ganz normale Fahrten. Zu den Aufträgen eben.«

Jana runzelte die Stirn.

»Wen haben Sie denn gefahren?«

»Die Kinder.«

Anders Paulsson barg sein Gesicht in den Händen und weinte lauter.

Sie senkte die Pistole.

»Welche Kinder?«

»Die Kinder … Ich habe sie abgeholt, wenn sie … bereit waren. Und wenn sie ihre Aufträge ausgeführt hatten, habe ich sie … zurückgebracht. Irgendwann habe ich das Grab gesehen. Ich habe gesehen … wie sie dastanden …«

Sie starrte ihn an, meinte, sich verhört zu haben.

»Aber ich habe nichts getan. Ich habe sie nur hingebracht, wo sie hinsollten. Zum Training und wieder zurück. Aber ich habe sie nicht umgebracht.«

Jana war sprachlos. Sie betrachtete den Mann, der vor ihr kniete. Seine Augen waren gerötet. Aus dem Mundwinkel tropfte Speichel auf seinen ausgeblichenen Pullover.

»Ich habe sie nicht getötet. Das war ich nicht, ich habe nichts getan. Ich schwöre es, ich habe sie nur gefahren. Und die Kinder wussten ja sowieso von nichts.«

»Ich verstehe nicht«, sagte sie.

»Sie mussten alle sterben. Er auch …«

»Wer er? Sie meinen …«

»Die Kinder haben alle eigene Namen. Thanatos …«, flüsterte Paulsson. »Er war etwas Besonderes. Er war …«

Sein Körper begann zu zittern.

»Das wollte ich nicht. Ich wusste nicht, was ich tun sollte. Er wollte abhauen.«

»Haben Sie den Jungen umgebracht? Haben Sie Thanatos getötet?«

»Ich hatte keine Wahl. Er hat versucht, vom Boot zu fliehen.«

»Vom Boot?«

Anders Paulsson verstummte.

Er starrte auf einen Punkt in der Ferne. Blinzelte.

»Das Boot …«

»Welches Boot?«

»Das Boot! Er hat versucht abzuhauen! Ich musste ihn stoppen. Er sollte doch mit zurück auf die Insel.«

»Welche Insel?«

»Aber er ist abgehauen.«
»Wie heißt die Insel?«
»Er wollte nicht sterben.«
»Sagen Sie schon, wie heißt die Insel?«
»Sie hat keinen Namen.«
»Wo liegt sie? Sagen Sie mir, wo sie liegt!«
Anders Paulsson verstummte, als wäre ihm plötzlich bewusst geworden, in welcher Situation er sich befand.
»Vor Gränsö«, sagte er leise.
»Sind jetzt Kinder dort?«
Er schüttelte langsam den Kopf.
»Für wen arbeiten Sie?«
»Ich habe schon viel zu viel gesagt«, entgegnete er.
»Für wen arbeiten Sie? Nennen Sie mir den Namen!«
Anders Paulsson riss die Augen auf.
Nahm Anlauf.
Und stürzte sich auf Jana, um ihr die Pistole aus den Händen zu schlagen.
Sie fühlte sich überrumpelt, aber hielt dagegen.
Er probierte, ihr die Waffe aus der Hand zu reißen, und brüllte laut.
Janas Zeigefinger wurde fest gegen den Abzugsbügel gepresst. Ein heftiger Schmerz durchzuckte sie, und sie biss die Zähne zusammen. Sie durfte nicht aufgeben. Nicht den Griff lockern. Ihr Arm bebte. Das Adrenalin pumpte durch ihren Körper. Sie gab alles, aber irgendwann ging es nicht mehr. Ihr Finger steckte fest, und er würde ihn ihr brechen, wenn sie nicht losließ.
Als der Knochen in ihrem Finger brach, ließ sie los.
Er hielt die Pistole in der Hand und zielte auf sie, während er ein Stück rückwärtsging.
»Jetzt ist alles vorbei. Ich weiß es.«

Er schwitzte, seine Hände zitterten, die Augen flackerten.

»Ich bin schon tot. Es ist vorbei. Er wird kommen. Ich weiß es. Es ist vorbei.«

Anders Paulsson hob die Pistole.

Plötzlich begriff Jana, was er vorhatte.

»Es ist nicht vorbei. Warten Sie«, sagte sie.

»Es ist jetzt vorbei. Ist auch besser so«, sagte er, steckte sich die Pistole in den Mund und drückte ab.

Torsten Granath lag auf einem Ledersofa vor seinem Büro in der Staatsanwaltschaft. Als Jana Berzelius den Flur entlangkam, blickte er auf.

»Was hast du gemacht?«, fragte er und musterte das Pflaster auf ihrer Stirn.

»Nichts Schlimmes. Nur ein Kratzer. Ich war draußen laufen und bin hingefallen.«

»Hast du dir dabei auch noch den Finger verstaucht?«

Sie nickte und betrachtete ihren Zeigefinger. Der Schmerz hatte nachgelassen, dafür war der Bluterguss umso größer.

»An manchen Stellen im Wald ist es noch glatt«, sagte Torsten seufzend und streckte sich wieder aus.

»Ja.«

»Glätte ist nicht gut. Man muss an sein Hüftgelenk denken. Vor allem in meinem Alter. Ich überlege, ob ich mir nicht Spikes kaufe, die man an der Schuhsohle befestigen kann. Solche solltest du auch tragen. Wenn du läufst.«

»Nein.«

»Schon klar. Es sieht ja auch ziemlich albern aus.«

»Warum liegst du hier?«

»Der Rücken, weißt du? Alte Männer haben nur Probleme. Höchste Zeit, ein bisschen runterzufahren.«

»Das sagst du immer.«
»Ich weiß.«
Torsten zog sich hoch und betrachtete sie mit ernstem Blick.
»Wie läuft es mit der Ermittlung? Manchmal habe ich das Gefühl, als sei es ein Fehler gewesen, dich damit zu beauftragen«, sagte er.
»Es läuft gut«, erwiderte sie knapp.
»Hast du Anklage erhoben?«
»Ja. Aber der Verdacht gegen Lena Wikström baut auf Annahmen und vagen Zeugenaussagen. Sie hat den Mord an Thomas Rydberg noch immer nicht gestanden. Als Staatsanwältin mache ich mir Sorgen wegen der Beweislage.«
»Und was ist mit den Containern? Um wie viele Morde geht es inzwischen eigentlich?«
»Es sind noch gar nicht alle Opfer gezählt worden.«
»Die Statistik wird fürchterlich, oder?«
»Ja.«
»Herrgott. Was für Kreise dieser Mord zieht, das entwickelt sich ja zum größten Verbrechen seit Jahrzehnten.«
Torsten hielt sich das Kreuz, während er sich aufrichtete. Er schob den Bauch vor und verzog das Gesicht. Dann schüttelte er die Hände und ließ die Schultern kreisen.
»Gunnar Öhrn ist nicht ganz davon überzeugt, dass ihr die richtige Spur verfolgt.«
»Nicht?«
»Nein, er glaubt zwar, dass Lena Wikström über wichtige Informationen verfügt, aber nicht, dass sie der Kopf hinter der ganzen Geschichte ist.«
»Hat er das gesagt?«
Torsten nickte.

»Und er findet, dass du für eine ermittelnde Staatsanwältin ein bisschen zu wortkarg bist«, sagte er.

»Ach ja?«

»Es wäre gut, wenn du ein wenig mehr in Erscheinung treten würdest.«

Jana biss die Kiefer aufeinander.

»Okay.«

»Nimm dir die Kritik nicht so zu Herzen.«

»Nein, das tue ich auch nicht.«

»Gut.«

Er klopfte ihr auf die Schulter, ehe er mit steifen Beinen zu seinem Büro ging.

Auch sie verschwand in ihrem Zimmer und schloss die Tür hinter sich.

Mit diesem Öhrn hatte sie noch ein Hühnchen zu rupfen.

Gunnar Öhrn lehnte sich auf dem Bürostuhl zurück und rieb sich die Nase. Die Pressekonferenz war vorbei, und die Reporter hatten wahnsinnig viele Fragen zur Bergung gestellt, aber von der Polizeipressesprecherin Sara Arvidsson nur zur Antwort bekommen, dass die Polizei sich momentan nicht dazu äußern wolle. Dabei war es nur eine Frage der Zeit, bis die Medien den Umfang des Ganzen begriffen und sich Zugang zu den Fotos von den Leichen verschafft hatten, die in den Containern gefunden worden waren. Dann würde die Polizei nicht mehr so ausweichend antworten können.

Plötzlich beschlich ihn das merkwürdige Gefühl, beobachtet zu werden. Er drehte sich auf dem Stuhl herum.

Jana Berzelius stand in der Türöffnung.

»Sie können einem ja einen Schreck einjagen«, sagte er.

»Mir ist zu Ohren gekommen, dass Sie mich als ermittelnde Staatsanwältin für zu schwach halten«, erwiderte sie.

»Ich …«

Sie hielt die Hand hoch und unterbrach ihn.

»Es wäre passender, wenn Sie sich mit Ihrer konstruktiven Kritik direkt an mich wenden würden statt an meinen Chef.«

»Torsten und ich sind alte Kollegen.«

»Ich weiß. Aber wenn es um mich geht, sollten Sie mit mir sprechen. Nicht mit ihm. Sie finden mich als ermittelnde Staatsanwältin also schlecht?«

»Nein. Sie sind nicht schlecht. Ich finde nur, Sie sind nicht so aktiv, wie Sie sein sollten. Sie wirken abwesend und … nun ja … vielleicht nicht wirklich engagiert.«

»Danke für Ihre Einschätzung. War das alles?«

»Ja.«

»Dann werde ich mein tatsächliches Anliegen vortragen.«

»Ich höre?«

»Ich möchte gern eine Insel durchsuchen lassen.«

»Warum das?«

»Weil ich einen Hinweis bekommen habe, dass dort irgendwas Illegales läuft.«

»Und zwar?«

»Genau das sollten wir herausfinden.«

»Wie heißt die Insel?«

»Weiß ich nicht. Sie soll vor Gränsö liegen.«

»Woher wissen Sie, dass dort irgendwas Illegales läuft?«

»Ich habe einen Hinweis bekommen.«

»Moment mal. Sie haben einen Hinweis bekommen. Von wem?«

»Anonym.«

»Sie haben also einen anonymen Hinweis bekommen.«

»Korrekt.«

»Und wann haben Sie diesen Hinweis bekommen?«

»Vor einer Stunde.«

»Auf welchem Weg?«

Jana schluckte.

»Das ist nebensächlich. Ich habe eben einen Hinweis bekommen«, sagte sie rasch.

»Haben Sie sich bei der Gelegenheit auch gleich die Verletzung an der Stirn zugezogen?«

»Nein, das ist passiert, als ich draußen laufen war«, sagte sie und versteckte den schmerzempfindlichen Zeigefinger hinter dem Rücken.

»Und Sie haben wirklich keine Ahnung, von wem der Tipp kam?«

»Nein, es war ein anonymer Hinweis, wie gesagt.«

Gunnar schwieg eine Weile und betrachtete sie aufmerksam.

»War es ein Mann oder eine Frau?«

»Die Stimme war dunkel, dürfte also einem Mann gehören.«

»Und wie kommt es, dass dieser Mann Sie kontaktiert hat und nicht die Polizei? Wie ist er an Ihre Nummer gekommen?«

»Keine Ahnung. Alles, was ich weiß, ist, dass wir uns diese Insel genauer ansehen sollten.«

»Aber ich will wissen, warum. Und was erwartet uns auf der Insel? Vielleicht ist es ja eine Falle? Eine kriminelle Bande, die die Ermittlungen behindern will? Wir sind gerade einer ziemlich grausamen Sache auf der Spur.«

»Hören Sie zu«, sagte Jana. »Es ist das erste Mal in meiner Laufbahn, dass ich einen anonymen Hinweis bekomme. Deshalb nehme ich ihn sehr ernst, und das sollten Sie auch tun.«

Er nickte und seufzte.

»Okay«, sagte er. »Ich schicke Henrik Levin und Mia Bolander hin.«

»Gut. Ich komme mit. Dann kann ich mich gleich aktiv als ermittelnde Staatsanwältin einbringen«, sagte sie und machte auf dem Absatz kehrt.

Freitag, den 27. April

Schweigend fuhren Henrik Levin, Mia Bolander und Jana Berzelius in Richtung Schären. Jana betrachtete die karge Landschaft. Je weiter sie sich der Küste näherten, desto mehr dominierten Klippen die Aussicht. Als sie aus dem Wagen stiegen, atmete sie frische Meeresluft.

Arkösund war eine kleine Ortschaft, die nicht nur Bootstouristen anlockte, sondern auch Autoreisende. Es gab ein Sanitärgebäude, ein Geschäft, eine Tankstelle und mehrere Werften. Vor Kurzem hatte man ein Hotel gebaut, und man hatte die Auswahl zwischen mehreren Kneipen und Restaurants. In einigen kleinen Läden wurde während der Saison Kunsthandwerk verkauft. Aber jetzt hatten sie noch nicht geöffnet. Ein Aushang informierte über die bevorstehende Maifeier, bei der es ein Feuer und einen traditionellen Fackelzug geben würde. Ein Feuerwerk und eine vermutlich lokalpatriotische Rede würden den Abend beschließen. Auf einem Plakat mit dem Foto eines Liedermachers erfuhr man, wann er im örtlichen Freilichttheater auftreten würde.

Die Fahnenseile knatterten im Wind. Die Bootssaison hatte noch nicht richtig begonnen, dennoch lagen drei Kunststoffboote am Steg vor Anker.

Jana ließ den Blick über den Bootsliegeplatz schweifen und entdeckte einen untersetzten Mann, der ihnen entgegenkam und dabei die Hand auf die Baseballcap drückte, um zu verhindern, dass sie davonflog. Er stellte sich als Ove Lundgren vor und erzählte, dass er als Hafenmeister für die ordnungsgemäße Vertäuung zuständig sei und die Aufsicht über alle vier Bootsliegeplätze habe. Er trug Gummistiefel und eine Windjacke. Sein Gesicht war wettergegerbt und schon jetzt braungebrannt.

Er führte sie an Bord der *Nimbus*, die er sich für diesen Tag geliehen hatte. Während er die hohen Wellen schnitt, schwärmte er von den Linienbooten, die hier draußen fuhren.

»Es gibt hier jede Menge Inseln«, sagte er. »Und ich bin mir nicht ganz sicher, aber Gränsön müsste ein paar Seemeilen vor den Kopparholmarna liegen. Ein halbes Jahrhundert lang war der Zutritt zu den Holmen untersagt, weil das Militär dort draußen Übungen veranstaltet hat. Aber wir müssen noch ein Stück weiter raus.«

»Wirklich?«, piepste Mia und klammerte sich angesichts des starken Seegangs auf ihrem Sitz fest.

Mit hoher Geschwindigkeit fuhren sie an mehreren Inseln mit gigantischen Sommerdomizilen vorbei, die Wirtschaftsbossen und Erben gehörten. Ove Lundgren kannte die Namen sämtlicher Eigentümer. Allmählich ließen sie die protzigen Häuser hinter sich, und die Inseln wurden spärlicher.

Mia war furchtbar übel, und sie würgte stark. Sie sah blass aus, und ihre Augen tränten, während sie die Meeresluft einatmete und über die Reling blickte.

Manche Inseln wirkten karg und menschenleer, andere hingegen waren bewohnt und verfügten über eine reiche Vogelwelt.

Mia würgte wieder, und es stieg etwas bittere Galle auf, die sie verzweifelt hinunterzuschlucken suchte. Sie schloss die Augen und spürte, wie die Übelkeit einen Moment nachließ. Als sie die Augen wieder öffnete, saß Jana Berzelius ihr gegenüber. Mal wieder verdammt cool und abgeklärt. Mia brummte leise vor sich hin und drehte den Kopf zur Seite. Die Übelkeit schlich sich erneut an. Sie würde die Augen schließen und erst wieder zu öffnen, wenn sie bei der verdammten Insel angekommen waren.

Nachdem sie zwei Stunden lang der Seekarte gefolgt waren, lag vor ihnen das offene Meer. Schließlich sichteten sie eine relativ große und baumbewachsene Insel. Ove Lundgren deutete mit dem Finger darauf und formte das Wort »Gränsön« mit den Lippen, während er Kurs auf die Insel nahm. Als sie sich dem Felsenriff näherten, drosselte er das Tempo.

Mia öffnete die Augen und blinzelte gegen das Licht. Sie reckte sich neugierig, um die Insel besser sehen zu können, aber wegen der vielen Bäume ließ sich unmöglich sagen, ob sie bebaut war oder nicht.

Ove Lundgren entdeckte eine Anlegestelle und drückte seine Verwunderung darüber aus, dass jemand sich die Mühe gemacht habe, so weit draußen in den Schären einen Bootssteg zu bauen. Er legte an und half erst Henrik und dann Mia aus dem Boot.

Mia hielt sich noch immer die Hand vor den Mund. Sobald sie an Land war, hockte sie sich hin und erbrach sich.

»Wir gehen schon mal«, sagte Henrik. Mia signalisierte ihm, dass das völlig in Ordnung sei.

»Gehen Sie vor, ich kümmere mich so lange um Ihre Kollegin«, sagte Ove Lundgren.

»Wollen wir?«, fragte Henrik, und Jana nickte.

Sie gingen die Klippen hinauf.

»Und Sie haben diesen Hinweis bekommen?«, fragte er nach einer Weile.

»Ja«, sagte Jana.

»Anonym?«

»Ja.«

»Merkwürdig.«

»Mhm.«

»Und Sie haben keine Ahnung, wer das gewesen sein könnte?«

»Nein.«

Henrik übernahm die Führung auf dem schmalen Pfad. Schweigend wanderten sie durch ein dichtes Gehölz. Der Weg wurde ein wenig breiter und teilte sich. Sie entschieden sich für den stärker ausgetretenen Pfad und bogen nach rechts ab.

Henrik hatte die Hand auf das Pistolenholster gelegt, sah sich mehrere Male um und lauschte angestrengt. Die Baumkronen lichteten sich, und nachdem sie einen Felsen umrundet hatten, entdeckten sie ein Wohnhaus.

Jana blieb stehen und machte einen Schritt rückwärts. Sie war vor Schreck wie gelähmt.

Henrik blieb ebenfalls erstaunt stehen. Er blickte von ihr zum Haus und dann wieder die Staatsanwältin an.

»Alles in Ordnung mit Ihnen?«, fragte er.

»Ja«, sagte sie.

Entschlossen ging sie an ihm vorbei. Dabei bemerkte sie, wie er die Stirn runzelte, und spürte seinen Blick im Rücken, während sie zum Haus stapfte. Ein seltsames Gefühl überkam sie. Als wäre sie in dickes Glas eingekapselt. Als sei sie stehen geblieben, um sich selbst zu beobachten, wie sie die Auffahrt zum Haus hinaufging. Ganz so, als würde nur ihr Körper reagieren und nicht sie selbst.

Die Beine lenkten sie zum Haus.

Automatisch.

Auf einmal brannte sie darauf, hinzustürmen und die Tür aufzureißen. Irgendetwas an dem Haus kam ihr bekannt vor. Es war … Was war es nur?

Sie blieb stehen.

Henrik war ihr gefolgt und hielt ebenfalls inne, dicht hinter ihr.

Während sie zum Haus hinübersah, wuchs ein anderes widerstreitendes Gefühl in ihr. Auf einmal befiel sie die starke Lust, umzukehren und zum Boot zurückzulaufen. Aber das konnte sie nicht. Sie musste sich jetzt beherrschen.

Jana starrte auf den Schotterboden und nahm einen kleinen Stein in die Hand. Vage Bilder stiegen in ihr auf, und sie sah vor sich, wie sie als kleines Mädchen mit raschen Füßen auf dem Schotteruntergrund gekämpft hatte. Und sie erinnerte sich, wie weh es getan hatte, wenn man hinfiel.

Sie ließ das Steinchen in ihrer offenen Handfläche ruhen, betrachtete es und schloss die Finger zur Faust, bis die Knöchel weiß wurden.

Henrik räusperte sich.

»Ich gehe mal weiter«, sagte er. »Bleiben Sie hier. Ich sichere erst mal den Platz.«

Er überquerte die Rasenfläche und blieb einige Meter vor der Vortreppe stehen, zog die Waffe, ging langsam die Stufen hoch und klopfte an die verwitterte Tür.

Seitlich am Haus tropfte Wasser aus einer schiefen und rostigen Regenrinne in eine übervolle Tonne.

Er umrundete das Haus und blieb an jedem Fenster stehen, konnte aber keine Anzeichen von Leben feststellen. Dagegen entdeckte er ein Stück entfernt eine Scheune.

Er gab Jana mit einer Geste zu verstehen, wo er hinwollte, und verschwand um die Hausecke mit Kurs auf das rote Gebäude.

Sie verharrte eine Weile mit dem Stein in der Hand. Es wurde still um sie herum. Die Muskeln entspannten sich, das Blut kehrte in die Hand zurück, und sie ließ den Kiesel wieder fallen. Langsam ging sie zum Haus. Wie Henrik blieb sie vor der baufälligen Treppe stehen. Die Holzfassade des Hauses war rissig. Als sie sich hinhockte und durch ein schmutziges Kellerfenster spähte, sah sie einen engen Raum mit einer niedrigen Decke.

Eine Werkbank verlief an der einen Wand entlang, zwei Regale mit Pappkartons und Zeitungen. Eine Treppe, ein Geländer und ein Hocker.

Schlagartig kehrte eine andere Erinnerung zurück. Plötzlich begriff sie, dass sie dort drinnen gewesen war. Im Dunkeln. Und noch jemand war mit ihr dort gewesen.

Wer?

Minos …

»Haben Sie was gefunden?«

Mia Bolander arbeitete sich mühsam den Schotterweg hoch. Sie war außer Atem. Das vorhin so blasse Gesicht war inzwischen leuchtend rot, und sie war vermutlich gelaufen, um sie einzuholen.

Jana erhob sich und entfernte sich vom Kellerfenster.

»Wo ist Henrik? Hat er den Platz gesichert? Ist er im Haus?«, fragte Mia.

Verdammt viele Fragen, dachte Jana und entschied sich, keine davon zu beantworten. Sie hatte keine Lust, sich mit Mia Bolander zu unterhalten. Und sie wollte den Ort auf gar keinen Fall mit ihr zusammen untersuchen. Noch ein seltsames Gefühl bemächtigte sich ihrer. Auf unerklärliche

Art hatte sie ein starkes Bedürfnis, diesen Ort zu schützen. Und Mia Bolander wegzuscheuchen. Die Polizistin hatte hier nichts zu suchen. Es war ihr Haus. Niemand sollte es betreten. Niemand durfte hier herumschnüffeln. Niemand. Nur sie selbst.

Mia Bolander kam näher.

Jana spannte ihre Muskeln an und senkte den Kopf. Machte sich bereit.

Ging in Verteidigungsstellung.

Da kam Henrik Levin angelaufen – panisch, mit aufgerissenen Augen und halboffenem Mund.

Als er Mia sah, schrie er, so laut er konnte:

»Forder Unterstützung an! Wir brauchen jeden, den wir kriegen können!«

Phobos war nicht mal neun, aber dennoch erfahren.

Er wusch die Armbeuge mit Seife und Wasser. Dann nutzte er die Schwerkraft, um das Blut an die richtige Stelle zu befördern. Er schwang den Arm hin und her und ballte die Hand zur Faust. Dann setzte er sich auf den Boden und band sich den Arm ab.

Die Nadel traf mit der schräg geschliffenen Spitze auf die Vene. Es war dieselbe Vene, dieselbe Prozedur, im selben Raum, im selben Gebäude wie immer. Alles war wie immer.

Er zog den Spritzenschaft zurück, und sobald das dunkelrote zähflüssige Blut in die Spritze eindrang, löste er den Riemen am Oberarm und injizierte sich den Rest der Droge.

Als nur noch eine Einheit in der Spritze war, spürte er es. Irgendetwas war anders. Sofort zog er die Nadel aus der Einstichstelle. Zwei Tropfen Blut landeten auf seiner Hose.

Das Letzte, woran er sich erinnerte, war, dass er mit einer ihm völlig unbekannten Stimme losschrie. Das Herz raste. Im Kopf drehte sich alles. Er konnte nichts sehen, nichts hören, nichts fühlen. Der Druck auf der Brust war enorm. Er schnappte nach Luft. Versuchte verzweifelt, sich wachzuhalten.

Langsam kam er wieder zu sich.

Und als seine Sehfähigkeit zurückkehrte, sah er *ihn* vor sich.

»Was zum Teufel machst du da?«, fragte der Mann mit der Narbe und schlug ihn hart auf die Wange.

»Ich …«

»Was?«

Noch eine Ohrfeige.

»Ich wollte doch nur schlafen«, murmelte Phobos. »Entschuldigung … Papa.«

Das Grab war länglich und erinnerte an einen Graben. Die Kinder waren hineingeworfen worden wie Tiere. Sie lagen in mehreren Schichten, dicht übereinander und mit etwas zugedeckt, was vermutlich ihre Kleidung gewesen war.

»Es sind etwa dreißig Kinderskelette«, fasste Anneli zusammen. »Und außerdem Leichen, die seit etwa einem Jahr hier begraben sind.«

Wie sie da unten im Graben stand, erinnerte sie eher an eine Archäologin als an eine Kriminaltechnikerin. Sie war mit einem Hubschrauber hergekommen wie auch der Großteil der anderen Polizisten und Kriminaltechniker, die sich jetzt auf der Insel befanden.

Das Haus wurde gründlich durchsucht.

»Und was machen wir?«, fragte Gunnar resigniert vom Rand des Grabens.

»Jedes Skelett muss untersucht, fotografiert, gewogen und beschrieben werden«, erklärte Anneli. »Die Leichen müssen obduziert werden.«

»Und der Zeitrahmen?«

»Vier Tage. Mindestens.«

»Du bekommst einen Tag Zeit.«

»Aber …«

»Kein Aber. Organisier dir sofort Unterstützung. Wir müssen jetzt blitzschnell agieren und herausfinden, worum es bei der ganzen Sache eigentlich geht.«

»Gunnar? Kannst du mal bitte herkommen?«

Henrik Levin trat aus der Scheune und winkte seinem Chef mit beiden Händen zu.

»Und ruf auch gleich Björn Ahlmann an. Er kann sich schon mal auf einen Haufen Arbeit gefasst machen«, sagte er über die Schulter hinweg zu Anneli, während er auf das Scheunentor zumarschierte.

Dort drinnen war es feucht, und es dauerte eine Weile, bis sich die Augen an die Dunkelheit gewöhnt hatten.

Was er dann sah, verblüffte ihn.

Einen Trainingsraum. Etwa fünfzig mal zwanzig Meter groß.

Gunnar ließ seinen Blick durch den Raum wandern. Eine Gummimatte auf dem Boden, an der einen Wand entlang verlief eine Stange, und von der Decke hing ein Boxsack. In der einen Ecke waren Zehnkilogewichte für Gewichtheberstangen aufeinandergestapelt, daneben lag ein dickes Seil. Links vom Trainingsraum lag ein heruntergekommenes Kabuff mit alten Möbeln. Eine Tür schien zu einer Toilette zu führen. Weiter hinten war eine weitere Tür, gesichert mit einem Chubbschloss. Hier und da war Regenwasser durchgesickert und hatte zusammen mit dem Schmutz auf dem Boden kleine braune Pfützen gebildet. Es roch nach Schimmel.

»Was ist das für ein Ort, verdammt?«, sagte Gunnar.

Jana Berzelius hielt einen Moment an der Treppe im Wohnhaus inne. Einerseits wollte sie ins Obergeschoss, andererseits hätte sie gern die Augen davor verschlossen. Ihr war übel, und sie war verunsichert.

»Hauptsache, Sie berühren nichts«, sagte der Polizeiassistent Gabriel Mellqvist, der an der Haustür stand.

Das Haus wirkte verlassen und würde binnen Kurzem von den Kriminaltechnikern untersucht werden. Obwohl sie wusste, dass sie sich nicht hier drinnen aufhalten sollte, ging sie nach oben. Auf dem Geländer waren kaum Staub oder Spinnweben. Das Gefühl beschlich sie, dass sich jemand vor nicht allzu langer Zeit in dem Haus aufgehalten hatte. Sie schauderte, ging hastig in ein großes Zimmer auf der linken Seite. Die Dielen hatten sich gehoben und waren dunkel vor Feuchtigkeit.

Vier Betten mit Stahlrahmen standen dicht nebeneinander. Die Matratzen waren durchlöchert, und überall lag Mäusedreck. Eine kaputte Lampe hing an der Decke, und die Wände waren in einem tristen Grau gehalten.

Ihr Blick blieb an einer Kommode hängen, die neben dem einen Bett stand. Sie zog die oberste Schublade auf, die leer war. Auch in den anderen Schubladen fand sie nichts. Dann packte sie die Kommode mit beiden Händen und zog sie vorsichtig von der Wand weg. Sie beugte sich vor und erblickte zwei Gesichter, die in die Tapete eingeritzt waren. Sie stellten eine Frau und einen Mann dar. Mama und Papa. Eingeritzt von einer Kinderhand.

Und das Kind war sie gewesen.

Samstag, den 28. April

Sie erinnerte sich jetzt so deutlich, konnte jedes Mal, wenn sie die Augen schloss, alles vor sich sehen. Es war so, als hätte jemand sie geschüttelt. Sie erinnerte sich an den Container, wie sie herausgezogen und in einem Transporter weggebracht wurde, sie erinnerte sich an das harte Training und wie sie schließlich geflohen war.

Weg von ihm, von *Papa*.

Zugleich begriff sie, dass jedes Detail, jede Aufzeichnung, jedes Bild in ihren Notizbüchern der Realität entstammte. Es waren keine Träume gewesen, sondern ihre Erinnerungen. Und niemand hatte ihr geglaubt. Ihr Vater und ihre Mutter hatten versucht, sie mit Medikamenten und Therapien zum Schweigen zu bringen.

Jana schlug gegen das Lenkrad, schloss die Augen und schrie ihre Angst hinaus. Dann verstummte sie und öffnete die Augen wieder.

Als sie sie wieder für ein paar Sekunden zumachte, sah sie *Papa* vor sich.

Er stand über ihr und beobachtete, wie sie sich anspannte. Das Grauen in ihren Augen verstärkte sich ebenso wie der Hass in seinen Augen.

Und als er ihr das Messer gab, begriff sie, was sie tun musste. Sie musste töten, um nicht selbst getötet zu werden. Daher drehte sie sich um und stieß dem Jungen, der neben ihr lag, das Messer zwischen die Rippen.

Auch sein Mund war zugeklebt und seine Augen vor Panik geweitet.

Es war schön gewesen, auf eine schreckliche Weise.

Als Jana die Augen wieder öffnete, lächelte sie, und einen Augenblick lang erlebte sie noch einmal das Gefühl, im Auftrag von Papa Großtaten zu vollbringen. Doch dann kehrte sie langsam in die Gegenwart zurück.

Sie startete den Wagen und fuhr auf die Autobahn. Als sie an dem Schild vorbeikam, das sie in Linköping willkommen hieß, beschleunigte sie und spürte, wie das Adrenalin durch ihren Körper schoss. Vor der Rechtsmedizin zupfte sie ihren Blazer zurecht und fuhr sich durch die Haare.

Abermals war sie in ihre Rolle als Staatsanwältin geschlüpft.

Björn Ahlmann beugte sich über das kleine Mädchen, das auf der Bahre lag. Ihr Körper war von der Zeit im Grab schwer mitgenommen. Die Augenhöhlen waren leer. Ahlmann hielt die Hand des Mädchens und nahm den Fingerabdruck.

Als er merkte, dass jemand in der Türöffnung stand, sah er auf und entdeckte Jana Berzelius.

»Lassen sich die Toten identifizieren?«, fragte sie.

»Ich hoffe es. Nicht zuletzt wegen der Eltern«, sagte Ahlmann.

»Die leben nicht mehr«, erwiderte Jana knapp.

»Die Eltern?«, hakte er nach.

»Nein, sie sind auch tot«, sagte Jana.

»Woher wissen Sie denn das?«

»Ich nehme es an.«

»Eine Annahme ist nur eine Vermutung. Als Staatsanwältin muss man sich doch sicher sein.«

»Ich bin mir sicher.«

»Tatsächlich?«

»Ja. Ich glaube, dass die Eltern der Kinder sich in den Containern befinden, die geborgen wurden.«

»Glauben ist doch auch nur eine Vermutung.«

»Gleichen Sie die DNA ab, dann werden Sie es erfahren.«

»Sie wissen, dass das eine Menge Arbeit bedeutet.«

»Ja, aber es ist auch die einzige Möglichkeit, sie zu identifizieren.«

Björn Ahlmann wollte gerade den Mund öffnen, um etwas zu sagen, als Henrik Levin und Mia Bolander den Obduktionssaal betraten.

Mia runzelte die Stirn, als sie die Leiche auf der Bahre sah, und hielt einen Sicherheitsabstand von mehreren Metern.

»Die war auch nicht sonderlich alt, wie?«, bemerkte sie.

»Etwa acht Jahre«, sagte Björn Ahlmann.

»Was wissen wir bisher?«, erkundigte sich Henrik.

»Erschossen«, sagte der Rechtsmediziner. »Sie sind alle erschossen worden.«

»Alle?«, fragte Henrik.

»Ja, aber die Einschusslöcher sind unterschiedlich.«

»Sind die Kinder am Fundort gestorben?«, wollte Henrik wissen.

»In dem Graben, ja. Sieht ganz so aus. Sie haben vermutlich nackt am Rand gestanden und sind erschossen worden.«

»Eine Vermutung ist eine Annahme«, sagte Jana und zwinkerte dem Mediziner zu.

Ahlmann räusperte sich.

»Einiges spricht dafür, dass die Kinder zu denjenigen gehören, die in den Containern gefunden wurden«, sagte Henrik.

»Ja, und die Staatsanwältin hat bereits einen DNA-Abgleich initiiert«, erklärte Ahlmann.

Henrik fuhr sich durchs Haar und ließ die Hand kurz im Nacken ruhen.

»Gut. Dann beginnen Sie bitte sofort mit einem solchen Abgleich«, sagte er.

Björn Ahlmann nickte.

»Noch etwas?«, fragte Henrik.

»Ja, ich habe etwas sehr Interessantes im Nacken des Mädchens gefunden«, sagte Ahlmann.

Er drehte den Kopf des Kindes zur Seite und entblößte den Nacken. In die Haut unter dem Haaransatz war das Wort »Erida« eingeritzt.

Sofort zog Mia ihr Handy aus der Tasche und begann, im Internet zu recherchieren.

»Es muss dieselbe Person sein, die dem Jungen in Viddviken den Namen Thanatos eingeritzt hat«, meinte Henrik.

»Ja«, sagte Mia, ohne den Blick vom Handy zu heben. »Erida ist die Göttin des Hasses, und es ist auch ein Name aus der griechischen Mythologie, genau wie Thanatos.«

Es wurde still im Obduktionssaal.

Nur die Lüftung war zu hören.

»Noch eine Sache«, sagte Ahlmann schließlich. »Der Kopf des Mädchens war rasiert, trotzdem habe ich mehrere halblange Haare auf ihrem Körper gefunden. Sie sind dunkel und dick und definitiv nicht ihre.«

»Bitte schicken Sie sie sofort ins Labor«, sagte Henrik.

»Ist schon erledigt«, erwiderte Ahlmann.

Das Team saß im Konferenzraum und wartete auf den Beginn der Besprechung. Gunnar Öhrn blätterte in einem Papierstapel, Anneli Lindgren starrte vor sich hin, Henrik Levin hatte sich zurückgelehnt und die Arme vor der Brust verschränkt, während Mia Bolander auf ihrem Stuhl kippelte und Jana Berzelius sich über ihren Notizblock beugte.

Gunnar erhob sich.

»Vorneweg«, begann er. »Ich habe eben mit Björn Ahlmann gesprochen, der bestätigt hat, dass mehrere der ermordeten Kinder dasselbe DNA-Profil aufweisen wie die Überreste der Menschen, die in den Containern geborgen wurden. Das heißt, dass sie verwandt waren.«

»Dann sind es also ihre Eltern?«, fragte Henrik.

»Es sieht ganz so aus«, sagte Gunnar. »Wahrscheinlich haben sich auch die Kinder in den Containern befunden, ehe sie auf die Insel gebracht wurden. Die Eltern wurden erschossen und im Meer versenkt.«

»Die Container kamen ja aus Chile. Könnte es um Menschenschmuggel gehen?«, sagte Henrik.

»Ja, ich tippe, dass es illegale Flüchtlinge aus Chile waren.«

Ein drückendes Schweigen breitete sich am Konferenztisch aus.

»Die Kinder, die Björn Ahlmann bisher obduzieren konnte, hatten alle Hautritzungen im Nacken«, fuhr Gunnar fort. »Die Namen stammen aus der griechischen Mythologie. Die Kinder zu markieren ist so, als würde man ihnen eine neue Identität geben.«

»Das ist ja in Banden und Gangs häufig der Fall, allerdings verwenden sie Tätowierungen oder Embleme«, warf Mia ein.

»Aber das hier ist eine ausgeklügelte Geschichte. Gezieltes Kidnapping«, meinte Gunnar.

»Das ist ja unglaublich!«, rief Anneli.

»Anhand der toxikologischen Analysen wissen wir, dass einige der Kinder Drogen im Blut hatten«, berichtete Gunnar. »Auch der tot aufgefundene Thanatos stand unter Drogeneinfluss. Meine Vermutung ist, dass die Kinder gedealt haben oder als Drogenkuriere missbraucht wurden.«

»Also sollten wir nach einem Drogenhändler suchen«, sagte Henrik.

»Oder gleich nach mehreren«, meinte Mia. »Und zwar mit Interesse an griechischer Mythologie.«

»Trotzdem ist der Zusammenhang nicht ganz klar«, fuhr Gunnar fort. »Lena Wikström hat noch immer nicht erzählt, woher sie von den Containern wusste oder wer ihr befohlen hat, das Dokument von Juhléns Computer zu löschen. Ich frage mich: Warum löscht man ein Dokument? Genau, um etwas zu verbergen. Hans Juhlén hat das Dokument nicht selbst gelöscht. Also hat Lena Wikström vermutlich etwas zu verbergen.«

»Aber Juhlén wusste doch von den Containern, oder nicht?«, sagte Henrik.

»Das schon, aber vielleicht war er nicht weiter in die Sache involviert. Womöglich hatte er über seine Sekretärin eher zufällig davon erfahren und musste zum Schweigen gebracht werden. Vielleicht wusste er, worum es ging.«

»Nämlich um Drogenhandel, in den Kinder verwickelt waren?«

»Genau.«

»Die Container könnten also auch Drogen enthalten haben?«, schlussfolgerte Henrik.

»Ich glaube nicht, dass man Drogen und illegale Flüchtlinge im selben Container schmuggelt. Aber das wäre natürlich eine Hypothese.«

»Gut, aber wenn man sich nun die Erwachsenen vom Hals schaffte, warum behält man die Kinder?«

»Wegen dem niedrigen Alter, sie sind ja noch nicht strafmündig«, sagte Mia triumphierend. »Und außerdem sind sie meistens loyal gegen ihre Auftraggeber …«

»Auf der Insel sind ja eine Art Trainingsraum und eine ganze Menge Waffen«, sagte Henrik. »Es könnte sein, dass die Kinder trainiert wurden, um …«

Es wurde still im Zimmer.

»Ich glaube, dass Hans Juhlén von der ganzen Sache erfahren hat«, fuhr Henrik fort. »Deshalb war er auch im Hafen bei Thomas Rydberg. Der wiederum hatte Angst aufzufliegen und hat Lena Wikström von Juhléns Besuch erzählt. Daraufhin hat sie das Dokument im Computer ihres Chefs gelöscht. Und sie hat jemanden beauftragt, Juhlén und später auch Rydberg aus dem Weg zu schaffen.«

»Es gibt übrigens einen weiteren Namen, der für unsere Ermittlungen von zentralem Interesse ist«, sagte Gunnar. »Laut Björn Ahlmann hat man bei einem Kind mehrere Haare gefunden. Mithilfe der DNA-Analyse können sie diesem Mann hier zugeordnet werden.«

Er nahm die Fernbedienung und startete den Beamer. Wenig später erschien auf der Leinwand ein Foto eines dunkelhaarigen Mannes mit breiter Nase und einer großen Narbe, die über das halbe Gesicht verlief.

»Der sieht ja fies aus«, bemerkte Mia.

Instinktiv wollte Jana den Mund öffnen, um zu schreien: Das ist *er*!

Doch es gelang ihr, sich zusammenzureißen und ruhig auf ihrem Stuhl sitzen zu bleiben.

»Gavril Bolanaki. Wird offenbar Papa genannt«, sagte Gunnar. »Ola, könntest du bitte herausfinden, ob es irgendwelche Verbindungen zwischen diesem Mann, Thomas Rydberg und Lena Wikström gibt. Hatten sie schon in der Vergangenheit miteinander zu tun? Haben sie in derselben Firma gearbeitet? Waren sie Klassenkameraden? Bitte schau dir alles genau an.«

»Was wissen wir über diesen Gavril Bolanaki?«, fragte Henrik.

»Nicht viel«, entgegnete Gunnar. »Geboren 1953 auf der griechischen Insel Tilos. Schwedische Staatsbürgerschaft seit 1960. Militärdienst beim Ingenieurregiment 1 in Södertälje. Übrigens wurden Mitte der siebziger Jahre Teile der militärischen Ausrüstung aus der dortigen Kaserne gestohlen. Gewisse Umstände haben dazu geführt, dass Gavril Bolanaki zunächst verdächtigt, später aber aus zweifelhaften Gründen freigelassen wurde.«

»Wissen wir, was für Waffen verschwanden?«, erkundigte sich Henrik.

»Nein«, sagte Gunnar.

»Und wo befindet er sich jetzt?«, fragte Jana mit übertrieben weicher Stimme.

»Er ist schon zur Zielfahndung und steckbrieflichen Verfolgung ausgeschrieben. Wir hoffen, ihn möglichst bald zu schnappen«, sagte Gunnar. »Ich glaube, wir sind jetzt auf dem richtigen Weg.«

Das glaube ich auch, dachte Jana.

»Bei der ersten Durchsuchung der Insel haben wir Essensreste gefunden und glauben daher, dass sich kürzlich jemand dort aufgehalten hat«, fuhr Gunnar fort. »Ob es dieser Gavril Bolanaki war, wissen wir noch nicht. Ich werde eine Hundestaffel schicken, die das Gebiet durchsuchen soll. Henrik und Mia begleiten Anneli und mich dorthin. Wir fahren in zwanzig Minuten.«

Mia Bolander war wieder seekrank.

Sie versuchte, den Blick auf ein und denselben Punkt in der Ferne zu heften, während das Schiff der Küstenwache über die hohen Wellen schaukelte. Sie schob die Gedanken an ihren Mageninhalt beiseite, der sich in ihrer Kehle auf und ab bewegte. Vor einer halben Stunde hatte sie gefrühstückt, kurz bevor sie das Polizeirevier verlassen hatten. Der Automatenkaffee hatte den schlimmsten Hunger gestillt, und zum Glück hatte sie einen Polizeischüler dazu bewegen können, ihr ein Sandwich auszugeben.

Heute war der Achtundzwanzigste. Ihr Gehalt war vor drei Tagen auf ihrem Konto eingegangen, doch das Geld war schon wieder aufgebraucht. Noch ein ganzer Monat bis zur nächsten Gehaltszahlung. Außerdem war heute Samstag, und Samstag bedeutete Ausgehen. Mia dachte darüber nach, wie sie sich das obligatorische Bier leisten sollte. Und Henrik schuldete sie auch noch ein Mittagessen. Das spielte, verglichen mit ihren anderen Schulden, zwar eine eher geringfügige Rolle, aber es war ihr wichtig, diese Schuld möglichst bald zu begleichen.

Die größten Schulden hatte sie bei einem Kumpel oder Freund oder Exfreund oder was auch immer. Doch er hatte den Kontakt zu ihr abgebrochen, und da sie ewig nichts mehr von ihm gehört hatte, ging sie davon aus, dass sie ihm die sechsundzwanzigtausend Kronen, die sie sich geliehen hatte, um ihr Auto zu finanzieren, nicht würde zurückbezahlen müssen.

Mia wurde noch übler, als sie über die vielen Tausendkronenscheine nachdachte. Aber solange sie ihrem Exfreund egal war, würde sie sich nicht um sein verdammtes Geld scheren. Dass es immer nur um Geld gehen musste!

Sie hielt sich die Hand vor den Mund. Kaffeetropfen sickerten zwischen den Fingern hindurch. Rasch beugte sie sich über die Reling und erbrach sich.

Die Suche auf der Insel führte schon bald zu neuen Ergebnissen. Die Hundestaffel hatte einen unterirdischen Betonbunker in unmittelbarer Nähe der Scheune gefunden. Der Eingang war durch ein Gestrüpp gut verborgen.

Gunnar Öhrn betrat als Erster den Bunker und blieb drei Meter vom Eingang entfernt in dem kleinen Raum stehen. Die Decke war niedrig, und er musste gebückt stehen. Drei leere Taschen standen auf dem Boden, und an den Wänden hingen zahlreiche Handfeuerwaffen.

Gunnar erkannte Kalaschnikows und Pistolen der Firmen SIG Sauer und Glock. Auf einem Tisch lagen große Mengen Munition, die auf verschiedene Plastikbehälter verteilt waren, sowie fünf kleinere Messer und mehrere Schalldämpfer.

Gunnar machte kehrt und ging wieder nach draußen. Fragend sahen Henrik Levin und Mia Bolander ihn an.

»Dort drin befindet sich ein Waffenlager, und zwar das größte, das ich je gesehen habe«, sagte Gunnar.

»Könnten die Waffen aus Södertälje stammen?«, fragte Henrik.

»Sehr gut möglich. Es sind ältere und neuere Waffen dabei.«

»Es könnte also so sein, dass dieser Bolanaki damals Waffen aus der Kaserne in Södertälje herausgeschmuggelt und hier ein Waffenlager aufgebaut hat«, mutmaßte Henrik.

»Dafür spricht, dass auch mehrere Glocks darunter sind.

Das ist die Marke, die bei unserer Armee am häufigsten verwendet wird«, sagte Gunnar.

»Und die auch beim Mord an Hans Juhlén zum Einsatz gekommen ist«, ergänzte Henrik.

Gabriel Mellqvist hatte nur noch eine Stunde Dienst zu schieben. Er schlug die Füße gegeneinander, um nicht auszukühlen. Wieder suchte er den Horizont ab. Auf einmal sah er eine Motoryacht, die auf die Insel zuhielt. Er spähte in Richtung Reling, um zu sehen, ob womöglich Kollegen von ihm an Bord waren.

Das Boot verlangsamte die Fahrt, nur um dann plötzlich zu wenden und sich rasch von der Insel zu entfernen.

Gabriel aktivierte sein Funkgerät.

Jetzt war Eile geboten.

Henrik war auf dem Weg in den Bunker, als Polizeiassistentin Hanna Hultman auf ihn zulief.

»Ein unbekanntes Boot ist gesichtet worden, es entfernt sich gerade von der Insel!«

Henrik rannte zur Anlegestelle und sprang an Bord des Schiffs der Küstenwache.

Mia Bolander folgte ihm.

»Los, fahren Sie schon!«, rief sie. »Warten Sie nicht auf Gunnar Öhrn. Los!«

Henrik winkte dem Kollegen Rolf Vikman von der Küstenwache zu, der das Schiff rasch vom Bootssteg weglenkte. Die Motoryacht war nicht mehr zu sehen, und Vikman beschleunigte, während er Kurs auf die Stelle hielt, wo das Boot zuletzt bemerkt worden war, und der Leitstelle Meldung machte.

Henrik suchte das Meer nach dem Motorboot ab. Inzwischen hatten sie eine Geschwindigkeit von dreißig Knoten erreicht, und das Boot der Küstenwache schleuderte Wasserfontänen in die Luft. Als sie sich einer kleinen Insel näherten, drosselte Vikman das Tempo, doch noch immer war das unbekannte Boot nicht zu sehen.

Henrik blickte in alle Richtungen, und auch Mia sah sich um. Sie lauschten auf fremde Motorengeräusche, doch das Dröhnen des eigenen Motors überlagerte alles andere.

Als sie die nächste Insel erreichten, verlangsamte Vikman erneut das Tempo. Henrik ließ seinen Blick über die verwitterten Klippen schweifen. Der Wind pfiff in den Ohren. Zwei kreischende Möwen kreisten hoch über ihnen.

Mia stand auf den Fußspitzen an der Reling und hielt Ausschau. Vikman fuhr noch langsamer und lenkte das Boot im rechten Winkel durch die Wellen, damit es nicht abtrieb.

»Fahren Sie weiter«, rief Henrik. Sie umrundeten die Insel, und Vikman beschleunigte wieder. Der Wind zerrte an Henriks Jacke. Er spürte, wie sich in ihm Zweifel regten. Nirgends war das rätselhafte Boot zu entdecken.

»Da!«, rief Mia plötzlich und wedelte aufgeregt mit der Hand. »Da! Ich sehe es!«

Sofort nahm Vikman Kurs in die angegebene Richtung.

»Eine Chaparral«, rief er. »Leider ein ziemlich schnelles Gerät.«

Die Chaparral flitzte davon, als hätte der Bootsführer das Polizeischiff bemerkt. Henrik zog seine Dienstwaffe, Mia tat es ihm gleich. Rolf Vikman beschleunigte weiter und holte allmählich die Yacht ein.

»Polizei!«, rief Henrik und schwenkte seine Waffe. »Stopp!«

Seine Worte gingen im Dröhnen des Motors unter.

Die Chaparral fuhr mit unverminderter Geschwindigkeit weiter, und der Abstand vergrößerte sich wieder.

»Er versucht zu entkommen«, rief Vikman und raste hinter der Motoryacht her.

Henriks Jacke flatterte heftig im Fahrtwind. Die Kälte schmerzte im Gesicht, und seine Haare wurden nach hinten gerissen.

»Polizei!«, rief Henrik noch lauter, als sie sich dem Motorboot wieder näherten.

Er erhaschte einen Blick auf den Bootsführer, ehe der Mann direkt vor ihnen wendete. Ein älterer Kerl, dunkles Haar unter einer groben Strickmütze.

»Verdammt!«, schrie Vikman und wendete ebenfalls.

Rasant durchschnitten sie die Wellen. Die See schäumte.

Unvermittelt verlangsamte die Chaparral die Fahrt.

Henrik hob seine Waffe und hielt sich an der Reling fest.

»Stopp!«, schrie er dem Führer der Yacht zu.

Doch erneut wendete das Boot und jagte davon.

»Vikman, verfolgen Sie ihn, los!«

Vikman nahm Höchstgeschwindigkeit auf. Die Chaparral fuhr wieder langsamer, wendete und beschleunigte.

Der Bootsführer schien nicht die geringste Absicht zu haben, ihrem Befehl Folge zu leisten.

Jana Berzelius wusste, dass sie es nicht tun sollte. Dennoch schrieb sie eine SMS an Danilo. Sie versuchte, sie so kryptisch wie möglich zu formulieren. Das neue Handy und die Prepaidkarte würden sie bestimmt nicht verraten, aber sie wollte trotzdem auf Nummer sicher gehen.

Daher schrieb sie: »A. hat mir den Ort genannt. Papa bald zu Hause.«

Gerade als sie die Nachricht abschicken wollte, klingelte ihr privates Handy in ihrer Manteltasche. Sie holte es heraus und sah, dass die Nummer unterdrückt war. Da sie hoffte, dass es Danilo war, meldete sie sich sofort.

Doch es meldete sich Henrik Levin.

»Wir haben ihn«, sagte er mit ruhiger und besonnener Stimme.

Jana hielt die Luft an.

»Wir haben ihn nach einer anderthalbstündigen wilden Jagd auf hoher See geschnappt«, fuhr er fort.

»Endlich«, kam es leise von Jana.

»Wir brauchen einen Haftbefehl. Und zwar sofort.«

»Wird gemacht. Und die Vernehmung?«

»Beginnt morgen früh.«

Jana beendete das Gespräch. Sie bebte am ganzen Körper.

Mit zitternden Händen nahm sie wieder ihr neues Prepaidhandy und löschte die letzten Wörter. Stattdessen tippte sie: »A. hat mir den Ort genannt. Papa *ist* zu Hause.«

Dann schickte sie die Nachricht ab.

Danilo starrte auf sein Handy.

»Verdammt!«, schrie er. »Verdammte Scheiße!«

Er schlug die Faust mit voller Wucht gegen die Wand.

»Scheiße, Scheiße, Scheiße, Scheiße!«

Er war völlig außer sich. Wie hatte er zulassen können, dass alles so schiefgelaufen war? Anders hätte sie doch umbringen sollen!

Anders war ein Idiot, ein verdammter Idiot, der nichts

auf die Reihe bekam. Erst hatte er es nicht geschafft, den Jungen wohlbehalten auf die Insel zurückzubringen, und jetzt war er an Jana gescheitert.

Also musste Danilo die Sache selbst in die Hand nehmen. Wie immer. Ständig musste er die Fehler der anderen ausbügeln. Alles war eine einzige verdammte Scheiße.

»Scheiße!«, brüllte er noch einmal.

Er grübelte hin und her, wie er Jana aus dem Weg schaffen konnte. Für immer. Oder hatte er noch irgendeine Verwendung für sie?

Plötzlich breitete sich ein Lächeln auf seinem Gesicht aus. Je länger er darüber nachdachte, desto klarer stand ihm seine Strategie vor Augen.

Nach zehn Minuten war alles klar. Jana war doch selbst schuld. Schließlich hatte sie mit dem Spiel begonnen, und wer so ein Risiko einging, musste auch die Konsequenzen tragen.

Egal welche.

Sonntag, den 29. April

Gunnar Öhrn stand mit einer Kaffeetasse in der Hand vor dem Fernseher und sah sich die Eilmeldung an, in der es um die vorläufige Festnahme von Gavril Bolanaki ging.

Die Bezirkspolizeichefin hatte von Sara Arvidsson verlangt, sofort eine Pressemitteilung zu publizieren, und die Nachricht war schon eine Stunde nach der Festnahme rausgegangen.

»Fühlt es sich gut an?«

Anneli hatte sich ein Laken um den nackten Körper gewickelt und sich in sein Doppelbett gekuschelt. Auch sie hatte die Eilmeldung mitverfolgt.

»Doch, es fühlt sich gut an, dass wir ihn gefasst haben. Er wird morgen vernommen. Wird bis dahin die ganze Insel durchsucht?«

Anneli legte sich auf den Rücken und streckte sich aus.

»Es sind noch mehrere Techniker vor Ort. Es dürfte eine ganze Menge DNA-Spuren geben. Das hoffe ich zumindest.«

»Ich auch«, sagte Gunnar.

Er trank einen Schluck Kaffee, als das Telefon klingelte. Es war Ola Söderström.

»So, jetzt haben wir endlich Antwort bekommen«, sagte er. »Der Verkehrssicherheitsbehörde ist es gelungen, den Fahrer des Transporters zu identifizieren, den der Zeuge Erik Nordlund auf dem Arkösundsvägen gesehen haben will. Das Auto gehört einem gewissen Anders Paulsson. Er ist fünfundfünfzig und war zwanzig Jahre lang als Fahrer für das Unternehmen ASG tätig, das inzwischen von DHL aufgekauft wurde. Nun hat er eine eigene Speditionsfirma. Das Interessanteste jedoch ist, dass er mit Thomas Rydbergs Schwester verheiratet war. Sie ist leider vor zehn Jahren an Krebs gestorben, und er scheint seitdem allein zu leben.«

»Also gibt es eine Verbindung zwischen Rydberg und Paulsson«, stellte Gunnar fest. »Wo wohnt er denn?«

»In Jonsberg. In einem Einfamilienhaus«, sagte Ola.

»Hochinteressant. Ich werde Mia und Henrik gleich darauf ansetzen.«

Gunnar legte den Hörer auf.

Auch Mia Bolander trank Kaffee. Sie hatte Henrik gezwungen, ihr an einer Tankstelle eine Tasse zu kaufen, bevor sie Norrköping in Richtung Arkösund verließen.

Als der Kaffee bezahlt werden sollte, hatte sie behauptet, ihr Portemonnaie zu Hause vergessen zu haben. Und er hatte ihr die Lüge abgekauft. Schon wieder. Und hatte bezahlt. Schon wieder. Zwar hatte er irgendetwas vor sich hin gebrummt, als er seine Geldbörse zückte, aber nicht weil er den Kaffee zahlen musste, sondern weil sie sich durch die ganze Aktion verspäteten.

Um sein Missfallen zu demonstrieren, hatte er seine Geldbörse zwischen die Sitze in den Becherhalter geworfen.

Albern, fand Mia.

Der Inhalt des Kaffeebechers war noch immer heiß, und sie nippte an dem Getränk, während sie sich im Spiegel betrachtete. Um die Augen herum hatte die Wimperntusche über Nacht winzige schwarze Punkte hinterlassen. Sie spuckte auf den Zeigefinger und rieb auf dem Augenlid herum, machte es dadurch aber nur noch schlimmer. Die Wimperntusche löste sich zwar durch den Speichel, produzierte aber dafür Augenringe.

»Verdammt«, fluchte sie laut.

»Harte Nacht gehabt?«, fragte Henrik.

»Als wüsstest du, was das heißt.«

»Ich weiß eine Menge über Partys.«

»Kindergeburtstage, oder was?«

»Nein.«

»Wann hast du dir das letzte Mal so richtig die Kante gegeben?«

»Das also hast du getan.«

»Ja. Und gevögelt habe ich auch. Und das war verdammt gut.«

»Danke, aber das war ein bisschen mehr Information, als ich gebraucht hätte.«

»Dann frag nicht so viel.«

Er seufzte und stellte mit einem Blick aufs Armaturenbrett fest, dass er sich exakt an die vorgeschriebene Höchstgeschwindigkeit hielt.

Sie begann, wieder ihre Augen zu reiben.

Es waren noch zehn Kilometer bis nach Jonsberg, wo Anders Paulsson wohnte. Fünfzehn Minuten später standen sie vor einem roten Einfamilienhaus. Davor parkte ein weißer Transporter der Marke Opel. Der Garten war ungepflegt, und die Jalousien im Haus waren heruntergelassen. Die ursprünglich weiß abgesetzten Ecken des Holzhauses waren grau verfärbt.

Langsam fuhr Henrik vorbei, hielt ein Stück vom Grundstück entfernt, schaltete den Motor aus und stieg aus.

Mia trank den letzten Schluck von ihrem Kaffee. Als sie den Becher im Halter zwischen den Sitzen abstellen wollte, bemerkte sie, dass Henriks Geldbörse immer noch dort lag. Sie sah aus dem Fenster. Er stand mit dem Rücken zu ihr und musterte die Häuser der Nachbarschaft. Blitzschnell öffnete sie die Geldbörse. Drei Hundertkronenscheine lagen darin, und sie unterdrückte den Impuls, alle drei zu nehmen. Es wäre allzu offensichtlich gewesen. Deshalb nahm sie nur einen, stopfte ihn sich in die Hosentasche und legte die Geldbörse wieder in den Getränkehalter. Dann setzte sie ein Lächeln auf, öffnete die Beifahrertür und stieg ebenfalls aus.

Henrik war inzwischen zum Transporter geschlichen und hockte neben dem hinteren Reifen. Seine Augen leuchteten vor Begeisterung, als Mia zu ihm trat.

»Goodyear«, sagte er.

Mia lächelte.

Gemeinsam gingen sie zum Haus hinüber und postierten sich rechts und links der Haustür. Mia hatte einen Fuß gegen die Tür gepresst, um zu verhindern, dass jemand sie aufstieß.

Dann klingelten sie. Von innen war der Widerhall der Türglocke zu hören. Sie warteten eine halbe Minute. Noch immer nichts. Sie wechselten Blicke und klingelten ein weiteres Mal, ohne dass etwas geschah.

Mia umrundete das Haus und nahm die Fenster in Augenschein, an denen die Jalousien heruntergelassen waren. Alles war ruhig. Auf der einen Seite des Hauses entdeckte sie ein Fenster, das einen Spaltbreit offen stand. Sofort rief sie Henrik zu sich und hatte sich schon hochgehievt, als er auftauchte. Nicht gerade graziös sprang sie auf der anderen Seite hinunter.

Drinnen wurde sie von einem fürchterlichen Gestank nach Exkrementen empfangen. Sie hielt sich ihre Jacke vor die Nase. Dann entdeckte sie Kothaufen und eingetrocknete Urinflecken.

Überall lag Müll. Massenweise Kartons. Stapel von alten Tageszeitungen, vergammelte Essensreste auf Papptellern, leere Flaschen, Bierdosen und Kartons von Take-away-Fastfood. Auf einem Sofa lag ein defekter Heizkörper. Der Teppich war zusammengerollt. Die Platte des Holztisches war gesprungen und die Tapete zerrissen.

Henrik sah durchs offene Fenster ins Haus. Der heftige Gestank nach Exkrementen, der zu ihm nach draußen drang, löste Brechreiz bei ihm aus. Er wandte sich ab und würgte.

Mit der Waffe in der Hand ging Mia vorsichtig um den Kot und den Müll herum.

»Polizei!«, rief sie, doch ihre Stimme erstickte in einem Würgen.

Sie kam in einen Flur, der hinter der Küche lag. Auch der Flur war ein einziges Chaos, und das Tapetenmuster war wegen des ganzen Mülls, der an den Wänden aufgestapelt war, kaum zu erkennen.

In der Küche wurde sie von einem noch schlimmeren Geruch empfangen. Der Gestank stammte von einem Mann, der in einer seltsamen Position dalag. Sein Mund war aufgerissen, die Augen starrten ins Leere, und Mia konnte rasch feststellen, dass er tot war.

Montag, den 30. April

Jana Berzelius hätte die Gerichtsverhandlung am Vormittag am liebsten verschoben, aber es gab keine rechtliche Handhabe dafür. Zum ersten Mal in ihrer Laufbahn als Staatsanwältin hatte sie gehofft, dass eine der beiden Parteien, die sich vor Gericht einzufinden hatten, einen triftigen Verhinderungsgrund angeben würde. Doch leider waren alle Parteien planmäßig vor Ort, ebenso wie die Schöffen und der Richter. Jana sank der Mut. Die Verhandlung würde also zur angegebenen Zeit beginnen.

Sie seufzte und öffnete die rote Mappe mit dem Beweismaterial, das sie vor Gericht präsentieren würde. Es ging um den Tatbestand der schweren Brandstiftung. Sie sah auf die Uhr. In fünf Minuten würde die Gerichtsverhandlung beginnen. In fünf Minuten würde auch die Vernehmung von Gavril Bolanaki anfangen. Telefonisch hatte sie Henrik Levin die Anweisung erteilt, die Vernehmung ohne sie zu beginnen. Die Gerichtsverhandlung war hoffentlich in einer Stunde vorbei, und dann würde sie sich sofort in die Zelle begeben, um ihn zur Rede zu stellen, ihn, *Papa*.

Sie zupfte ihre Haare zurecht und ließ ihre Hand kurz im Nacken ruhen.

Ertastete die Buchstaben.

Es ist Zeit, dachte sie.

Endlich.

Henrik Levin sah zu dem Mann auf, der vor ihm saß. Schwarzes Hemd mit hochgekrempelten Ärmeln. Seine halblangen dunklen Haare waren nach hinten gegelt. Er hatte eine breite Nase, dunkle Augen und markante Brauen. Die Narbe im Gesicht verlief von der Stirn bis zum Kinn, und es fiel Henrik schwer, sie nicht ständig anzustarren. Er heftete seinen Blick auf die andere Hälfte des Gesichts und ergriff das Wort.

»Was haben Sie auf See getan?«

Keine Antwort.

»Warum sind Sie vor uns geflohen?«

Keine Antwort.

»Ist das Ihr Haus dort auf der Insel?«

Schweigen.

»Haben Sie diesen Jungen schon mal gesehen?«

Henrik hielt ihm ein Foto von Thanatos hin.

Der Mann verzog den einen Mundwinkel zu einem höhnischen Grinsen.

»Ich will einen Anwalt«, sagte er.

Henrik seufzte.

Er hatte keine andere Wahl, als ihm zu gehorchen.

Nach zwei Stunden war die Hauptverhandlung erst zur Hälfte vorbei. Jana war frustriert. Die Klägerin und der Angeklagte waren angehört worden, und nach der Pause sollten die Zeugen vernommen und die Beweismittel geprüft werden.

Sie erhob sich von ihrem Platz und verließ den Gerichtssaal. Nach einem kurzen Besuch auf der Toilette holte sie ihr Handy aus der Tasche. Ein entgangener Anruf. Als sie die Mailbox abhörte, erfuhr sie, dass Henrik Levin versucht hatte, sie zu erreichen. Sofort wählte sie seine Nummer.

»Wie läuft es?«, fragte sie.

»Gar nicht«, sagte er.

»Gar nicht?«

»Nein. Er sagt nichts. Er verlangt einen Anwalt.«

»Den soll er kriegen. Aber ich will vorher mit ihm sprechen.«

»Das hat keinen Sinn.«

»Aber ich will es probieren.« Sie sah auf die Uhr und fuhr fort: »In drei Stunden müsste die Verhandlung definitiv zu Ende sein. Dann nehmen wir die Vernehmung mit Gavril Bolanaki wieder auf.«

»Gut. Dann machen wir um zwei Uhr weiter«, sagte Henrik.

»Ohne Anwalt.«

»Das geht nicht.«

»Doch, das geht. Bolanaki ist mein Klient, und ich will mit ihm reden.«

Jana kostete die Worte aus: mein Klient.

»Ich werde sehen, was sich machen lässt.«

»Nur fünf Minuten, mehr verlange ich nicht.«

»Na gut.«

Nach Beendigung des Gesprächs stand sie noch eine Weile da und presste das Handy an die Brust. Irgendwie war sie aufgekratzt.

Beinahe froh.

Mia lehnte sich zurück und verschränkte die Arme vor der Brust. Henrik hatte kurz den Vernehmungsraum verlassen, um ein Gespräch von Jana Berzelius entgegenzunehmen. Währenddessen blieb sie sitzen und bewachte den Verdächtigen. Der Mann vor ihr lächelte die ganze Zeit. Er hielt den Kopf gesenkt. Die auffällige Narbe lag im Schatten.

»Glauben Sie an Gott?«, fragte Mia.

Der Mann antwortete nicht.

»Ihr Vorname Gavril bedeutet: Gott ist …«

»… meine Stärke«, ergänzte er. »Danke, das weiß ich selbst.«

»Also glauben Sie an Gott?«

»Nein. Ich *bin* Gott.«

»Na, das ist aber nett.«

Er grinste sie an. Sie war unangenehm berührt und wand sich auf dem Stuhl. Bolanaki tat dasselbe, er ahmte sie nach.

»Ein Gott tötet nicht«, sagte Mia.

»Gott gibt, und Gott nimmt.«

»Aber er tötet keine Kinder.«

»Doch, das tut er.«

»Also haben Sie Kinder getötet.«

Bolanaki grinste wieder.

»Was grinsen Sie denn so, verdammt?«

Sie lehnte sich zurück. Bolanaki tat es ihr nach.

»Ich habe keine Kinder getötet«, sagte er. »Ich habe selbst einen Sohn, warum sollte ich so kleine Wesen töten?«

»Aber wir haben doch Haare von Ihnen auf der Leiche eines kleinen Mädchens gefunden. In einem Massengrab auf der Insel!«

»Aber das heißt doch nicht, dass ich sie umgebracht habe, oder?«

Wütend funkelte Mia Bolanaki an, der zurückstarrte. Sie hielt seinem Blick stand.

»Aber eines frage ich mich«, fuhr er fort, während er sie weiter anstarrte. »Wenn ich wüsste, wer die Kinder getötet hat, und wenn ich es Ihnen erzählen würde, was würden Sie dann für mich tun?«

»Ja, was sollten wir denn für Sie tun?«

Bolanaki hörte den Sarkasmus in ihrer Stimme, presste die Kiefer aufeinander und zischte:

»Ich glaube, Sie haben mich nicht richtig verstanden. Wenn ich Ihnen den Täter nenne, was bekomme ich dafür?«

»Wir verhandeln hier nicht, verdammt noch mal. Kapieren …«

»Ich will, dass Sie ganz genau zuhören.«

Bolanaki beugte sich vor. Sein Gesicht war jetzt ganz nah. Unangenehm nah. Sie wich seinem Blick nicht aus. Sie durfte nicht nachgeben, nicht verlieren.

»Wenn Sie mich einsperren, werden Sie sich an mein Gesicht erinnern, und zwar bis zu dem Tag, an dem ich wieder rauskomme. Haben Sie jetzt kapiert, was ich meine?«, fauchte er.

Dann beruhigte er sich wieder, lehnte sich zurück und sagte: »Sie begehen einen großen Fehler, wenn Sie mich einsperren. Deshalb werde ich Ihnen ein Angebot unterbreiten. Ich kann Ihnen ohne Weiteres mehrere Schlüsselpersonen des schwedischen Drogenhandels nennen. Ich kann Ihnen Hinweise auf Orte und Personen geben. Aber ich glaube, am meisten interessiert Sie die Rolle der Kinder in dem Ganzen. Habe ich recht?«

Mia antwortete nicht.

»Wenn ich Ihnen die Wahrheit sage, was tun Sie dann für mich? Ich werde kein Geständnis ablegen, was mich selbst betrifft, aber ich kann alles erzählen, was ich über andere weiß. Natürlich nur, wenn es für Sie von Interesse sein sollte. Aber ich denke schon, dass Sie das interessiert.«

Mia biss sich auf die Unterlippe.

»Ich habe einen Vorschlag«, sagte Bolanaki. »Wenn ich Ihnen alles erzähle, müssen Sie mich und meinen Sohn in ein Zeugenschutzprogramm aufnehmen. Wenn Sie mich jetzt einsperren, werden Sie nichts erfahren, und ich kann Ihnen garantieren, dass noch mehr Kinder sterben werden. Nur ich kann das beenden. Ich will den denkbar besten Schutz, also die höchste Stufe innerhalb des Zeugenschutzprogramms. Sonst sage ich nichts. Also – wie sieht es aus?«

Mia gab sich geschlagen. Sie wich seinem Blick aus, sah auf die Tischplatte und dann zu der verspiegelten Scheibe. Sie wusste, dass Gunnar dahinterstand und genauso ratlos war wie sie.

Was sollten sie nur tun?

Es war 13.42 Uhr. Die Verhandlung war vorbei, und Jana Berzelius packte ihre Unterlagen zusammen und verließ eilig den Gerichtssaal. Wie immer nahm sie den Notausgang und schob die weiße Brandschutztür mit der Hüfte auf. Schnell lief sie die Treppen in die geheizte Tiefgarage hinunter. Während sie ihren Wagen hinausmanövrierte, wählte sie Henrik Levins Nummer, um ihn zu bitten, die zweite Vernehmung von Gavril Bolanaki vorzubereiten. Doch die Leitung war belegt.

Rasch fuhr sie aus der Garage und startete einen neuen Versuch, Levin zu erreichen. Diesmal erklang der Freiton, aber niemand ging ran. Sie hatte den Eindruck, dass jede Ampel auf Rot umsprang, sobald sie sich näherte. Die Fußgänger ließen sich am Zebrastreifen übertrieben viel Zeit, und die Autofahrer vor ihr fuhren ungewöhnlich langsam. Als sie endlich das Polizeirevier erreichte, war in der Tiefgarage alles belegt. Sie musste drei Runden drehen, ehe sie schließlich eine schmale Parklücke für ihr Auto entdeckte.

Die Wagentür ließ sich kaum öffnen, ohne dass sie das Nachbarauto berührte, und sie musste den Bauch einziehen und die Luft anhalten, um auszusteigen.

Im Treppenhaus rief sie den Fahrstuhl. Sie wartete und wartete, doch laut Display bewegte sich der Fahrstuhl nur zwischen den oberen Stockwerken. Schließlich entschied sie sich für die Treppe.

Sie war außer Atem, als sie in der richtigen Abteilung ankam, und versuchte, sich ein wenig zu sammeln, ehe sie die Tür zu den Vernehmungsräumen aufriss.

Drinnen herrschte fieberhafte Betriebsamkeit. Der Erste, der ihr begegnete, war Gabriel Mellqvist.

Er hielt gleich die Hand hoch.

»Hier ist abgesperrt.«

»Ich habe ein Treffen mit meinem Klienten und habe mich leider etwas verspätet«, sagte Jana.

»Wie heißt Ihr Klient?«

»Gavril Bolanaki.«

»Leider kann ich Sie nicht hereinlassen.«

»Warum nicht?«

»Der Fall ist abgeschlossen.«

»Abgeschlossen? Wie kann das denn sein?«

»Tut mir leid, Frau Berzelius, Sie müssen gehen.«

Gabriel Mellqvist scheuchte sie durch die Tür und schloss sie vor ihrer Nase. Verblüfft und verärgert blieb sie stehen.

Dann zückte sie ihr Handy und wählte die Nummer von Henrik Levin. Keine Antwort. Sie rief Gunnar Öhrn an. Keine Antwort. Laut vor sich hin fluchend lief sie in die Tiefgarage hinunter.

Lena Wikström saß in ihrer Zelle und schlug den Kopf gegen die Betonwand. Das einzig Weiche war eine Matratze mit Gummiüberzug und hellgelbem Laken. Sie lehnte sich ans Kopfteil des Bettes und umschlang die Knie. Eine ovale weiße Lampe war an die Wand montiert. Daneben hatte jemand »Fuck« schreiben wollen, sich jedoch in der Reihenfolge der Buchstaben geirrt, weshalb dort »Fukc« stand. Zwischen den Gitterstäben sickerte schwaches Licht durchs Fenster. Der Raum umfasste acht Quadratmeter, und neben dem Bett stand eine Art Holzschreibtisch mit einem eingebauten und fest auf dem Boden verschraubten Stuhl, der ebenfalls aus Holz war.

Schon seit sieben Tagen saß Lena Wikström im Untersuchungsgefängnis. Sie hatte die Tage ganz gut überstanden, da sie im Innersten gehofft hatte, freigelassen zu werden. Doch nun war die Hoffnung in ihr erloschen. Sie hatte in der Schlange bei der Essensausgabe die Neuigkeit gehört, dass Gavril Bolanaki vorläufig festgenommen worden sei und sich ebenfalls im Untersuchungsgefängnis befinde.

Das Essen auf ihrem Tablett hatte sie nicht angerührt, sie hatte nicht einmal die Milch hinunterbekommen, die man ihr gegen ihren Willen serviert hatte. *Er* war es ja gewesen, der *ihr* hätte hinaushelfen sollen. Doch nun war auch er eingesperrt, in einer der Zellen neben ihr.

Jetzt ist es vorbei, dachte sie und schlug den Kopf fester gegen die Wand. Jetzt ist alles vorbei, auch mit mir. Ich muss den Tatsachen ins Auge sehen. Es gibt für mich nichts mehr zu tun. Außer einer einzigen Sache. Nämlich, dass ich von hier wegmuss.

Weg aus dem Erdenleben.

Torsten Granath stand in einem beigefarbenen Mantel an seinem Schreibtisch und legte gerade eine Mappe in seine Aktentasche, als Jana Berzelius in sein Büro stürmte.

»Was geht hier eigentlich vor?«, fragte sie.

Torsten sah sie mit erstauntem Blick an.

»Ich muss nach Hause«, sagte er dann. »Meine Frau hat angerufen, es gibt Probleme mit Ludde. Er frisst schon seit vierundzwanzig Stunden seinen eigenen Kot. Wir müssen mit ihm zum Tierarzt.«

»Ich meine Gavril Bolanaki. Was ist da los?«

»Ach ja. Wir wollten dich benachrichtigen.«

»Warum ist der Fall auf einmal abgeschlossen? Das ist mein Klient.«

»Das Verfahren wurde eingestellt. Die Sicherheitspolizei hat übernommen. Niemand darf mit ihm sprechen, nicht einmal du.«

»Warum denn nicht?«

»Er wird als Informant für die Polizei arbeiten.«

»Wie? Als Informant?«

»Er wird der Polizei bei ihren Ermittlungen im schwedischen Drogenhandel helfen. Aufgrund der hohen Gefährdungsstufe sind er und sein Sohn momentan in Gewahrsam der Sicherheitspolizei und werden morgen früh um neun Uhr aus dem Untersuchungsgefängnis verlegt werden.«

»Hat er einen Sohn?«

»Offenbar ja.«

»Und wohin sollen sie verlegt werden?«

»Das ist vertraulich, Jana. Das weißt du.«

»Aber …«

»Hör bitte auf.«

»Aber er war doch schon so gut wie verhaftet …«

»Einem Staatsanwalt sollte es nicht darum gehen, Leute hinter Gitter zu bringen, sondern darum, die Wahrheit herauszufinden.«

»Ich weiß.«

»Und jetzt bekommt die Polizei den denkbar besten Einblick ins Drogengeschäft. Das war doch das Beste, was uns passieren konnte.«

Nein, dachte Jana, machte auf dem Absatz kehrt und rannte hinaus.

Jana Berzelius wirkte verbissen. Die Augen hatte sie zusammengekniffen, und ihre Kiefer arbeiteten. Sie hatte Lust, jemanden zu erschlagen. Oder besser gesagt, die Person, die entschieden hatte, Gavril Bolanaki ins Zeugenschutzprogramm aufzunehmen. Bolanaki hatte die Polizisten manipuliert, davon war sie überzeugt. Er hatte sie glauben gemacht, dass er selbst nur eine Nebenfigur mit gutem Einblick ins Drogengeschäft sei. Jetzt würden ihm die Haftprüfungsverhandlung, das Gerichtsverfahren und ein gerechtes Urteil erspart bleiben. Er würde davonkommen!

Sie umklammerte das Lenkrad, drosselte das Tempo und ließ die Scheibe herunter. Rasch zog sie den Parkausweis durch das Kartenlesegerät und fuhr mit quietschenden Reifen in die Tiefgarage. Sie stellte ihr Auto auf ihrem angemieteten Parkplatz ab und knallte die Fahrertür zu. Im Treppenhaus nahm sie auf dem Weg zu ihrer Wohnung zwei Stufen auf einmal. Entschlossen steckte sie den Schlüssel ins Schloss, öffnete die Tür und betrat die Diele. Gerade wollte sie die Wohnungstür schließen, als sie sah, wie eine Hand sie von außen umfasste. Sie reagierte zu spät und konnte nicht mehr verhindern, dass eine dunkel gekleidete Gestalt sich in die Wohnung drängte.

Das Gesicht war durch eine große Kapuze verborgen. Die Gestalt hielt die Hände hoch und zeigte ihr die Handflächen.

»Mach keinen Ärger, Jana«, sagte der Mann, und sie erkannte sofort seine Stimme.

Danilo zog die Kapuze herunter.

»Du solltest vorsichtiger sein«, meinte er.

Jana schnaubte und schaltete die Deckenbeleuchtung an.

»Mir eine SMS zu schicken war nicht sonderlich clever«, fuhr er fort.

»Warum denn nicht? Versteckst du dich vor jemandem?«, fragte sie.

»Nein, aber du.«

»Die Polizei kann keine Prepaidkarten nachverfolgen.«

»Man weiß nie.«

Beide schwiegen und musterten einander von oben bis unten. Nach einer Weile brach Danilo das Schweigen.

»Jetzt ist er also in Haft?«

»Ja. Oder nein …«

»Was meinst du?«

»Komm rein, dann erzähle ich es dir.«

Henrik Levin erwachte schlagartig. Er war kurz eingeschlummert, was eigentlich nicht weiter erstaunlich war. Die Ereignisse an diesem Tag hatten ständige Konzentration verlangt, und er war nicht nur mental am Ende, sondern auch sein Körper schmerzte vor Müdigkeit.

Er sah vom Kopfkissen auf. Vor ihm lag ein aufgeschlagenes Buch über einen kleinen Teddy. Vilma schlief tief und fest und hatte es sich auf seinem rechten Arm gemütlich gemacht, während Felix sich auf der anderen Seite an ihn kuschelte. Auch seine Atemzüge waren tief und ruhig. Henrik bemühte sich, so vorsichtig wie möglich den Arm unter Vilma hervorzuziehen, aber sie wechselte die Stellung und drückte sich noch fester an ihn. Er betrachtete das Gesicht seiner schlafenden Tochter, drückte seine Nase gegen ihre und machte sich los. Felix rührte sich nicht, als Henrik seinen Arm unter ihm hervorzog. Im Schlaf sperrte er seinen Mund auf wie ein Vogeljunges, und Henrik strich ihm über die Wange. So unauffällig wie möglich stieg er aus dem engen Bett.

Die Körperwärme der Kinder hatte ihn zum Schwitzen gebracht. Er zog seinen Pulli aus und entschied, dass die Kinder die Nacht im selben Bett verbringen durften.

Dann schaltete er die halbmondförmige Bettlampe aus und schob die Tür zu Felix' Zimmer zu.

Er brauchte fünfzehn Minuten, um sich die Zähne zu putzen, mit Zahnseide zu reinigen und sich mit der empfohlenen Menge Mundwasser den Mund zu spülen. Er musterte sein Spiegelbild und bemerkte, dass noch ein paar Haare an der linken Schläfe ergraut waren. Aber er verzichtete darauf, sie zu entfernen. Dafür war er zu müde. Er verließ das Bad und ging ins Schlafzimmer.

Der Fernseher war ausgeschaltet. Emma lag in einem rosa T-Shirt im Bett und war tief in ein Buch versunken. Die Bettdecke hatte sie bis zur Taille hochgezogen.

Henrik zog sich aus, faltete die Kleidung zusammen und legte sie auf den Stuhl an seiner Bettseite. Mit einem Gähnen sank er aufs Kissen, legte den Arm unter den Kopf und sah nach oben. Den anderen Arm hatte er unter der Decke. Er steckte seine Hand in die Unterhose und umfasste die intimen Körperteile. Als wolle er sie zurechtlegen.

Emma ließ das Buch sinken und sah ihn an. Er spürte ihren Blick, der ihn wie ein Faustschlag traf.

»Was ist?«, fragte er.

Sie antwortete nicht.

Er nahm seine Hand aus der Unterhose und drehte sich zu ihr um.

»Also, wir haben in der letzten Zeit ja nicht …«, setzte sie zögerlich an.

»Was haben wir nicht?«

»Wir haben nicht so viel Sex gehabt.«

»Stimmt.«

»Und das liegt nicht an dir.«

»Aha?«

»Es liegt an mir.«

»Aber das macht doch nichts«, sagte Henrik und fragte sich im Stillen, warum er so etwas sagte. Natürlich machte das etwas. Sogar sehr viel. Es machte alles aus.

Sie beugte sich vor und gab ihm einen langen Kuss. Er erwiderte ihn. Sie küssten sich wieder. Ein bisschen vorhersagbar. Seine Hand an ihrer Brust. Ihre Hände auf seinem Rücken. Sie kratzte ihn ganz leicht. Dann fester, und Henrik hatte das Gefühl, als handele es sich um eine Art Einladung. Endlich, dachte er und zog Emma an sich. Doch dann erinnerte er sich an das, was sie gerade gesagt hatte. Dass es einen Grund gab, warum sie nicht so gern wollte wie vorher. Sacht schob er Emma von sich. Sie sah ihn mit ihren großen blauen Augen an. Ihr Blick war voller Begehren.

»Ich frage mich nur, woran es liegt«, sagte Henrik. »Du hast gesagt, es liegt an dir.«

Emma lächelte, und an ihren Augen erschienen die Lachfältchen. Er liebte jedes einzelne.

Dann biss sie sich auf die Unterlippe, noch immer lächelnd. Ihr Blick war schalkhaft. Sie fuhr mit den Fingern über das Laken und zeichnete ein unsichtbares Herz.

Im Nachhinein hätte er diesen Augenblick gern eingefroren. Hätte alles darum gegeben, dass die Zeit stillgestanden hätte – in just diesem Moment. Denn sie sah so glücklich aus.

Dann sagte sie es.

»Ich bin schwanger.«

Er bereute sofort, dass er gefragt hatte. Warum hatte er sich nicht einfach ihrer Lust, ihrem Begehren und ihrem Willen hingegeben? Warum war er so dumm gewesen und hatte gefragt?

Emma wälzte sich auf ihn.

»Ist das nicht wunderbar?«

»Doch.«

»Schön, oder?«

»Doch. Wirklich.«

»Freust du dich?«

»Doch. Ja. Ich freu mich.«

»Ich wollte dir erst mal nichts sagen. Du hattest ja so viel um die Ohren bei deiner Arbeit, und es gab einfach keine passende Gelegenheit. Bis jetzt.«

Henrik rührte sich nicht. Wie versteinert lag er unter ihr. Sie rieb ihren Körper an seinem. In seinem Kopf wirbelten die Gedanken herum. Schwanger? Schwanger! Jetzt würden sie keinen Sex mehr haben. Neun Monate lang. Genau wie damals, als sie mit Felix und Vilma schwanger gewesen war. Da hatte er gar keinen Sex gewollt. Es hatte sich nicht richtig angefühlt, mit Emma zu schlafen, als sie ein Kind im Bauch gehabt hatte. Und jetzt war es wieder so.

Ein Kind.

Im Bauch.

Erneut schob er Emma von sich.

»Was ist denn?«, fragte sie. »Willst du nicht?«

»Nein«, antwortete er knapp und hielt seinen Arm hoch. »Komm, leg dich her.«

Sie sah ihn erstaunt an.

»Komm«, sagte er. »Ich will dich nur ein bisschen festhalten.«

Sie legte ihren Kopf an seine Brust, und er ließ den Arm auf ihre Schultern sinken.

»Schwanger also«, sagte er und starrte an die Decke. »Toll. Wirklich toll.«

Sie antwortete nicht.

Henrik wusste, dass sie enttäuscht war. Vermutlich fühlte sie sich genauso, wie er sich jedes Mal gefühlt hatte, als sie nicht wollte. Jetzt sind die Rollen vertauscht, dachte er, ehe er die Augen schloss. Der Schlaf würde nicht kommen, das wusste er. Und er sollte recht behalten.

Der Schlaf kam die ganze Nacht nicht.

»Er wird also morgen verlegt«, stellte Danilo fest.

Er stand in Janas Wohnzimmer und schaute gedankenverloren aus dem Fenster.

Sie saß auf der Chaiselongue und umfasste mit den Händen ein großes Glas Wasser. Zwanzig Minuten hatte sie gebraucht, um Danilo den Handlungsverlauf zu erzählen. Währenddessen hatte er die ganze Zeit so dagestanden.

»Wohin soll er verlegt werden?«, fragte er. »Weißt du das?«

»Nein, keine Ahnung.«

Danilo begann, auf und ab zu gehen.

»Verdammt«, sagte er.
»Was sollen wir tun?«
Danilo schwieg, ging immer schneller auf und ab. Schlagartig blieb er stehen und betrachtete Jana.
»Du hast also keine Ahnung, wohin sie ihn verlegen werden?«, wiederholte er.
»Nein, die Information ist vertraulich, wie gesagt.«
»Dann gibt es nur eine Art, es herauszufinden.«
»Und wie?«
»Mit einem Peilsender.«
»Das ist ein guter Plan. Wirklich.«
»Ich meine es ernst. Ein Sender ist unsere einzige Chance.«
»Oder wir verfolgen einfach die Polizeiautos? Was hältst du davon? Wäre vielleicht etwas einfacher?«
»Und gehen das Risiko ein, entdeckt zu werden? Ich glaube nicht. Mit einem Peilsender können wir hinterherfahren, aber einen gewissen Abstand halten.«
»Aber auch dann riskieren wir, dass sie es mitkriegen.«
»Nicht wenn wir es geschickt anstellen.«
»Wie kommen wir an einen Peilsender?«
»Das überlass ruhig mir.«
»Und wie?«
»Verlass dich auf mich.«
»Aber hast du nicht ein wichtiges Detail vergessen? Nämlich, dass Gavril Bolanaki eingesperrt ist? Und zwar im Untersuchungsgefängnis? Wie willst du denn da einen Sender an seinem Körper befestigen?«
Danilo setzte sich neben sie.
»Das werde ich auch nicht tun«, sagte er.
»Sondern?«
»Es gibt nur eine Person, die ihn an seinem Körper be-

festigen kann. Eine Person, die jederzeit Zutritt zum Untersuchungsgefängnis hat. Eine, die die Polizei niemals verdächtigen würde.«

»Und wer?«

»Du.«

Dienstag, den 1. Mai

Der Flur war ewig lang. Ihre klappernden Absätze hallten von den Wänden wider. Um sich zu konzentrieren, zählte sie die Schritte, seit sie aus dem Fahrstuhl getreten war, und war inzwischen bei siebenundfünfzig angelangt. Sie sah auf ihre Rolex.

8.40 Uhr.

Sie musterte die Tür und umklammerte den Griff ihrer Aktentasche. Zweiundsiebzig Schritte insgesamt, dachte sie, während sie ihre Tasche auf den Boden stellte. Sie klingelte, um eingelassen zu werden, und hörte eine Stimme, die sie aufforderte, in ein Mikrofon an der Wand zu sprechen und sich vorzustellen.

»Jana Berzelius, Staatsanwaltschaft. Ich möchte ein paar Worte mit meiner Klientin Lena Wikström wechseln«, sagte sie.

Die Tür öffnete sich, und Jana packte ihre Aktentasche und trat ein. Ein Justizvollzugsbeamter namens Bengt Dansson mit kaum sichtbarem Hals und großen Ohrläppchen grinste sie albern an, als würde er sie wiedererkennen.

Er nahm ihren Ausweis und grinste noch breiter, als er ihn ihr zurückgab. Dabei quoll sein Kinn über den Kragen.

»Nur eine kurze Leibesvisitation«, sagte er.

Jana streckte ihre Arme seitlich aus und spürte, wie seine Hände von ihren Achselhöhlen über die Rippen bis zu den Hüften glitten.

Er keuchte, während er vor ihr in die Hocke ging, und sie rollte genervt mit den Augen, als er die Durchsuchung von der Hüfte an abwärts fortsetzte.

»Was ist Ihnen lieber, Metalldetektor oder Nacktvisitation?«, fragte er und sah sie mit zweideutigem Blick an.

»Was meinen Sie?«

»Dass Sie es sich aussuchen dürfen. Mit Detektor oder nackt?«

»Das soll ein Witz sein, oder?«

»Man kann nicht vorsichtig genug sein, wenn es um die Sicherheit geht.«

Jana war sprachlos.

Bengt Dansson begann so heftig zu lachen, dass sich seine Hamsterbacken auf und ab bewegten. Er stützte sich mit der einen Hand auf dem Knie ab und hievte sich hoch, konnte aber nicht aufhören zu lachen.

»Ha, ha, ha, haaaaa! Sie hätten mal Ihr Gesicht sehen sollen!«

»Sehr witzig«, sagte sie und packte erneut ihre Aktentasche.

»Sie haben nur … äh …«, sagte er und verzog sein Gesicht zu einer Grimasse, die sie an einen schielenden Seehund erinnerte.

Es überkam sie eine unbändige Lust, ihm seine fette Fresse einzuschlagen, doch sie ermahnte sich, dass ein Untersuchungsgefängnis ein eher unpassender Ort für körperliche Gewalt war.

Bengt Dansson wischte sich die Tränen ab. Er schüttelte den Kopf und lachte noch einmal laut auf.

»Wenn Sie mich jetzt bitte entschuldigen – ich habe es

ein bisschen eilig. Wissen Sie, ich habe zu tun. Da habe ich keine Zeit für solche Schülerwitze«, sagte sie.

Bengt Dansson verstummte, räusperte sich und öffnete ihr die Tür.

»Bitte sehr«, sagte er.

Sie betrat den Flur des Untersuchungsgefängnisses und nickte dem Vollzugsdienstleiter zu. Er nickte zurück und richtete seine Aufmerksamkeit wieder auf einen der drei Computerbildschirme, die auf dem Schreibtisch vor ihm standen. Zwei Vollzugsbedienstete sprachen leise miteinander. Sie fragte sich, ob es wohl die beiden waren, die später Gavril Bolanaki aus seiner Zelle holen würden. Sie sah wieder auf die Uhr.

8.45 Uhr. Noch fünfzehn Minuten bis zur geplanten Verlegung. Ihr Herz begann, etwas schneller zu klopfen.

Bengt Dansson schloss die Tür hinter ihnen ab und ging voraus durch den Korridor, der von hellen Neonröhren beleuchtet wurde. Sein Schlüsselbund klirrte bei jedem Schritt. Die Wände waren in hellem Apricot gehalten, während der PVC-Boden eine leicht mintgrüne Farbe hatte. Sie kamen an ein paar Zellen vorbei, deren weiße Türen unten mit einem breiten Stahlrand verstärkt waren. Alle waren nummeriert.

An Tür Nummer acht blieb Dansson stehen, griff zu seinem Schlüsselbund und suchte den richtigen Schlüssel heraus. Er betrachtete Jana, lachte leise und schüttelte wieder den Kopf. Dann schloss er auf. Ehe sie eintrat, sah sie noch, wie die beiden Vollzugsbediensteten zwei dunkel gekleideten Polizisten die Hand schüttelten. Die Verlegung würde tatsächlich in Kürze stattfinden.

»Bleiben Sie bitte draußen«, sagte sie zu Dansson. »Es wird ein kurzes Gespräch.«

Dann betrat sie die Zelle und hörte, wie die Tür hinter ihr geschlossen wurde.

»Was machst du hier?«

Jana zuckte beim Klang der röchelnden Stimme zusammen. Lena Wikström saß auf dem Bett und hatte die Beine bis zum Kinn hochgezogen. Das Laken hing auf den Boden hinunter. Sie trug eine dunkelgrüne Hose und eine dunkelgrüne Bluse und war barfuß. Ihre Augen wirkten müde, nicht zuletzt durch die ausgeprägten Augenringe.

»Was machst du hier?«, zischte sie noch einmal. »Bist du hier, um mich wieder zu bedrohen?«

»Nein«, sagte Jana. »Ich bin nicht hier, um dich zu bedrohen. Ich bin zu einem ganz anderen Zweck hier. Ich brauche deine Hilfe.«

»Ich werde dir aber nicht helfen.«

»Das hast du schon getan. Indem du hier sitzt.«

Lena verstand nicht. Und ihr fehlte die Kraft, um die Situation zu verstehen.

»Wie lange dauert es noch?«

»Was meinst du?«

Jana stellte ihre Aktentasche auf den Boden.

»Bis ihr mich hinter Gitter bringt.«

»Darf ich dich daran erinnern, dass du dich bereits im Gefängnis befindest?«

»Ja, aber das ist doch nur vorläufig. Ein Schritt auf dem Weg ins Gefängnis.«

»Es sind noch zwei Tage bis zur Gerichtsverhandlung«, sagte Jana und sah auf die Uhr.

8.52 Uhr.

Sie hockte sich hin, machte die Aktentasche auf und schob ihre Hände hinein, um zu verbergen, was sie tat. Sie nahm ihre Rolex ab und entfernte die rückwärtige Abdeckung von der Uhr, die sie schon zu Hause mit einem Spezialwerkzeug geöffnet hatte. Mit ihren langen Fingernägeln löste sie einen kleinen Peilsender von der Abdeckung und drückte diese wieder fest auf die Uhr. Rasch legte sie ihre Rolex um und schloss die Aktentasche, während sie in der anderen Hand den winzigen Peilsender hatte.

»In zwei Tagen ist es also vorbei«, sagte Lena kaum hörbar.

Doch Jana hatte ihre Worte verstanden. Sie hielt in ihrer Bewegung inne. Lena hat kapituliert, dachte sie. Sie hat aufgegeben.

»Ja, dann ist es zu Ende«, sagte Jana.

Lena wurde weiß im Gesicht.

»Dann ist es vorbei«, sagte sie.

»Ich will, dass es vorbei ist«, murmelte Lena und schaute auf ihre Hände hinab.

Sie sah auf einmal sehr klein aus, zusammengesunken und grau.

»Ich glaube, ich kann nicht mehr. Ich will weg von hier.«

»Du bleibst aber hier.«

»Ich will nicht eingesperrt werden. Da sterbe ich lieber. Töte mich bitte. Ich weiß, dass du das kannst. Töte mich!«

»Hör auf!«

»Ich kann so nicht leben.«

Jana erhob sich und sah auf die Uhr.

8.59 Uhr.

Es war Zeit. Nun musste es geschehen. Sie hob ihre Hand, um an die Tür zu klopfen, aber hielt inne, als sie Lenas Stimme hörte.

»Bitte«, piepste Lena. »Hilf mir …«

Jana überlegte einige Sekunden, ehe sie zu Lena ging, die noch immer auf dem Bett saß. Dann packte sie das Laken, biss ein Loch in den Stoff und riss einen langen Streifen ab, den sie Lena in die Hand drückte.

»Du musst dir selbst helfen«, sagte sie.

Dann klopfte sie fest an die Tür, die im nächsten Moment von Bengt Dansson geöffnet wurde. Sie trat aus der Zelle und blieb an der Tür stehen, um auf die passende Gelegenheit zu warten.

Aus den Augenwinkeln sah sie, wie sie sich näherten, die Vollzugsbediensteten, die beiden Polizisten und Gavril Bolanaki, den sie zwischen sich genommen hatten. Als sie fast bei ihr waren, tat sie so, als würde sie ausrutschen. Sie wirbelte mit der Aktentasche durch die Luft und schrie leise auf. In dem Moment, als sie fiel, ging Gavril Bolanaki an ihr vorbei, und sie drückte blitzschnell den Peilsender auf seine Hosentasche.

Bengt eilte zu ihr und half ihr auf.

»Oh, tut mir leid«, murmelte sie. »Das liegt an den Absätzen. Die sind neu.«

Erstaunt blickten die Justizvollzugsbeamten sie an, die Polizisten eher missbilligend. Nur Bolanaki lächelte.

Jana konnte es sich nicht verkneifen, ihn anzuschauen. Ihr Herz hämmerte. Sie war ihm so nah, aber dennoch meilenweit von ihm entfernt. Ihr Hass wuchs mit jedem Atemzug. Am liebsten hätte sie ihn getötet. Am liebsten hätte sie ihm das Messer in den Kopf gejagt, immer und immer wieder. Er sollte sterben.

Sterben.

Sterben.

Sterben.

»Sie sollten gut aufpassen, junge Frau«, sagte er mit

einem Grinsen, ehe er von den Vollzugsbediensteten und den Polizisten weiter durch den Korridor geführt wurde.

Du auch, dachte Jana.

Du solltest wirklich gut aufpassen.

»Du weißt, worauf du dich eingelassen hast, oder?«, fragte Danilo, der auf dem Beifahrersitz saß. Per Handy wurde Gavril Bolanakis aktuelle Position auf einer Karte angezeigt. Zwischen Danilos Beinen lag ein Rucksack auf dem Boden.

Jana hielt ihren Blick auf die Autobahn geheftet. Der Stoffbezug des Autositzes war angenehm weich. Danilo hatte sich den schwarzen Volvo S 60 von einem Kumpel geliehen oder ihn kurzfristig über eine kleine Autovermietung organisiert – es war ihr egal, woher er stammte. Hauptsache, sie musste sich nicht um einen Leihwagen kümmern und kein Risiko eingehen, bei einer eventuellen Fahndung aufgespürt zu werden.

Im Auto roch es stark nach Reinigungsmitteln. Sie befanden sich außerhalb von Trosa. Der Verkehr war eher spärlich, und sie kamen schnell voran.

»Ich weiß sehr wohl, worauf ich mich eingelassen habe«, sagte sie verbissen.

Noch nie im Leben war sie sich einer Sache so sicher gewesen. Ihr ganzer Körper brannte vor Lust darauf, Bolanaki an die Wand zu stellen und ihn in die Mangel zu nehmen. Endlich würde er für das Unrecht büßen, das er ihr angetan hatte. Sie würde es ihm heimzahlen, dass er ihre Eltern umgebracht hatte. Und andere Eltern. Und deren Kinder. Sie würde ihrer aller Tod rächen – und wenn es das Letzte war, was sie tat. Sie konnte ihm seine Verbrechen nicht verzeihen und ihn laufen lassen.

»Du riskierst alles. Stell dir vor, du wirst erwischt?«

Sie antwortete nicht.

Sie war sich sehr wohl bewusst, dass ihr Einsatz hoch war. Sie riskierte ihr Leben, um es ihm heimzuzahlen. Dennoch gab es nichts, was sie jetzt noch hätte stoppen können.

»Hast du Angst?«, fragte er.

»Ich habe aufgehört, Angst zu haben, als ich sieben war«, sagte sie kurz angebunden.

Danilo fragte nicht weiter. Stille senkte sich über sie. Nichts war zu hören außer dem Fahrgeräusch.

Der Sender wies ihnen den Weg über Järna in Richtung Nykvarn.

Nach zwanzig Minuten Autofahrt richtete Danilo sich auf.

»Sie haben angehalten«, sagte er.

Sie drosselte das Tempo. Um sie herum war nichts als Wald.

»Wie weit von hier entfernt sind sie denn jetzt?«

»Zwei- bis dreihundert Meter vielleicht«, antwortete Danilo. »Wir gehen das letzte Stück zu Fuß.«

»Wo haben sie ihn hingebracht?«

»Das müssen wir herausfinden.«

Fünfzig Meter von der Straße entfernt fanden sie an einem Kiesweg einen versteckten Parkplatz. Jana schaltete den Motor aus und betrachtete Danilo, der seinen Rucksack nahm.

»Es ist vielleicht an der Zeit, dir zu danken«, sagte sie. »Weil du mir hilfst.«

»Danken kannst du mir später«, sagte er und stieg aus dem Wagen.

Das hohe Tor öffnete sich langsam.

Ein uniformierter Polizist winkte, und ein Polizeiwagen rollte über den Kiesweg. Es folgten ein schwarzer Bus mit getönten Scheiben und ein weiteres Polizeiauto.

Es kribbelte in Phobos' Bauch. Er sollte ein neues Zuhause bekommen. Kurz sah er zu Papa auf, der neben ihm auf der Rückbank saß, und betrachtete dann neugierig das vor ihnen aufragende große weiße Gebäude. Um das Grundstück verlief eine Mauer mit Büschen davor. Er bemerkte ein paar kahle Bäume und einen hässlichen Springbrunnen in Gestalt einer Jungfrau. Das emporsprudelnde Wasser hatte braune Ränder hinterlassen. Jetzt war er ausgeschaltet.

Das Gebäude erinnerte an ein Herrenhaus. Es hatte zwei Stockwerke und große Fenster. Die Eingangstür war rot und die Fassade von starken Scheinwerfern und schwachen Wandlampen erleuchtet. Außerdem waren an Laternenpfählen Kameras angebracht.

Cool, dachte Phobos.

Er umarmte den braunen Teddy, den er in den Armen hielt. Er freute sich. Es war das erste Mal, dass er ein Geschenk von Papa bekommen hatte. Aber er durfte absolut nicht zeigen, dass er sich freute, das hatte Papa ihm eingeschärft. Kein Lächeln oder etwas in der Richtung. Er durfte auch nicht über den Teddy reden, ihn nur umarmen. Ihn gernhaben. Wie ein normaler kleiner Junge.

Jetzt waren sie da. Der Bus hielt vor dem Eingang, und zwei uniformierte Polizisten öffneten die Autotüren. Phobos stieg auf der einen Seite aus und Papa auf der anderen.

»Sollen wir uns seinen Sohn auch anschauen?«, fragte der eine Polizist, der eine Leibesvisitation bei Papa machte.

»Nein, das ist doch nur ein Kind«, meinte der andere.

»Komm mit«, sagte der Polizist zu Phobos und führte ihn zur Eingangstür.

Die kühle Luft schmerzte in seinem Gesicht. Er trippelte neben dem Polizisten her und sah sich voller Neugierde das Gebäude an, das sein neues Zuhause werden sollte.

Es kribbelte schon wieder in Phobos' Bauch, er umarmte den Teddy fest, und obwohl das Kuscheltier weich gepolstert war, spürte er innen den harten Stahl.

Jana lehnte mit dem Rücken an der hohen Mauer, die um das Grundstück verlief. Der Rasen war feucht. Sie spürte, wie die Kälte unter ihren engen schwarzen Pullover kroch. Außerdem trug sie eine eng anliegende schwarze Hose. Ihre Füße steckten in Leichtgewichtsschuhen für Läufer.

Auch Danilo hatte dunkle Kleidung an. Er saß in der Hocke und holte eine SIG Sauer aus seinem Rucksack. Kontrollierte sie genauestens und schraubte routiniert den Schalldämpfer auf die Mündung.

»Du beherrschst immer noch die Technik«, sagte Jana.

Danilo antwortete nicht, sondern reichte ihr die Pistole.

»Ich brauche keine Pistole«, sagte sie.

»Womit willst du ihn denn töten? Mit bloßen Händen?«

»Ich bevorzuge ein Messer.«

»Glaub mir, du brauchst die hier. Und sei es, um ins Haus zu gelangen.«

»Wo hast du die denn her?«

»Kontakte«, erwiderte Danilo knapp.

Er steckte die Hand wieder in den Rucksack und holte eine weitere Pistole hervor, ebenfalls mit Schalldämpfer. Eine Glock.

Dann erhob er sich und zog die Kapuze über den Kopf.

»Wir warten hier, bis die Polizei das Gelände verlassen hat. Dann müssen wir schnell sein. Je schneller, desto besser. Rein, schießen, raus. Weißt du noch?«, sagte er und lächelte.

Es war das erste Mal, dass sie dieses Lächeln bei ihm sah.

Bei ihm als Erwachsenen.

Die Polizeiautos fuhren zurück zum Tor. Am Haus standen vier nicht uniformierte, aber gut ausgerüstete Polizisten. Sobald das Tor sich geschlossen hatte, sprachen sie sich ab. Die Positionierung der einzelnen Wachleute war schon vorher vereinbart worden.

»Ihr beide an den Seiten, du vor dem Haus und ich dahinter. Schichtwechsel um 2.00 Uhr«, sagte der eine mit lauter Stimme. »Verstanden?«

»Ja«, antworteten die anderen im Chor.

»Dann nehmt jetzt eure Positionen ein. In exakt zwei Stunden macht ihr Meldung.«

Genau zwei Stunden vergingen auch, ehe die Vollzugsbediensteten sie entdeckten. Die verknoteten Stoffstreifen hatten ihr den Hals fest zugeschnürt und die Atemwege verschlossen. Lena Wikströms erster Gedanke war Erleichterung gewesen. Dann hatte sie die Panik ergriffen, doch da war es bereits zu spät gewesen. Sie hatte ihre endgültige Entscheidung getroffen, und es gab keinen Weg zurück.

Es war unmöglich, sich aus der Schlinge zu befreien. Das wusste sie. Dennoch kämpfte sie. Strampelte, versuchte, den Stoffstreifen von ihrem Hals zu lösen. Sie kämpfte bis zum Schluss.

Als die Vollzugsbediensteten in die Zelle kamen, blieben sie stehen und starrten die Frau an, die vom Fenstergitter herabhing.

Lena Wikström hing ruhig da und starrte ins Leere.

»Okay«, sagte Danilo und sprang von der Mauer. »Die Autos haben das Gelände verlassen.«

Er landete vor Jana und schob den Rucksack unter einen Busch.

»Du zuerst. Hier.« Er verschränkte seine Hände. »Ich helfe dir hoch.«

Sie steckte ihre Pistole in den Hosenbund hinten am Rücken, stellte ihren rechten Fuß auf Danilos Hände und packte seine Schultern.

»Bist du bereit?«, fragte er.

Sie nickte anstelle einer Antwort.

»Okay. Eins, zwei, DREI.«

Danilo half ihr hinauf, und sie schwang sich über die Mauer. Es war weit bis nach unten, und sie kam hart auf dem Boden auf.

So gut es ging, verbarg sie sich hinter ein paar beinahe kahlen Büschen. Sie versuchte, sich einen Überblick über das Gelände zu verschaffen, lauschte auf verdächtige Laute und beobachtete, ob sich etwas bewegte.

Auch Danilo landete mit einem dumpfen Geräusch, hockte sich neben sie und zog seine Pistole hervor.

»Siehst du die Kamera?«, flüsterte er und zeigte auf eine Überwachungskamera, die an einem Pfahl gegenüber vom Hauseingang befestigt war.

»Das ist eine IP-Kamera, die eine sehr hohe Reichweite hat, fast wie ein Fernglas. Halte nie dein Gesicht in so eine Kamera, die registriert nämlich Details und Gesichtszüge über eine Strecke von mehr als hundert Metern. Deshalb muss man immer zuerst die Kameras ausschalten. An solche Teile mussten wir früher nicht denken, aber die Zeiten haben sich geändert«, sagte Danilo.

Dann zeigte er auf die Polizisten, die sich um das Haus positionierten.

»Einer vorn, einer hinten und zwei an den Seiten. Gib gut acht. Wenn die dich sehen, ist es gelaufen, kapiert?«

Sie nickte.

»Wenn ich auf die Kamera schieße, läufst du zum Haus. Verhalte dich so unauffällig wie möglich.«

»Ich weiß, wie das geht.«

»Okay, okay.«

Danilo stand auf und zog die Kapuze tiefer ins Gesicht. Er holte tief Luft, trat auf die Rasenfläche, zielte auf die Überwachungskamera und schoss.

Als Jana den Schuss hörte, rannte sie zum Haus. Kaum außer Atem, presste sie sich an die Fassade. Da hörte sie noch einen dumpfen Schuss, gefolgt von zwei weiteren, dann herrschte Ruhe.

Kurz lauschte sie auf ihre Atemzüge, sah nach rechts und links. Sie spähte zur Vorderseite und zur Rückseite des Hauses. Lauschte erneut. In der Hocke machte sie einige Schritte vorwärts, verharrte an der Hausecke und hielt vorsichtig Ausschau.

Im selben Moment kam ein Polizist angelaufen. Er hatte offenbar die Schüsse gehört und rannte mit gezogener Pistole zur Vorderseite des Hauses. Als er wieder aus ihrem Blickfeld verschwunden war, hörte sie einen weiteren Schuss. Und noch einen. Dann senkte sich wieder die Stille über das Gelände.

Abermals spähte sie um die Ecke und stellte fest, dass

auf der Rückseite des Gebäudes eine rotierende Überwachungskamera angebracht war. Im Kopf rechnete sie aus, wie lange die Kamera auf sie gerichtet sein würde. Viel zu lange. Sie würde sich von hinten keinen Zugang zum Haus verschaffen können. Zumindest nicht unbemerkt.

Sie entsicherte die Waffe und legte sich ins Gras. Gerade als sie die Pistole abfeuern wollte, wurde das Glas der Kamera von einem Schuss zerschmettert. Er kam von hinten und hatte die Linse perfekt getroffen. Sie ging in die Hocke, und im nächsten Moment war Danilo neben ihr. Sein Gesicht unter der Kapuze wirkte verbissen, und er presste die Lippen fest aufeinander.

»Ist die Luft rein?«, fragte er kurz angebunden.

»Ja«, sagte Jana und stand auf. »Hast du die Polizisten umgebracht?«

»Ich hatte keine andere Wahl.«

Danilo sah zur Vorderseite des Hauses und lief zur Hintertür. Er duckte sich bei jedem Fenster, an dem er vorbeikam. Dann prüfte er die Klinke der Glastür, sie war verschlossen, und winkte Jana zu sich.

»Jetzt hör zu«, sagte er. »Agiere schnell. Denk nicht nach. Einfach den Auftrag ausführen. Okay?«

»Okay«, sagte Jana.

»Ich bleibe hier. Wenn du in zehn Minuten noch nicht draußen bist, komme ich hinterher.«

Danilo nahm einen Dietrich und brach das Türschloss auf. Nach weniger als zehn Sekunden war ein Klicken zu hören.

»Bist du dir wirklich sicher?«, fragte er.

»Ja«, sagte Jana. »Ich bin mir in meinem ganzen Leben noch nie so sicher gewesen.«

Sie hielt die Pistole vors Gesicht und umklammerte sie

mit einer Hand. Dann atmete sie tief ein und öffnete die Tür.

Sie war drin.

Der Raum war etwa fünf mal zehn Meter groß und erinnerte mit dem Sofa, dem Sessel und dem Glastisch an ein Wohnzimmer. An den Wänden hingen Gemälde mit Naturmotiven. Auf der einen Seite standen ein weißer Blumenständer und eine geblümte Stehlampe. Keine Pflanzen. Kein Teppich.

Sie schlich weiter und blieb vor einem Durchgang mit einem Rundbogen stehen. Vorsichtig spähte sie in den angrenzenden Raum, der von einer runden Deckenlampe erleuchtet wurde. Das musste das Esszimmer sein. Zehn Stühle standen um einen ovalen Tisch herum. Sie ging zur nächsten Tür, die einen Spaltbreit offen stand und in einen Flur führte. Das Erste, was sie erblickte, waren eine Sitzbank und eine Hutablage. Die breite Treppe ins Obergeschoss war mit rotem Teppich ausgelegt. Oben brannte Licht.

Jana konnte der Versuchung nicht widerstehen, nach oben zu gehen. Als sie die Tür mit dem Fuß aufschob, hörte sie ein Klicken hinter sich. Sie drehte den Kopf und sah im Dunkeln einen kleinen Jungen. Seine Augen glühten. In der Hand hielt er eine Pistole, mit der er auf sie zielte.

Sie stand reglos da. Der Junge war zu nah, viel zu nah. Auf diese Entfernung konnte er sein Ziel nicht verfehlen. Er kam langsam näher.

»Ganz ruhig«, sagte sie.

»Wirf die Waffe weg«, sagte der Junge. »Sonst schieße ich.«

»Ich weiß, dass du das tust«, sagte sie und senkte ihre Pistole, während sie mit der anderen Hand eine kapitulierende Geste machte.

»Wie heißt du?«

»Scheißegal.«

»Ich will nur wissen, wie du heißt.«

Der Junge seufzte laut, zögerte einen Moment und sagte dann: »Phobos.«

»Steht das in deinem Nacken? Steht da Phobos?«

Der Junge sah verblüfft aus. Unbewusst berührte er seinen Nacken.

Sie fuhr fort: »Wenn du das bist, was ich denke, dann will ich, dass du mir zuhörst. Ich bin auch mal wie du gewesen«, sagte sie und versuchte, sein Vertrauen zu gewinnen.

»Wirf die Pistole weg«, wiederholte er.

»Diese Hautritzung im Nacken. Ich habe auch so eine«, sagte sie. »Soll ich sie dir mal zeigen?«

Einen Moment sah er verwirrt aus.

»Nein«, sagte er dann mit fester Stimme.

»Kann ich sie dir nicht zeigen?«, fragte sie. »Bitte, ich will sie dir zeigen und dir helfen. Ich kann dir nämlich helfen, von hier wegzukommen, du musst nicht hierbleiben.«

Aber der Junge hörte nicht zu.

»Wirf die Pistole weg!«, schrie er.

»Wie du willst.«

Und dann warf sie die Pistole in hohem Bogen über Phobos hinweg, der ihr mit dem Blick folgte. Blitzschnell machte sie einen Ausfallschritt und riss mit der Linken seine Pistole an sich, während sie ihn mit der Rechten fest am Arm packte und ihn zu sich drehte. Sie setzte ihm die Pistole an den Kopf.

»Tut mir leid«, flüsterte sie. »Aber ich musste es tun. Ich weiß, wozu du in der Lage bist, und das ist die einzige Art, dich und mich zu schützen.«

Der Junge zerrte am Arm, um sich zu befreien. Sie umklammerte seinen Hals mit dem Arm und drückte so fest zu, dass er nach Luft schnappte.

»Beruhige dich«, sagte sie. »Ich werde dir helfen. Aber dann musst du machen, was ich dir sage. Wenn nicht, wird es wehtun.«

Er hielt still. Ein röchelndes Geräusch war zu hören, als er versuchte einzuatmen. Sie ließ ein klein wenig lockerer.

»Mach einfach, was ich sage, ja?«, sagte sie. »Versprichst du mir das?«

Er bemühte sich zu nicken. Sie lockerte den Griff noch weiter und schaute sich nach ihrer Pistole um. Auf dem Boden schimmerte mattes Metall. Doch das war nicht das Einzige, was sie sah. Ein Mann starrte sie an. Trotz der Dunkelheit sah sie, wer es war.

Er war es. Gavril Bolanaki.

»Bravo!«, sagte er und klatschte in die Hände. »Es ist nicht leicht, ihn zu entwaffnen. Das haben Sie wirklich gut hingekriegt.«

Die Stimme war ruhig und beinahe freundlich.

»Ich habe Sie hereinkommen sehen.«

»Geben Sie mir Ihre Waffe«, sagte sie.

»Ich habe keine Waffe.«

»Ihr Sohn hat eine Waffe. Also dürften Sie auch eine haben.«

»Ja, er hat eine, aber ich nicht. Glauben Sie denn, die Sicherheitspolizei hätte mich mit einer Waffe ins Haus gelassen?«

»Wenn es Ihrem Sohn gelungen ist, dann vermute ich, dass Sie das auch geschafft haben.«

»Nein, das war nicht so einfach.«

»Wie hat er es geschafft?«

»Magie«, zischte er und machte eine Handbewegung zum Lichtschein hin. Eine rasche Geste, dann verschwand die Hand wieder in der Finsternis.

»Sie haben also keine Waffe bei sich?«

»Nein, liebes Fräulein. Ich habe keine Waffe.«

Jana kniff die Augen zusammen und musterte die Kleidung von Gavril Bolanaki, um sich zu vergewissern, dass er sie nicht anlog.

»Zeigen Sie mir Ihre Hände!«, sagte sie.

Bolanaki hielt seine Hände kurz ins Licht und zuckte mit den Schultern.

»Lassen Sie die Hände im Licht, damit ich sie die ganze Zeit sehen kann. Sobald Sie probieren, mich übers Ohr zu hauen, blase ich Ihrem Sohn den Kopf weg!«

»Na klar«, sagte er und verzog sein Gesicht zu einem wenig überzeugenden Lächeln. »Aber darf ich Sie mal fragen, was Sie eigentlich hier machen?«

»Ich musste herkommen. Es gibt so viele offene Fragen.«

»Aha? Sind Sie Journalistin?«

Bolananki lachte laut.

»Nein. Ich will nur wissen, warum.«

»Warum was?«

»Warum Sie so was tun.« Jana machte eine Kopfbewegung in die Richtung des Jungen, der weiterhin bei jedem Atemzug röchelte. Noch immer hielt er Janas Arm mit den Händen fest umklammert.

»Warum ist ein gutes Wort. Warum beispielsweise sollte ich Ihnen das erzählen?«

»Weil Sie mir das schuldig sind.«

»Ich habe bei vielen Leuten Schulden.«

»Vor allem aber bei mir.«

»Was habe ich Ihnen denn getan?«

Jana spürte die Wut in sich wachsen, zwang sich aber zur Ruhe.

»Du hast mich Ker genannt«, sagte sie.

»Was haben Sie gesagt?«

»Du hast mir den Namen Ker gegeben.«

Gavril Bolananki trat auf sie zu. Der Lampenschein fiel auf sein Gesicht, sodass die Narbe zu sehen war.

Er starrte sie mit offenem Mund an.

»Sieh an, sieh an, Ker. Du hast also überlebt. Kriege ich keine Umarmung?«

»Fahr zur Hölle.«

»Oh, da ist aber jemand richtig böse.«

»Du hast mir meine Kindheit geraubt, meine Eltern ermordet und mir einen widerlichen Namen in den Nacken geritzt. Warum? Ich will wissen, warum! Antworte mir! Warum tust du so etwas?«

Gavril entblößte seine Zähne und zischte: »Weil es so einfach ist. Niemand vermisst doch solche wie dich. Illegale Kanakenkinder seid ihr. Ohne Papiere, es gibt euch eigentlich gar nicht.«

»Und dann ist es in Ordnung, sie zu kidnappen und zu foltern …«

»Ich foltere niemanden!«, unterbrach Gavril sie mit lauter Stimme. »Ich bilde die Kinder aus. Ich gebe allen eine zweite Chance im Leben. Nämlich der Teil eines Größeren zu werden.«

»Größer als was?«

»Ich glaube nicht, dass du das Göttliche nachvollziehen

kannst, das darin liegt, über Leben und Tod eines Menschen zu entscheiden.«

»Es geht um Kinder«, sagte Jana hart.

»Genau. Wertlose Kinder. Perfekt als Mörder.«

Phobos streckte sich ein wenig. Jana spannte ihre Armmuskeln wieder an, und er grub seine Finger tiefer in ihren Arm.

»Warum bringst du ihnen das bei? Zu morden?«

»Was denkst denn du? Man muss sich doch verteidigen. Die Bedingungen auf dem Markt sind hart. Ich habe die besten Lieferanten, Zwischenhändler und Dealer. Es gibt viele Käufer, und es geht darum, sich die Einkünfte zu sichern. Geld ist alles. Da kannst du sagen, was du willst, alle streben nach Geld. Und sobald Geld im Spiel ist, passiert viel Scheiße. Und wenn Drogen im Spiel sind, passiert noch mehr Scheiße. Deshalb muss man immer dafür sorgen, dass man Leute um sich herum hat, die die eigene Einstellung teilen. Die mich und das verteidigen, was ich geschaffen habe, nämlich den Markt. Die unter den Pfuschern, den V-Leuten, den Zahlungsunwilligen und allen anderen aufräumen, die sich nicht an die Vereinbarungen halten. Weißt du, es ist schwer, Erwachsene für solche Jobs zu gewinnen. Sie sind zu teuer, und wenn sie erst vom guten Leben gekostet haben, werden sie nur gierig. Oder sie sind ständig stoned und völlig wertlos. Dann werden sie nämlich zu nachlässig.«

Gavril fuhr fort: »Aus einem unterdrückten Kind lässt sich ganz einfach eine tödliche Waffe schnitzen. Ein Soldat ohne Selbstwertgefühl, der nichts zu verlieren hat, ist das Gefährlichste, was es gibt.«

»Und deshalb bringst du die Eltern …«

»Richtig, genau deshalb bringe ich die Eltern um. Die

Kinder sind dann fügsamer. Und treuer. Oder etwa nicht? Es ist doch so, nicht wahr? Stimmst du mir nicht zu?«

Sie antwortete nicht, sondern presste nur die Kiefer aufeinander.

Gavril machte eine ausladende Handbewegung.

»Ich mache Schweden zu einem besseren Land. Mag sein, dass man meine Taten für inakzeptabel hält, aber ich trage zu einer besseren Welt bei, indem ich unter den Schwachen aussortiere. Zum einen erweise ich der Gesellschaft einen Dienst, indem ich die Menge der Kanakenkinder reduziere. Zum anderen sorge ich dafür, dass die Kanakenkinder selbst bei den Schwachen der Gesellschaft aussortieren. Das ist wie bei Darwin. Nur die Stärksten überleben.«

»Aber du tötest doch alle.«

»Kinder sind schon immer ermordet worden. Zu allen Zeiten. Sogar in der Bibel ist die Rede vom Kindermord. Erinnerst du dich nicht ans Matthäusevangelium, in dem es heißt, dass König Herodes nach der Geburt Jesu alle jüdischen Knaben unter zwei Jahren umbringen ließ, weil er gehört hatte, dass ein neuer König geboren worden sei, und keinen Rivalen neben sich haben wollte?«

»Du siehst dich also als Herodes der Gegenwart?«

»Nein. Ich meine nur, dass der Tod an sich eine Waffe ist. Um alle davon zu überzeugen, wer man ist. Ich benutze Kinder, um mir mögliche Rivalen vom Hals zu halten.«

Als Gavril nach rechts sah, bildeten sich um seine Narbe Falten.

»Steh still, hab ich gesagt!«, schrie Jana.

Gavril drehte sich wieder um, und die rosarote Haut glättete sich.

»Ich stehe doch still«, sagte er.

»Und die Drogen? Warum gibst du den Kindern Drogen?«

»Man muss sie ja irgendwie belohnen. Und was ist besser, als sie alle abhängig zu machen? Nicht nur von den Drogen, sondern auch von mir. Außerdem sind sie dadurch viel weniger fluchtbereit. Kinder machen, was man ihnen sagt, verstehst du? Sie sehen zu einem auf. Wenn man ihnen eine Dosis von der richtigen Ware gibt, ist man wie ein Vater für sie.«

»Wie ein Gott?«

»Nicht ganz, eher wie sein Gegensatz. Ein teuflischer Gott, könnte man sagen.«

»Und warum die eingeritzten Namen?«

»Damit sich alle zugehörig fühlen. Die Gemeinschaft spüren. Wie in einer Familie. Alle mit einzigartigen Namen. Die aber mehr oder weniger denselben Inhalt haben.«

»Götter des Todes und des Hasses.«

»Genau. Ich ritze euch den Namen in die Haut, damit ihr nicht vergesst, wer ihr seid. Ich habe dir deinen wahren Namen gegeben.«

»Ich heiße Jana. Das ist mein wahrer Name.«

»Aber du bist Ker.«

»Nein.«

»Doch, das bist du! Ganz tief in deinem Innersten bist du genau diejenige, zu der ich dich gemacht habe.«

Jana antwortete nicht.

»Was ich tue, ist nichts Neues. In mehreren Ländern werden Minderjährige rekrutiert, trainiert und bei Streitkräften eingesetzt. Ich tue dasselbe, aber ich gehe einen Schritt weiter. Alle können mit einer Pistole schießen, aber nicht alle können Berufskiller werden.«

»Wie viele?«

»Wie viele wir erzogen haben?«

»Wenn du es so sehen willst …«

»Siebzig.«

Die Zahl traf sie wie ein Faustschlag. Siebzig! Sie lockerte den Griff um den Hals des Jungen ein wenig, und der Druck seiner Finger ließ ebenfalls nach.

»Aber wir haben immer nur die Stärksten aus jeder Gruppe ausgewählt.«

»Also pro Container?«

»Ja.«

»Das heißt, ihr habt sieben Kinder aus jedem Container genommen?«

»Mal mehr, mal weniger. Dann haben wir die beiden besten ausgewählt. Oder nur eines. Der Rest wurde aussortiert. Du weißt doch noch, wie das ging, oder?«

Gavril formte die Hand zu einer Pistole und zielte auf Jana.

»Rühr dich nicht!«, schrie sie.

Als der Junge sich plötzlich bewegte, hob sie ihn ein paar Zentimeter über den Fußboden. Er strampelte, und sie ließ ihn wieder herunter.

»Was für dich von Interesse sein dürfte, ist, dass ich bis vor Kurzem einen Schüler auf der Insel hatte.«

»Thanatos?«

»Genau. Er war einzigartig.«

»Er hat Hans Juhlén getötet. Warum?«

»Was bist du gut informiert. Nun, was soll ich sagen, Hans Juhlén hat seine Nase ein bisschen zu tief in die ganze Sache gesteckt. Das wurde uns zu schwierig.«

»Mit uns meinst du dich, seine Sekretärin, Thomas Rydberg und Anders Paulsson?«

»Genau!«

Gavril streckte die Hand aus. Jana reagierte, indem sie die Pistole auf ihn richtete. Er grinste und wiederholte die Handbewegung. Als wolle er sie erschrecken.

»Stillhalten!«, schrie sie. Ihr Mund war trocken, und sie schluckte. »Erzähl weiter!«

»Du hast ja schon alles herausgefunden.«

»Erzähl weiter, hab ich gesagt!«

Gavril wurde ernst und entblößte in einer unheimlichen Grimasse seine Zähne.

»Hans Juhlén ist es gelungen, eine Liste aller Container aufzutreiben, und er hat von Thomas Rydberg Informationen erpresst. Er hat damit gedroht, alles auffliegen zu lassen, also mussten wir ihn aus dem Weg räumen. Thanatos hat den Auftrag zur vollsten Zufriedenheit ausgeführt, aber Anders hat versagt. Als er Thanatos zur Insel zurückbringen sollte, ist irgendwas schiefgelaufen. Thanatos hat versucht zu fliehen, und Anders hat ihn erschossen. Ein Versehen, das uns teuer zu stehen gekommen ist.«

»Und der Container, mit dem ich hergekommen bin …?«

»Das war der erste, den wir ausgewählt hatten. Es war alles von langer Hand geplant. Das ist immer noch so.«

»Ihr erwartet noch eine Ladung, oder?«

»Es ist besser, sich die ganze Zeit zu erneuern«, zischte Gavril durch die Zähne. »Da kriegen die Kinder gar nicht mit, worum es geht. Wenn sie ihren Auftrag ausgeführt haben, lässt man sie verschwinden. Es kommt ja ständig Nachschub. Tausende von ihnen überqueren jedes Jahr die schwedischen Grenzen. Tausende Kinder, die niemand vermisst. Nach denen niemand sucht. So ist es doch, es hat kein Mensch nach dir gesucht, nicht wahr? Niemand, oder?«

»Ruhe!«

»Niemand … hat … nach … dir … gesucht …«

Gavril wedelte mit den Händen, während er wie eine Schlange zischte. »Schhhhhhhhhhh!«

»Sei still! Oder ich schieße!«, brüllte sie und zielte wieder auf ihn.

Gavril beruhigte sich und senkte den Kopf ein wenig.

Sie spürte ihr Herz schlagen.

»Ich weiß, dass du es tun wirst. Ich weiß genau, wie du denkst. Ich habe dich ja trainiert.«

»Aber du warst nicht allein …«

»Nein, ich war nicht allein«, sagte Gavril laut und machte einen Schritt auf die Pistole zu, die noch auf dem Boden lag. »Aber die anderen sind längst tot. Ich habe ja gesagt, dass man sich mit Menschen umgeben muss, auf die man sich verlassen kann. Und es sollten möglichst wenige sein, dann muss man auch weniger Münder satt bekommen.«

Jana schluckte und umklammerte die Pistole noch fester.

»Jetzt ist es vorbei«, sagte sie mit entschlossener Stimme.

»Es wird nie vorbei sein. Kinder sind unsere Zukunft.«

Gavril ging noch ein Stück vorwärts.

»Stehen bleiben!«

Doch er hörte nicht auf sie, sondern ging einen weiteren Schritt vorwärts.

»Nicht bewegen! Sonst …«

»Sonst was?«

Er kam näher.

»Sonst erschieße ich ihn!«, schrie sie und zielte auf Phobos. Sie presste die Waffe fest auf seine Schläfe und zwang seinen Kopf nach links.

Gavril blieb stehen und lächelte.

»Tu das ruhig. Er ist ja sowieso wertlos.«

»Er ist dein Sohn«, schrie sie und drückte die Pistole noch fester an Phobos' Schläfe. Das Gesicht des Jungen war angespannt, er wimmerte.

Gavril lachte laut.

»Er ist nicht mein Sohn, sondern eines von diesen wertlosen Kindern. Genauso wertlos wie alle anderen. Eine Null.«

Verständnislos betrachtete sie Gavril und dann Phobos, der sein Gesicht verzog. Sofort lockerte sie den Druck der Pistole und sah den roten Abdruck, den die Mündung auf seiner Haut hinterlassen hatte.

»Erschieß ihn ruhig, ich hätte es nachher sowieso getan. Das weiß er auch. Trotzdem tut er alles, was ich sage. Nicht wahr, Phobos? Du tust doch, was ich sage?«

Gavril zwinkerte Phobos zu, der das Signal sofort begriff und mit seinen dünnen Beinen um sich trat. Er traf sie am Schienbein, und sie zuckte vor Schmerzen zusammen, ohne zu bemerken, dass Gavril in genau diesem Moment die Pistole vom Boden aufhob.

Sie packte Phobos noch fester am Hals und hob ihn auf die Fußspitzen. Erst als sie wieder Gavril anblickte, sah sie die Pistole in seiner Hand und drehte sich blitzschnell um. Gavril drückte den Abzug, doch … die Waffe gab nur ein klickendes Geräusch von sich.

Er drückte erneut den Abzug, wieder und wieder. Klick. Klick. Das Magazin war leer!

Gavril begann, laut zu lachen.

Jana starrte die Pistole an. Das ist doch meine Pistole, dachte sie. Warum ist sie leer?

Plötzlich war von der anderen Seite des Zimmers eine Stimme zu hören.

»Du hast heute Pech.«

Danilo trat aus dem Schatten, positionierte sich ein paar Meter von Gavril entfernt und zielte auf ihn.

»Was machst du denn hier, verdammt?«, fragte Gavril.

Irgendetwas an Gavrils Art, mit Danilo zu sprechen, verwirrte Jana. Als wären Danilo und Gavril miteinander befreundet. Plötzlich ging ihr ein Licht auf. Sie kannten sich!

»Lass mich das machen«, sagte Danilo und richtete seine Glock auf sie.

»Du siehst«, sagte Gavril. »Man muss sich mit Menschen umgeben, auf die man sich verlassen kann.«

»Da hast du recht«, sagte Danilo. »Aber ich bin kein solcher Mensch.«

Dann schwenkte er die Pistole herum und zielte auf Gavril.

»Was machst du da?«, fragte Gavril.

Dann sagte er nichts mehr.

Als er vornüberfiel und auf dem Steinfußboden aufschlug, war er bereits tot.

Danilo wechselte die Position, ging um Gavril herum und schoss noch einmal auf ihn. Diesmal in den Hinterkopf.

Reglos stand Phobos da. Er atmete heftig und hatte die Augen weit aufgerissen. Jana nahm langsam die Mündung der Pistole von seinem Kopf und zielte stattdessen auf Danilo, der vor ihr stand. Er zog die Kapuze herunter und sah sie an. Die Augen waren schwarz. Der Blick eiskalt.

»Jana«, sagte er leise. »Liebe, süße, nette Jana. Musstest du unbedingt in der Vergangenheit herumwühlen? Ich habe doch gesagt, du sollst es bleiben lassen.«

Er ging zu ihr, während seine Pistole am Zeigefinger baumelte.

»Ich weiß, was du denkst. Wie konnte Papa mich wiedererkennen? Nach all der Zeit? Das hast du doch gedacht, oder?«

Jana nickte.

»Weißt du noch, wie ich dir erzählt habe, dass ich mich im Wald totgestellt hätte, als Mama hinter dir hergelaufen ist? Und dass ich in die andere Richtung gerannt sei? Weißt du noch?«

Jana nickte wieder. »Du hast mich also angelogen?«

»Nein, ich habe dir die Wahrheit gesagt. Ich bin gerannt, aber nicht sonderlich weit gekommen. Anders hat mich später gefunden und wieder ins Auto verfrachtet. Ich habe gedacht, ich würde sterben. Aber dank ihm habe ich überlebt. Er hat sich um mich gekümmert. Er war immer ein Weichei, total empfindsam. Aber er hatte alles im Griff. Deshalb habe ich nicht für möglich gehalten, dass du ihn erledigen würdest. Ich habe gedacht und gehofft, er würde dich umlegen.«

Danilo ging vor Jana auf und ab, während sie ihm mit der Pistole in ihrer Hand folgte.

»Deshalb also hast du mir seinen Namen genannt«, stellte sie fest.

»Genau«, sagte Danilo.

»Du bist ein Teil des Ganzen.«

»Stimmt.«

Danilo stand jetzt hinter ihr.

»Aber wie …«

»Wie ich überlebt habe? Ich bin auf der Insel aufgewachsen. Habe alles gelernt. Ich war gut und habe mehrere Aufträge bekommen. Nicht nur einen wie alle anderen.«

Er stellte sich vor sie hin.

»Als ich siebzehn war, durfte ich den Job des Trainers übernehmen. Papa hat die anderen Trainer aussortiert. Und alle anderen Idioten auch.«

Er nickte vielsagend zu Phobos hinüber.

»Ich kann einfach nicht begreifen, dass du ihn so nennst«, sagte sie.

»Wie? Papa? Du hast ihn doch auch so genannt.«

»Aber jetzt nicht mehr.«

Danilo ging weiter um sie herum. Immer im Kreis.

»Er ist mein Papa. Verzeihung, ich meinte natürlich, er *war* mein Papa. Er, ich, Lena, Thomas und Anders – wir haben das alles organisiert. Jetzt ist keiner mehr da. Keiner außer mir. Es hat geklappt. Ein bisschen früher, als ich gedacht hatte, aber es hat funktioniert!«

Die Gedanken wirbelten in Janas Kopf herum. Sie hörte, was er sagte. Trotzdem verstand sie nicht, was er meinte.

»Wie? Du hast das alles geplant?«

»Was heißt schon geplant. Ich hatte nicht geplant, Thomas Rydberg umzubringen. Das hat jemand anders getan.«

Sie senkte den Blick.

Danilo schwieg eine Weile, ehe er fortfuhr: »Als Thomas aus dem Spiel ausgeschieden war, habe ich das als ein Zeichen gesehen. Ein Zeichen dafür, dass es an der Zeit war.«

»An der Zeit wofür?«

»Aus der zweiten Reihe herauszutreten.«

Plötzlich verstand sie den Zusammenhang.

»Du hast mich benutzt, um Gavril zu töten«, stellte sie fest.

»Und du hast mir geglaubt.«

»Ich habe mich auf dich verlassen.«

»Ich weiß. Und deshalb hatte ich leichtes Spiel. Ich habe dir geholfen, mir zu helfen.«

Jana streckte sich. Die Pistole in ihrer Hand fühlte sich schwer an. Sie sah Danilo an, sein Blick war wieder eiskalt. Mehrmals trat er gegen Gavrils Leiche.

»Ich wollte dich tot sehen. Das hättest du nicht gedacht, was? Dass ich dich töten wollte?«

Er trat so fest zu, wie er konnte. Die Adern auf seiner Stirn traten hervor. Seine Nasenlöcher blähten sich, die Sehnen am Hals traten hervor, und er entblößte die Zähne.

Nach einigen Sekunden beruhigte er sich.

Jana sagte kein Wort. Auch Phobos schwieg.

Danilo setzte sich auf einen Stuhl, strich sich das Haar aus der Stirn und betrachtete sie.

»Tut mir leid«, sagte er. »Aber dir ist sicher klar, dass du sterben wirst.«

Sie wusste nicht, was sie antworten sollte, deshalb nickte sie nur. Ihre Hand zitterte, und sie gab sich Mühe, es zu verbergen.

»Nicht zu fassen, dass du nichts geahnt hast.«

»Dabei hätte ich es wissen müssen«, sagte sie und begegnete seinem Blick. »Schon längst. Aber erst jetzt habe ich begriffen, wie alles miteinander zusammenhängt. Du hast mir eine SIG Sauer gegeben. Thanatos wurde mit einer SIG Sauer getötet, und natürlich ist mir inzwischen klar, dass ich die Mordwaffe bekommen habe. Aber du hast das Magazin der Pistole vorher geleert, damit ich hier auf einfachstem Wege umgelegt werden kann.«

Anstelle einer Antwort lachte Danilo.

»Du wolltest mich hier zurücklassen, damit niemand dich verdächtigt«, sagte sie.

Sein lautes Gelächter hörte sich gemein an.
»Genau!«
Er sprang vom Stuhl auf und stellte sich vor sie.
»Wenn die Polizei herkommt, wird sie dich finden, und man wird schlussfolgern, dass du, meine liebe, kleine, süße Staatsanwältin, sie alle umgebracht hast und dabei dummerweise selbst erschossen worden bist. Stell dir vor, was für einen Skandal es geben wird.«
Jana biss sich auf die Unterlippe. Wie sollte sie aus der Sache herauskommen? Ihre Hand zitterte immer stärker. Die Pistole kam ihr schwerer vor denn je.
»Wenn sie deine Leiche obduzieren, werden sie außerdem den Namen in deinem Nacken finden. Dann werden sie es kapieren. Dass du eines dieser Kinder von der Insel warst. Sie werden glauben, dass du dich an denen rächen wolltest, die dich aus dem Container geholt haben. Die deine Eltern getötet haben. Einfach, oder?«
Danilo ging ein Stück rückwärts.
»Weißt du, was das Beste ist? Dass du nichts davon geahnt hast. Ich habe dir doch gesagt, du sollst vorsichtig sein. Ich hab's dir gesagt. Aber du hast nicht auf mich gehört.«
Er hielt die Pistole auf sie gerichtet und befahl ihr, Phobos loszulassen.
Sie weigerte sich.
»Na gut«, sagte er. »Dann erschieße ich euch beide.«
Er zielte.
Und schoss.
Im selben Moment warf sie sich zur Seite und riss Phobos mit sich. Sie landeten auf dem Boden. Sie rollte herum, hielt die Glock auf Danilo gerichtet und schoss, aber auch sie traf nicht.

Danilo stolperte über Gavrils Leiche und verlor dabei seine Pistole. Blitzschnell stürzte er aus der Tür. Sie blieb auf dem Rücken liegen. Heftig atmend zielte sie auf die Tür.

Dann stand sie auf, sah nach Phobos und stellte entsetzt fest, dass auch er verschwunden war.

Im Flur drückte sie sich an die Wand, richtete die Pistole nach oben, zur Seite und wieder auf die Treppe. Als sie die erste Stufe erreicht hatte, hörte sie ein Geräusch. Es kam von einer Tür hinter ihr.

Sie schlich sich an und wartete kurz, ehe sie die Tür öffnete. Dahinter ging es in den Keller. Über der Treppe baumelte eine helle Lampe. Sie zögerte einen Moment. Wenn sie jetzt nach unten lief, war sie bei dieser Beleuchtung die perfekte Zielscheibe.

Da hörte sie ein Knacken hinter sich und fuhr herum.

Neben der Tür entdeckte sie einen Sicherungskasten.

Sie lächelte im Stillen.

Jetzt werden wir ein Spiel spielen, dachte sie.

Ein lustiges Spiel.

Jana Berzelius legte den Hauptschalter im Sicherungskasten um und atmete tief durch. Dann machte sie einen Schritt vorwärts und betrat eine andere Welt. Eine Erinnerung.

Auf einmal verwandelte sie sich in das kleine Mädchen im Keller. Das überleben wollte. Doch diesmal kämpfte sie nicht gegen die Dunkelheit an. Sie umarmte sie. Jetzt hatte sie die Kontrolle.

Sie hob den Kopf und lauschte erneut. Es war immer noch still.

Ohrenbetäubend still.

Sie ging ein Stück vorwärts, blieb wieder stehen und horchte. Noch drei Schritte, dann müsste sie an der Treppe angelangt sein.

Sie streckte die Hand aus, um das Geländer zu ertasten. Zählte die Schritte im Kopf. Eins, zwei, drei. Jetzt fühlte sie das Treppengeländer. In ihrer Erinnerung war der Handlauf rau und gesprungen. Doch der hier war glatt und weich. Ihre Füße arbeiteten sich langsam nach unten vor. Auf der letzten Treppenstufe ließ sie das Geländer los und tastete in die Dunkelheit.

Da hörte sie ein Geräusch. Jemand bewegte sich. Dicht neben ihr.

Wer? Danilo oder Phobos?

Sie reckte ihren Kopf und horchte.

Aber es war still. Viel zu still.

Vielleicht stand Danilo da und erwartete sie. Der Gedanke weckte in ihr den Impuls davonzulaufen. Weg von hier.

Da hörte sie es.

Den Atemzug.

Das Signal.

Sie reagierte instinktiv und richtete die Pistole in Richtung des Geräuschs. Da bekam sie einen kräftigen Schlag auf den Arm, verlor das Gleichgewicht und fiel rückwärts. Sie blieb liegen, reglos.

Danilo war ganz in der Nähe.

Sie unternahm einen Versuch, den Arm zu heben und die Pistole auf ihn zu richten, doch der Schmerz war stärker.

Danilo trat ihr die Waffe aus der Hand, und sie hörte, wie die Pistole über den Boden schlitterte, schräg hinter ihr.

»Nicht nur du magst Spiele im Dunkeln«, sagte er und versetzte ihr einen Tritt in die Seite.

Sie stöhnte.

»Das macht Spaß, was? Ist doch witzig, oder?«

Er trat sie wieder, diesmal so fest, dass irgendetwas in ihrem Unterarm brach, und Jana schrie ihren Schmerz hinaus.

Als er sie abermals umkreiste, schien seine Wut in der Luft zu vibrieren.

»Es ist an der Zeit, die Sache abzuschließen«, sagte er und setzte sich rittlings auf sie, während seine Hände sich in einem Würgegriff um ihren Hals legten.

Ihr gelang es, ihre Hand hochzuziehen und ihn zu kratzen, in der Hoffnung, dass er den Griff lockerte. Doch das tat er nicht, sondern drückte immer fester zu, und sie schnappte nach Luft.

In der massiven Dunkelheit konnte sie kaum beurteilen, ob ihr schwarz vor Augen wurde. Aber ein unheimliches und allzu bekanntes Gefühl machte sich bemerkbar. Sie wusste, dass sie bald das Bewusstsein verlieren würde.

Ihre andere Hand war unter Danilos Beinen festgeklemmt. Verzweifelt versuchten ihre Finger, das Messer zu packen, das sie an der Hüfte trug. In einer letzten Kraftanstrengung bekam sie mit den Spitzen von Zeige- und Mittelfinger den Griff zu fassen, zog das Messer heraus und jagte es Danilo in die Rückseite seines Oberschenkels. Er schrie auf und ließ ihren Hals los.

Sie nahm einen röchelnden Atemzug und schwang schnell das eine Bein hoch, stieß Danilo zu Boden und stemmte sich hoch. Sie riss das Messer aus seinem Oberschenkel und bohrte es unter sein Kinn.

»Ich hab doch gesagt, dass ich Messer bevorzuge«, zischte sie.

Aber ihre Überlegenheit hielt nicht lange an. Er rammte sein Knie in ihren Rücken, sodass sie heftig zur Seite geworfen wurde und auf etwas Hartem landete. Ihr war sofort klar, was es war – die Pistole! Rasch hob sie sie auf und zielte in die Finsternis. Sie hörte ihn auf der Treppe und folgte ihm. Einen Schritt nach dem anderen bis zur letzten Stufe.

Dann hörte sie seine Atemzüge von der anderen Seite des Raums. Obwohl es schwarz um sie herum war, schloss sie die Augen, um sich zu konzentrieren. Dann schoss sie.

Eine Sekunde lang stand die Zeit still.

Dann hörte sie jemanden stöhnen.

Ihr Arm bebte vor Schmerz, aber sie ignorierte es. Sie tastete sich zum Sicherungskasten vor, und mit einer raschen Bewegung schaltete sie den Strom wieder ein.

Sie drehte sich um, weil sie das Opfer auf dem Fußboden sehen wollte.

Es war nicht Danilo.

Es war Phobos.

Die Übergabe von Gavril Bolanaki an die Sicherheitspolizei hatte um neun Uhr stattgefunden. Zur selben Zeit wurde auf dem Polizeirevier unter der Leitung der Sicherheitspolizei eine gemeinsame Pressekonferenz abgehalten. Der Druck der Medien war enorm. Ungewöhnlich viele Journalisten hatten sich eingefunden.

Gunnar Öhrn fühlte sich vom großen Aufgebot gestresst, doch mit der Unterstützung von Pressesprecherin Sara Arvidsson gelang es ihm, ein Bild von der guten Arbeit zu vermitteln, die seine Mitarbeiter und er geleistet hatten. Beim Verlassen des Presseraums empfand er eine gewisse innere Leere.

Den restlichen Vormittag war er damit beschäftigt, die Sicherheitspolizei nach und nach in den Fall einzuarbeiten. Es war nicht seine Art, den Kollegen die Unterlagen auf den Tisch zu werfen und sich aus dem Staub zu machen. Als ihm klar war, dass der Fall für sein Team nun tatsächlich abgeschlossen war, fühlte sich die innere Leere noch größer an. Jetzt gab es für ihn nichts mehr zu tun.

Um vier Uhr war Teambesprechung.

Henrik Levin saß aufrecht da und starrte vor sich hin. Anneli Lindgren hatte die Arme auf den Tisch gelegt. Ola Söderström kaute auf seinem Kugelschreiber, und Mia Bolander kippelte wie immer auf ihrem Stuhl. Sie hatte ihre Haare zu einem nachlässigen Pferdeschwanz zusammengefasst und wirkte gut gelaunt. Dass der Fall abgeschlossen war, kam für sie einem Sieg gleich, und sie freute sich, dass sie ihre Gegnerin, die Staatsanwältin Jana Berzelius, in der nächsten Zeit nicht würde sehen müssen.

»Es ist bedauerlich«, sagte Gunnar und ließ den Blick durchs Zimmer schweifen.

Die Wände waren kahl. Die Landkarten und die Fotos der Opfer waren abgenommen worden. Das Whiteboard war gereinigt, der Beamer abgeschaltet.

»Denn es gibt viele Fragen, die noch immer nicht beantwortet sind«, fuhr er fort. »Als Krönung des Ganzen haben wir inzwischen einen negativen Bescheid von Interpol erhalten. In deren Datenbank gibt es keinerlei Information über verschwundene Personen aus Chile.«

Gunnar sah enttäuscht aus. Die Opfer aus den Containern würden sich leider nicht identifizieren lassen. Als er von Anders Paulssons Selbstmord berichtete, war seine

Erleichterung nicht zu übersehen. Damit musste er nicht noch einen Mord an die Sicherheitspolizei übergeben.

»Warum hat er sich eigentlich erschossen?«, fragte Ola.

»Moralische Bedenken, vermutlich«, sagte Gunnar. »Gewissensqualen. Dasselbe gilt für Lena Wikström. Kein Mensch kann weiterleben, der solche Verbrechen auf dem Gewissen hat.«

Plötzlich breitete sich Stille aus.

»Na dann«, sagte Gunnar. »Jetzt bleibt nur noch eines zu tun.«

»Danke für die gute Zusammenarbeit«, sagte Mia und erhob sich vom Tisch.

»Wo willst du hin?«

»Sind wir denn nicht fertig?«

»Nein. Eine Sache steht noch aus, habe ich gesagt.«

Alle sahen Gunnar neugierig an.

»Wir müssen zum Hafen.«

Fünf Minuten später saß Henrik Levin in seinem Büro und fingerte an dem Gespensterbild herum, das Felix für ihn gemalt hatte. Es war ein neues Bild mit drei kleinen Geistern. Aber seine Gedanken waren nicht bei der Zeichnung, sondern bei Emmas Neuigkeit. Er wusste nicht, was er davon halten sollte, dass er zum dritten Mal Vater werden würde.

In seinem Innersten freute er sich, aber die Freude wurde von einer Unruhe angesichts der praktischen Details überschattet. Er hatte die ganze Nacht schlaflos im Bett gelegen. Und bei der letzten Besprechung heute hatte er sich sehr konzentrieren müssen, um den Gedankengängen folgen zu können.

Er blickte von der Kinderzeichnung auf und sah aus dem

Fenster. Obwohl der Fall für sie als offiziell abgeschlossen galt, war sein Kopf noch immer damit beschäftigt, die Ereignisse zu verarbeiten. Er dachte an die toten Kinder und versuchte, sich vorzustellen, wie es sich anfühlen würde, wenn seine eigenen Kinder gekidnappt und zu Kindersoldaten ausgebildet worden wären.

Er schauderte.

Seine Gedanken wanderten weiter zu Lena Wikström und Anders Paulsson, und er grübelte darüber nach, was Menschen dazu bringen mochte, sich das Leben zu nehmen. Er selbst hatte Leben geschaffen. Zwei Mal. Und jetzt ein drittes.

Er legte das Bild zur Seite.

»Was ist los?«

Mia stand in voller Winterausrüstung in der Türöffnung.

»Du siehst schrecklich aus.«

»Ich werde Vater«, sagte Henrik.

»Schon wieder?«

»Ja. Aller guten Dinge sind drei.«

»Immerhin hast du Sex gehabt. Ist doch auch gut.«

Er antwortete nicht.

»Ach ja«, fuhr Mia fort. »Bevor ich es vergesse …«

Sie wühlte in ihrer Hosentasche herum und zog einen zerknitterten Hundertkronenschein hervor.

»Hier.«

»Behalte ihn.«

»Nein, ich schulde dir doch noch Geld für das Mittagessen neulich und den Kaffee. Nimm schon!«

»Na gut. Danke«, sagte Henrik und nahm den Schein.

»Na klar«, sagte Mia.

Sie wickelte sich den Schal dreimal um den Hals.

Henrik zog seine Geldbörse aus der Tasche seiner Jacke, die an einem Haken hinter der Tür hing. Er tat den Hunderter zu den anderen beiden.

Zwei?

Henrik war sich beinahe sicher, dass es drei Hundertkronenscheine gewesen waren.

Mia bemerkte seinen verwirrten Blick und unterbrach seine Überlegungen.

»Los, komm schon. Jetzt fahren wir«, sagte sie.

Phobos lehnte halb aufgerichtet an der Wand. Sein Brustkorb bewegte sich in raschem Tempo auf und ab. Die Atemzüge waren eher ein hektisches Keuchen. Seine dunklen Augen starrten Jana entsetzt an. Er drückte seine Hand an den Hals. Das Blut pulsierte heraus, sickerte zwischen den Fingern hindurch und bildete einen immer größer werdenden Fleck auf seinem Pullover. Die Glock lag neben ihm.

In den Augenwinkeln sah sie eine Silhouette. Drei Meter von ihr entfernt lief Danilo aus dem Zimmer und ins nächste. Sofort nahm sie die Verfolgung auf. Der Schmerz im Arm war wie weggeblasen. Sie würde ihn kriegen. Er durfte nicht entkommen.

Er lief ins Esszimmer, und als sie den Raum betrat, sah sie ihn im nächsten Zimmer verschwinden und stürmte hinterher. Aber er war zu schnell für sie. Rasch hatte er den Raum durchquert, und sie sah ihn noch durch den Hinterausgang nach draußen laufen. Als sie an der Tür ankam, war er weg.

Bewegungslos stand sie da.

Schussbereit.

Ihr Herz hämmerte, und das Blut pulsierte.

Er war ihr entkommen. Der Scheißkerl war davongekommen!

Sie senkte widerwillig die Waffe und schob sie sich hinten in den Hosenbund.

Allmählich kehrte der Schmerz in ihrem Arm zurück. Verzweifelt vor Wut zwang sie sich, ins Haus zurückzugehen.

Zurück zu Phobos.

Henrik Levin stand am Hafen und schlang instinktiv die Arme um den Oberkörper, musste jedoch bald feststellen, dass es gar nicht nötig war. Die Daunenjacke wärmte gut, und er trug heute Skiunterwäsche und feste Winterschuhe.

Er ließ den Blick über den Kai schweifen. Ein großes Schiff lief ein und gab dann und wann ein dumpfes Signal von sich. Große Schneeflocken fielen leise vom Himmel und bildeten eine weiße Schicht auf dem Boden. Das Containergelände war abgesperrt, und die gestreiften Plastikbänder tanzten im Wind.

»Gehen wir rüber?«, fragte Mia, die neben Henrik stand.

Sie hatte ihre Hände in die Taschen gesteckt, die Schultern hochgezogen und das Gesicht hinter dem Strickschal verborgen. Nur die Nase und die Augen waren zu sehen.

»Wir warten, bis das Schiff anlegt«, sagte Henrik und nickte Gunnar und Anneli zu, die zusammen mit einigen Hafenarbeitern und uniformierten Polizeikollegen hinten am Kai standen. Sie nickten zurück und richteten ihren Blick wieder auf das Schiff, das gerade in den Kanal einfuhr. Die Wellen schlugen gegen den Schiffsrumpf. Ein Dutzend laut kreischender Möwen kreiste über dem Heck.

An Deck waren mehrere Matrosen in grünen Overalls, die die Festmacherleinen in den Händen hielten.

Als das Schiff den Hafen erreicht hatte, wurden die Querleinen in hohem Bogen über die Reling geworfen, dann erst die anderen. Die Leinen wurden von den Hafenarbeitern an Pollern befestigt. Alle trugen Schutzhelme und Overalls mit großen Emblemen auf dem Rücken.

Das Entladen begann sofort.

Henrik sah zum Schiffsrumpf auf, wo sich die Container in drei Etagen stapelten.

Blaue, braune und graue durcheinander.

»Du schaffst es«, sagte Jana.

Sie hockte neben Phobos auf dem Boden. Er war noch weiter an der Wand heruntergerutscht und hatte seinen Kopf in Richtung Schulter geneigt. Er sagte kein Wort. Nur seine keuchenden Atemzüge waren zu hören. Auf dem Pullover hatte sich ein riesiger roter Fleck ausgebreitet. Das Blut tropfte auf den Fußboden und bildete eine Pfütze. Seine Augen sahen noch immer entsetzt aus, aber sein Blick war matt. Er wirkte ängstlich, weinte aber nicht.

»Es wird jetzt heller«, flüsterte er mit rauer Stimme.

Er hustete, und aus einem Mundwinkel lief ein blutiges Rinnsal.

»Du schaffst es«, wiederholte sie, doch ihr war klar, wie dumm es war, ihn anzulügen.

Er begegnete ihrem Blick.

»Jetzt ist es weiß … Alles ist … weiß …«, flüsterte er.

Und dann fiel seine Hand hinunter.

Er schloss die Augen und tat seinen letzten Atemzug.

Jana stand auf. Sie packte die Glock und wischte sie sorgfältig ab, bevor sie sie ihm in die leblose Hand legte.

Dann ging sie zum Sicherungskasten und reinigte den Hauptschalter. Sie hockte sich neben Gavrils Leiche und entfernte den Peilsender, der an seiner Hosentasche befestigt gewesen war. Anschließend nahm sie die andere Pistole und beseitigte auch hier penibel alle Abdrücke, bevor sie sie neben ihn auf den Boden legte.

Einen Moment blieb sie sitzen und sah ihn an. Dann tat sie etwas, was sie schon ewig nicht mehr getan hatte.

Sie lächelte.

Ein echtes Lächeln breitete sich auf ihrem Gesicht aus.

Schließlich stand sie auf und merkte, dass sie noch eine Pistole loswerden musste. Rasch und mit gequälter Miene, da der Arm so schmerzte, zog sie die Glock aus ihrem Hosenbund. Sie musste sie zurücklassen. Routiniert reinigte sie die Oberfläche, hob vorsichtig Gavrils Finger an und legte sie um den Griff der Waffe.

Doch sie war noch nicht zufrieden. Ein wichtiges Detail fehlte.

Das Messer.

Sie ging noch einmal in den Keller hinunter und suchte danach. Unter einem Regal erspähte sie die blutige Klinge. Sie zog das Messer hervor, steckte es in das dünne Etui, das sie auf der Innenseite ihrer Hose trug, und ging die Treppe hinauf. Sie warf einen letzten Blick auf Phobos.

»Verzeih mir«, flüsterte sie ihm zu.

Dann verließ sie das Haus.

Im vierzehnten Container machten sie die makabre Entdeckung. Der Container war blau und rostig. Die Schneeflocken landeten weich auf dem Stahlblech und wurden sofort zu Wassertropfen, die auf die Erde liefen.

Das Team stand einige Meter von der Öffnung entfernt.

Ein Hafenarbeiter kämpfte mit dem stabilen Vorhängeschloss. Schließlich gab es nach, und er riss die Türen auf. Alle hatten Motorenteile, Fahrräder, Kartons, Spielsachen oder etwas anderes erwartet, was sich in den bisher untersuchten Containern befunden hatte. Doch in diesem wurden sie von Dunkelheit empfangen.

Henrik Levin ging ein Stück näher und blinzelte, um im Dunkeln besser sehen zu können. Dann machte er noch einen Schritt vorwärts.

Da sah er es. Das Mädchen. Es sah ihn mit großen Augen an.

Und umklammerte die Beine seiner Mutter.

Jana raste mit dem Volvo über die Autobahn. Sie hatte ein paar Minuten abgewartet, ehe sie ins Auto gestiegen war. Aber Danilo war nicht aufgetaucht.

Sie drehte die Autoheizung auf volle Stärke. Die Scheibenwischer fegten das kühle Regenwasser von der Windschutzscheibe. Das Radio war ausgeschaltet. Ihr Adrenalinspiegel war wieder gesunken, und sie lehnte den Kopf nach hinten. Die eine Hand lag auf dem Lenkrad, die andere ruhte auf ihrem Oberschenkel.

Plötzlich klingelte ihr Handy. Misstrauisch sah sie aufs Display, jemand mit einer unterdrückten Rufnummer. Sie zögerte einen Moment, bevor sie das Gespräch annahm.

Henrik Levin meldete sich höflich.

»Gavril Bolanaki ist tot«, sagte er.

Jana schwieg, und er fuhr fort: »Die Sicherheitspolizei konnte keinen Kontakt mehr zu ihren Leuten herstellen, die für die Bewachung des Hauses zuständig waren. Also wurde eine Truppe hingeschickt, die Bolanaki tot aufgefunden hat. Laut den Angaben, die uns vorliegen, haben er und sein Sohn sich gegenseitig erschossen. Auch die Wachpolizisten sind tot. Bislang wissen sie nicht, was genau passiert ist. Offenbar war es ein richtiges Blutbad. Die Polizei hat drei Schusswaffen sichergestellt. Außerdem wurde ein aufgeschlitzter Teddy gefunden, in dem die Pistolen versteckt gewesen sein müssen.«

»Aha«, sagte Jana.

Henrik schwieg eine Weile.

»Ich bin jetzt im Hafen«, sagte er.

»Ja?«

»Wir haben sie gefunden. Zehn Familien mit Kindern. Sie sind alle in Sicherheit.«

»Gut«, sagte sie.

»Ich hoffe, es war der letzte Container.«

»Das hoffe ich auch.«

»Der Fall ist abgeschlossen.«

»Das stimmt. Endgültig«, sagte sie und drückte das Gespräch weg.

Es war 18.59 Uhr, als Jana die Hand hob, um an die Mahagonitür des dreistöckigen Hauses in Lindö zu klopfen. Doch dann hielt sie inne und beschloss, stattdessen die Klingel zu betätigen, um mit dem grellen Ton ihre Ankunft anzukündigen. Sie fuhr sich durchs Haar, das nach der schnellen Dusche noch immer etwas feucht war. Der Lichtschein von den stoffbezogenen Lampen fiel durch die Fenster nach draußen und erzeugte lange Schatten auf der Erde.

Die Tür wurde von einem grauhaarigen Mann geöffnet.

»Hallo, Vater«, sagte sie und blieb einen Augenblick stehen. Ließ sich ansehen.

Dann lächelte sie ihr eingeübtes Lächeln.
Nickte kurz.
Und betrat das Haus.